武蔵国の万葉を歩く 上

―万葉故地・歌碑と寺社・史跡めぐり―

はじめに

万葉の時代の武蔵国は、現在の行政区では、西は埼玉県秩父市、東は千葉県船橋市、北は埼玉県比企郡、南は神奈川県伊勢原市・秦野市・厚木市にまで及ぶ非常に広い範囲であった。『万葉集』に武蔵国が詠まれた歌は、東歌二八首、防人歌一二首、高橋虫麻呂が詠んだ歌二首、作者未詳の歌三首の合計四五首である。それらの歌は、愛しい人に思いを寄せる歌、労働の時に詠った歌、防人に出掛ける際に家族と別れを惜しんで詠んだ歌など、生活感に溢れた庶民の歌、貴族が旅の途中で自然の情景を詠んだ歌など様々である。これらの万葉故地には、万葉歌碑や顕彰碑が建てられて、比較的所在地がはっきりしているものもあるが、候補地が複数挙げられて混沌としているものもある。

万葉故地を訪ねてみると、自治体やその土地の人々の『万葉集』に対する熱意によって非常に大きな温度差があり、取り組み姿勢に大きな相違が見られる。万葉故地を前面に出して、町おこしに利用している自治体もあれば、万葉故地に該当していないにもかかわらず、万葉歌碑や万葉植物園などを造って、わが国の古代文化を啓蒙しようとしている熱心な自治体もある。その一方で、万葉故地の候補地になっているが、万葉歌碑や顕彰碑などはなく、歌が詠まれた所在地を特定することが出来ないところもある。

万葉故地は、都市開発の進展に伴って、市街化地域の中に次第に埋もれつつあり、その姿を消しつつあるのは非常に残念である。万葉故地を散策して、それらを探り当てたり、歌に詠まれた風物などを発見すると、非常に嬉しい気持ちになる。万葉故地を訪れて、ビルや住宅をフィルターで取り除いて、万葉の時代の遺跡や寺社などを浮かび上がらせると、万葉の時代の地理的景観が想起され、感動することをしばしば経験した。

これまで、武蔵国の万葉故地の散策に関する幾つかの文献が出版されているが、万葉故地をスポット的に紹介したり、万葉歌の注釈に主眼を置いたものがほとんどであるので、それらの文献を片手に万葉故地の散策に出掛けても、万葉故地の周辺をどのようにめぐったらよいのか、困惑することがしばしばである。

この書では、単なる万葉故地の紹介にとどめず、万葉歌碑が建てられている地、題詞に挙げられている地、詠者の出身地、国衙や郡衙の所在地、国学者が万葉集の研究に勤しんだ地、万葉歌碑など、『万葉集』に関連する土地をことごとく取り上げて、その周辺の史跡、遺蹟、寺社なども併せてご紹介した。さらに、それらを線で繋ぐことにより、万葉故地の歴史的・地理的背景を浮かび上がらせ、万葉の時代の人々の生活を把握することが出来るようにした。このため、武蔵国の万葉故地とその周辺の史跡、遺蹟、寺社を約半日から一日でめぐることが出来るように四九カ所の散策コースを設定し、その詳細な地図を付けて解説し、散策の手助けになるようにした。

この書が万葉故地めぐりの愛好者のみならず、史跡めぐりなどの愛好者にも、武蔵国の万葉故地、史跡、遺蹟、寺社をめぐり、その土地の歴史的・地理的背景に思いを馳せながら、知的散策をして戴く一助になれば幸いである。

※本書の現地調査は主として一九九三年十月から二〇〇五年七月ごろにかけて行い、地図はこの間に発行された国土地理院二万五千地図に基づいて作成しました。掲載した地名や施設、鉄道路線等に変更があった場合にはご容赦ください。

目次

武蔵国の万葉を歩く（上）―万葉故地・歌碑と寺社・史跡めぐり―

第五章　京王電鉄沿線……257

装幀／横山 典子　　本文ＤＴＰ／虻川 陽子

第一章　西武・秩父鉄道沿線

旧吉田町の万葉古碑コース（埼玉県秩父市）

『万葉集』巻二〇に武蔵国秩父郡《むさしのくにちちぶのこおり》の防人《さきもり》・少歳《をとし》の歌がある。秩父郡は、武蔵国の西部に位置し、現在の埼玉県秩父市にあたる。この北部に、千メートル級の山々を背にして旧吉田町（合併前の町名、現在の秩父市上吉田、下吉田、吉田阿熊、吉田石間、吉田太田部、吉田久長の計六地区）があり、少歳は、この地の出身であるといわれている。吉田の歴史民俗資料館の前に、少歳の歌が刻まれた万葉古碑がある。今回の散策では、この歌碑を訪ね、その周辺の史跡をめぐり、防人・少歳の故郷を偲ぶことにする。

白砂公園

■白砂公園

西武池袋駅で池袋線飯能《はんのう》行きの急行電車に乗り、飯能駅で秩父線西武秩父行きの普通電車に乗り換え、さらに、西武秩父駅で秩父鉄道寄《より》居《い》行きの普通電車に乗り換えると、約二時間一〇分で皆野《みなの》駅に着く。皆野駅で上吉田《かみよしだ》行きのバスに乗り換えると、約一五分で白砂公園《しらすなこうえん》に

天徳禅寺

着く。バス停の北側の鳥居をくぐった左側に白砂《しらすな》遺跡《いせき》がある。この遺跡から、縄文時代前期・中期と推定される土器、鉄鋤《てつすき》、石匙《いしさじ》、打製石《だせいせき》斧《ふ》、土師器《はじき》、土鍋《どなべ》などが発掘されている。

この遺跡の北側に白砂公園がある。「白妙《しろたえ》砂岩《さがん》」と呼ばれる第三世紀の花崗砂岩層《かこうさがんそう》が露出した岩山で構成されており、岩石の風化の特性から、特異な風食模様、地形が見られる。この公園の一角に白砂山公《しらすなやまこう》園碑《えんひ》がある。篆額《てんがく》は犬養毅《いぬかいつよし》、撰文は本多静六《ほんだせいろく》、揮毫は後藤朝太郎《ごとうちょうたろう》らの錚錚《そうそう》たる面々により、昭和七年（一九三二）に建立された。

この公園には、約五〇〇〇株のカタクリが群生しており、桜の開花時期にこの公園を訪れると、可愛らしいカタクリの花が見られる。

■天徳禅寺

白砂公園からバス停まで戻り、右折して県道に沿って進むと、天徳《てんとく》禅寺《ぜんじ》がある。天徳禅寺は、神王山《しんのうさん》と号する曹洞宗の寺で、本尊は釈迦《しゃか》牟尼仏《むにぶつ》である。天文元年（一五三二）、桂室周房《けいしつしゅうぼう》の開山と伝える。

龍勢会館

■龍勢会館

天徳禅寺からさらに進むと、龍勢会館《りゅうせいかいかん》がある。館内には、椋神社《むくじんじゃ》の大祭で打ち上げられる龍勢《りゅうせい》の製造過程から打ち上げまでの資料・道具の展示や、大型スクリーンで龍勢を打ち上げる様子などが見られる。

龍勢は、手作りのロケット花火である。松の生木から円筒を作り、その周囲に竹の箍《たが》をかけて堅固にし、これに火薬を詰めて、空に打ち上げる。日本武尊《やまとたけるのみこと》が持ったという比々羅木之八尋矛《ひひらぎのやひろほこ》の先から発した光を再現して、龍勢花火を打ち上げて、神慮を慰め、健康を祈り、体力、腕力を競う勇壮な行事である。龍勢という名称は、昼間打ち上げるときには、火が余り見えず、煙の中を龍が勢いよく昇天するように見えることに由来する。

■清泉寺

龍勢会館からしばらく南へ進むと、清泉寺《せいせんじ》がある。清泉寺は、竜峯《りゅうほう》山《さん》と号する曹洞宗の寺で、本尊は、釈迦牟尼仏《しゃかむにぶつ》である。開山は、梅林《ばいりん》英芳和尚《えいほうおしょう》、開基は秩父三郎重清《ちちぶさぶろうしげきよ》である。歴史民俗資料館の万葉古碑の揮毫者の梅林和尚は、清泉寺の三〇世の住職で、文化年間（一八〇四

清泉寺

〜一八一八）の頃、この寺の住職であったと伝える。寺は火災で全焼したので、梅林和尚の筆跡を知る資料は残されていない。

清泉寺の参道には、慈母《じぼ》観音像《かんのんぞう》がある。幼児を抱いた石像で、慈愛に満ちた姿は、心を和ませてくれる。

■歴史民俗資料館

清泉寺から県道に沿って坂を下ると、左側に歴史民俗資料館《れきしみんぞくしりょうかん》がある。館内には、旧吉田町の二七カ所に及ぶ遺跡から発掘された数々の遺物などの考古学的資料、龍勢の道具などの民俗学的資料が展示されている。

■歴史民俗資料館前の万葉古碑

歴史民俗資料館前に、次の二首の歌が刻まれた万葉古碑がある。

武蔵嶺《むざしね》の　小峰《をみね》見隠《みかく》し　忘れ行く
君が名かけて　我《あ》を音《ね》し泣くる

一四・三三六二の或る本の歌

歴史民俗資料館の万葉歌碑

大君の　命恐《みことかしこ》み　愛《うつく》しけ
真子《まこ》が手離《てはな》り　島伝《しまづた》ひ行く

一四・四四一四

この歌碑は、文化二年（一八〇五）、清泉寺の住職・梅林和尚《ばいりんおしょう》の揮毫により、再建された古碑で、吉田小学校の校庭に設置されていたが、平成七年（一九九五）、この地に移された。砂岩で出来ているため、一一文字が剥落して刻字が不明な箇所があり、さらに、左上部から右下部にかけて大きな割れ目がある。

これらの歌は、東歌の相模国の歌で、第一首目の歌は――防人に召されて、武蔵嶺《むさしのみね》をあとにして旅立った、愛しい妻の面影がやっと浮かばなくなったときに、同行者が無情にも妻の名前を呼んで、わたくしを泣かせることよ――という意味である。第二首目の歌は、秩父郡の防人・大伴部《おおともべの》少歳《をとし》の歌で――大君の仰せが恐れ多いので、それにしたがって愛しい妻の手元を離れて、島々の間を伝いながら、海を渡っていく――という意味である。

『吉田の万葉歌碑』には、少歳の歌について、「詔《みことのり》を承《うけたまわ》って必ず謹んだ防人・少歳の姿が、咫尺《しせき》に髣髴《ほうふつ》とし、如何にも秩父の山村の若き男性の純粋性と真実味がみなぎって尊い。（中略）非常時に直面し、死線を越えた未知の旅路にのぼる際にも、人間至上《にんげんしじょう》の妻への情感を素

菊水寺

朴に表現した、少歳の綿々たる人間愛はこの一首にみなぎり、同情の念にさえ堪えない」と評している。

少歳の出身地については、『吉田町史《よしだちょうし》』では、吉田小学校が建つ秩父氏の館跡、吉田地区の大棚部《おおだなぶ》、縄文・弥生時代の遺物や古墳が多い太田部《おおたぶ》の三つの地を挙げているが、特定していない。

この万葉歌碑の経緯について、『吉田の万葉歌碑』には、「この歌碑は、文化二年、吉田町の巨刹《きょさつ》・竜峯山清泉寺《りゅうほうさんせいせんじ》の檀徒・小櫃作左衛門《こひつさくざえもん》、小櫃又兵衛《こひつまたべえ》が、古碑の崩れたのを嘆き、清泉寺三〇世住職の古吟梅林《こぎんばいりん》和尚《おしょう》の揮毫により、前碑に模して再建した」とある。前碑は、秩父氏の渉《じょう》・篠塚重広《しのづかしげひろ》の建立と推測されるが、定かではない。『新編武蔵風土記稿《しんぺんむさしふどきこう》』の下吉田の椋神社《むくじんじゃ》の項には、「天神社に向かひて左の方に碑あり、往古の碑は崩れたるによりて、近き頃古碑のままを模して彫りたり」とある。

■永法寺

吉田橋を渡り、右折してＣＭＫメカニクスの前を過ぎると、左手奥に永法寺《えいほうじ》がある。永法寺は、万福山《まんぷくさん》と号する臨済宗の寺で、本尊は薬《やく》師如来《しにょらい》である。寺宝に大曼荼羅《だいまんだら》がある。

菊水寺

永法寺から正面の道を南へ進むと、坂を登り切った右側に菊水寺《きくすいじ》があり、その先の左側に、昔の巡礼宿の名残の「ふじや」がある。

菊水寺は、延命山《えんめいさん》と号する曹洞宗の寺で、本尊は聖観世音菩薩《せいかんぜおんぼさつ》である。別名「長福寺《ちょうふくじ》」とも呼ばれ、秩父三十三所観音霊場三十三番札所である。聖観世音菩薩像は、藤原時代末期に行基によって造られたと伝え、県文化財に指定されている。菊水寺の創建、開基は不明である。永禄一二年（一五六九）、武田信玄《たけだしんげん》の攻撃により観音堂が全焼し、このとき、本尊の聖観世音菩薩像は、この地にあった長福庵《ちょうふくあん》に難を逃れた。後に、清泉寺の六世・長山賢道禅師《ながやまけんどうぜんじ》により、この地に長福寺が建立され、この聖観世音菩薩像が本尊として祀られた。

本堂は、文政三年（一八二〇）の再建で、桁行《けたゆき》八間半、梁行《はりゆき》六間半の入母屋造《いりもやづくり》、本瓦葺で、前方の向拝より堂の中央まで土間があり、参拝者が本尊に接して参拝することが出来るように工夫されている。欄《らん》間《ま》、鼻頭窓《はながしらまど》、破風《はふ》飾《かざ》りに特徴があり、土間の両側に「子返《こかえ》しの図《ず》」「孝《こう》

秩父三十四所観音霊場　埼玉県秩父地方にある三十四所観音霊場。文暦元年（一二三四）三月十八日開創と伝え、室町時代後期には、秩父札所として定着した。江戸時代には、多くの江戸庶民の観音信仰巡礼の聖地として賑わいをみせた。静寂な山村と美しい自然の風光を背景とした一巡約一〇〇キロメートルの巡礼道である。西国三十三所観音霊場、坂東三十三所観音霊場と併せて日本百観音と呼ばれ、その結願寺は秩父三十四所三十四番札所の水潜寺である。結願したら、長野の善光寺に参るのが慣例となっている。

椋神社

行和讃《こうわさん》の図《ず》」がある。

この寺の前庭には、次の句が刻まれた芭蕉の句碑がある。

寒菊や　粉糠《こぬか》のかかる　臼《うす》の端《はた》

この句は——米搗《こめつき》をしている臼のかたわらに寒菊が咲いている、花にも葉にもうっすらと米の糠がかかっている——という意味である。

この句碑は、寛保三年（一七四三）、芭蕉の五〇回忌の句会が催されたのを記念して、建部涼袋《たけべりょうたい》の揮毫により建立された。芭蕉の句碑の中では、全国的に古い句碑の一つである。

椋神社

菊水寺から来た道を吉田橋まで戻り、突き当たりを右に曲がり、吉田仲橋を渡って左折し、坂を登っていくと、椋神社《むくじんじゃ》に出る。

椋神社は、『延喜式《えんぎしき》』神名帳《じんみょうちょう》に、「秩父に二座並ぶ」と記された秩父《ちちぶ》神社《じんじゃ》に並ぶ古社で、祭神は、猿田彦命《さるたひこのみこと》、武甕槌命《たけいかづちのみこと》、経津主命《ふつぬしのみこと》、天児屋命《あめのこやねのみこと》、比売命《ひめのみこと》である。

この神社の由来については、次の伝承がある。

秩父事件百年の碑と記念像

「日本武尊《やまとたけるのみこと》が東征の折、秩父まで来ると、日が落ち、道に迷って立ち往生した。このとき、所持していた鉾の先から、一条の光が北へ飛んで行った。怪しんでそこへ行くと、井泉の傍の椋の大樹の下に猿田彦命が現れ、日本武尊を東方へ導き、煙のごとく消えた。武威がにわかに高まり、日本武尊は東国の平定に成功した。そこで、日本武尊は、大いに喜ばれ、鉾をご神体として、猿田彦命を祀り、永く東国の鎮守になるように祈請された。その後、和銅三年（七一〇）、社殿が造営されたのがこの神社の始まりという」と。

この神社には、無形民俗文化財の「龍勢《りゅうせい》」が伝わる。これは、日本武尊の東征の故事にならって、日本武尊が奉持した鉾より発した光の様を尊び、後世、住民が光を飛ばし、神意を慰め奉ったことに始まる。現在の龍勢は、火薬を詰めた松の筒に箍《たが》をはめ、青竹の櫓に縛り付けて打ち上げる。白煙を噴いて上昇する様子は、まるで龍が昇天し、空中に飛ぶように見える。

■秩父事件百年の碑

椋神社の境内には、秩父事件百年《ちちぶじけんひゃくねん》の碑《ひ》と記念像《きねんぞう》がある。秩父事件

子の神の滝

は、明治一七年（一八八四）、自由民権運動の一派の井上伝蔵《いのうえでんぞう》らを中心として、農民約三千人が地租の軽減などを要求して蜂起した事件である。農民は、椋神社の境内に集合した後、戸長役場《こちょうやくば》を銃撃したり、警官を殺傷したりした。翌日、大宮郷《おおみやごう》（現秩父市）の警察署、郡役所、治安裁判所を占拠した。警察と軍隊により、一週間ほどで鎮圧されたが、権力政治に抵抗した大衆蜂起の事件として歴史に名を留めている。

■子の神の滝

椋神社の傍を流れる阿熊川を少し上流に進むと、子《ね》の神《かみ》の滝《たき》がある。この滝は、高さ約一三メートル、幅約一三メートルで、一六〇〇〇万年前の古秩父湾の海底に堆積していた砂質泥岩《さしつでいがん》（子《ね》の神砂岩層《かみさがんそう》）が隆起して露出した岩壁を水が勢いよく流れ落ちている。水の落ち口は、行者が滝の水に打たれて修行する場になっているので、滝のすぐ傍まで近寄ることができ、夏でも別世界のような涼しさが感じられる。岩の上に腰掛けて、かじかの声を聞いたり、山椒魚の生息している様子を見たりして過ごすと格別である。

滝の下流約四〇メートルは、渓谷となっており、その周辺は、四季

吉田小学校の万葉歌碑

を通じて、美しい景観に彩られる。

■吉田小学校の万葉歌碑

子の神の滝から吉田仲橋まで戻り、橋を渡って直進し、町並みの中央から左手の坂を登っていくと、吉田小学校《よしだしょうがっこう》がある。この小学校の校庭の東隅に、天然記念物の樹齢約八〇〇年を超える大欅がある。この欅に対峙して校庭西隅に、次の二首の歌が刻まれた万葉歌碑がある。

武蔵嶺《むざしね》の　小《を》峰《みね》見《み》隠《かく》し　忘れ行く
君が名かけて　我を音《ね》し泣くる
一四・三三六二の或る本の歌

大君《おほきみ》の　命恐《みことかしこ》み　愛《うつく》しけ
真子《まこ》が手離《てはな》り　島伝《しまづた》ひ行く
一四・四四一四

碑陰には、「吉田町合併四十周年記念事業の一つとして建てられた、三代目にあたる新碑で、文化二年（一八〇五）、清泉寺住職三〇世古吟梅林和尚《ばいりんおしょう》の揮毫により前碑に模して再建する。平成七年（一九九五）、前碑の崩れ激しきがため吉田町文化財保護委員会委員長青葉佐一の揮毫により前碑に模して再建する」と刻まれている。

吉田小学校のある高台に、秩父十郎武綱《ちちぶじゅうろうたけつな》の居館があった。秩父氏は、桓武天皇《かんむてんのう》の六代孫の平将恒《たいらのまさつね》が武蔵権大掾《むさしごんだいじょう》に任ぜられ、秩父郡中村郷に居住し、「秩父」と名告ったことに始まる。その子孫の武基《たけもと》は、秩父別当を兼ねたので、上の原牧林に館を築き、その子・十郎武綱が、この台地に居館を築いた。武綱は、後三年《ごさんねん》の役《えき》で戦功を立て、関東武士として名を馳せた。

その跡地に、氏神として若宮八幡宮《わかみやはちまんぐう》が祀られた。最初の万葉歌碑は、その境内に奉献された。その後、この万葉歌碑が崩れたので、文化二年（一八〇五）、地元の有志が再建した。大正五年（一九一六）、若宮八幡宮は椋神社に合祀され、その跡地に吉田小学校が建設され、万葉歌碑は校庭に移された。その後、万葉歌碑の崩れが激しくなったために、平成七年（一九九五）、吉田歴史民俗資料館前に移された。この古碑に代わって、平成八年（一九九六）、町文化財保護委員長の青葉佐一氏の揮毫により、古碑を模して、新しい万葉歌碑が再建された。

防人　欽明天皇二三年（五六二）、任那の日本府が滅亡した後、九州に守備兵を配置したことに始まる。大化の改新以後、制度化し、軍防令に定められた。正丁（二一歳から六〇歳の男子）から徴兵され、三年の交替制で、壱岐、対馬、筑紫の防衛にあたらせた。聖武天皇の天平二年（七三〇）に徴兵を東国に限った。桓武天皇の延暦一四年（七九五）、防人の制が廃止され、西海道の兵士があてられ、一〇世紀まで続いた。

貴布禰神社

貴布禰神社

吉田小学校から吉田仲橋を渡り、坂を登って行くと、役場に出る。さらに進むと、井上伝蔵屋敷跡《いのうえでんぞうやしきあと》があり、その先に貴布禰神社《きふねじんじゃ》がある。

貴布禰神社は、弘仁九年（八一八）の創建で、祭神は高龗神《たかおかみのかみ》、貴布《きふ》禰《ね》大明神《だいみょうじん》である。この年は、大変な旱魃で、村の人たちが欅の大樹の下で麦飯を供えて雨乞いをしていた。そのとき、突然南の空がかき曇り、一条の光が欅に射し、慈雨が降り、開墾地は潤された。雨が止んだ後にも、数カ所から清泉が湧き出し、田畑を潤したので、豊かな収穫が得られるようになった。喜んだ人々は、その泉を「神井《しんい》」と称え、村名を「井上」と改めた。その後、この一帯に美田が広がったので、この地域を総称して「宜田郷《よしだごう》」と呼んだのが現在の吉田という地名の起源とされる。この神井の地に、京都の貴布禰大明神を分祀し、「貴布禰神社」が創建された。

鳥居の傍に、「貴布禰神社」の社号標が建っている。この揮毫者は田中千弥《たなかせんや》である。田中千弥は、椋神社の社司や貴布禰神社の社掌を務め、秩父事件の模様を詳細に記録した『秩父暴動雑録《ちちぶぼうどうざつろく》』などの諸記録を編述し、『田中千弥日記《たなかせんやにっき》』を著した。

椋神社付近から武甲山（武蔵嶺）展望

この神社には、無形文化財の秩父神楽《ちちぶかぐら》と並ぶ貴布禰神楽《きふねかぐら》が伝わる。この神楽は、文化年間（一八〇四〜一八一八）、時の神官・宮川和泉《みやがわいずみ》が数人を連れて江戸に上り、「神子《みこ》」「天狐《てんこ》」などの舞と囃子の手ほどきを受けたことに始まる。江戸系統に属する岩戸神楽で、一神一座形式の三六座を数え、翁の舞、猿田の舞などの優れた舞が伝承されている。文化一三年（一八一六）の神楽役裁許状《かぐらやくさいきょじょう》が残されている

貴布禰神社の前から、バスで秩父鉄道皆野駅に出て、今回の散策を終えた。今回は、まだ宅地開発がほとんど進んでいない吉田町の万葉古碑を訪ね、防人の少歳の故郷をめぐりながら、先人の万葉への情熱を偲ぶ散策となった。

交通▼西武池袋駅で池袋線飯能行き電車に乗車、飯能駅で秩父線西武秩父行き普通電車に乗り換え、西武秩父駅で秩父鉄道寄居行きの普通電車に乗り換え、皆野駅で下車、皆野駅で上吉田行きのバスに乗り換え、白砂公園で下車。

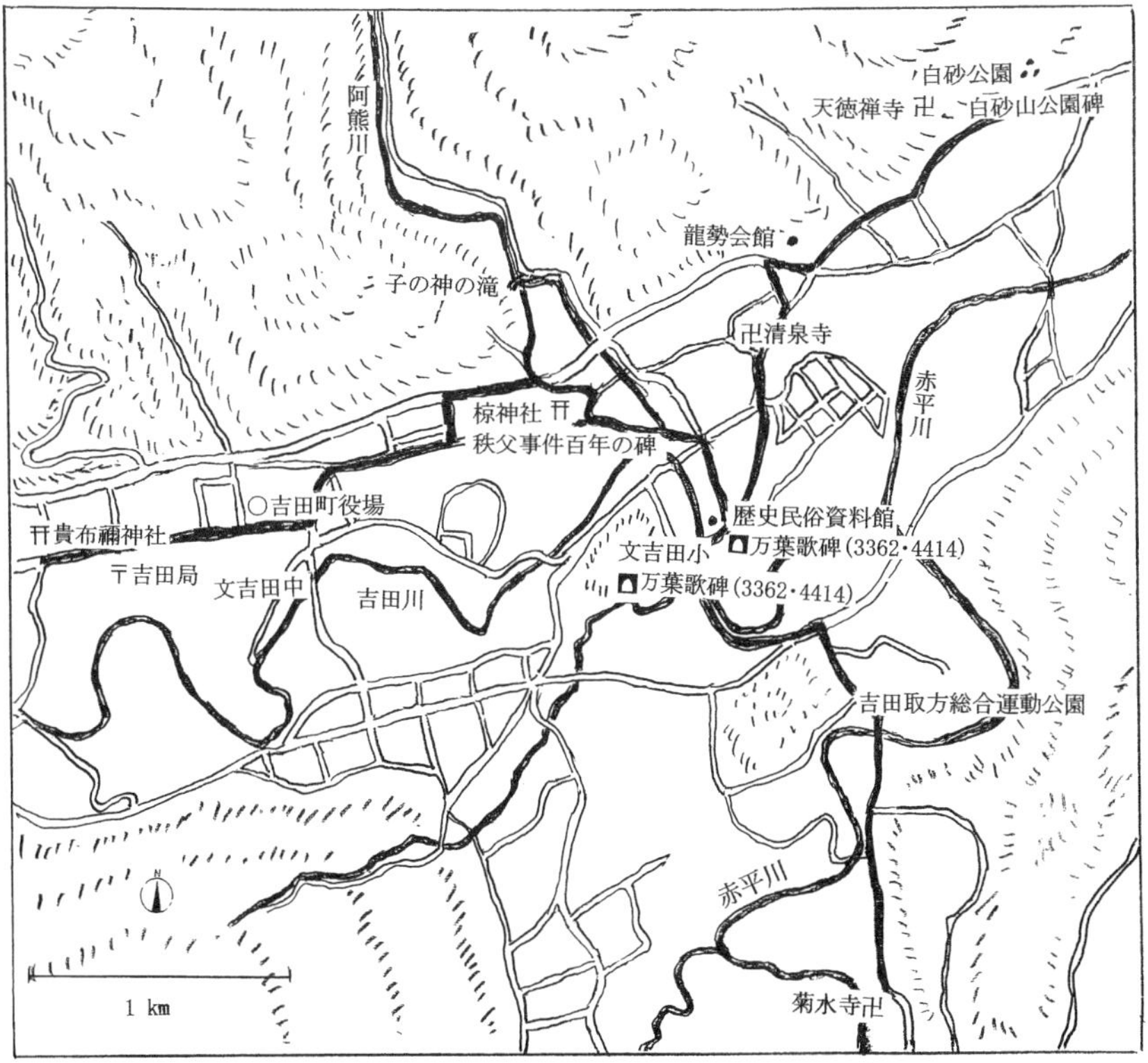
阿熊川
白砂公園
天徳禅寺
白砂山公園碑
龍勢会館
子の神の滝
清泉寺
赤平川
椋神社
秩父事件百年の碑
吉田町役場
歴史民俗資料館
貴布禰神社
万葉歌碑(3362・4414)
文吉田小
吉田局
文吉田中
吉田川
万葉歌碑(3362・4414)
吉田取方総合運動公園
赤平川
1 km
菊水寺

旧吉田町の万葉古碑コース

みくく野（水潜寺）コース（埼玉県秩父郡皆野町）

野巻の椋神社

先述のコースで、防人・少歳の故郷の旧吉田町の万葉古碑を訪ね、秩父三十三所観音霊場第三十三札所の菊水寺《きくすいじ》をめぐった。吉田の北側に、破風山《はっぷさん》、如金峰《にょきんほう》など、六〇〇〜七〇〇メートル級の山並みが連なり、菊水寺からの秩父巡礼道は、この山並みの中程の札立峠《ふだたてとうげ》を越えて、結願寺の第三十四番札所の水潜寺《すいせんじ》に通じている。水潜寺のある地は、『万葉集』に「水久君野《みくくの》」と詠まれ、「水くぐりの里」と呼ばれ、水潜寺の境内には、万葉歌碑がある。今回の散策では、水潜寺の万葉歌碑とその周辺の史跡をめぐり、みくく野を偲ぶことにする。

■椋神社

西武池袋駅で池袋線飯能行きの急行電車に乗り、飯能駅で秩父線西武秩父行きの普通電車に乗り換え、さらに、西武秩父駅で秩父鉄道寄居行きの普通電車に乗り換えると、約二時間一〇分で皆野駅に着く。皆野駅前から上吉田行きのバスに乗ると、約一〇分で椋宮橋《むくみやはし》に着く。

椋神社付近から破風山展望

椋宮橋が架かる谷川の右側の道が、破風山へ登るハイキングコースであるが、左側の道をたどる。野巻《のまき》の集落への坂道を登っていくと、右側に椋神社《むくじんじゃ》がある。

椋神社の祭神は猿田彦命《さるたひこのみこと》で、『延喜式《えんぎしき》』神名帳《じんみょうちょう》に載る秩父郡二座の一社とされている。同名の神社は、秩父地方には五社あるが、明治政府は、いずれの神社も式内社《しきないしゃ》と名告ることを許可した。

『秩父志《ちちぶし》』の吉田村の項には、「此神社《このじんじゃ》（椋神社）は、今に井倉《いくら》の社《やしろ》と称ふ。（中略）皆野村《みなのむら》、蒔田村《まきたむら》に同社あり。皆野にては倉《くら》の社《やしろ》と唱へ、野巻も同様なり。蒔田にてはムクノ神と唱ふ。按《おもふ》に字訓の如く唱ふるはあやまらん」とある。秩父郡の椋神社は、クラを社名に残しており、往古、「クラ神社」と呼ばれていたと伝える。

野巻の椋神社の創建については、『秩父史談《ちちぶしだん》』に、「牧場の守護神として、秩父氏が奉斎した」とある。神社のある段丘は、秩父十郎武綱《ちちぶじゅうろうたけつな》が牧を開いたところと伝え、『武蔵野話《むさしのはなし》』にも、「いにしへ秩父より牧の駒をたてまつりしは野牧村なるべし」と記され、野巻という地名は野牧に由来するという。この神社は、皆野、下吉田の椋神社に比べて小規模であるので、式内社とするには疑問が残る。

二十二夜塔

堂の地蔵

椋神社の前の道を登っていくと、破風山ハイキングコースの道に合流する。右折してしばらく進むと、右側に地蔵像と二十二夜塔《にじゅうにやとう》がある。

この地蔵像は、宝暦四年（一七五四）の建立で、地元では「堂の地蔵さん」と呼んでいる。これは、地蔵像の傍に、女人念仏供養のための堂があり、集会所として利用されていたことに由来する。堂は太平洋戦争後に取り崩され、地蔵像のみが残された。

二十二夜塔

堂の地蔵の横に二十二夜塔がある。江戸時代、旧暦の一〇月二二日の晩に女性が集会所に集まって二十二夜講《にじゅうにやこう》を開き、月天を供養し、延命長寿、無病息災、家内安全を祈願し、さらに、美しい観音にあやかって、安産を祈った。最近でも、二月と一〇月の二二日に女性だけが集まって講が開かれており、とくに、新嫁は安産を祈願するという。

秩父地方を散策すると、あちらこちらに二十二夜塔が見られるが、これは、二十二夜講が江戸時代にこの地方で盛んであったことを物

破風山から秩父方面展望

語っている。

■破風山

さらに、坂道を登っていくと、やがて破風山《はっぷさん》への旧道に出る。旧道は山道で、高度を上げるにしたがって、秩父盆地の美しい景観が見渡せるようになる。舗装道路を三回横切り、灌木が茂る山道を登り切ると、東屋《あずまや》に出る。破風山の山頂はそのすぐ先にある。

破風山は、標高約六二六メートルで、頂上から秩父盆地を一望することが出来る。西には防人《さきもり》の少歳《をとし》の故郷といわれる吉田、南には秩父の町並みを経て、武甲山《ぶこうさん》（武蔵嶺《むさしね》）、三峰山《みつみねさん》、東には皆野の町並みを経て丸山《まるやま》、堂平山《どうだいらさん》、愛宕山《あたごやま》の大パノラマの展望が楽しめる。

■札立峠

破風山から西へ山道を下っていくと、札立峠《ふだたてとうげ》に出る。この峠は、秩父三十三所観音霊場第三十三番札所の菊水寺《きくすいじ》から第三十四番札所の水《すい》潜寺《せんじ》へ行く巡礼道にあたる。札立峠の名は、その昔、大旱魃のとき、旅の僧が「雨を祈らば観音を信ぜよ」といったことに基づいて、地元の人たちが「橘甘露法雨《たちばなかんろほうう》」と書かれた札を立て、雨乞いをしたことに由来するという。峠には、巡礼道の小さな石標が建っている。

如金大明神

札立峠から直進して、如金峰《にょきんほう》へ向かう。しばらく進むと、グロテスクな形の巨岩の前に出る。この巨岩は、「如金《にょきん》さま」と呼ばれている。如金とは、金精大明神《こんせいだいみょうじん》のことで、縁結び、出産の神である。この地の人々は、霊験あらたかな「こんせ様」と呼んで崇めている。往古、願をかけに来る人とお礼に来る人で賑わったといわれているが、今では人影は見られない。

如金峰の奇岩（如金さま）

水潜寺

札立峠まで戻り、巡礼道を下る。気持ちのよい植林の間の道を進む。やがて沢に出る。大きな石ころだらけの荒れた道が続く。「水潜寺《すいせんじ》はすぐそこ」と刻まれた石像を過ぎると、木立の間に秩父三十三所観音

水潜寺

霊場第三十四番札所の水潜寺が見えてくる。

水潜寺は、日沢山《にったくさん》と号する曹洞宗の寺で、本尊は千手観世音菩薩《せんじゅかんぜおんぼさつ》である。「みずくぐり観音」とも呼ばれている。開基は阿佐美伊賀守慶《あさみいがのかみけい》延《えん》、開山は大通院二世・敬翁正遵《けいおうせいそん》である。

西国三十三所観音霊場、坂東三十三所観音霊場、秩父三十三所観音霊場とこの寺を総合して、「観音百番《かんのんひゃくばん》」と呼び、この寺は結願寺《けちがんじ》になっている。このためか、境内でまず目につくのが、観音堂に所狭しと納められた納札である。巡礼者は、この寺に巡礼の打ち留め札を納める習わしがあるという。

この寺の縁起は、次のように伝えられている。

「天長元年（八二四）、この付近が大干魃に見舞われたとき、一人の僧が現れて、千手観世音菩薩を祀った。村人が『橘甘露法雨』と書いた木札を建て、千手観世音菩薩を一心に拝んだところ、雨が降り出して、水が湧き出した。そこで、この祈願を行った所に水潜寺が建立された」と。

『水潜寺古縁起《すいせんじこえんぎ》』には、「天長元年（八二四）諸国に旱魃あり、一僧来たりて観音を信ずべしと言いて奥の院に水くくりの観音を祀った」とある。

札立峠の巡礼道の道標

観音堂は、江戸の人たちの寄進によって、文政一一年（一八二八）に再建された。桁行《けたゆき》六間、梁行《はりゆき》六間の宝形造《ほうぎょうづくり》、本瓦葺《ほんかわらぶき》で、正面の屋根に大きな流向拝《ながれこうはい》がある。外陣の周囲には桟唐戸《さんからと》がはめられ、縁が設けられ、内陣は壁で囲まれている。外陣と内陣の境は、格子戸で仕切られ、その上部には、飛天像《ひてんぞう》などの見事な極彩色の彫刻が施されている。本尊の千手観世音菩薩像は、一木造で、室町時代の作である。その両側には、坂東霊場《ばんどうれいじょう》をかたどる東方瑠璃光世界《とうほうるりこうせかい》の薬師如来像《やくしにょらいぞう》、西国霊場をかたどる西方浄土世界《さいほうじょうどせかい》の阿弥陀如来像《あみだにょらいぞう》が安置されている。これは、この寺が坂東、秩父、西国を合わせた日本百観音霊場の結願寺とされることに由来する。

境内には、結願堂《けちがんどう》、仏足堂《ぶっそくどう》があり、百済観世音菩薩像、七観世音菩薩像、三十三観世音菩薩像、六地蔵像などを祀る。寺宝には、子育観世音菩薩像がある。

水潜寺境内の万葉歌碑

仏足堂の横に、次の歌が刻まれた万葉歌碑がある。

水潜寺境内の万葉歌碑

水久君野《みくくの》に　鴨の這《は》ほのす　兒《こ》ろが上に
言《こと》をろ延《は》へて　いまだ寝なふも

一四・三五二五

この歌は――みくく野で、鴨が地べたを這って、よろよろと歩くように、あの娘に、そっと長い間言葉をかけつづけて来たが、いまだに共寝をするには至ってはいない――という意味である。二人の間の関係が進展しないもどかしさを嘆く心情が詠まれている。

この歌碑は、自然石で出来ており、大通院の住職・大久保堅瑞《おおくぼけんずい》氏の揮毫により、昭和五七年（一九八二）に建立された。「水くく」と水潜寺の起こりを結びつけて、この歌碑が建てられた。

碑陰には、この歌碑の建碑の由来が次のように刻まれている。

「鹿持雅澄《かもちまさずみ》の万葉集古義《まんようしゅうこぎ》などにミククとは水くぐりで、武蔵国秩父郡に水久具利《みくくり》という里があるとしている。当山は天長元年のひでりのときに一僧の言に従い、奥の院に水くぐり千手観音を祀ったのが始まり。ミククとはこの水くぐり一帯をいうのであろう」

みくく野については、地名説、非地名説に分かれている。地名説では、『万葉集古義』『万葉集略解《まんようしゅうりゃくげ》』などに「水久君野は水くぐりで、武蔵国秩父郡に水久具利という里あり」とあり、秩父郡日野沢説《ちちぶぐんひのざわせつ》が示さ

水くぐりの岩から引いた長滋寿水

れている。『万葉集考《まんようしゅうこう》』にも、「武蔵の秩父郡に水久具利の里ありとあり、『ミクク』は、『水くぐり』で、水潜寺のあたりが水くぐりの里である」としている。

一方、『万葉集論究《まんようしゅうろんきゅう》』には、「ククはクグリであり、水ククは、ミズクキと同じで、水に浸ることをいう、さらに、卑湿な野をミクク野といい、地名としての地点の実在は要せぬ」とあり、非地名説が示されている。

このように、みくく野については、地名説と非地名説の二つがあるが、所在地不詳とするのが一般的である。

水くぐりの岩屋

観音堂の右手の崖に水《みず》くぐりの岩屋《いわや》があり、その中に石仏が祀られている。往古、この岩屋をくぐって身体を清め、俗界に帰る風習があったので、水潜寺が「みずくぐり観音」と呼ばれるようになったと伝える。

みずくぐりの岩屋から長滋寿水《ちょうじじゅすい》が湧き出し、観音堂の横まで引き出されている。長滋寿水の味は、その冷たさが伴って格別であり、散策

秩父華厳の滝

の労を癒やしてくれるのに余りある。「水久具利《みずくぐり》」という地名は、国土地理院の地図にはないが、この水を飲むと、この一帯を指しているように思えてくるのは不思議である。

■秩父華厳の滝

水潜寺から参道を下ると、日野沢川《ひのさわがわ》に出る。左折して川沿いに上流の方へ進むと、秩父華厳の滝《ちちぶけごんのたき》がある。日光の華厳の滝とよく似ていることから、この名がある。滝上には、目を大きく見開いたユニークな不動明王《ふどうみょうおう》がある。

秩父華厳の滝は、落差一〇メートルそこその小さな滝であるが、日照りつづきでも、水が涸れることはないという。滝口で水が絞られ、中央で膨らみ、滝壺の手前で再び絞られるといった落水の形の変化と、全体的にしなやかな曲線を描く落ち筋の形状が非常に美しい。

滝から爽やかに流れてくる涼しい風を受けながら、滝壺の傍の岩の上に座り、鳥のさえずりを聞きながら過ごすのは、万葉故地めぐりの醍醐味につきる。

門平の高札場跡

門平の高札場

秩父華厳の滝からさらに日野沢川に沿って進み、門平入口のバス停から山道に入り、高度を上げていくと門平の集落に入る。

集落の中程に高札場跡《こうさつばあと》がある。高札場は、江戸時代に、一般の人々に告知するために、法度《はっと》、掟書《おきてがき》などが高く掲揚された場所である。この高札場は、石積みの基壇の上に、切妻造《きりづまづくり》、目板葺《めいたぶき》の屋根を付けた本体に札掛が設置されている。周囲に柵が設けられ、保存状態がよい。江戸時代後期に、上日野沢村の高札場として、村の北側の三叉路横の名主の家の前にあったものをここに移したという。

産湯沢の井

高札場の少し先に産湯沢《うぶゆさわ》の井《い》がある。天慶三年（九四〇）、藤原秀郷《ふじわらのひでさと》の軍勢に敗れた平将門《たいらのまさかど》は、天然の要塞・城峰山《じょうみねさん》に立て籠ったが、再挙を図るため、ここまで落ち延びた。これに従った弟の将平《まさひら》は疲れ果て、一歩も進めなくなった。このとき、こんこんと湧き出す泉を発見し、その水で傷口を洗うと、たちどころに傷が治り、元気を取り戻し

産湯沢の井

た。その後、この泉は、霊験あらたかな泉として、大切に保存され、この水の産湯を使った子供は、必ず丈夫に育ったことから、「産湯沢の井」と呼ばれるようになった。

門平のバス停から秩父鉄道皆野駅に出て散策を終えた。今回は、秩父三十三所観音霊場第三十四札所の万葉歌碑を訪ね、水くぐりの岩屋を眺めながら、古の万葉の世界へ思いを馳せた散策であった。

交通▼西武池袋駅で池袋線飯能行きの急行電車に乗車、飯能駅で秩父線西武秩父行きの普通電車に乗り換え、西武秩父駅で秩父鉄道寄居行きの普通電車に乗り換え、皆野駅で下車、皆野駅で上吉田行きのバスに乗車、椋神社橋で下車。

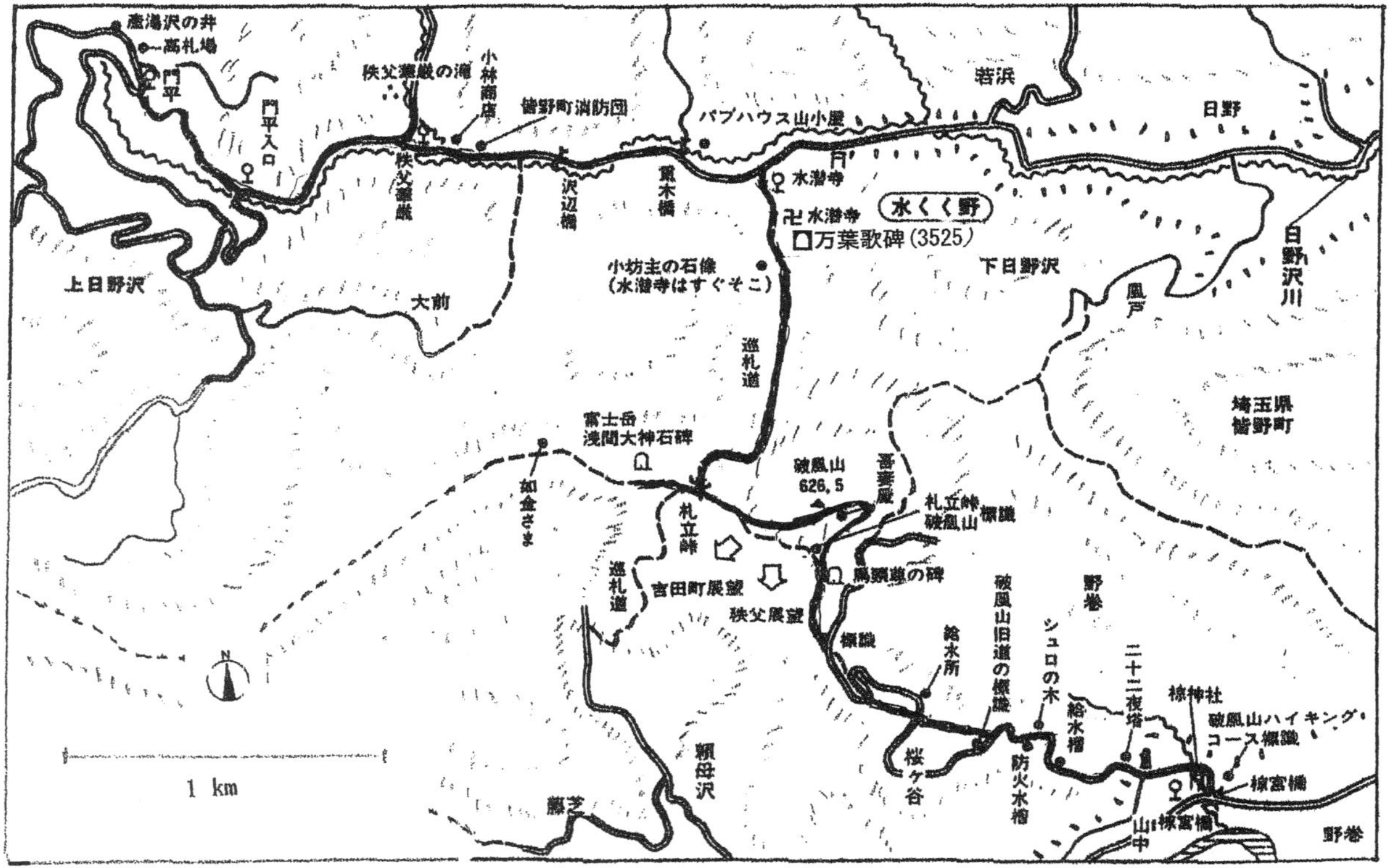
門平入口
小林商店
皆野町消防団
パブハウス山小屋
日野
水潜寺
水くく野
万葉歌碑（3525）
上日野沢
大前
沢辺橋
小坊主の石像
（水潜寺はすぐそこ）
下日野沢
日野沢川
巡礼道
富士岳
浅間大神石碑
如金さま
破風山
626, 5
札立峠
破風山
吉田町展望
秩父展望
埼玉県
皆野町
野巻
給水所
桜ヶ谷
破風山旧道の標識
シュロの木
防火水槽
給水槽
二十二夜塔
破風山ハイキングコース標識
山中
1 km

みくく野（水潜寺）コース

武蔵嶺（武甲山）コース

（埼玉県秩父市・秩父郡横瀬町）

正丸駅

『万葉集』巻一四に、ある本の歌に曰くとして、武蔵嶺《むさしね》を詠んだ歌が見える。この山の所在地については諸説があり、その中に秩父市の南東に位置する武甲山《ぶこうさん》であるとする説がある。秩父市皆野コースで、秩父の破風山《はっぷさん》から札立峠《ふだたてとうげ》を越えたとき、最も印象に残った山は武甲山であった。周囲の低い山々の背後に、いつもピラミッド形の秀麗な山容が目につき、その美しい姿に感動させられた。今回の散策では、まず、武川岳《たけがわだけ》に登り、頂上付近のカタクリの群生地を訪ねてから、武甲山（武蔵嶺）に登ることにする。

■正丸峠

西武池袋駅で池袋線飯能行きの急行電車に乗り、飯能駅で秩父線西武秩父行きの普通電車に乗り換えると、約一時間四〇分で正丸駅《しょうまるえき》に着く。正丸駅の東側のガードをくぐり、正丸峠に向かう。右側に安産地蔵を安置した観音堂《かんのんどう》がある。さらに進むと、大蔵山《おおくらやま》の馬頭尊《ばとうそん》の前に出

大蔵山の馬頭尊

る。ここで道は、正丸峠《しょうまるとうげ》方面と伊豆ヶ岳《いずがだけ》方面に分かれ、直進すると旧正丸峠、左折すると伊豆ヶ岳に通じている。

旧正丸峠は、ここから約一・三キロメートル北にある。『武蔵野夜話《むさしのよわ》』には、「我野《あがの》より大宮（秩父）への往還に小丸嶺《しょうまるみね》といひ又足《あし》が窪《くぼ》嶺《みね》といふ。（中略）道先鞍《みちのさきくら》として難所なり。上下三十七八町もあるべし」とある。旧正丸峠は、江戸時代には、江戸と秩父を結ぶ往還道にあり、最大の難所であった。昭和一二年（一九三七）、新道が開通して正丸峠が出来、昭和五七年（一九八二）、正丸トンネルが開通して、旧正丸峠は寂れていった。

■名栗げんきプラザ

馬頭尊《ばとうそん》の前の分岐で左折し、伊豆ヶ岳方面の道をたどる。名栗げんきプラザへの分岐で右折して、きつい階段を登っていく。亀岩を通り過ぎ、急な階段を登り切ると、大倉山《おおくらやま》（標高約六六〇メートル）の頂上に着く。分岐点から約二三〇メートルの標高差である。山頂は木立に囲まれ、ほとんど展望がきかない。ここから約一三〇メートルの標高差を下る。舗装された林道に出て右折し、しばらく進むと、国道二九

名栗げんきプラザ

九号線に出る。国道に沿って進むと、名栗げんきプラザの入口がある。

名栗げんきプラザは、敷地面積が八万三千平方メートルにも及び、四千平方メートルの本館とプラネタリウム館がある。伊豆ヶ岳、武川《たけがわ》岳《だけ》への登山や、周囲の山々へのトレッキングの拠点であり、オリエンテーリング、キャンプ、星の観測などが楽しめる。

武川岳とカタクリの群生地

名栗げんきプラザの本館をくぐり抜けて、右手の階段から裏山へ登っていくと、尾根道に出る。ここから標高差約四三〇メートルの武川岳の山頂を目指す。時々、伊豆ヶ岳、古御山《こみやま》が木々の間に見え隠れする。頂上が近くなると、落葉樹が増え、明るいカヤトの中を進むようになり、やがて、武川岳の頂上に着く。

武川岳（標高約一〇五二メートル）の山頂の木立の間から、西側に武甲山《ぶこうさん》、大持山《おおもちやま》、小持山《こもちやま》、東側に伊豆ヶ岳、古御山の美しい山容を展望することが出来る。

武川岳の山頂付近は、カタクリの群生地である。四月中旬から下旬頃にこの地を訪れると、数多くのカタクリの花の開花を目にすること

武川岳山頂

が出来る。カタクリの花を見ながら山道を歩くと、思わず次の歌を口ずさむ。

もののふの　八十娘女《やそをとめ》らが　汲《く》みまがふ
寺井《てらい》の上《うへ》の　堅香子《かたかご》の花

一九・四一四三

この歌は――たくさんの娘子が、水を汲みに集まって賑わう、寺の境内にある井戸のほとりに咲いている、可憐なカタクリの花よ――という意味である。この歌は、天平勝宝二年（七五〇）、大伴家持《おおとものやかもち》が越中国守として、現在の高岡市に赴任していたときに詠んだ歌で、「堅《かた》香子《かご》」は「カタクリ」である。四月中旬から下旬頃、武川岳に登ってカタクリに出会う感動は格別である。

カタクリは、可憐でいながらも、艶やかな不思議な風情のある花である。筆者は、東京へ単身赴任して初めての春、武川岳に登り、偶然、うつむき加減に恥ずかしそうに咲く紅紫色のカタクリの花に出会った。そのときの感動が忘れられず、その後、毎年春になると、カタクリの花との出会いを求めて、武川岳に登った。

武川岳山頂付近のカタクリ

■妻坂峠

武川岳から妻坂峠《つまさかとうげ》へ約二五〇メートルの標高差の急坂を下る。この急坂の両側も、カタクリの群生地である。やがて、妻坂峠に出る。

妻坂峠については、『秩父日記《ちちぶにっき》』に「里離れ、ものすごき奥山に分け登りぬ。妻坂嶺《つまさかみね》とぞいふ。徒歩より行く者のみぞ越す。げに馬など通うべくも見えず。巌根《いわね》こごしき山路なりけり」とある。峠の名前は、畠山重忠《はたけやましげただ》が鎌倉に赴くとき、愛妻がこの峠まで夫をいつも見送っていたことに由来するという。峠は、狭い平地で、一基の石仏がある。石仏には、「州秩父郡名栗邑山中村造立之《しゅうちちぶのこほりなぐりのむらやまなかむらこれをぞうりつ》　延享四年」と刻まれている。

妻坂峠から大持山へ標高差五〇〇メートルの急坂を登る。稜線との出会いまでの間もカタクリの群生地である。うっかりすると、カタクリを踏んでしまうほど群生しており、登山者の目を楽しませてくれる。稜線との出会いに立つと、奥武蔵の山々の大パノラマが見られ、感慨もひとしおである。

妻坂峠の石仏

■大持山・小持山

稜線との出会いのすぐ先に、大持山《おおもちやま》（標高約一二九四メートル）がある。大持山の山頂は、自然林に囲まれて、展望がほとんどきかない。大持山から小持山《こもちやま》の間は、露岩の多いやせ尾根が続く。初夏には、馬《あ》酔木《せび》、ドウダンツツジ、ヤシオツツジの開花が楽しめる。やがて小持山（標高約一二七三メートル）に着く。小持山の山頂は、やせて狭いが、木の間から秩父の山々が望める。

■御嶽神社

小持山の山頂から露岩の多い標高差約二〇〇メートルの急坂を下ると、「シラジクボ」と呼ばれる鞍部に出る。ここから再び武甲山の肩へ標高差約二〇〇メートルの急坂を登り返す。やがて武甲山の肩に出る。ここで右からの表参道、左からの浦山口登山道と合わさる。ここから五分ほどで御嶽神社《みたけじんじゃ》に着く。

御嶽神社は、日本武尊《やまとたけるのみこと》が東征の折、武甲山の山頂に武具を納め、関東鎮護の守り神としたことに始まる。欽明天皇《きんめいてんのう》の時代に、日本武尊

大持山稜線からの武川岳展望

を主祭神とし、男大迹命《おおどのみこと》を合わせ祀ったという。永禄一二年（一五六九）、武田信玄《たけだしんげん》が横瀬の里に侵入し、北条氏邦《ほうじょううじくに》と戦ったとき、戦火のあおりで社殿が灰燼に帰した。元亀元年（一五七〇）に社殿の造営にかかり、天正二年（一五七四）に竣工した。昭和四一年（一九六六）に台風で半壊し、昭和五一年（一九七六）に新社殿が再建された。

■武甲山（武蔵嶺）

武甲山《ぶこうさん》（武蔵嶺《むさしね》）（標高約一二九五メートル）の頂上は、御嶽神社のすぐ裏にある。『万葉集』巻一四には、武蔵嶺を詠んだ次の歌がある。

相模嶺《さがむね》の　小峰《をみね》見隠《みかく》し　忘れ来《く》る
妹《いも》が名呼びて　我《あ》を音《ね》し泣くな
一四・三三六二

ある本の歌に曰く

武蔵嶺《むざしね》の　小峰《をみね》見隠《みかく》し　忘れ行く
君が名かけて　我《あ》を音《ね》し泣くる

御嶽神社の武蔵国号社の石標

前者の歌は――わたしは防人《さきもり》に召されて、相模嶺をあとにして旅立った、愛しい妻の面影がやっと思い浮かばなくなったときに、同行者が無情にも妻の名前を呼んで、わたしを泣かせることよ――という意味である。後者のある本の歌は――夫は防人に召されて、故郷の武蔵嶺をあとにして旅立った。愛しい妻の面影がやっと思い浮かばなくなったときに、まわりの人が無情にも夫の名前を呼んで、わたしを泣かせることよ――という意味である。

前者の歌は、相模嶺をあとに、仲間と連れだって防人の任地に向かう夫が、妻に思いを寄せて詠んだ歌であり、後者のある本の歌は、武蔵国から任地に向けて旅立った防人の妻が、夫に思いを寄せて詠んだ歌で、それぞれお互いに思いを寄せる心情が伝わってくる。

武蔵嶺については、種々の説がある。その一つは、『万葉集略解《まんようしゅうりゃくげ》』の「これは秩父の山を言なるべし」に代表される秩父の山とする説である。他の一つは、『古典文学全集《こてんぶんがくぜんしゅう》　万葉集《まんようしゅう》』の「武蔵国にある山であろうが、どの山を指すか不明。一説に埼玉県秩父市の南方にある武甲山かとする」による武甲山説である。他の一つは、『万葉集私注《まんようしゅうしちゅう》』の「或本歌にムザシネとあるは、同じ山を武蔵側から呼ぶと見れば、多摩の横山の南方への続きである。多摩川の右岸の丘陵地帯のある部

御嶽神社

分と見ることができよう」による多摩丘陵《たまきゅうりょう》という説である。『知々夫紀行《ちちぶきこう》』には、「知々夫《ちちぶ》の郡へと志して立出づ。年月隅田の川のほとりに住めるものから、いつぞは此川の出づるところをも究め、武蔵禰《むざしね》乃《の》乎《を》美禰《みね》と古の人の詠みけんあたりの山々を見になど思ひしことの数次なりしが、在時は綾瀬の橋の央より雲のはるかに遠く眺めやりし彼の秩父嶺の翠色深《みどりいろふか》き中に（後略）」とあり、武甲山説をとっている。

　武甲山の名称の由来についても諸説がある。日本武尊《やまとたけるのみこと》が愛用の武具甲鎧を山頂に納め、武運長久を祈願したという説、その山容が甲に似ているからという説などがある。その頂上に立つと、秩父盆地が眼下に広がり、吉田《よしだ》、破風山《はっぷさん》、長瀞《ながとろ》、その背後に上越の山々が連なって見える。しかし、頂上の直ぐ下には、ブルドーザーが唸る採石場が白い肌を見せており、自然破壊が進む現実に心が痛む思いがする。

　相模嶺《さがみね》については、『万葉集略解』に、「今大山《おおやま》とて、雨降神社《あまたらしじんじゃ》のある山なるべし」とあり、現在の大山をあげている。一方、相模地方にある丹沢山塊《たんざわさんかい》とする説もある。万葉の時代には、相模国には、二つの官道が通じていた。一つは、足柄峠から坂本駅を経て、酒匂川《さかわがわ》、大磯《おおいそ》、平塚《ひらつか》を通る海岸沿いの道である。他の一つは、酒匂川の上流を渡って、

武甲山山頂から秩父方面展望

秦野《はだの》、伊勢原《いせはら》を通る大山沿いの道である。これらの官道から目立つ山といえば、大山であるので、相模嶺は大山とするのは妥当であるように思われる。

一方、この歌に見られるように、武蔵嶺の歌は、相模嶺の歌の替え歌として詠まれている。このため、『万葉集私注《まんようしゅうしちゅう》』では、「同系統の民謡が相模武蔵二地に行はれ、各其の地の名前を用ゐたので、サガムネとムザシネとは関連のない地名と見えるが、恐らくは相模武蔵国境の丘陵地帯に発達した民謡で、一つ地を両方から異なる呼方をして居たために、別伝を生じたと見ることもできよう」と記し、この歌は、相模国、武蔵国の民謡から派生したという見解が示されている。

武蔵嶺と相模嶺が同じように詠まれているので、当時、民謡として流布していたと看做されること、防人の歌にしては離別の悲しみの切迫感に欠けること、などの指摘もあり、防人の歌ではないという説もある。

■橋立堂

武甲山の肩まで戻り、浦山口《うらやまぐち》登山道《とざんどう》を下る。ところどころに発破の

橋立堂

避難小屋がある。急坂を下ると、「長者屋敷《ちょうじゃやしき》の頭《かしら》」と呼ばれる尾根の平坦部に出る。ここから急降下となり、ジグザグに下ると、橋立川《はしだてがわ》のほとりに出る。少し下ると、舗装された林道となる。この道筋は、秋の紅葉が素晴らしい。橋立神社《はしだてじんじゃ》の祠を経て、御嶽神社の鳥居を過ぎると、秩父三十三所観音霊場二十八番札所の橋立堂《はしだてどう》に着く。

橋立堂は、石龍山《せきりゅうさん》と号する曹洞宗の寺で、本尊は交通の守仏である馬頭観世音菩薩《ばとうかんぜおんぼさつ》である。四国、秩父、坂東百観音の中で、馬頭観世音菩薩像を祀るのは、西国三十三所観音霊場二十九番札所の松尾寺《まつおでら》とこの橋立堂だけである。この馬頭観世音菩薩像は、弘法大師《こうぼうたいし》がこの地を巡錫《じゅんしゃく》したとき、柚《ゆず》の老木を刻んで彫像したと伝える。鎌倉時代の作であるという説もある。

橋立堂は、宝永四年（一七〇七）の建立である。高さ約七五メートルの岩盤がそそり立ち、それを背にして一段高い所に建っている。右手の馬堂には、左甚五郎《ひだりじんごろう》の作と伝える栗毛の馬と白馬が祀られている。石段下の右手には、正徳二年（一七一二）銘の石燈籠がある。

堂の左下に「橋立《はしだて》の鍾乳洞《しょうにゅうどう》」と呼ばれる鍾乳洞がある。規模は小さいが、石筍《せきじゅん》などいろいろな鍾乳石《しょうにゅうせき》の造形物があり、それぞれに「びんずる石」「賽河原地蔵尊《さいのかわらじぞうそん》」などの名前が付けられていて面白い。ここは、古代人が住んでいたと伝える「岩《いわ》かげ遺跡《いせき》」と呼ばれる住居跡でもある。

橋立堂から坂を下って秩父鉄道の浦山口駅へ出た。西武秩父駅まで戻ると、武甲山の全容が目に入る。ここから見る武甲山は、山頂付近の北半分が削り取られて、無残な姿をさらけ出している。武蔵嶺が、いつの日にか消えるのではないかという懸念を抱きながら、秩父を後にした。

交通▼西武池袋駅で池袋線飯能行きの急行電車に乗車、飯能駅で秩父線西武秩父行きの普通電車に乗り換え、正丸駅で下車。

岩かげ遺跡　縄文時代から弥生時代の遺跡で、縄文時代初期の押型文土器、爪形文土器、斜縄文土器、縄文後期の上器、弥生式土器、人骨、動物骨片、貝飾りなどが出土。斜縄文土器は、橋立式と称され、縄文初期の標準土器の一つとされている。

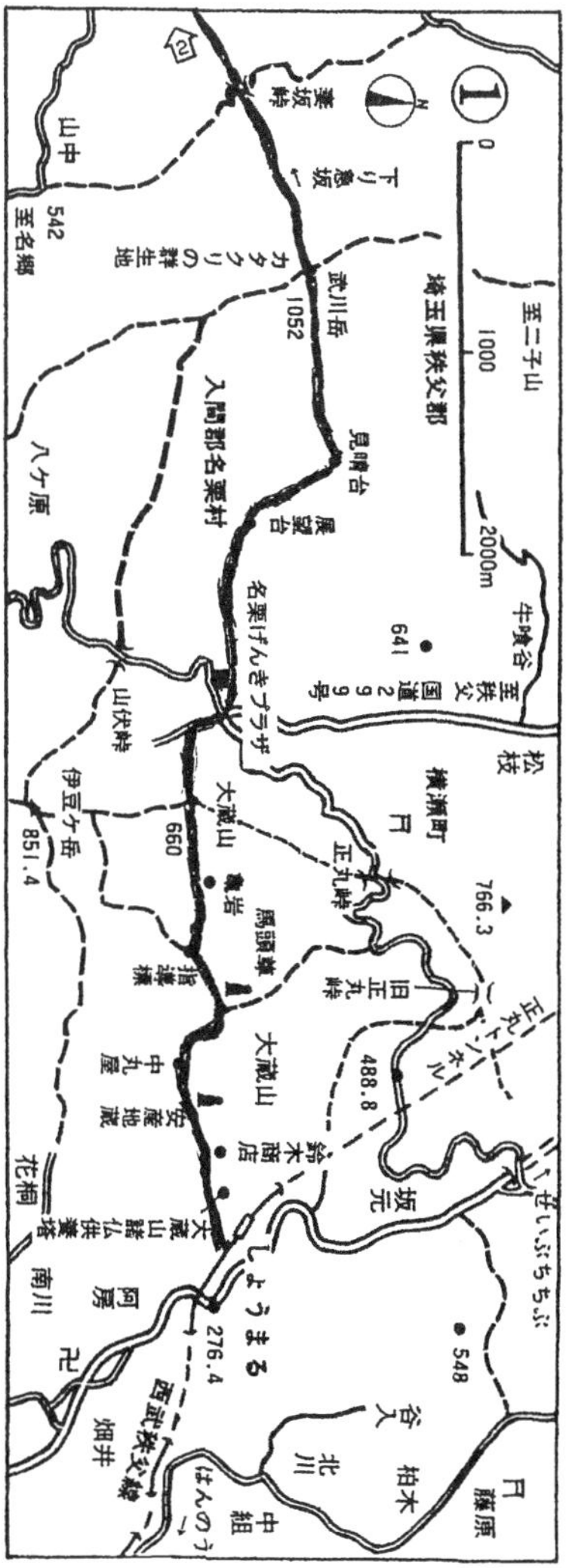
1
至二子山
埼玉県秩父郡
牛首谷
至秩父 国道299号
松枝
横瀬町
正丸峠
766.3
旧正丸峠
正丸トンネル
488.8
坂元
せいぶちちぶ
548
谷入
北川
柏木
藤原
中組
はんのう
西武秩父線
畑井
阿房
南川
276.4
しょうまる
大蔵山諸仏供養塔
鈴木商店
安産地蔵
中丸屋
大蔵山
馬頭尊
指導標
亀岩
大蔵山
660
伊豆ケ岳
851.4
花桐
山伏峠
名栗げんきプラザ
641
展望台
見晴台
入間郡名栗村
八ケ原
武川岳
1052
カタクリの群生地
下り急坂
妻坂峠
山中
542
至名郷
2000m

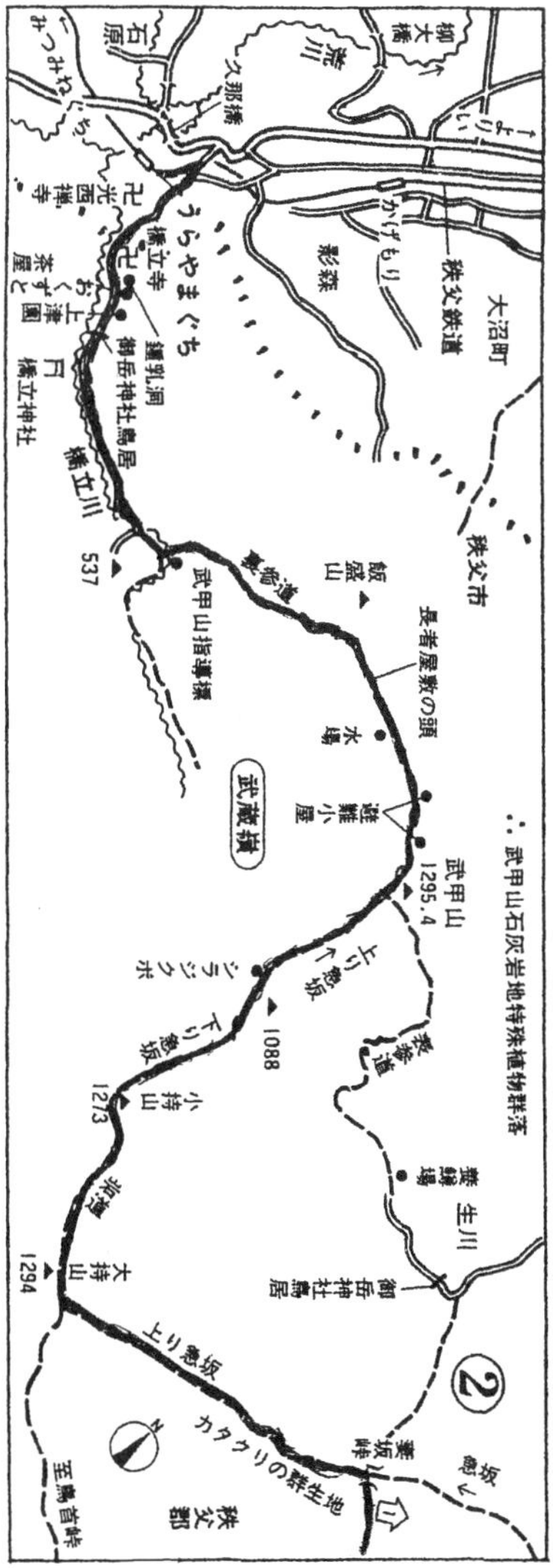
2
秩父市
大沼町
秩父鉄道
彩森
かげもり
柳大橋
荒川
石原
久那橋
みつみね
うらやまぐち
光西寺
橋立寺
茶屋
鍾乳洞
御岳神社鳥居
橋立神社
橋立川
537
武甲山指導標
裏参道
飯盛山
長者屋敷の頭
水場
避難小屋
武蔵嶺
武甲山石灰岩地特殊植物群落
武甲山
1295.4
上り急坂
シラジクボ
1088
表参道
下り急坂
小持山
1273
大持山
1294
生川
御岳神社鳥居
上り急坂
カタクリの群生地
妻坂峠
秩父郡
至鳥首峠

武蔵嶺（武甲山）コース

高麗の里コース（埼玉県日高市高麗本郷）

武蔵国高麗郡《むさしのくにこまのこおり》は、武蔵野の西北端に位置し、その北側に高麗丘陵《こまきゅうりょう》が連なり、南側に高麗川《こまがわ》が蛇行して流れるのどかな、風光明媚なところで、現在、「高麗《こま》の里《さと》」と呼ばれている。大和朝廷は、東国の各地に移住していた渡来人をこの地に入植させ、武蔵野の開拓にあたらせた。渡来人は、農耕、染色、織物、窯業などの高い技術を持っていたので、古代社会の生活環境に大きな変化をもたらした。この地域には、渡来人が関係する史跡、地名が各所に見られる。今回の散策では、この高麗の里にある万葉歌碑を訪ね、その周辺の史跡をめぐり、万葉の時代の高麗の里を偲ぶことにする。

■万葉の時代の高麗郡

まず、万葉の時代の武蔵国高麗郡の状況について、『日本書紀《にほんしょき》』『続日本紀《しょくにほんぎ》』により、概観してみよう。

四世紀の初頭、わが国は朝鮮半島の南に任那日本府《みまなにほんふ》を置いて、百済《くだら》

高麗郡　元正天皇霊亀二年（七一六）、相模、武蔵、甲斐、上総、下総、常陸、下野の七カ国に住む高麗からの渡来人一七九九人が武蔵野の奥に移され、高麗郡が設置された。高麗王・若光は、朝廷から王族の称号をそのまま認められ、郡長に任命され、高麗人を統治する最高指揮者として、未開の武蔵野の開拓を推進した。高麗郡には、高麗郷と上総郷があったので、その名称から、上総郷には上総国から多くの高麗人が遷されたと想像される。

と提携し、政治、文化の交流を図った。欽明天皇《きんめいてんのう》二三年（五六二）、任那日本府が滅び、朝鮮半島の政治の局面が転換すると、朝鮮半島から多くの人たちがわが国へ移住して来た。大和朝廷は、移住して来た学者、僧侶、技術者を優遇して地位を与え、大陸文化の導入・普及に努めた。農民には朝廷直属の土地を与えて、耕作させ、農業生産力の向上を図った。天智天皇《てんぢてんのう》五年（六六六）の冬には、百済の男女二千人余人を東国に移した。

天智天皇七年（六六八）、高句麗《こうくり》が滅びると、再び多くの人たちがわが国へ移住して来た。天武天皇一三年（六八四）、百済から渡来して来た僧侶、俗人など二三人を武蔵国へ住まわせ、武蔵野の開拓にあたらせた。持統天皇《じとうてんのう》四年（六九〇）、新羅《しらぎ》より渡来して来た韓奈末許満《かんなまこま》ら一二人を武蔵国に移した。

元正天皇《げんしょうてんのう》の霊亀二年（七一六）、武蔵野の西北端に高麗郡を置いて、駿河《するが》、甲斐《かい》、相模《さがみ》、武蔵《むさし》、上総《かずさ》、下総《しもふさ》、常陸《ひたち》、下野《しもづけ》七カ国に住んでいた渡来人一七九九人を入植させ、高句麗と同じように、自治権を認めて、高麗王《こまのこきし》・若光《じゃっこう》に統治させ、高麗川の流域に広がる丘や低地を開墾して、養蚕《ようさん》、織物《おりもの》、窯業《ようぎょう》などの産業を興させた。

武蔵国には、渡来人に関係する多くの地名が見られる。多摩川畔の

高句麗　紀元前後から七世紀半ばまで、朝鮮半島の北部、南満州を支配した国。四世紀には、南朝鮮から遼東半島までを支配。五世紀には、百済、新羅とともに、朝鮮半島を三分した。六六八年に新羅と唐の連合軍によって滅ぼされた。高句麗は、中国では、「高麗」「狛」と表記され、わが国ではこれにならって表記している。

高札場跡

狛江《こまえ》から、府中《ふちゅう》、調布《ちょうふ》、深大寺《じんだいじ》、井《い》の頭《かしら》には、先祖を秦氏《はたし》とする刑部《おさかべ》氏《し》の一族が、また、三鷹市の牟礼《むれ》には秦氏の一族が居住していた。これらの地域の古寺跡、住居跡から出土した遺物には、渡来人が持っていた高度な技術が見られ、武蔵野の古代社会の発展に大きな役割を果たしていたことを窺い知ることが出来る。

このように、大和朝廷は、渡来人を大和から遠く離れた未開の東国へ積極的に移住させ、渡来人の持つ高度な技術力を利用して、産業の興隆を図り、古代国家の生産力を高め、国力を増強した。

高札場跡

西武池袋駅で池袋線飯能行きの急行電車に乗り、飯能駅で西武秩父行きの普通電車に乗り換えると、約一時間二〇分で高麗《こま》駅に着く。高麗駅の東側の踏切を渡り、北へしばらく進むと、高札場跡《こうさつばあと》がある。

江戸時代の徳川幕府は、村の中央の住民の見やすい場所に、布告文を書いた「高札《こうさつ》」と呼ばれる立札を建て、法令の布達や犯罪人の捜査に利用した。石組みの台座の上に、瓦屋根がついた布告板を掲示した高札場がよく保存されている。

金刀比羅神社前からの巾着田展望

■円福寺

高札場跡で右折して東に進むと、円福寺《えんぷくじ》がある。円福寺は、清珠山《せいしゅさん》千手院《せんじゅいん》と号する真言宗智山派の寺で、本尊は不動明王《ふどうみょうおう》である。創建年代は未詳であるが、室町時代の開基と推定されている。阿弥陀堂に安置されている阿弥陀如来像は、室町時代の作と伝える。

■水天の碑

円福寺の先に自然石に大きな文字で「水天《すいてん》」と刻まれた水天の碑《ひ》がある。この碑は、天保一〇年（一八三九）、高麗川の平穏と筏乗りの安全を祈願して建立された。高麗川は、普段は穏やかな清流であるが、時折、荒れ狂い、この地に大洪水をもたらした。高麗の里に住む人々は、この碑を建て、高麗川の平穏を願う祈りを奉げた。

■日和田山

水天の碑の先の高麗川に架かる鹿台橋《ろくだいばし》を渡り、信号機のある三叉路

日和田山山頂（宝篋印塔）

で左折してしばらく進むと、日和田山《ひわださん》登山口がある。指導標に従って、日和田山に登っていく。約二〇分ほどで金刀比羅神社《ことひらじんじゃ》に着く。祭神は、大物主命《おおものぬしのみこと》、崇徳天皇《すとくてんのう》である。鳥居付近から、眼下に高麗川が巾着田《きんちゃくだ》を形成して蛇行して流れ、その南には武蔵の連山、遠くには大山《おおやま》、富士山の大パノラマが見える。さらに五分ほど登ると、標高約三〇五メートルの日和田山の山頂に着く。ここから、日高市の市街地、新宿のビルの高層群を展望することが出来る。

日和田山の山頂には、享保一〇年（一七二五）、聖天院の第三十五世・隆敞法印《りゅうへいほういん》が建立した宝篋印塔《ほうきょういんとう》がある。当時の高麗郡は、足利氏の勢力圏に入っていたので、この宝篋印塔は、その頃に活躍していた高麗《こま》彦三郎経澄《ひこさぶろうつねずみ》の一族にゆかりのある人の供養塔であると推定されている。

巾着田の万葉歌碑

日和田山を下って信号機のある三叉路まで戻り、高麗川《こまがわ》の下流の方へ進むと、巾着田に出る。巾着田の一帯は公園になっており、水車小屋、展望台など、ひなびた田園風景が広がっている。巾着田の南の方へ進むと、次の歌が刻まれた万葉歌碑がある。

巾着田の万葉歌碑（背後は日和田山）

高麗錦《こまにしき》　紐解《ひもと》き放《さ》けて　寝《ぬ》るが上に
あどせろとかも　あやにかなしき

一四・三四六五

この歌は、『万葉集』巻一四の東国の「未勘国相聞往来歌《みかんこくそうもんおうらいか》百二十首」の中の一首で――高麗錦の衣の、紐を解き放って、共寝をしているのにさらにどうしようというのか、ほんとうに愛しいおまえよ――という意味である。

碑陰には、建碑の由来が次のように刻まれている。

「この歌は、東歌《あずまうた》の一首で高麗郷《こまごう》との関わりを述べる学説もある。文化の香りの高いまちづくりをめざす人々に万葉の詩心が永く受け継がれるように祈念し、文学博士中西進《なかにしすすむ》先生揮毫による歌碑を高麗郷巾着田の地に建立したものである」と。

『万葉集』には、高麗という地名を詠んだ歌はない。高麗錦を詠んだ歌は七首あるが、どの地域で詠まれたかは詳らかではない。高句麗からの渡来人が高麗郡に移住してきたことから、入植者がこの地域で高麗錦を生産していたことは想像に難くない。

満蔵寺

満蔵寺

万葉歌碑の東南に高麗川を渡る飛び石、通称「ドレミファ橋」があったが、久しぶりに訪れると、消滅していた。仕方なしに、下流のあいあい橋から高麗小学校を経て南に進むと、満蔵寺《まんぞうじ》がある。

満蔵寺は、南幢山持地院《なんとうさんぢちいん》と号する真義真言宗の寺で、本尊は室町時代の作の不動明王《ふどうみょうおう》である。頭頂部に水瓶《すいびょう》を抱く珍しい木像である。往古、行基《ぎょうき》が東国を巡回したとき、この地で地蔵菩薩を彫刻し、寺を創建したのがこの寺の始まりと伝える。無住職の寺で、聖天院《しょうでんいん》の僧侶が兼務している。天正年間（一五七三〜一五九二）、慶順《けいじゅん》による中興開山である。

『新編武蔵風土記稿《しんぺんむさしふどきこう》』には、「南幢山持地院と号す。新義真言宗、新堀村聖天院末。慶安年中地蔵堂領三石の御朱印を賜ふ。開山慶順年代詳ならず。本尊不動を安置。寺宝不動画像一軸。弘法大師の筆なり。弘法大師自画像一軸」とある。

境内には地蔵堂がある。堂内に安置されている地蔵菩薩像《じぞうぼさつぞう》は、一説には、運慶《うんけい》の作という。慶安年間（一六四八〜一六五二）、地蔵領として時の将軍から御朱印三石を賜ったと伝える。この地蔵菩薩像は、

勝音寺

人々の苦悩を代わって引き受けてくれるので、「代受苦《だいじゅく》の菩薩《ぼさつ》」と呼ばれている。

諏訪明神

満蔵寺から北進し、県道日高線で右折して、しばらく進むと、諏訪《すわ》大明神《だいみょうじん》がある。祭神は建御名方命《たけみなかたのみこと》である。信州の諏訪神社《すわじんじゃ》から分霊を勧請したと伝える。

勝音寺

諏訪大明神から県道日高線に沿って北東へ進み、信号機のところで左折して北へ進むと、勝音寺《しょうおんじ》がある。勝音寺は、栗原山《おうばらさん》と号する臨済宗建長寺派の寺で、本尊は阿弥陀如来《あみだにょらい》である。武蔵野三十三観音霊場二十七番札所である。建長寺七三世仏印大光禅師《ふついんたいこうぜんじ》・久菴祖可大和尚《きゅうあんそかだいおしょう》の開山、上杉兵庫頭憲将《うえすぎひょうごのかみけんしょう》の開基である。

観音堂には、定朝の作と伝える千手観世音菩薩像《せんじゅかんぜおんぼさつぞう》、脇仏に不動明王《ふどうみょうおう》像《ぞう》と毘沙門天像《びしゃもんてんぞう》を安置する。

聖天院の惣門

聖天院

勝音寺の先で高麗川を渡り、三叉路を右手に登っていくと、カワセミ街道に出る。しばらく東へ進むと、高麗丘陵の南面に聖天院《しょうでんいん》がある。聖天院は、高麗山《こまさん》勝楽寺《しょうらくじ》と号する真言宗智山派の寺で、本尊は弘法大師の作と伝える不動明王《ふどうみょうおう》である。武蔵野三十三所観音第二十六番札所である。

聖天院は、天智天皇七年（六六八）、唐・新羅の連合軍により滅亡した高句麗から亡命し、主長となって高麗郷を治めた若光《じゃっこう》の冥福を祈るため、侍念僧《じねんそう》・勝楽《しょうらく》により、天平勝宝三年（七五一）に創建された。若光が高句麗より持参した守護仏聖天尊《しょうてんそん》を本尊としたため、これに因んで聖天院と名付けられた。

聖天院は、草創当初、法相宗《ほうそうしゅう》の寺であったが、貞和年間（一三四五〜一三五〇）、中興開山の醍醐寺《だいごじ》無量寿院《むりょうじゅいん》の僧正・秀海示寂《しゅうかいじじゃく》が真言秘法を受けて還り、真言宗に改め、真言密教の道場とし、本尊を不動明王とした。

正面の石段を登ると、堂々とした惣門《そうもん》があり、庫裡《くり》、書院、本堂とつづいている。本堂には、高さ約〇・四メートルの本尊の不動明王と

高麗王廟（若光の墓）

高さ約〇・四五メートルの観音・勢至菩薩の両脇像が祀られている。これらの脇像は、天正八年（一五八〇）の作と伝える。堂内には、大《だい》日如来像《にちにょらいぞう》、聖観世音菩薩像《せいかんぜおんぼさつぞう》、日光《にっこう》・月光菩薩像《がっこうぼさつぞう》、若光の守護仏であったといわれる聖天像が安置されている。

本堂前に庭園、本堂左手に経蔵《きょうぞう》、鐘堂《しょうどう》、池の左前に阿弥陀堂《あみだどう》がある。阿弥陀堂には、行基の作と伝える高さ約〇・九メートルの木造阿弥陀《あみだ》如来坐像《にょらいざぞう》を安置する。穏やかな容姿の中に、若々しく張りのある円満な表情をしており、細部まで洗練された彫りである。

寺宝には、土佐庄二郎昌光《とさしょうじろうまさみつ》筆の不動明王画像《ふどうみょうおうがぞう》、金胎両部曼荼羅《こんたいりょうぶまんだら》、文応二年（一二六一）銘の古鐘《こしょう》、応仁二年（一四六八）銘の鰐口《わにぐち》などがある。

■高麗王廟（若光の墓）

聖天院の境内の東側の一段低いところに若光の墓と伝える高麗王《こまおう》廟《びょう》がある。『続日本紀《しょくにほんぎ》』文武天皇《もんむてんのう》大宝三年四月の条に、「従五位下高麗若光に王姓を賜う」、元正天皇《げんしょうてんのう》霊亀二年（七一六）五月の条に、「駿河、甲斐、相模、上総、下総、常陸、下野七カ国の高麗人一七九九人を以

高麗神社

って、武蔵国に移し、高麗郡を置く」とある。武蔵国に高麗郡《こまのこおり》が設置されたとき、若光は、王朝と同じ地位で、高麗郡の郡長となった。若光は、武蔵野の荒野を拓き、産業を興すなどの事蹟を残し、波乱に満ちた生涯を終えた。

若光の墓は、五個の砂岩を積み重ねて造られた多重塔《たじゅうとう》である。鎌倉時代に建立され、下部に仏像が刻まれていたと伝えるが、風化により刻跡が明らかではない。

この王廟は、一説では、高麗の地から官界に出て活躍した背奈王《せなおう》の墓、他の説では、背奈王の甥にあたる高麗朝臣福信《こまのあそみふくしん》の墓ともいわれている。背奈王と福信は、武蔵国に移された渡来人で、ともに長く宮廷に出仕した後、武蔵国に帰って、子弟の教育に携わった。

■高麗神社

聖天院から集落の中を東北にしばらく進むと、高麗神社《こまじんじゃ》がある。高麗神社は、高麗王《こまのこきし》・若光《じゃっこう》が没した後、高麗郡民がその死を悲しんで、霊廟を建てたことに始まる。祭神は、高麗王・若光で、後に猿田彦命《さるたひこのみこと》、武内宿禰《たけのうちのすくね》が合祀された。この神社は、「高麗明神《こまみょうじん》」とも呼ばれ、また、

高麗家住宅

若光の髪や髭が白かったことから、「白髭神社《しらひげじんじゃ》」とも呼ばれる。本殿は、一間社《いっけんしゃ》流造《ながれづくり》、檜皮葺《ひわだぶき》で、鬼板《おにいた》は人面を型どり、大箱棟《おおばこむね》を取り付けて葺地《ふきじ》を厚くしている。

高麗神社のあるところは、高麗郡を統治した王朝跡《おうちょうあと》とも、郡役所跡《ぐんやくしょあと》ともいわれている。高麗神社の神職は、代々高麗家が継承している。高麗家は、入間《いるま》、多摩《たま》、高麗《こま》の三郡の年中行事の大先達《だいせんだつ》を務めた笹井《ささい》観音《かんのん》堂《どう》の配下となり、明治初年の神仏分離まで、本山の修験として活躍した。

高麗家住宅

高麗神社の北側に高麗家住宅《こまけじゅうたく》がある。この住宅は、代々高麗神社の神職を務めてきた高麗家の住宅で、慶長年間（一五九六〜一六一五）の建設である。入母屋造《いりもやづくり》、茅葺《かやぶき》で、間取りは五つの部屋と比較的狭い土間からなっている。広間には長押《なげし》、押板《おしいた》、格子窓《こうしまど》などがある。

瀧岸寺

高麗家住宅からカワセミ街道に沿って北へ進むと、瀧岸寺《りゅうがんじ》がある。

霊厳寺

瀧岸寺は、長守山法泉院《ちょうしゅさんほうせんいん》と号する天台宗の寺で、本尊は聖観世音菩薩《せいかんぜおんぼさつ》である。境内には、不動の瀧がある。

霊厳寺

瀧岸寺から高麗川を渡り、日高ちびっこ広場で農道に入り、南へ進むと、霊厳寺《れいがんじ》がある。霊厳寺は、箕輪山満行院《みのわさんまんぎょういん》と号する真義真言宗の寺で、本尊は不動明王《ふどうみょうおう》である。開山は満行上人《まんぎょうしょうにん》である。境内や高麗川の岩壁に巨岩が湧出していることから、霊厳寺という寺号が名付けられたと伝える。

本堂内には、聖観世音菩薩像《せいかんぜおんぼさつぞう》、勝軍地蔵像《しょうぐんじぞうぞう》が安置され、甲冑一式が保存されている。霊厳寺の創建年代は詳らかではない。明和の初めの火災により本堂が焼けた際に、地蔵菩薩像を描いた掛け軸が火中より飛び出し、本堂前の桜の枝に掛かり、焼失の難を逃れたと伝える。

境内には、中興開山の宥仙《ゆうせん》の功績を記した明徳三年（一三九二）銘の石碑がある。

この寺は、蛇行する高麗川に囲まれ、たくさんの桜の巨木が花を開く。江戸時代からの枝垂れ桜も見事である。

四本木の板石塔婆

四本木の板石塔婆

霊巌寺から桑畑の中を東へしばらく進むと、四本木《しほぎ》の集落の西北端に正和三年（一三一四）銘の板石塔婆《いたせきとうば》がある。高さ約二・七メートル、幅約〇・七メートル、厚さ約〇・〇八メートルの大きさで、日高市に現存する最大の板碑《いたび》である。

板石塔婆は、鎌倉時代前期から戦国時代に至る約四〇〇年間に、軟質の緑泥片岩《りょくでいへんがん》を用いて、主に供養塚として、武蔵野の各地に造立された。この塔婆は、江戸時代の『武蔵野話《むさしのばなし》』に紹介されている。

四本木の石塔婆からJR八高線高麗川駅へ出て散策を終えた。今回は、高麗丘陵とその麓を流れる高麗川に沿って、武蔵国高麗郡の趣が色濃く残る高麗の里を偲ぶ散策となった。

交通▼西武池袋駅で池袋線飯能行きの急行電車に乗車、飯能駅で秩父線知性部秩父行きの普通電車に乗り換え、高麗駅で下車。

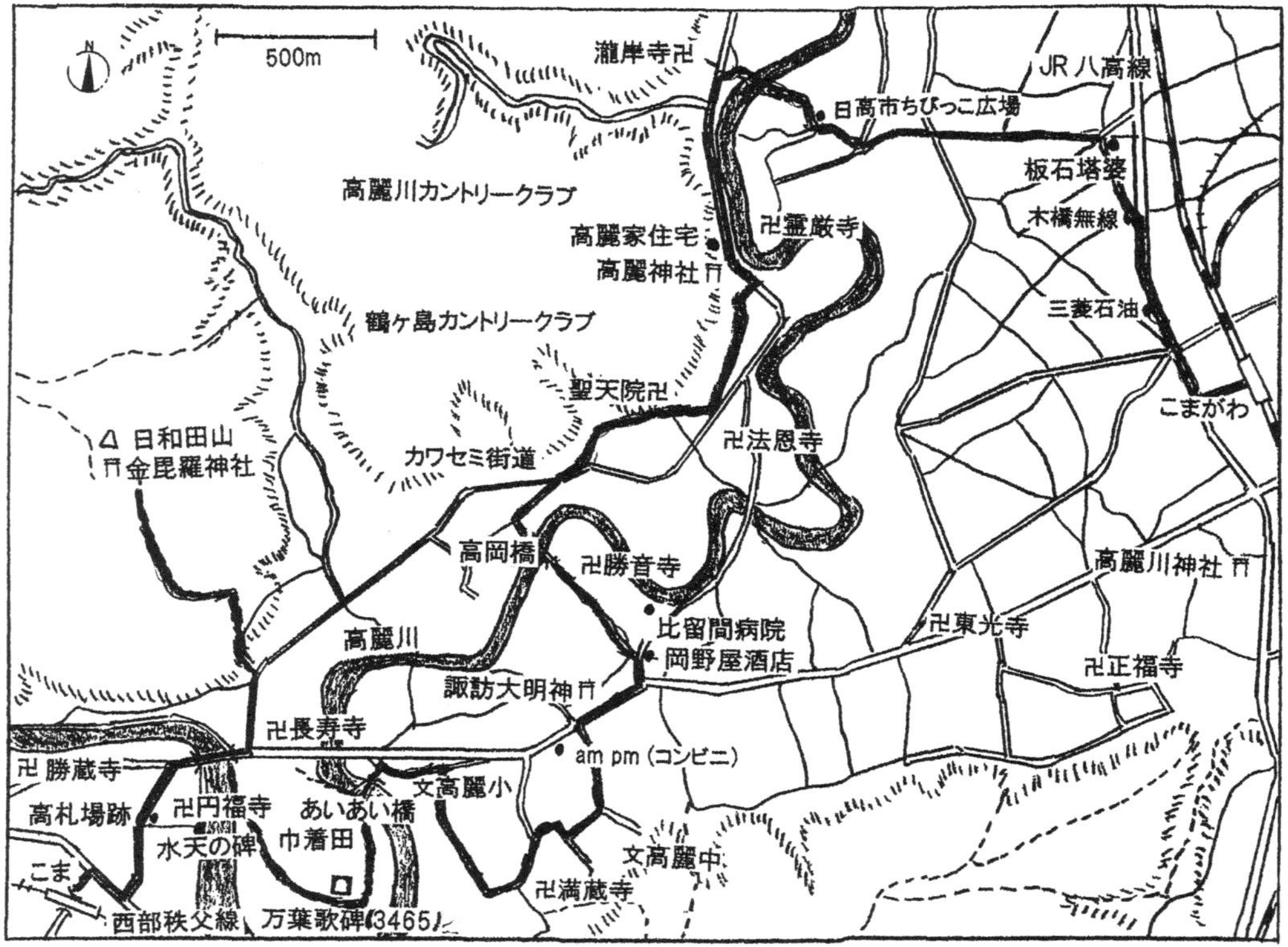
500m
瀧岸寺卍
JR八高線
日高市ちびっこ広場
板石塔婆
木橋無線
三菱石油
こまがわ
高麗川カントリークラブ
高麗家住宅
高麗神社⛩
卍霊巌寺
鶴ヶ島カントリークラブ
聖天院卍
卍法恩寺
日和田山
⛩金毘羅神社
カワセミ街道
高岡橋
卍勝音寺
高麗川神社⛩
比留間病院
岡野屋酒店
卍東光寺
高麗川
諏訪大明神⛩
卍正福寺
卍長寿寺
am pm (コンビニ)
卍勝蔵寺
文高麗小
高札場跡
卍円福寺
あいあい橋
水天の碑
巾着田
文高麗中
こま
卍満蔵寺
西部秩父線
万葉歌碑(3465)

高麗の里コース

阿須（加治丘陵）コース（埼玉県飯能市・入間市）

円照寺

埼玉県飯能《はんのう》市の南東部から入間《いるま》市の北西部にかけて、約七キロメートルにわたって加治丘陵《かじきゅうりょう》が広がっている。この丘陵地は、一部で宅地開発が進んでいるが、その大部分は武蔵野の面影を色濃く残している。この丘陵の北西部を入間川が蛇行して流れ、川に面して「アズッパケ」と呼ばれる崩崖《ほうがい》がある。この崩崖は、『万葉集』巻一四の東歌に詠まれた安受《あづ》（阿須《あず》）に比定され、入間川の河畔には、安受の万葉歌碑がある。今回の散策では、この万葉歌碑を訪ね、加治丘陵周辺の史跡をめぐりながら、安受を偲ぶことにする。

■円照寺

西武池袋駅で池袋線飯能行きの急行電車に乗ると、約五〇分で元加《もとか》治《じ》駅に着く。その東側の踏切を渡ると、円照寺《えんしょうじ》がある。円照寺は、光明山正覚院《こうみょうさんしょうかくいん》と号する真言宗智山派の寺で、本尊は阿弥陀如来《あみだにょらい》である。武蔵野三十三所観音霊場二十二番札所である。平安時代初期に弘法大師が龍燈桜《りゅうとうざくら》の奇瑞を感じ、霊泉を加持して堂宇を建立したと伝える。元久二年（一二〇五）、加治豊後守家茂《かじぶんごのかみいえしげ》が、家季《いえすえ》の菩提を弔うために、円照上人《えんしょうしょうにん》を開山としてこの寺を創建し、その後、加治氏の菩提寺として盛衰をともにした。中興開山は、僧・朝弘《ちょうこう》である。

加治氏は、土御門天皇《つちみかどてんのう》の時代に、加治二郎《かじじろう》家季がこの地に荘園を開拓し、領主になった。加治家貞《かじいえさだ》は、武蔵七党の一つである丹党《たんとう》の武士で、鎌倉幕府方に加わり、元弘三年（一三三三）、新田貞義の鎌倉攻めで、北条高時《ほうじょうたかとき》の一族とともに、鎌倉幕府の滅亡に殉じた。

境内の中央に、蓮を浮かべた心字池があり、中の島に武蔵野七福神の弁財天が祀られている。心字池に映る堂宇や木立の影は静寂感を誘っている。本堂には、松林桂月《まつばやしけいげつ》、朝倉文夫《あさくらふみお》、松永安左衛門《まつながやすざえもん》らが奉納した数百点の絵馬があり、「絵馬《えま》の寺《てら》」という別名がある。

境内には、板碑保存館《いたびほぞんかん》があり、建長六年（一二五四）孝子《こうし》銘の板碑、康元元年（一二五六）比丘尼妙澄《びくにみょうとう》銘の板碑など、加治氏歴代の数基の供養碑がある。とくに、元弘三年（一三三三）道峯禅門《どうほうぜんもん》銘で、北条《ほうじょう》時宗《ときむね》が宗より迎えた名僧・無学祖元《むがくそげん》の「臨刃偈《りんじんげ》」と呼ばれる七言絶句の偈《げ》（経典などにある詩文）が刻まれた板碑は、埼玉県でも代表的な精緻を極めた板碑といわれ、国の重要文化財になっている。

板碑　中世に仏教で使われた供養塔。板石卒塔婆、板石塔婆とも呼ばれる。基本構造は、板状に加工した石材に梵字（種子）、被供養者名、供養年月日、供養内容を刻む。種類は、追善供養碑、逆修板碑など。形状、石材、分布地域によって、武蔵型板碑、下総型板碑などに分類される。武蔵型板碑は、秩父産の緑泥片岩を加工して造られるため、青石塔婆とも呼ばれる。分布地域は、鎌倉武士の本貫地とその所領に限られ、設立時期は、鎌倉時代から室町時代前期に集中しているので、鎌倉武士の信仰に強く関連するといわれている。

あけぼの子供の森公園から崩崖展望

■安受（阿須）

円照寺から南へ進み、入間川に架かる上橋を渡り、県道で右折して西に進むと、左手に飯能市民球場がある。その隣の市民体育館の前から球場の南側に廻ると、あけぼの子供の森公園がある。この公園の中にムーミン屋敷があり、その東側には、地元では「阿須《あず》っ崖《ぱけ》」と呼ぶ崩崖《ほうがい》がある。この崩壊は、入間川の南岸に屏風のように連なっている。

『新編《しんぺん》武蔵《むさし》風土記稿《ふどきこう》』の高麗郡《こまのこおり》阿須村《あすむら》の項には、阿須の崖について「入間川洪水の時、山崩《やまくずれ》しよりかく数十丈の崖となりしと云、下より望めば恰《あたか》も屏障《びょうぶ》の如く、又崖の西邊より山間に入ること二丁許《ばか》りにして、一丈より四五丈に至る崖あり」とある。『大日本《だいにっぽん》地名《ちめい》辞典《じてん》』の「阿須」の解説にも、『新編武蔵風土記稿』とほぼ同じ内容が記載されている。『万葉《まんよう》の歌言葉《うたことば》辞典《じてん》』には、阿須について「埼玉県飯能市の東南部に阿須という部落名があり、その東にアズッパケと呼ばれる断崖が連なっている。そのような地形を指すのであろう」とある。『萬葉集辞典《まんようしゅうじてん》』では、アズは「崩れた崖、がけくずれ」という一般的な名称説をとっている。

『万葉集』巻一四の東歌の「未勘国歌《みかんこくか》百十二首」には、「安受」が詠

万葉広場

まれた次の二首の歌がある。

あずの上に　駒《こま》を繋《つな》ぎて　危《あや》ほかど
人妻《ひとづま》児《こ》ろを　息《いき》に我《あ》がする　　一四・三五三九

あずへから　駒《こま》の行《ゆ》このす　危《あや》はとも
人妻《ひとづま》児《こ》ろを　まゆかせらふも　　一四・三五四一

前者の歌は――断崖の上に、駒を繋いだように、はらはら気をもむけれど、人妻を命がけで思い込んでいることだ――、後者の歌は――断崖の上を、乗った駒が行くときのように、はらはらするが、人妻である女を、ゆかしく思うことだ――という意味である。崖の上を行く危険性を引用して、人妻の女に命がけで思いを寄せる男の心情が詠まれている。

崩崖は古語で「アズ」と読まれ、『新撰字鏡《しんせんじかがみ》』には「坍《あず》。崩岸《あず》也《なり》、久豆礼《くずれ》、また阿須《あす》」とあり、崩れやすい岸に阿須の字があてられている。『万葉集』には、崩崖は東歌の他には見られないことから、阿受は東国の古語をそのまま伝承する貴重な名称であるように思われる。

万葉広場の万葉歌碑

■阿須の万葉広場の万葉歌碑

崩崖の西に万葉広場がある。この広場の一角に、次の歌が刻まれた万葉歌碑がある。

あずの上に　駒《こま》を繋《つな》ぎて　危《あや》ほかど
人妻《ひとづま》児《こ》ろを　息《いき》に我《あ》がする　一四・三五三九

この歌碑には、歌が漢字と読み下し文で、副碑には、建碑の由来が刻まれている。この歌碑は、自然石で出来ており、書家・大野《おおの》篁軒《こうけん》氏の揮毫により、平成八年（一九八五）に建立された。

■長沢寺

万葉広場から駿河台大学の傍を経て、ＪＲ八高線のガードをくぐると、阿須の集落に入る。内沼機械で左折して民家の間を抜けると、長《ちょう》沢寺《たくじ》がある。長沢寺は、安養山《あんようさん》と号する曹洞宗の寺で、本尊は虚空蔵《こくぞう》菩薩《ぼさつ》である。昭和二八年（一九五三）、隣地の火災による類焼により、

長沢寺

本堂、庫裡などが全焼し、記録などをことごとく焼失したので、創建年代などは詳らかではない。

加治村の『古寺社調《こじしゃしらべ》』には、「境内に建久三年（一一九二）、元亨《げんこう》、元徳《げんとく》、康永《こうえい》、康安《こうあん》の古碑があるので、その頃の創建であろう」とある。『大日本地名大辞書《だいにっぽんちめいだいじしょ》』には、「長沢寺は建久三年の創建」とある。その後、飯能の能仁寺《のうにんじ》七世・大安文興大和尚《だいあんぶんこうだいおしょう》により中興開山されたと伝える。

赤城神社

長沢寺の南に阿須の鎮守の赤城神社《あかぎじんじゃ》がある。祭神は、豊城入彦命《とよきいりひこのみこと》、大山祇命《おおやまつみのみこと》、火産霊命《ほむすびのみこと》、日本武尊《やまとたけるのみこと》、経津主命《ふつぬしのみこと》、大口真神《おおぐちのまがみ》である。創建年代は詳らかではないが、『新編武蔵風土記稿《しんぺんむさしふどきこう》』には、「天正四年（一五七六）に、上州赤城山に鎮座する赤城大明神《あかぎだいみょうじん》を勧請した」とある。

この地帯は、干損地であったので、水をもたらす山の神を祀り、作物の豊穣を願ったという。往古、阿須の深井に鎮座していたが、社地が崩れ、文化二年（一八〇五）、この地に遷座された。社殿には、宝暦六年（一七五六）、惣氏子中により奉納された金幣《かんぺい》、氏子が奈良から背負って来たと伝える十一面観世音菩薩像《じゅういちめんかんぜおんぼさつぞう》が安置されている。

桜山展望台から狭山盆地展望

加治丘陵

駿河台大学まで戻り、東側の道を加治丘陵《かじきゅうりょう》に登っていく。峠を越えて日豊鉱業の傍の道を下ると、左手に桜山展望台《さくらやまてんぼうだい》の案内板がある。ここで左折してしばらく進むと再び案内板がある。これに従って坂を登っていくと桜並木になる。愛宕神社《あたごじんじゃ》の先に桜山展望台がある。

この展望台に立つと、三六〇度の素晴らしい展望が望める。眼下には、美しい緑の茶畑が一面に広がっている。遠方の西から南には奥武蔵《おくむさし》、奥多摩《おくたま》の山々、丹沢《たんざわ》の山々が連なり、その間に富士山が秀麗な姿を見せている。北には、赤城山《あかぎさん》から日光連山《にっこうれんざん》が、東には新宿のビル群が望める。

桜山展望台から、丘陵に設けられた遊歩道を進む。武蔵野の面影が色濃く残る雑木林が続いている。木立の間を通り抜けると、武蔵野音大への道と合わさる。右折して団地の横を下って行く。

豊泉寺

豊泉寺

団地の横の道を通り過ぎ、澤田精肉店の南で右折して集落に入ると、その北端に豊泉寺《ふせんじ》がある。豊泉寺は、松龍山《しょうりゅうさん》と号する曹洞宗の寺で、本尊は虚空蔵菩薩《こくぞうぼさつ》である。天文元年（一五三二）、本室徳源禅師《ほんしつとくげんぜんじ》による開山、小田原北条氏の家臣・豊泉左近将監《ふせんさこんしょうげん》の開基と伝える。

境内には、水村藤四郎《みずむらとうしろう》作の小規模ではあるが美しい禅宗式庭園、文化一〇年（一八一三）銘の竿が四角で、球形の火袋を持つ珍しい形の石燈籠がある。また、安政四年（一八五七）に建立された儒学者・佐《さ》藤一斎《とういっさい》の撰文による狭山茶場碑《さやまちゃばのひ》がある。

窯跡公園

来た道を戻り、澤田精肉店で右折して団地の南端の通りを東に進むと、突き当たりに「新久窯跡《あらくかまあと》」と呼ばれる窯跡公園がある。この付近から、二基の半地下式無段階登窯跡《はんちかしきむだんかいのぼりがまあと》が発見され、九世紀頃に武蔵国分寺の七重塔が建設された際に、ここで瓦が生産されたと推定されている。

龍円寺

龍円寺

窯跡公園から少し戻って、左手に下っていくと龍円寺《りゅうえんじ》がある。龍円寺は、龍岳山歓喜院《りゅうがくさんかんきいん》と号する真言宗智山派の寺で、本尊は虚空蔵菩薩である。武蔵野観音霊場第二〇番札所である。龍円寺は、建仁年間（一二〇一〜一二〇四）、僧・寂蓮《じゃくれん》がこの地に草庵を結び、千手観世音菩薩を安置したことに始まる。本堂の横に観音堂があり、その内部に千手観世音菩薩像が安置されている。

境内には、寛保元年（一七四一）銘の石燈籠、北狭山茶場碑がある。

東光寺

龍円寺の東に東光寺《とうこうじ》がある。東光寺は、法栄山遍照院《ほうえいざんへんしょういん》と号する真言宗豊山派の寺で、本尊は不動明王《ふどうみょうおう》である。武蔵観音霊場第十九番札所、奥多摩新四国八十八所霊場第四十六番札所である。創建年代は詳らかではないが、中興開山は印融法印《いんゆうほういん》と伝える。本堂は、入口から上り坂を登りきった所にあり、途中、右に鐘楼を見て、石段を登り境内に入ると、左に薬師堂、右に庫裡、さらに、延宝二年（一六七四）、領主・

五味豊旨《ごみとようじ》が家臣四三名とともに、父・備前守豊直《びぜんのかみとよなお》の威徳を偲んで奉納した梵鐘がある。

境内には、「ジッパ」と呼ばれる樹齢約三〇〇年の多羅葉《たらよう》の古木がある。モチノキ科に属する常緑の高木で、葉の裏に文字を書くといつまでも残るので、「はがき」の語源になったといわれる。

■中野原稲荷神社

東光寺から東に進むと、中野原稲荷神社《なかのはらいなりじんじゃ》がある。祭神は、宇迦之御魂神《うかのみたまのかみ》、素盞嗚命《すさのおのみこと》、神太市姫命《かむおおいちひめのみこと》である。創建年代は詳らかではないが、聖武天皇の御代（七二五年頃）に京都伏見稲荷《ふしみいなり》から分霊を勧請したと伝える。

その昔、相州の雪下五郎正宗《ゆきしたごろうまさむね》の信仰が厚かったので、雪下家が代々に亘って名刀を奉納したと伝え、二二振りの刀が保存されている。また、歌舞伎俳優の坂東和好《ばんどうかずよし》、中村梅雀《なかむらばいじゃく》から奉納された玉垣がある。

境内には、嘉永二年（一八四九）銘の石燈籠、弘化四年（一八四七）銘の手水鉢がある。

中野原稲荷神社

入間市青少年活動センター付近の
狭山丘陵散策道

■国民宿舎入間グリーンロッジ跡

中野原稲荷神社の北の交差点で上小谷田の茶畑の方へ進み、入間市青少年活動センターの前に出る。ガーデンハイツ入間の前の石垣に沿って進むと、入間水道施設があり、雑木林の中を下っていくと、国民宿舎入間グリーンロッジ跡に出る。

このロッジは、円形で、緑色の屋根の尖塔を持つヨーロッパの城郭風の建物で、加治丘陵の中腹に一際目立って建っていた。しかし、平成一四年（二〇〇二）に廃業になり、放置されて、荒れたままの状態になっていたが、平成三〇年（二〇一八）に解体された。この跡地から、入間川流域の美しい景色が望める。

国民宿舎入間グリーンロッジ跡から西武池袋線の仏子《ぶし》駅に出て散策を終えた。今回は、加治丘陵に聳える断崖の阿須を訪ね、万葉に詠まれた安受を偲ぶ散策となった。

交通▼西武池袋駅で池袋線飯能行きの急行電車に乗車、元加治駅で下車。

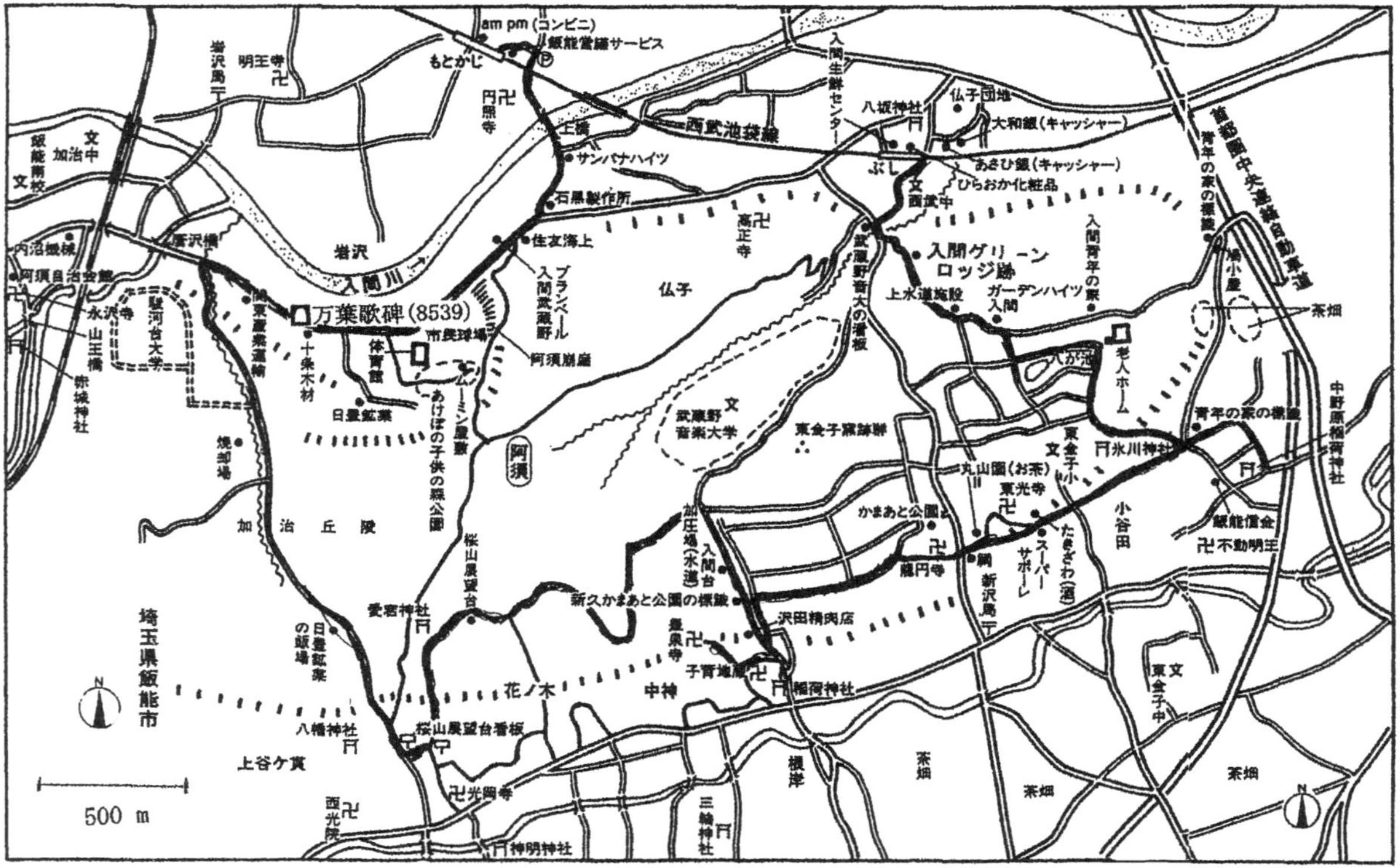
万葉歌碑(8539)
入間川
西武池袋線
首都圏中央連絡自動車道
加治丘陵
阿須
岩沢
仏子
埼玉県飯能市
上谷ケ貫
花ノ木
中神
根岸
小谷田
武蔵野音楽大学
入間グリーンロッジ跡
am pm(コンビニ)
飯能営繕サービス
もとかじ
桜山展望台
桜山展望台看板
新久かまあと公園の標識
かまあと公園
氷川神社
青年の家の標識
老人ホーム
八ガ池
茶畑
500 m

阿須（加治丘陵）コース

おほやが原（大谷沢）コース　（埼玉県狭山市・日高市）

『万葉集』巻一四の武蔵国の歌に入間道《いるまぢ》のおほやが原を詠んだ歌がある。おほやが原の所在地については、諸説があり、日高市大谷沢《ひだかしおおやさわ》もその候補地に比定されている。日高市大谷沢は、埼玉県日高市の南部に位置する田園地帯にある。近くには、鎌倉街道上道《かまくらかいどうかみつみち》が通り、往古には、この道は入間道であったと推定されている。この道沿いには、数々の史跡が点在し、往古から人々が居住していた形跡がある。狭山市の市役所の庭と、ＪＡいるま野共販センターの前には、おほやが原の万葉歌碑がある。今回の散策では、これらの万葉歌碑を訪ね、鎌倉街道上道沿いの史跡をめぐりながら、おほやが原を偲ぶことにする。

旧鎌倉街道上道

■入間道

延長五年（九二七）に完成した『延喜式《えんぎしき》』によると、武蔵国は多摩《たま》、荏原《えばら》、豊島《てしま》、入間《いるま》など二一郡で構成され、入間郡には、浅羽《あさば》、大家《おおや》、郡家《ぐんげ》など八郷があった。大家郷は、現在の大井町《おおいちょう》および富士見市《ふじみし》と三《み》

狭山市役所の万葉歌碑

芳野町《よしのちょう》の一部であると推定されている。しかし、入間郡衙《いるまぐんが》の所在地は、『大日本地名辞書《だいにっぽんちめいじしょ》』では川越市久下戸《かわごえしくげど》、『埼玉県史《さいたまけんし》』では狭山市入間川《さやましいるまがわ》辺り、『大日本地名辞典《だいにっぽんちめいじてん》』では川越市古谷《ふるや》となっており、入間郡の範囲と郡衙の位置は定かではない。

入間道は、国府のあった府中から所沢《ところざわ》、入間郡衙、上野国邑楽《こうづけのくにおうら》を経て、東山道《とうさんどう》へ通じていたと推定されている。鎌倉街道上道沿いには、武蔵国分寺の瓦を焼いた窯跡がある姥田《うばた》、須江《すえ》、赤沼《あかぬま》が、その北方には、那珂《なか》の曝井《さらしい》、大伴部真女《おおともべのまたりめ》の出身地などの万葉故地があり、往古、鎌倉街道上道が入間道であったとする説はうなづける。

■狭山市役所の万葉歌碑

西武新宿駅から新宿線本川越行きの急行電車に乗ると、約四〇分で狭山市駅《さやましえき》に着く。西口を出て線路に沿って戻り、踏切で右折して、民家の間を進むと、左手に狭山市役所がある。

狭山市役所の裏庭に、次の歌が刻まれた万葉歌碑がある。

入間道《いりまぢ》の　おほやが原の　いはゐつら

引かばぬるぬる　吾《わ》にな絶《た》えそね　一四・三三七八

この歌碑は、昭和六一年（一九八六）、狭山市役所がこの地へ移築されたときに、大野信貞《おおののぶさだ》氏の撰文、小川紫水《おがわしすい》氏の揮毫により建立された。この歌は——入間道の、おほやが原にある、いはいづらが、引きづるとつづいて抜けてくるように、あなたもわたしとの仲を、いつまでも絶やさないでおくれ——という意味である。この地方の特産のイハイヅラの生態を持ち出して、二人の仲がいつまでもつづくように訴えている。

この歌が詠まれた地を比定するには、「入間道」と「いはゐつら」を明らかにする必要がある。「入間道」については、入間道が狭山市、日高市を通っていたと推定されているので、問題はない。「いはゐつら」については、種々の説がある。『本草学論攷《ほんぞうがくろんこう》』には、「水草の如くなれどスベリヒユは湿地に生ずるので、其歌も矢張りスベリヒユで差し支えないと思ふ」とあり、スベリヒユ説を採っている。『声括本落《せいかつほんらく》』も、「伯耆《ほうき》にいはいづると云ふ方言の植物のあることを云ひ、他処のスベリヒユ漢名馬歯草《ばしそう》なり」とあり、スベリヒユ説を採っている。『万葉集私注《まんようしゅうしちゅう》』では、「伯耆の方言イハイヅルによりスベリヒユとす

入間道　武蔵国の国府があった府中から、入間郡を通り、比企郡を経て、東山道に通じる道。鎌倉時代には、鎌倉街道上道と呼ばれていた。沿道には、武蔵国分寺の瓦を焼いた窯跡、万葉集に詠まれた曝井などがある。入間郡は、麻羽、大家、郡家、高階、安刀、山田、広瀬、余戸の八郷で構成されていた。大家郷には、現在の大井町、富士見市と三芳町の一部が属していた。

慈眼寺

る説は、スベリヒユは蔓草と見るには、余り自然ではない点、下の（三四一六）上野国歌《かみつけのくにのうた》によれば、沼に生えるものと思える点で、採用できない。ジュンサイ、ヌナハであるといふ説は、物としてはよく適するが、入間地方にさうした方言が存するといふ橋本直香《はしもとただか》上野歌解《こうづけのうたげ》の論拠は、まだ確証を得ていない」とあり、スベリヒユ説を否定し、ジュンサイ説に傾いている。

■慈眼寺

市役所の前の道を西に進むと、武蔵野観音霊場第十六番札所の慈眼《じげん》寺《じ》がある。慈眼寺は、妙智山《みょうちさん》と号する曹洞宗の寺で、本尊は聖観世音《せいかんぜおん》菩薩《ぼさつ》である。正長元年（一四二八）に草庵が結ばれ、大永年間（一五二一～一五二八）、瑞泉院《ずいせんいん》三世・一樹存松《いちじゅそんしょう》が開山した。慶安二年（一六四九）、阿弥陀堂領十石の朱印が与えられた。

本尊の横に阿弥陀如来像《あみだにょらいぞう》が安置されている。草創当初、本尊はこの一木造の阿弥陀如来像で、鎌倉時代に安阿弥《あんあみ》によって造られたと伝え、現在、狭山市指定文化財になっている。

八幡神社

八幡神社

国道に沿って坂を下っていくと、右側の高台に八幡神社《はちまんじんじゃ》がある。祭神は、品田別命《ほむたわけのみこと》（応神天皇《おうじんてんのう》）である。創建は、室町時代初期と推定されている。社殿は、寛政八年（一七九六）に着工し、七年の歳月を費やして、享和二年（一八〇二）に完成した。本殿は、唐破風向拝付《からはふこうはいつき》、千鳥破風付入母屋造《ちどりはふつきいりもやづくり》、本瓦葺《ほんかわらぶき》である。唐破風の向拝は均整が取れて美しく、千鳥破風の形は優美である。

本殿の四面には、精巧を極めた優美な彫刻が施されている。この彫刻は、彫りが深く、透かし彫り、浮き彫りも多く見られる。脇障子にも彫刻が施され、勾欄《こうらん》がめぐらされている。本殿正面扉の両側にある彫刻には、「上州《じょうしゅう》勢多郡《せたのこおり》上田沢《かみたざわ》湧丸《わきまる》、並木源治《なみきげんじ》襍訓作《ぞうくんさく》　享和壬戌《きょうわじんじゅつ》夏《なつ》六月彫之《これをほる》」とあり、制作年代、彫刻者を知ることが出来る。

本殿玉垣の神門の下から、室町時代の「砂波利《さはり》の壺《つぼ》」が出土し、壺の中から、靭粒《うつぼつぶ》と金銀の泊片《はくへん》が検出された。これはこの神社を建立する際の地鎮祭のときの「鎮壇《ちんだん》」と推定されている。

境内には、元弘三年（一三三三）、北条高時《ほうじょうたかとき》を討つため、新田義貞《にったよしさだ》が戦勝祈願したとき馬を繋いだと伝える「駒繋《こまつなぎ》の松《まつ》」がある。

徳林寺

■徳林寺

八幡神社から北へ進み、中央図書館の前で右折してしばらく進むと、右側の奥に武蔵野観音霊場第十七番札所の徳林寺《とくりんじ》がある。徳林寺は、福聚山《ふくじゅさん》と号する曹洞宗の寺で、本尊は釈迦牟尼仏《しゃかむにぶつ》である。元弘三年（一三三三）の武蔵野の合戦のとき、新田義貞《にったよしさだ》がこの地に本陣を置いて、二十日ほど逗留した。そのとき、小沢主税《おざわちから》が唐よりもたらした聖観世音菩薩像を拝し、守護仏にしたと伝える。その後、永正・享禄年間（一五〇四〜一五三二）、瑞泉院三世・一樹存松和尚《いちじゅそんしょうおしょう》の開山、地頭・小沢主税が開基となって、聖観世音菩薩を本尊として、この寺を創建したと伝える。

この寺には、狩野派の絵師が描いた絹本著色釈迦八相図《けんぽんちゃくしょくしゃかはっそうず》、絹本《けんぽん》著色釈迦涅槃図《ちゃくしょくしゃかねはんず》がある。

■影隠地蔵

徳林寺から来た道に戻り西へ進むと、入間川《いるまがわ》に出る。ここは「八丁《はっちょう》の渡《わた》し」と呼ばれた渡しがあったところで、鎌倉街道上道はここで途

影隠地蔵

切れている。下流の新富士見橋を経て対岸の鎌倉街道上道へ戻る。綜合化学の手前の道端に「燕榎《えんか》」と呼ばれた直径約二メートルを超えるの木の大木があったが、枯れて株だけが残っている。

やがて入間台地に上がる「信濃坂《しなのざか》」と呼ばれる坂に差しかかる。この登り口の右側に影隠地蔵《かげかくしじぞう》がある。この地蔵には、源義仲《みなもとのよしなか》の嫡男で頼朝《よりとも》の娘婿になった清水冠者義高《しみずかじゃよしたか》が、実父の死をきっかけに追われる身になったとき、難を避けるために、一時的にこの地蔵の影に隠れて姿を隠し、追手は義高を見失った、という伝説がある。

ここで道は七叉路になっている。影隠地蔵の傍にある安政三年（一八五六）銘の石橋供養塔《いしばしくようとう》には、「南江戸道《みなみえどみち》、北小川町《きたおがわまち》、東川《かわ》ごえみち、西八王子道《はちおうじみち》」と刻まれ、往古、この地点で道は四方に分岐していた。この道標は、南武蔵から北武蔵、上州を経て、信濃に至る道筋として、鎌倉街道が大きな役割を果たしていたことを物語っている。

■今宿遺跡

入間台地に上がって行くと、上り詰めた左側に日生狭山台団地がある。この中央の道を団地の中に入っていくと、今宿遺跡《いまじゅくいせき》がある。縄文時代

今宿遺跡

から平安時代にかけての集落遺跡で、縄文早期の炉穴《ろあな》、竪穴住居跡《たてあなじゅうきょあと》、円墳周溝《えんぷんしゅうこう》などが発掘され、一軒の竪穴住居が復元されている。また、大量の須恵器《すえき》、土師器《はじき》、鉄鉗《てっけん》、大釘《おおくぎ》、鎌《かま》などの鉄製品、土錘《どすい》、紡錘車《ぼうすいしゃ》なども出土している。須恵器の製造には、高度な技術と専門集団を必要とするので、高麗郡に居住していた渡来人と何らかの関係があったと推定されている。

この遺跡の周りには、横穴式の小規模な古墳群があったが、団地の造成により、そのほとんどが消滅しまっている。これらの古墳は、横穴式石室を持ち、鉄鏃《てつぞく》、直刀《ちょくとう》、刀子《とうす》、銀《ぎん》・銅環《どうかん》などが発掘されている。

■メタセコイアの古木株の化石

今宿遺跡の傍に、メタセコイアの古木株《こぼくかぶ》の化石が保存されている。この古木は、昭和五五年（一九八〇）、入間川の河床の地層の中に、立木のまま埋もれていた。メタセコイアは、今から数百万年前から数十万年前の植物で、スギの仲間で、秋に褐色に色づき、冬に落葉するといわれている。

大谷沢の万葉歌碑

大谷沢の万葉歌碑

国道に沿って工業団地を通り過ぎると、智光山公園《ちこうざんこうえん》の前に出る。さらに西に進み、圏央道をくぐると、大谷沢《おおやさわ》に入る。景色は一転して、のどかな水田地帯になる。圏央道に沿って少し南へ進み、水田の中の小道に入ると、南小畔川のせせらぎが流れ、その近くにはジュンサイが育ちそうな池もある。如何にもおほやが原の歌に詠まれた雰囲気が漂っている。

水田の中の小道を南西に進むと、国道四〇七号線が圏央道をくぐる北に、ＪＡいるま野共販センターがある。この前の国道に面して、次の歌が刻まれた万葉歌碑がある。

入間道《いりまぢ》の　おほやが原の　いはゐつら
引かばぬるぬる　吾《あ》にな絶《た》えそね　　一四・三三七八

この歌は――入間道の、おほやが原にある、いはいづらが、引きづるとつづいて抜けてくるように、あなたもわたしとの仲を、いつまでも絶やさないでおくれ――という意味である。この歌碑は、国文学者・

大谷沢の池

犬養孝《いぬかいたかし》氏の揮毫により、平成元年（一九八九）に建立された。碑陰には、読み下しの歌につづいて、建碑の由来が次のように刻まれている。

「万葉集巻十四・三三七八の東歌で、大谷沢《おおやさわ》の地方とのかかわりが語り継がれている。文学博士犬養孝先生揮毫により、この歌碑が大谷沢の地に建立できたのは、この地に住む人々の郷土愛の賜物である。文化の高いまちづくりをめざす人々に、万葉の詩心が長く受け継がれるよう祈念してやまない」と。

日高市には、かつて上大谷沢村《かみおおやさわむら》、下大谷沢村《しもおおやさわむら》の二つの村があり、現在でも大谷沢という大字名《おおあざめい》が残されており、土屋文明《つちやぶんめい》氏がこの一帯が「おほやが原」であるという説を提唱した。この説は、おほやが原に生えている「いはゐづら」を「ジュンサイ」と見て、その「ジュンサイ」がこの地に自生していることを根拠にしている。

この歌碑の位置は、入間道からかなり離れており、しかも、喧噪な国道沿いにあるので、歌のイメージにふさわしくない印象を持った。

■宝蔵寺

共販センターの北側の道を少し西に進み、右折して中沢の集落があ

霞野神社

る高台へ上がっていく。集落を抜けてしばらく進むと、「真言宗智山派弁日山宝蔵寺《べんひさんほうぞうじ》」と刻まれた石柱があり、その奥に宝蔵寺がある。

宝蔵寺は、弁日山と号する真言宗智山派の寺で、本尊は十一面観世《じゅういちめんかんぜ》音菩薩《おんぼさつ》である。高麗坂東三十三観音霊場第五番札所である。創建年代は未詳であるが、長承二年（一一三三）という説もある。

本堂の前には、小さな空池があり、その島に弁財天像《べんざいてんぞう》が祀られた朝《あさ》日堂《ひどう》が建っている。境内には、明和二年（一七六五）銘の宝篋印塔《ほうきょういんとう》がある。

■正法寺

宝蔵寺の西側の道を北へ進む。この辺りには茶畑が広がり、素敵な散策が楽しめる。しばらく進むと、正法寺《しょうほうじ》がある。正法寺は、中沢山《ちゅうたくさん》宝光院《ほうこういん》と号する真言宗智山派の寺で、本尊は薬師如来《やくしにょらい》である。

■霞野神社

正法寺の傍から坂を下り、小畔川《こあぜがわ》を越えたところで右折すると、鎌《かま》倉街道上道《くらかいどうかみつみち》と合流する。少し戻った小畔川の傍に「鎌倉街道上道」の碑がある。北に進むと、女影《おなかげ》の集落に入る。やがて、旧鎌倉街道跡の標柱と鎌倉街道上道の説明板の前に出る。そのすぐ先に霞野神社《かすみのじんじゃ》がある。祭神は、建御名方命《たけみなかたのみこと》、猿田彦命《さるたひこのみこと》、大物主命《おおものぬしのみこと》ほか十三神である。この神社は、承久三年（一二二一）、信濃国の諏訪頼重《すわよりしげ》の家臣・春日刑部《かすがぎょうぶ》貞幸《さだゆき》が宇治川へ出陣するとき、武運長久を祈って兜の八幡座を祀ったことに始まると伝える。往古より、養蚕の守護神として信仰がある。

この神社には、獅子頭が竜に似た「龍頭舞《りゅうずのまい》」、雨乞《あまご》いの霊験から「雨乞い獅子《しし》」と呼ばれる獅子舞が伝わる。

女影ヶ原古戦場跡

■女影ヶ原古戦場跡

霞野神社の社殿の南側に女影《おなかげ》ヶ《が》原古戦場跡《はらこせんじょうあと》の石碑がある。女影ヶ原では、建武二年（一三三五）、北条高時《ほうじょうたかとき》の遺子・相模二朗時行《さがみじろうときゆき》と足利《あしかが》尊氏《たかうじ》の弟・直義《なおよし》が戦った。北条高時が滅びた後、鎌倉を奪回するために、北条時行は信濃に兵を集めた。鎌倉の足利直義は、渋川《しぶかわ》治郎大輔《じろうだいすけ》義季《よしすえ》、岩松兵部経家《いわまつひょうぶつねいえ》らを主将として女影ヶ原に陣を構え、これを迎え討ったが、北条軍に敗れた。時行は、入間川《いるまがわ》、小手指《こてさし》ヶ《が》原《はら》、府中《ふちゅう》を経て鎌倉に入り、直義は護良親王《もりながしんのう》を刺して鎌倉を逃れた。知らせを受けた足利尊氏は、京都を出発し、途中で直義の軍と合流し、相模川で時行を討ち、わずか二〇日で鎌倉を取り戻した。これが世にいう「中先《なかせん》代《だい》の乱《らん》」である。

女影ヶ原は、鎌倉と上州、奥羽とを結ぶ交通の要所にあり、展望がきく場所でもあるので、しばしば合戦が行われた。その主なものに、建武二年（一三三五）の北条時行軍《ほうじょうときゆきぐん》と足利義直軍《あしかがよしなおぐん》の合戦、観応二年（一三五二）の南朝軍《なんちょうぐん》と北朝軍《ほくちょうぐん》の合戦がある。

ここから高萩の集落を抜けて、ＪＲ高萩駅へ出て散策を終えた。田んぼの中のジュンサイが生える池が点在する大谷沢は、『万葉集』に詠まれたおほやが原に最もふさわしいという印象を得て、この散策を終えた。

交通▼西武新宿駅で新宿線本川越行きの急行電車に乗車、狭山駅で下車。

中先代の乱　建武二年（一三三五）七月、北条高時の遺児・時行が建武政権に対して起こした反乱。信濃の諏訪頼重らに擁せられた時行は、信濃で挙兵し、鎌倉を守る足利直義の軍を女影ヶ原、小手指が原、府中で破って、鎌倉を占拠したが、八月足利尊氏に鎮圧された事件。北条氏を先代、足利氏を当代と呼んだことで、時行を中先代と称した。なお、時行は、その後、南朝に属し、正平七年（文和元年）（一三五二）、新田義興らとともに関東で足利軍と戦って敗れ、斬られた。

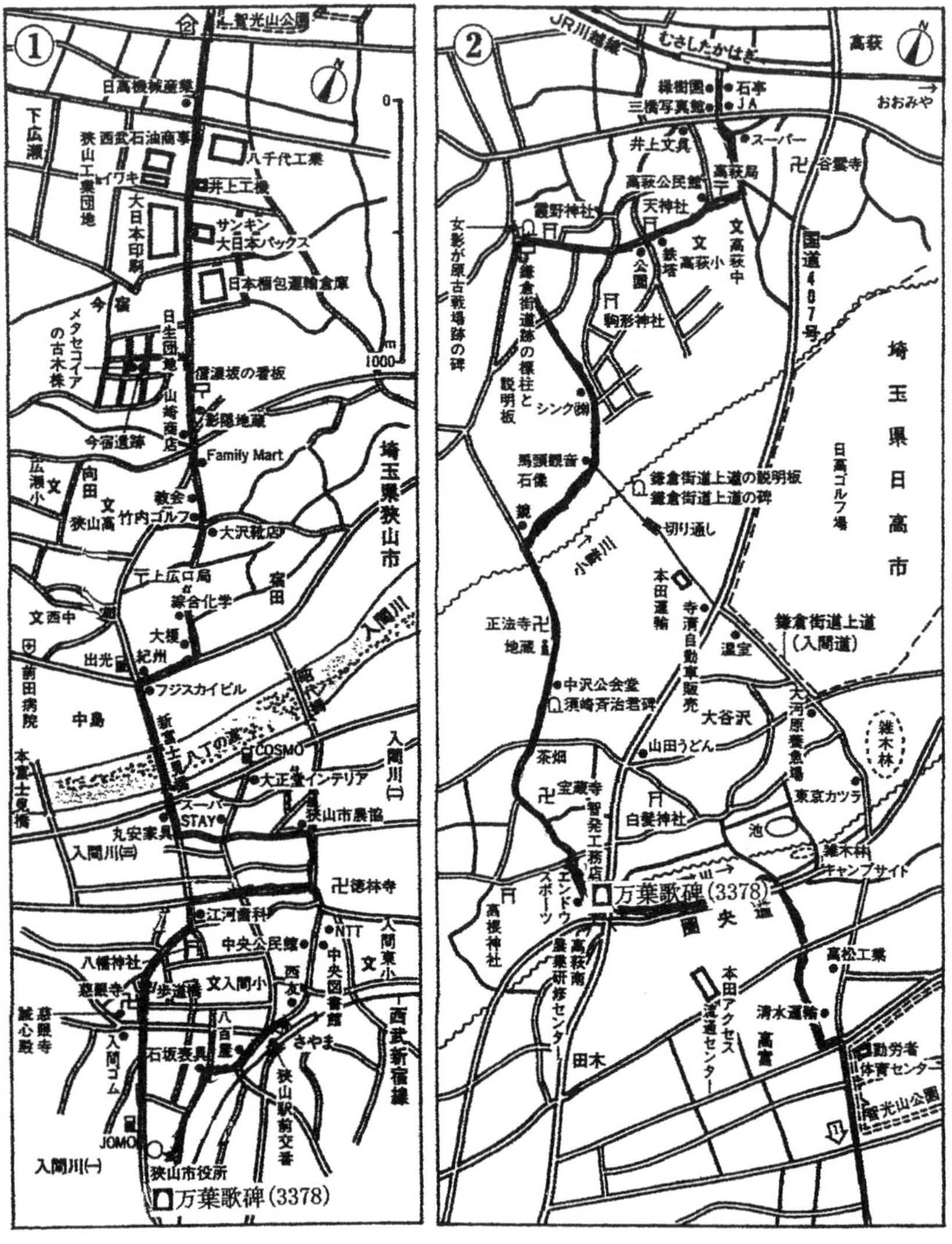

おほやが原（大谷沢）コース

憶良の万葉歌碑（蔵造の町並み）コース（埼玉県川越市）

埼玉県川越市の氷川神社《ひかわじんじゃ》の境内に、柿本人麻呂神社《かきのもとのひとまろじんじゃ》があり、その横に、『万葉集』巻五に掲載された山上憶良《やまのうえのおくら》の「令反惑情《れいはんわくじょう》」の歌を刻んだ万葉歌碑がある。川越市は、武蔵野台地の東北部が荒川低地に突き出したところに位置し、この地域から、旧石器時代のナイフ型石器、尖頭器《せんとうき》、縄文・弥生時代の住居跡など、数々の遺物や遺構が発見されている。奈良・平安時代には、「入間郡《いるまのこおり》三芳野《みよしの》の里《さと》」と呼ばれていた。後の時代になって、太田道真《おおたみちざね》・道灌《どうかん》父子がこの地に川越城を築いて以来、城下町として栄え、江戸文化の歴史を今に残している。今回の散策では、川越市西部の蔵造の町並みをめぐり、柿本人麻呂神社の万葉歌碑を訪ねることにする。

蓮馨寺

■蓮馨寺

西武新宿駅から新宿線本川越《ほんかわごえ》行きの急行電車に乗ると、約一時間で本川越駅に着く。本川越駅から北へ進むと、蓮馨寺《れんけいじ》がある。

蔵造の町並み

蓮馨寺は、孤峰山宝池院《こほうさんほうちいん》と号する浄土宗の寺で、本尊は阿弥陀如来《あみだにょらい》である。天文年間（一五三二〜一五五五）、川越城主・大導寺駿河守《だいどうじするがのかみ》政繁《まさしげ》の母・蓮馨尼《れんけいに》の開基、感誉存貞上人《かんよぞんていしょうにん》の開山である。川越では、喜《き》多院《たいん》に次ぐ大寺である。慶長七年（一六〇二）、浄土宗関東十八檀林《かんとうじゅうはちだんりん》の制が設けられ、この寺はその一つになり、葵紋《あおいのもん》を掲げることが許され、幕府公認の僧侶養成機関となり、多くの僧侶を育成した。江戸時代には、二〇石の御朱印が与えられた。

明治維新の際、勅願所となり、呑龍上人《どんりゅうしょうにん》が奉安された。呑龍上人は、川越大火の際、鐘楼で最後まで鐘を乱打して住民に避難を呼びかけた。町は焼け尽くしたが、鐘楼だけは焼け残った。このため、子育ての「呑龍さま」と呼ばれて親しまれている。

この寺には、元禄八年（一六九五）銘の銅鐘がある。境内の左奥に、自然石に彩色して人に見立てた石の芸術百面相《げいじゅつひゃくめんそう》がある。桜のシーズンにこの寺を訪れると、素晴らしい桜の開花が見られる。

■蔵造の町並み

蓮馨寺からさらに北へ進むと、道路沿いに重厚な蔵造の商家が目に

時の鐘

入ってくる。川越は、江戸時代には、川越街道《かわごえかいどう》、新河岸川《しんがしがわ》の舟運の大動脈で江戸と結ばれ、周辺の農産物の集積地として賑わった。川越商人は、周辺の農産物を江戸へ供給して、巨万の富を蓄積した。

明治二六年（一八九三）三月二七日に大火が発生し、瞬く間に町を焼き尽くした。この大火で、蔵造《くらづくり》の店舗が焼け残り、蔵造建築の耐火性のよさが認識された。それ以来、川越商人は、こぞって蔵造の店舗を建てた。現在、蔵造の店舗は、川越の町並みを構成する大事な要素になっており、一七棟が市の文化財に指定されている。

蔵造の町並みの中心に蔵造資料館《くらづくりしりょうかん》がある。「万文《まんぶん》」という屋号の煙草卸商《たばこおろししょう》の店を利用したもので、明治二六年（一八九三）の建築である。間口四・五間の店舗に、間口二間の添い家を併立し、文庫蔵《ぶんこくら》、煙草蔵《たばこくら》がつづいている。展示物は、この地方で使用されていた民具が中心であるが、建物自体も蔵造構造の資料になっている。煙草元売捌所《たばこもとうりべつしょ》であったことから、煙草蔵の構造も見られ、非常に興味深い。

■時の鐘

蔵造の町並みの中央部の路地を東へ少し入ったところに、川越を象徴する時の鐘《かね》がある。時《とき》の鐘は、蔵造の町並みを見渡すように建てられた鐘楼で、高さは約五丈三尺五寸（約一六・二メートル）である。『川越素麺《かわごえそうめん》』には、「寛永年間（一六二四～一六四四）、川越城主・酒《さか》井《い》讃岐守忠勝《さぬきのかみただかつ》が建てた」とある。川越の大火でこの鐘楼は類焼したため、承応二年（一六五三）、鐘を鋳直したと伝える。

この鐘は、明治二六年（一八九三）の大火で再び焼失し、現在の鐘は、明治二七年（一八九四）に再鋳された。川越の町の中心に建っているため、四方に鐘の音がよく響き渡り、現在では、電動式で、一日四回鐘が鳴らされている。

養寿院

養寿院

蔵造資料館の北側の路地で左折し、しばらく進むと、突き当たりに養寿院《ようじゅいん》がある。養寿院は、青龍山《せいりゅうさん》と号する曹洞宗の寺で、本尊は釈迦《しゃか》牟尼仏《むにぶつ》、脇侍は観世音菩薩《かんぜおんぼさつ》と弥勒菩薩《みろくぼさつ》である。寛元二年（一二四四）、坂東平八《ばんどうへいはち》の一族であった河越太郎重頼《かわごえたろうしげより》の曾孫《ひいまご》・河越遠江守経重《かわごえとおとうみのかみつねしげ》の開基、阿闍梨円慶《あじゃりえんけい》の開山である。この寺は、創建当初は天台宗であったが、天文四年（一五三五）、降専法印《こうせんほういん》が曹洞宗大源寺派の僧・扇叟《せんそう》の徳を

菓子屋横丁

慕って帰依し、曹洞宗に改められた。この寺は、川越七福神の布袋尊《ほていそん》を祀り、「くず寺」と呼ばれている。

この寺には、文応元年（一二六〇）銘の銅鐘《どうしょう》（重文）、住吉具慶《すみよしぐけい》筆の堀川夜討屏風《ほりかわようちびょうぶ》、室町時代の達磨像《だるまぞう》、三十六歌仙絵《さんじゅうろっかせんのえ》などがある。位牌堂には、中国元時代の千手観世音菩薩像《せんじゅかんぜおんぼさつぞう》、木造六地蔵菩薩像《ろくじぞうぼさつぞう》、円空仏、河越氏と大和守一族の位牌、日吉神社《ひよしじんじゃ》のご神体などが祀られている。本堂の右手奥に、河越太郎重頼の五輪塔や一族の墓がある。

菓子屋横丁

養寿院の北に菓子屋横丁《かしやよこちょう》がある。この横丁は、江戸時代の中期に、二、三軒の菓子屋があったことに始まる。その一軒に鈴木藤左衛門《すずきとうざえもん》という人がいて、芋菓子、麦こがし団子などを製造していた。長年勤めた弟子に暖簾分けをして、この付近に店を持たせた。次第に菓子屋が軒を連ねるようになり、昭和初期の最盛期には、約七〇軒の菓子屋が軒を連ねるようになった。現在では、約二〇軒ほどになっているが、千歳飴《ちとせあめ》、金太郎飴《きんたろうあめ》、麦落雁《むぎらくがん》、水羊羹《みずようかん》、かりん糖《とう》などが販売されており、昔懐かしい菓子の味と風情が楽しめる。

札の辻の石標

■札の辻

菓子屋横丁を通り抜け、大通りで左折し、蔵造の町並みのある大通りに出ると、左側に「札《ふだ》の辻《つじ》」の石標がある。『三芳野名勝図会《みよしのめいしょうずえ》』には、「札の辻、御高札《ごこうさつ》有之によりて御判塚《ごはんづか》とも言、本町、高沢町、南町、北町の四街の巷《ちまた》にて、此所河越の中央にて総て四方へ行程も是よりして斗る。江都の日本橋のごとし」とある。この四つ辻は、道路元標の起点であり、高札場があったので、川越城下町で最も賑わった。

■東明寺

大通りを北進し、カーブの手前を右に入ると、東明寺《とうみょうじ》がある。東明寺は、稲荷山稍名院《いなりさんしょうみょういん》と号する時宗の寺で、本尊は虚空蔵菩薩《こくぞうぼさつ》である。一遍上人《いっぺんしょうにん》の開基で、本尊は慈覚大師《じかくだいし》の作と伝える。

山門を入った参道の左手に「川越野戦跡《かわごえやせんあと》」の碑がある。川越夜戦は、厳島《いつくしま》の合戦《かっせん》、桶狭間《おけはざま》の合戦と並ぶ三大合戦の一つで、北条氏が関東地方の覇権を確立するきっかけとなった戦いである。

足利成氏《あしかがしげうじ》に対抗するため、関東管領・上杉持朝《うえすぎもちとも》は、太田道真《おおたみちざね》・道灌《どうかん》

東明寺

父子に命じて、長禄元年（一四五七）、川越城《かわごえじょう》を築かせた。天文六年（一五三七）、北条氏綱《ほうじょううじつな》が川越城を攻略し、川越を支配した。上杉朝定《うえすぎともさだ》は、川越城を奪還するために、天文一五年（一五四六）、約八万の大軍を率いて川越城を包囲し、戦ったのが川越夜戦である。北条氏は、夜襲をかけて、上杉勢を打ち崩し、関東制覇を成し遂げた。

氷川神社

東明寺から民家の間を少し北へ行くと、新河岸川《しんがしがわ》に出る。右折して川に沿って進む。河の両岸の桜が川面に映える美しい光景がつづいている。やがて、氷川神社《ひかわじんじゃ》の裏に出る。

氷川神社は、欽明天皇《きんめいてんのう》二年（五四一）、武蔵国《むさしのくに》足立郡《あだちこおり》氷川神社《ひかわじんじゃ》の分霊を勧請したのが始まりと伝える。祭神は、素盞嗚命《すさのおのみこと》、奇稲田姫命《くしいなだひめのみこと》、大己貴命《おおなむちのみこと》、脚摩乳命《あしなづちのみこと》、手摩乳命《てなづちのみこと》の五神である。川越の総鎮守として人々から篤い崇拝を集め、「お氷川様《ひかわさま》」と呼ばれて親しまれている。

本殿は、天保一三年（一八四二）に起工、嘉永三年（一八五〇）に竣工した梁行三間の入母屋造、銅板葺である。本殿の壁面には、約五〇種類の精緻な彫刻が施されている。この彫刻は、江戸時代の彫刻師・

氷川神社

嶋村源蔵《しまむらげんぞう》によるもので、「江戸彫《えどぼ》り」と呼ばれている。彫刻の図柄は、旧上松江町《きゅうかみまつえまち》の浦島《うらしま》、旧江戸町《きゅうえどまち》の源為朝《みなもとのためとも》、旧喜多町《きゅうきたまち》の藤原秀郷《ふじわらのひでさと》など、すべて氷川神社の祭礼の山車人形《だしにんぎょう》から採られている。川越祭に使用される山車の「俵藤太《たわらのとうた》」「三番叟《さんばそう》」などの彫刻も嶋村源蔵によるものである。

拝殿には、弘化元年（一八四四）に奉納された大きな祭礼絵額《さいれいえがく》がある。参道には、高さ約一五メートルの明神形大鳥居《みょうじんがたおおとりい》があり、これに掲げられた「氷川神社」の社号額は、勝海舟《かつかいしゅう》の筆によるものである。拝殿右側の奥には、樹齢約五〇〇～六〇〇年の大欅《おおけやき》がある。

この神社には、文禄四年（一五九五）銘の酒井利忠《さかいとしただ》の神田寄進状《かんだきしんじょう》、松平信綱《まつだいらのぶつな》、柳澤吉保《やなぎさわよしやす》、秋元涼朝《あきもとすけとも》などの神領《じんりょう》、宝物の寄進覚も保存されている。

■柿本人麻呂神社

氷川神社の境内に柿本人麻呂神社《かきのもとのひとまろじんじゃ》がある。ご神体は、高さ五寸五分（約一六・五センチメートル）の木彫りの柿本人麻呂の坐像である。烏帽子《えぼし》を被り、直衣《のうし》を着て、指貫《さしぬき》を履き、脇息《きょうそく》に身を寄せ、筆を手に

柿本人麻呂神社

している。この像は、鎌倉時代の歌人で、彫刻家であった頓阿法師《とんあほうし》の作と伝える。頓阿法師は、人麻呂像一〇〇体を刻んで、摂津国の住吉大社に奉納したといわれ、この像は、そのうちの一体であるという。

人麻呂の子孫といわれる綾部氏《あやべし》は、永正二年（一五〇五）、人麻呂神社を奉じ、上方《かみかた》から布川《ぬのかわ》へ移った。この頃、川越をしばしば訪れていた連歌師の宗祇《そうぎ》や弟子の手を経て、頓阿法師の人麻呂像を入手し、この神社に祀った。寛永年間（一六二四～一六四四）、川越城主・堀田正盛《ほったまさもり》が社殿を修復し、さらに、宝暦二年（一七五二）、川越在住の文人らが社殿を復旧、再興した。

■山上憶良の万葉歌碑

社殿の横に山上憶良の「令反惑情《れいはんわくじょう》」の万葉歌碑がある。この歌碑は、『三芳野名勝図会《みよしのめいしょうずえ》』の著者・中島孝昌《なかじまたかあき》の孫・芳嶺《よしみね》（与十郎《よじゅうろう》）の揮毫により、明治一六年（一八八三）に建立された。歌碑の上部には、氷川神社宮司・平山省斎《ひらやませいさい》による「令反惑情歌碑」の篆額《てんがく》が、その下に、次の題詞と歌が漢字で刻まれている。

柿本人麻呂神社の万葉歌碑

神亀五年七月二十一日筑前国守山上憶良上《たてまつ》る
惑《まと》へる情《こころ》を反《かへ》さしむる歌一首併せて序

或人、父母を敬《うやま》ふことを知りて、侍養《じやう》を忘れ、妻子を顧《かへり》みずして、脱屣《だっし》よりも軽《いるかせ》にし、自ら倍俗先生《ばいぞくせんせい》と称《なづ》く。意気は青雲の上に揚《あ》がれども、身体は猶《なほ》し塵俗《ぢんぞく》の中《うち》に在り。未《いま》だ得道《とくだう》に修行するの聖《ひじり》に験《しるし》あらず、蓋《けだ》しこれ山沢《さんたく》に亡命する民ならむか。所以《このゆゑ》に三綱《さんかう》を指示《およびさ》し、五教《ごけう》を更《あらた》め開《と》き、贈《おく》るに歌を以《もち》てし、その迷《まと》ひを反《かへ》さしむ。

歌に曰く

父母を　見れば尊《たふと》し　妻子《めこ》見れば　めぐし愛《うつく》し　世の中は　かく
ぞことわり　もち鳥《どり》の　かからはしもよ　行くへ知らねば　うけ
沓《ぐつ》を脱《ぬ》ぎ棄《つ》るごとく　踏《ふ》み脱《ぬ》きて　行くちふ人は　石木《いはき》より　生《な》
り出《で》し人か　汝《な》が名告《の》らさね　天《あめ》へ行かば　汝《な》がまにまに　地《つち》な
らば　大君《おほきみ》います　この照らす　日月《ひつき》の下《した》は　天雲《あまくも》の　向伏《むかぶ》す極《きは》
み　たにぐくの　さ渡る極《きは》み　聞こし食《を》す　国のまほらぞ　かに
かくに　欲しきまにまに　然《しか》にはあらじか
五・八〇〇

ひさかたの　天路《あまぢ》は遠し　なほなほに
家に帰りて　業《なり》をしまさに

五・八〇一

序は——ある人は、父母を敬うことは知っていても、孝行を尽くそうとはせず、あたかも脱ぎ捨てた履き物よりも、妻子を軽んじて、省みない。自らを「倍俗先生《ばいぞくせんせい》」と称して、空疎な思想にとらわれている。盛んな意気は、青雲の上に上がらんばかりだが、自分自身は相変わらず世の塵の中にいる。いまだに仏道の修行の積んだ聖人の証拠もない。これは生業を捨て、山沢に逃げ込んだ民と同じで、惑える情をもつものである。そこで、三綱《さんこう》を示し、五教《ごきょう》をさらに説くべく、このような歌を贈って、その心を変えさせることにする——という意である。

「倍俗先生」の「倍」は背くの意で、「先生」は皮肉を込めた敬称であるので、「倍俗先生」は、世俗に背を向けた隠遁者を意味する。「三綱」は、人が重んじなければならない君臣、父子、夫婦の三つの道。「五教」は、人が守らなければならない父義、母慈、兄友、弟恭、子孝の、いわゆる五常の教え。『令集解《りょうしゅうげ》』の戸令《こりょう》に、国守の任務として、「敦喩五教《とんゆごきょう》」という項があり、その注に「五教とは五常《ごじょう》の教えを謂う」とあるので、山上憶良はこれを遵守しようとしたようだ。

「令反惑情」の歌　心の迷いを直させる歌で、序文では、家庭的愛を肯定する儒教倫理を根拠として、国守としての教訓的姿勢が示されている。長歌では、まず家庭を敬愛する人倫の理を掲げ、ついで家族を遺棄し、自己のみの救済を願って離俗する現実を示し、最後に天皇が治める国における随順を促す三段構成がとられている。三綱（君臣、父子、夫婦の道）、五教（父義、母慈、兄友、弟恭、子孝）を主柱とする儒教倫理に随順すべきであることを主張している。

つづく長歌は——父母を尊敬し、妻子を愛おしむのは、世の中の道理である、それはいくらもがいても逃れられないことである、ところが、破れた沓を脱ぎ捨てるように、現実を逃れようとするのは、一体どういう人だろう、名を名告りなさい、天上の世界ならば、おまえの勝手だが、この地上は天皇が統治する国だ、あれこれしたい放題に勝手なことをするのは、しかるべきではない——という意味である。

反歌は——天井へ上る道は遠い、そんなにひねくれないで、おとなしく家に帰って、家業に励みなさい——という意味である。芳領《よしみね》は、『三芳野名勝図会《みよしのめいしょうずえ》』の著者・中島孝昌《なかじまたかあき》の孫で、本名は与十郎《よじゅうろう》、桜曙園《ろうしょえん》と号した俳人・書家であった。

氷川神社から西武本川越に出て散策を終えた。今回は、江戸文化、柿本人麻呂神社、山上憶良の歌碑という時代を超えた異質の組み合わせを楽しむ散策になった。

交通▼西武新宿駅で新宿線本川越行きの急行電車に乗車し、本川越駅で下車。

山上憶良　奈良時代の大宝二年（七〇二）、遣唐小録として渡唐。帰国後、伯耆国守、東宮侍講、筑前国守を歴任。筑前守の時代に大宰帥・大伴旅人の部下。儒教・仏教・老荘などに強く影響を受け、思想性の強い歌を作った。代表作は貧窮問答歌。『類聚歌林』の編著がある。

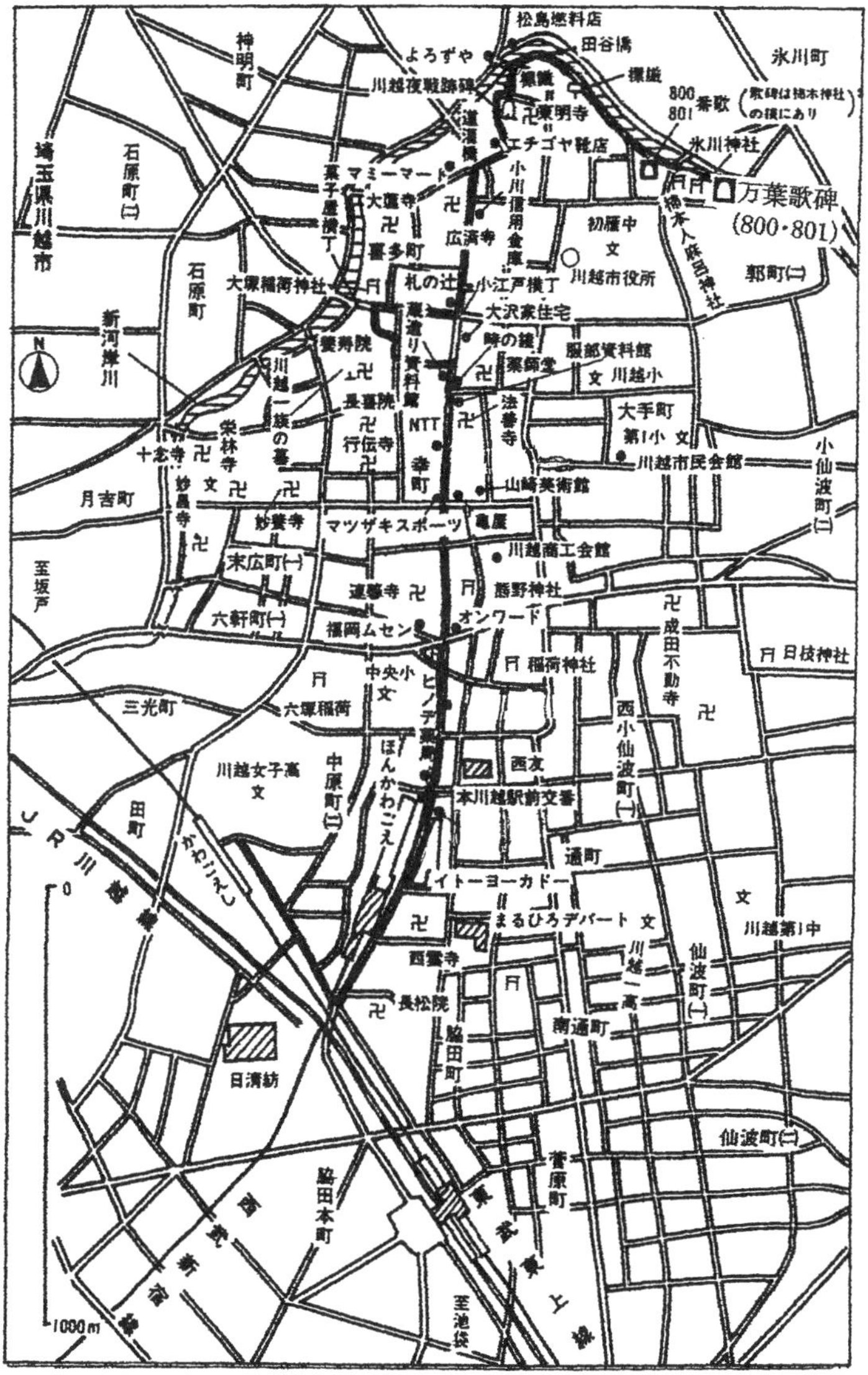

憶良の万葉歌碑（蔵造の町並み）コース

万葉遺跡の碑（喜多院）コース（埼玉県川越市）

憶良の万葉歌碑コースでは、川越市西部の蔵造の町並みから、氷川神社境内の柿本人麻呂神社の山上憶良の万葉歌碑までを散策した。一方、川越市東部は、古来、「三芳野《みよしの》」と呼ばれ、野生の鹿が多く住んでいた。東国の人たちは、鹿狩りをして、肩骨を焼き、その割れ方で吉凶を占った。その遺跡には、鹿見塚《ししみづか》という小字名《こあざめい》が残され、埼玉県指定の万葉遺跡の碑が建っている。今回の散策では、この万葉遺跡の碑を訪ね、喜多院などの史跡をめぐることにする。

鹿見塚

■鹿見塚の万葉遺跡の碑

東武池袋線で東上線小川町行きの急行電車に乗車すると、約一時間で東武川越駅に着く。駅前のマインを巻くように東側へ進み、南東に進む。川越街道に出てしばらく進み、国道一六号線の手前の川越ビジネスホテルで左折する。やがて、前方に「母塚《ははづか》」と呼ばれる古墳が見えてくる。

この付近には、六世紀に築造された二基の古墳があり、「父塚《ちちづか》」「母

鹿見塚の万葉遺跡の碑

塚」と呼ばれている。母塚（鹿見塚）の墳土の上には、冨士浅間神社《ふじせんげんじんじゃ》がある。この古墳の東側に、次の文字が刻まれた万葉遺跡の碑がある。

埼玉県指定遺跡

万葉遺跡　占肩之鹿見塚《うらかたのししみづか》

埼玉県知事　大沢雄一書

この碑は、高さ約一・六メートルの自然石で出来ており、昭和二九年（一九五四）に建立された。碑陰には、建碑の由来が次のように刻まれている。

「奈良時代に編纂された万葉集二十巻四千四百九十六首の歌は王朝文学の精家《せいか》として日本文化の誇りと称される。その中には本県に関するものが十四首もあって純粋素朴な東歌《あずまうた》と賞され郷土人に懐かしく伝えられている。

萬葉集　巻十四　東歌

武蔵野爾《むざしのに》　宇良敝可多也伎《うらへかたやき》　麻左弖爾毛《まさでにも》

乃良奴伎美我名《のらぬきみがな》　宇良爾伇家里《うらにでにけり》

武蔵野《むざしの》に　占へ肩炮《かたや》き　まさでにも
告《の》らぬ君が名　うらに出《で》にけり

一四・三三七四

往古東国の人々が武蔵野に棲んでいた多くの鹿を狩してその肩骨を焼いて吉凶を占う風習があった。この故事から情緒深い占肩《うらかた》の歌が遺され、地名をシシミ塚と称していた。然るにいつしかシロミと転訛して城見塚《しろみづか》と書き改められたこともあったが、今も尚シシミ塚として一町七畝余もある。また『新編武蔵風土記稿《しんぺんむさしふどきこう》』にも遺蹟としてその小字が地籍に記されている。この地には上代の古墳が遺存し、父塚母塚と呼ばれ、母塚の丘陵には冨士《ふじ》浅間神社《せんげんじんじゃ》を祀り、富士《ふじ》の腰《こし》と称し、ここの初山の行事が古来から有名である。シシミ塚の地域が万葉占肩謌《まんようらかたのうた》の遺蹟《いせき》鹿見塚《ししみづか》として柴田常恵《しばたつねとし》、小川元吉《おがわもとよし》、岸傳平《きしでんぺい》の三氏の調査によって昭和廿一年三月に埼玉県指定史蹟に決定したことは、わが郷土文化の将来のため誠に欣快《きんかい》に堪えない。仍《よ》って茲《ここ》に永くこの光栄を記念するため建碑するものである」と。

この歌は――武蔵野の、占い師が鹿の骨を焼いて占うと、これまでに人に話したことのないあなたの名が、はっきりと占いに出てしまった――という意味である。「肩炮《かたや》き」は、鹿や猪の肩骨や肋骨の一面

鹿卜　卜占いには、鹿卜、亀卜、などの民俗的なものと、夕占、足占、夢占などの個人的なものがある。前者は自然に現れる兆候によって占うものであるのに対して、後者は人間の方から積極的に兆候の発生を問うて占うものである。万葉の時代には、武蔵野に多くの鹿が棲息し、人々は鹿狩りして食糧に供したり、鹿の肩骨を波波迦の木で焼いて、焼いた鹿の肩骨に出来る割れ目の形や大きさにより、農作物の豊作・不作や、人の吉凶を占ったりしていた。この慣習は、武蔵野の各地に点在する神社に今でも残り、その代表的なものが、武蔵御嶽神社の太占祭である。

に縦溝を彫り、これを波波迦《ははか》の木《き》で焼き、生じた割れ目の様子から、吉凶を占うものである。
肩炮きは、『古事記《こじき》』の天岩屋戸《あめのいわやと》の祭儀神話《さいぎしんわ》に、「天《あめ》の香山《かぐやま》の真男鹿《まおじか》の肩を内抜《うちぬ》きに抜きて、天の香山の波波迦を取りて、占合《うらへ》まかなはしめて」、また、『魏志伝《ぎしでん》』に、「骨を灼《や》きて卜《ぼく》とし、以つて吉凶を占ひ」とあり、「鹿卜《かぼく》」とも呼ばれ、鹿の骨の割れ方で、農作物の吉凶を占う神事である。

愛宕神社前の芭蕉の句碑

■愛宕神社前の芭蕉の句碑

母塚から北へ進むと、国道一六号線の右側に父塚《ちちづか》がある。この墳頂に愛宕神社《あたごじんじゃ》、石段の下に次の芭蕉の句碑が刻まれた碑がある。

名月に　ふもとの霧に　田の曇り

■中院

国道から分かれて北へ進むと、中院《なかいん》がある。中院は、星野山無量寿寺《せいやさんむりょうじゅじ》

中院

と号する天台宗の寺で、本尊は阿弥陀如来《あみだにょらい》である。中院は、喜多院《きたいん》の北院に対する中院で、南院もあった。

中院は、天長七年（八三〇）、淳和天皇《じゅんなてんのう》の勅願により、慈覚大師円《じかくだいしえん》仁《にん》により開創された。慈覚大師は、仙芳仙人の古跡であった仙波を淳和天皇に奏上し、小仙波《こせんば》に一字を建立して、星野山無量寿寺仏地院《せいやさんむりょうじゅじぶっちいん》の勅号を賜った。元久の乱《げんきゅうのらん》で伽藍を焼失したが、永仁四年（一二九六）、中興祖師・尊海和尚《そんかいおしょう》は、天台の顕教《けんぎょう》（法華経《ほけきょう》）、密教《みっきょう》（真言秘密《しんごんひみつ》）の教えを広め、関東天台の教寺五八〇余ヶ寺のすべてを仙波の仏地院に付属させ、後伏見天皇から関東天台の本山の勅許を得た。後に、尊海和尚は、仏蔵院《ぶつぞういん》（北院＝現喜多院）、多聞院《たもんいん》（南院）を建立した。中院は、現在の東照宮の位置にあったが、寛永一六年（一六三九）、東照宮の造営に際し、現在地に移された。

『新編武蔵風土記稿《しんぺんむさしふどきこう》』には、「開山（慈覚大師）中興（尊海）すべて喜多院に同じ。当院古は今の御宮の建てる辺りにありて、（中略）草創より永禄の頃まで当院殊に盛大なりしと云う」とある。

中院は、藩主・秋元涼朝《あきもとすけとも》の家老・大陽寺盛胤《たいようじもりたね》一族の菩提所であった。大陽寺氏は、河越夜戦の功により、川越城主となり、天正一八年（一五九〇）までの四〇年間、川越を支配した。

島崎藤村の「不染」の碑

本堂には、大陽寺一族の位牌、享保一五年（一七三〇）銘の燭台、境内には、大陽寺一族の墓がある。本堂の前には、見事なしだれ桜がある。訪れる人はほとんどなく、静かな雰囲気が漂っている。

■島崎藤村の「不染」の碑

中院の境内には、島崎藤村《しまざきとうそん》を記念する「不染《ふぞめ》」の碑と二度目の夫人・静子《しずこ》の母・みきの寓居《ぐうきょ》と墓《はか》がある。藤村の日記に、「川越の老母、時々上京して飯倉《いいぐら》の家に逗留」と記されている。『夜明け前』の執筆にあたって、しばしば川越の義母・みきの家を訪ねて、明治初期頃の思い出話を聞き、小説の描写の参考にしたという。

■仙波東照宮

中院の北に仙波東照宮《せんばとうしょうぐう》がある。仙波東照宮は、徳川家康《とくがわいえやす》の没後、その遺骸を駿河国《するがのくに》の久能山《くのうざん》から日光《にっこう》へ移葬する途中、喜多院《きたいん》に四日間留め、大法要を営んだ縁により、寛永一〇年（一六三三）に建立された。久能山、日光と並ぶ三大東照宮《さんだいとうしょうぐう》の一つである。

仙波東照宮

本殿は、三間社流造《さんげんしゃながれづくり》、銅板葺《どうばんぶき》で、周囲に極彩色の精巧な彫刻が施されている。殿内には、天海僧正《てんかいそうじょう》が刻作した家康の木像を祀る。拝殿は、単層入母屋造《たんそういりもやづくり》、銅板葺で、正面には、後水尾天皇《ごみずのおてんのう》の宸筆による「東照権現《とうしょうごんげん》」の勅額が懸かる。随神門《ずいしんもん》は、切妻造《きりづまづくり》、銅板葺の八脚門《はっきゃくもん》で、その内側の石鳥居には、「東照大権現御宝前、寛永一五年九月一七日堀田《ほった》加賀守《かがのかみ》従四位下《じゅしいげ》藤原正盛《ふじわらまさもり》」と刻まれている。

仙波東照宮境内の波波迦の木

随神門を入ったところに、ナンジャモンジャの木がある。この木は、「ヒトツバタゴ」と呼ばれる白い花を付ける木犀科《もくせいか》の樹木で、鹿卜《かぼく》で鹿の肩骨を焼くのに使われたという説もある。波波迦《ははか》は「ウワミズザクラ（上不見桜《うわみずざくら》・上溝桜《うわみぞざくら》）」の古名で神話で占いに使われた非常に堅い材である。「波波《はは》」「上溝《うわみぞ》」の漢字が示すように、木の表面がデコボコになっているのを特徴とする。

ヒトツバタゴは、対馬市《つしまし》鰐浦《わにうら》に群生地があり、長崎のイギリス公使館の前庭、明治神宮の宝物殿の横にも一本の大木がある。四月下旬に訪れると、美しい開花が見られる。

喜多院

■喜多院

東照宮の北に喜多院《きたいん》がある。喜多院は、星野山無量寿寺《せいやさんむりょうじゅじ》と号する天台宗の寺で、本尊は阿弥陀如来《あみだにょらい》である。天長七年（八三〇）、淳和天皇《じゅんなてんのう》の勅願により、慈覚大師《じかくだいし》・円仁《えんにん》が開闢《かいびゃく》した。その後、火災による焼失と再建を繰り返したが、寛永一五年（一六三八）の川越大火後、三代将軍・徳川家光《とくがわいえみつ》が川越城主・堀田加賀守正盛《ほったかがのかみまさもり》に命じて復興した。この時、江戸城の紅葉山の別殿を移築して、客殿、書院、庫裡（各重文）とした。

客殿は、「無量寿寺殿《むりょうじゅじでん》」と呼ばれ、単層入母屋造《たんそういりもやづくり》、こけら葺の建物である。将軍・家光が生まれた「家光誕生《いえみつたんじょう》の間《ま》」と呼ばれる部屋、本尊の阿弥陀如来像《あみだにょらいぞう》が安置された仏間がある。書院は、単層寄棟造《たんそうよせむねづくり》、こけら葺の建物で、「春日局《かすがのつぼね》の化粧《けしょう》の間《ま》」と呼ばれる部屋がある。書院に面して、「曲水《きょくすい》の庭《にわ》」と呼ばれる遠州流《えんしゅうりゅう》の枯山水書院式庭園《かれさんすいしょいんしきていえん》がある。説明書には、「関東好みの爽快さ品位が保たれている」とあるように、庭園は、背後の巨木とよく調和し、安らいだ雰囲気が漂っている。庫《く》裡《り》は、一端が入母屋造、他端が寄棟造、こけら葺である。これらの建物はいずれも重要文化財に指定されている。

喜多院には、紙本著色職人尽絵《しほんちゃくしょくしょくにんつくしえ》（重文）、糸巻太刀《いとまきたち》（重文）、徳川

五百羅漢

将軍献上の太刀《たち》、宗版《そうばん》・天海一切経《てんかいいっさいきょう》（重文）、銅鐘《どうしょう》（重文）など多数の文化財がある。境内には、山門（重文）、番所、多宝塔、鐘楼門（重文）、慈恵堂《じけいどう》、慈顔堂《じがんどう》（重文）、松平大和守廟《まつだいらやまとのかみびょう》などがある。

喜多院には、明星《みょうじょう》の池《いけ》・杉《すぎ》、潮音殿《ちょうおんでん》、山内禁鈴《やまうちきんれい》、三位稲荷《さんみいなり》、琵琶橋《びわはし》、底《そこ》なし穴《あな》、お化《ば》け杉《すぎ》など七不思議の伝承がある。

山門を入った北側に、五百羅漢《ごひゃくらかん》がある。羅漢像の区域に入ると、すぐ左に高さ約五メートルの沙羅双樹《さらそうじゅ》の木がある。五月中旬頃に訪れると、可憐な白い花の開花が見られる。五百羅漢は、北田島《きたたじま》の百姓で、後に出家した志誠《しせい》が、天明二年（一七八二）に発願して刻み始め、志誠の死後も意思が引き継がれて、約五〇年の歳月を費やして完成された。石像の数は、五四〇体を数え、立像、坐像、臥像など変化に富み、彫刻が極めて優秀で、石造美術の傑作とされている。羅漢像は、すべて表情が異なり、いずれも枯淡で、一抹の人間苦を漂わせており、見る人の心を引く。

■多宝塔傍の芭蕉の句碑

五百羅漢の横の多宝塔《たほうとう》の傍に、歌塚《うたづか》の碑《ひ》と芭蕉《ばしょう》の句碑《くひ》がある。芭蕉

成田山川越別院

の句碑には、次の句が刻まれている。

名月や　池をめぐりて　夜もすがら

碑陰には、「寛政三年（一七九一）辛亥《かのとい》八月十五日　碑成りて仙波《せんば》天女祠《てんにょほこら》の傍らに建つ。三芳野の莫逆《ばくげき》の友が其の装《よそい》を出して費を助くと云う。與布禰《よふね》」とある。

喜多院の森には、高浜虚子《たかはまきょし》の「ホトトギス」の同人・東丁《とうちょう》の「秋風や　直ぐなる故に　道さみし」の句碑もある。

■成田山川越別院

芭蕉の句碑から北へ進む。門前町らしい雰囲気が漂う商店街を通り過ぎると、右側に成田山川越別院《なりたさんかわごえべついん》がある。本行院《ほんぎょういん》と号する真言宗智山派の寺で本尊は不動明王《ふどうみょうおう》である。

嘉永三年（一八五〇）、一心坊《いっしんぼう》が不動尊の大慈悲に篤く帰依し、八幡神社の境内に一宇を建てたのに始まる。その後、廃寺となったが、本行院が再興され、明治一〇年（一八七七）、成田山川越別院本行院

浮島神社

と称するようになった。

■浮島神社

広い道路を横切って右斜めに進むと、浮島神社《うきしまじんじゃ》がある。祭神は、宇迦御魂命《うかのみたまのみこと》である。太田道真《おおたどうしん》・道灌《どうかん》の父子が川越城を築いたとき、城の守護神として祀ったのに始まる。一説には、慈覚大師《じかくだいし》が喜多院を開創したとき、喜多院の地にあった神社をこの地に移したとも伝える。以前、神社の傍の池から清水が湧き出して、遠望すると浮島のように見えたので、「浮島神社」と名付けられたといわれている。

■富士見櫓跡

さらに北進すると、富士見櫓跡《ふじみやぐらあと》に出る。川越城には、天守閣がなかったので、東北の隅に二重の虎櫓《とらやぐら》、本丸の北に菱櫓《ひしやぐら》、西南の隅の富士山の見える丘の上に、高さ五一尺（約一六・八メートル）の富士見櫓が建てられた。富士見櫓は、城の中でも最も高いところにあったので、川越城の天守閣の役割を果たしていた。現在、その跡地に、御嶽《みたけ》

三芳野神社

神社《じんじゃ》が祀られている。

■三芳野神社

富士見櫓の少し東に三芳野《みよしの》神社《じんじゃ》の鳥居がある。鳥居の横に三芳野神社の石標があり、これに『伊勢《いせ》物語《ものがたり》』十段の「入間郡《いるまのこおり》三芳野《みよしの》の里《さと》」の次の歌が刻まれている。

我《あ》が方《かた》に　よると鳴くなる　三芳野《みよしの》の
田《た》の面《む》の雁《かり》を　いつか忘れむ

在原業平《ありわらのなりひら》が訪ねた三芳野の里については諸説がある。『日本文学古典体系《にほんぶんがくこてんたいけい》』『伊勢物語精講《いせものがたりせいこう》』では坂戸市《さかどし》三芳野、『新編武蔵風土記稿《しんぺんむさしふどきこう》』『武蔵萬葉紀行《むさしまんようきこう》』では川越市的場《かわごえしまとば》、『武蔵野《むさしの》』では川越市伊佐沼《いさぬま》を、それぞれ比定している。

三芳野神社は、平安時代初期の大同元年（八〇六）の創建と伝える。祭神は、素盞鳴命《すさのおのみこと》、稲田姫命《いなだひめのみこと》、菅原道真《すがわらのみちざね》、品田別命《ほむたわけのみこと》である。現在の本殿は、寛永元年（一六二四）、川越城主・酒井忠勝《さかいただかつ》が幕府の命を受け

わらべ唄発祥の所の碑

て建立し、明暦二年（一六五六）に改修された。

本殿は、三間社権現造《さんげんしゃごんげんづくり》で、前面に向拝《こうはい》、中央に勾欄《こうらん》の付いた階段があり、朱塗りの極彩色が施されている。妻飾《つまかざ》り、斗栱間《ときょうかん》の蟇股《かえるまた》、太い木割《きわり》などに桃山時代の建築様式の特徴が見られ、権現造としては、埼玉県内では最も古く、優れた建物であると評価されている。

■「わらべ唄発祥の所」の碑

三芳野神社付近は、童謡「通りゃんせ」の発祥地といわれ、三芳野神社の拝殿の斜め前方に、「わらべ唄発祥《うたはっしょう》の所《ところ》」と刻まれた碑が建っている。神社の参道が「天神さまの細道」で、童謡「通りゃんせ」の歌詞は、この参道が舞台であるという。

本丸物見櫓跡に天神社が祀られ、「お城《しろ》の天神様《てんじんさま》」と呼ばれた。城内の神社であったので、普段は一般の人は参拝することが出来ず、祭日だけ川越城の南大手門から参拝することが出来た。このため、「行きはよいよい、帰りは怖い」、つまり、「城に入るのはよいが、城の中の様子や構造を知ってから、城の外に出るのは怖いぞ」と唄われた。

川越城本丸御殿

■川越城本丸御殿

三芳野神社の西に川越本丸《かわごえほんまる》御殿《ごてん》がある。川越城は、長禄元年（一四五七）、関東管領・上杉持朝《うえすぎもちとも》が家臣の太田道真《おおたどうしん》・道灌《どうかん》父子に命じて築城させたことに始まる。その後、上杉氏、北条氏の支配下にあったが、江戸時代には、川越藩の居城になり、江戸北方の守として、また、物資の供給基地として重要視された。

川越城は、本丸を中心として、北に二の丸、西に三の丸など、八つの曲輪《くるわ》、三つの櫓、一二の門で構成されていた。川越城本丸御殿は、嘉永元年（一八四八）、川越城主・松平大和守斎典《まつだいらやまとのかみなりつね》により建造された、いかにも武家風の大建築である。唐破風《からはふ》の玄関屋根には、三《み》つ葉葵《ばあおい》の紋所《もんどころ》が付いた鬼瓦があり、玄関の両側には、櫛形の格子窓が設けられている。

この建物は、当初、全部で一六棟、総面積三三八三平方メートルの規模であったが、明治維新後にほとんどが解体され、わずかに玄関部分、書院の大広間、移築復元された家老詰所が残るのみとなっている。総面積は約五四五平方メートルで、内部には、考古資料、川越城の模型、川越の文化財の写真などが展示されている。

川越市立博物館

■川越市立博物館

本丸御殿の北に川越市立博物館《かわごえしりつはくぶつかん》がある。建物の屋根は、総日本瓦葺、壁は白塗りである。館内には、川越夜戦《かわごえやせん》で知られる中世の戦乱、太田《おおた》道真《どうしん》・道灌《どうかん》による川越城の築城、松平信綱《まつだいらのぶつな》と城下町、天海僧正《てんかいそうじょう》と喜多《きた》院《いん》、舟運と産業文化、蔵造の町並み、蔵の構造、川越地方の歴史の発展と文化の変遷、などが時代に分けて展示され、川越祭の情景なども紹介されている。

市立博物館から西武本川越駅へ出て散策を終えた。今回は、市街化が進んだ中に、ひっそりと残る万葉の肩焼きの史跡を訪ね、江戸時代の情緒で溢れる史跡をめぐる散策となった。

交通▼東武池袋駅で東上線小川町行きの急行電車に乗車、東武川越駅で下車。

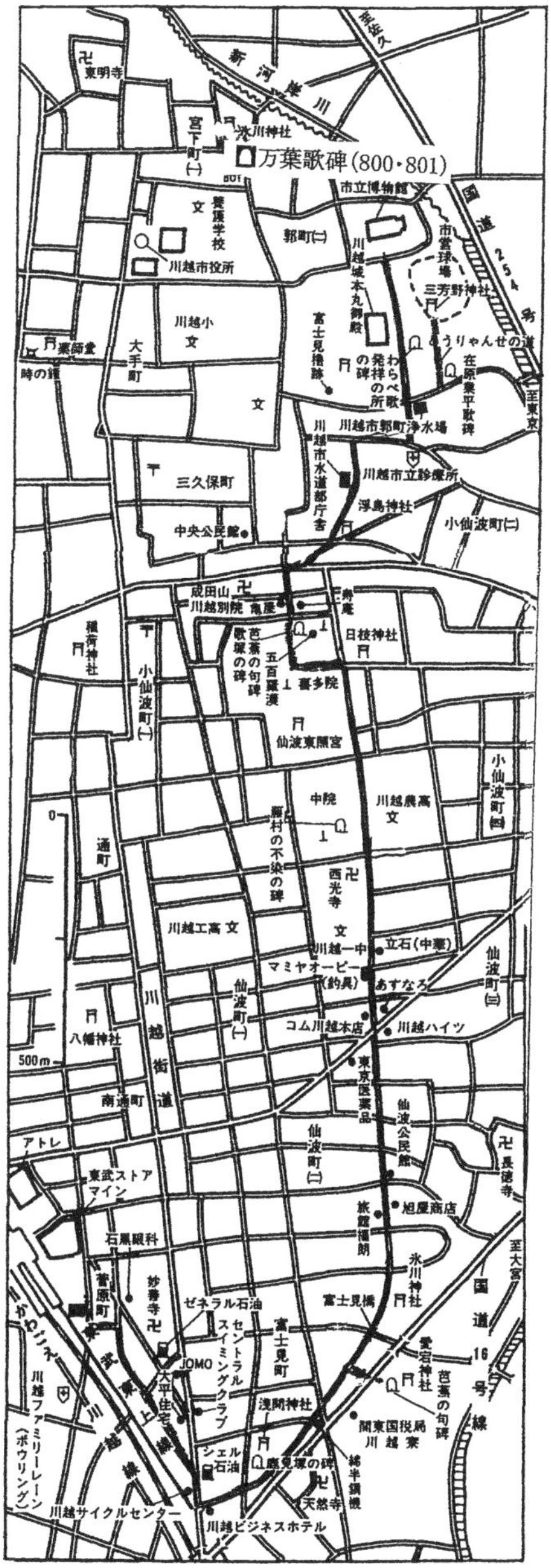

万葉遺跡の碑（喜多院）コース

第二章　東武鉄道沿線

おほやが原（大井）コース（埼玉県ふじみ野市）

『万葉集』巻一四の歌に詠まれた「おほやが原」の候補地の一つに、ふじみ野《の》市《し》大《おお》井《い》町《まち》が比定されている。ふじみ野市大井町は、埼玉県の中央部にあり、江戸から約一一里（約四四キロメートル）に位置し、江戸時代には、川越街道《かわごえかいどう》の六宿場の一つとして栄えた。この付近には、広々とした田畑が広がり、雑木林が点在し、武蔵野の面影が色濃く残されているが、近年、宅地化が急速に進み、武蔵野の自然が次第に消滅しつつある。今回の散策では、この大井町の史跡をめぐり、「おほやが原」を偲ぶことにする。

苗間神明神社

■苗間神明神社

東武池袋駅で東上線川越行きの普通電車に乗ると、約二〇分でふじみ野駅に着く。北口を出て東に進み、用水に沿って北進し、橋を渡って東へ進むと、苗《なえ》間《ま》神明神社《しんめいじんじゃ》がある。

祭神は、大日孁貴命《おおひるめむちのみこと》（天照大神《あまてらすおおみかみ》）である。この神社の縁起は詳らか

苗間薬師堂

ではないが、文化元年（一八〇四）、村民が伊勢神宮に参拝して分霊を勧請したのが始まりと伝える。『新編武蔵風土記稿《しんぺんむさしふどきこう》』には、「神明社は村社なり、天王社、第六天社、天神社、稲荷社、熊野権現社以上六社とともに浄禅寺《じょうぜんじ》持ちで、大日霎貴命を祀る」とある。浄禅寺は、当時、すでに無住で、他村の兼務寺であった。明治維新の神仏分離令《しんぶつぶんりれい》により、浄禅寺が廃寺となり、神社の管理は村民の手に移った。社殿の西側には、高さ約五メートルのレンガ造りの常夜灯、本殿背後に樹齢約四〇〇年、樹高約二五メートルの大欅がある。

苗間薬師堂

苗間明神神社のすぐ北に苗間薬師堂《なえまやくしどう》がある。堂内には、高さ約三一センチメートルの木造の薬師如来坐像《やくしにょらいざぞう》が安置されている。薬師堂は、『新編武蔵風土記稿』に「薬師堂　浄禅寺の持」とあり、江戸時代末に廃寺となった浄禅寺の堂宇の一つであった。浄禅寺の縁起は詳らかではないが、苗間村の名主・神木家《かみきけ》の寛保二年（一七四二）の『神木《かみき》康仁家文書《やすひとけもんじょ》』には、「浄禅寺は、与野の円乗院の末寺」、『武蔵国郡誌《むさしのくにぐんし》』には、「慶応元年に焼失し、以後廃寺」とある。

市沢の阿弥陀堂と八重観音堂

■市沢の阿弥陀堂と八重観音

苗間薬師堂から南へ進み、東武東上線の踏切を渡って左折し、セイコーモータースクールの前を東へ進むと、市沢《いちさわ》の阿弥陀堂《あみだどう》と八重観音《やえかんのん》がある。阿弥陀堂には、高さ約三〇センチメートルの木造の阿弥陀如《あみだにょ》来像《らいぞう》が、また、観音堂には、石造の八重観世音菩薩像《やえかんぜおんぼさつぞう》が祀られている。

八重観世音菩薩像は、幕末から明治にかけ、阿弥陀堂の堂守をしながら地域の人々に読み書き、裁縫を教えていた信州上田出身の尼僧・八重《やえ》の遺徳を慕って、土地の人が石で八重観世音菩薩像を造り、観音堂を建て、祀ったと伝える。

■大井弁天の森

観音堂からライオンズガーデンの前を通り過ぎると、旭日橋が架かる砂川堀があり、上流方向に進むと、大井弁天《おおいべんてん》の森《もり》がある。この森は、「大井清水弁財天《おおいしみずべんざいてん》の森《もり》」とも呼ばれ、市民から親しまれている。往古、ここに大井弁財天《おおいべんざいてん》があった。江戸時代の初期に、上野の不忍池《しのばずのいけ》の弁財天より分霊され、「厳島社」と呼ばれていた。現在では、小さな祠が残るのみとなっている。大井弁天の森は、砂川掘の東側の崖線にあり、武蔵野の面影がよく残されている。
川を挟んだ東原親水公園には、「なんぽの道」と呼ばれる全長八〇〇メートルの散歩コースがある。このコースをたどると、少し遠回りになるが、桜の花を眺めながらの散策が楽しめる。

大井弁天の森

■大井町のおほやが原

『万葉集』巻一四の東歌の武蔵国の中に、次の歌がある。

入間道《いりまぢ》の　おほやが原の　いはゐつら
引かばぬるぬる　吾《わ》に絶《た》えそね　一四・三三七八

この歌は——入間道の、おほやが原にある、いわいづらが、引くとずるずるつづいて、抜けてくるように、あなたとわたしの仲を、いつまでも絶やさないでおくれ——という意味である。この地方の特産のイハイヅルの生態を持ち出して、二人の仲がいつまでもつづくように訴えている。

弁財天を祀る祠

おほやが原の所在地については、越生町大谷説《おごせまちおおやせつ》、坂戸市大家説《さかどしおおやせつ》、日《ひ》高《だか》市《し》大谷沢説《おおやさわせつ》、ふじみ野市大井町説《おおいまちせつ》がある。『大日本地名辞書《だいにっぽんちめいじしょ》』では、大井町、富士見町、川越の南東と比定し、この大井町説を採っている。おほやが原は大井河原《おおいがわら》であるとして、これを大井町にあてたのは契沖《けいちゅう》である。『廻国雑記《かいこくざっき》』には、「此の所（川越）に、常楽寺《じょうらくじ》といへる時宗《じしゅう》の道場侍る。日中の勤聴聞《つとめちょうもん》のためまかりける道に、大井川《おおいがわ》といへる所にて、打渡す　大井河原の　水上に　山やあらしの　名を宿すらん」とある。『新編武蔵風土記稿』『大日本地名辞書』でも、この大井川を大井河原としている。

これに対して、『武蔵野歴史地理《むさしのれきしちり》』では、「共に誤れるの甚だしきものである。此処は一帯の低地があれども割合に武蔵野の中深く入り込んで居るが故に、大屋川原《おおやがわら》或は大井河原などいふべき地勢ではない」とあり、大井河原説を否定している。この辺りには細流はあるが、大河が流れていた形跡がないので、大井を大井川に結びつけるには難があるという。

大井町のおおやが原は、大井町の教育委員会の話によると、弁天の森の西にある東原小学校の辺りであるという。『大井町史』には、「東原小学校付近から弁天の森にかけて大沼沢池《おおぬまさわいけ》があった」とあり、大井

大沼沢池の埋め立て地（おほやが原）

が原に大沼沢池があったとしている。しかし、大沼沢池は、すっかり埋め立てられて、宅地化が進み、付近にはマンションが林立している。埋め立て地には、わずかに畑地が残るのみで、おほやが原を偲ぶよすがはほとんど消滅している。

『万葉集』に詠まれた「おほやが原」を比定するには、「入間道《いりまぢ》」と「いはゐづら」の考察が必要である。「入間道」は、狭山市、日高市を通っており、この地は入間道から遠く離れ過ぎており、地理的には難点がある。

また、「いはゐづら」については、スベリヒユ、ジュンサイ、ミズハコベなどの諸説がある。大井町では、いはゐづらは、砂川堀沿いの湿地や近隣の水田に雑草として生えているイボクサであるとしている。イボクサは、ツユクサの一年草で、茎はやや多肉状で、よく育つと約二メートルにもなる。イハイヅルがイバイヅルと濁り、ヅルがクサに変ってイバイグサとなり、バイがつづまってボの発音に転訛してイボクサになったという。

イボクサは、信越、関東、東北地方では、「ヨバイヅル」と呼ばれている。イバイズルの最初のイがヤ行の通音に基づく転訛でヨとなり、音便でハがバに変わり、ヨバイヅルになったという。しかし、イボクサは、ぬるぬるした草ではないので、歌のイメージにはあわない。

したがって、大井町は、地理的に入間道からかけ離れていること、ジュンサイのようなぬるぬるした植物が育つような地でないこと、などを考慮すると、大井町をおほやが原に比定するには、少々難があるように思われる。

大井戸（復元）

大井戸跡

大井弁天の森から南へ進み、弁天橋を渡ると、大井戸跡《おおいどあと》があり、大井戸が復元されている。この大井戸は、長軸約一・八メートル、短軸約一・五メートルの楕円形で、地表から約三〇メートル下の立川砂礫《たちかわされき》層《そう》の岩盤まで掘り込んで造られている。井戸の中心部のまなこの部分は、大きいものは人頭大《じんとうだい》、小さいものは五センチメートル程度の河原石を三段に積み上げて構成されている。この井戸の付近から、旧石器時代の石器などが発掘され、古くから人々がこの付近で生活を営んでいたと推定されている。

『新編武蔵風土記稿』には、「小名《こな》大井戸、村の東によりてあり。土人或いは、お井戸とも呼ぶ。昔古井戸などありて、村名も此井より起りし旧地なるや。されど其のつたへを失せり」とある。

昭和五〇年の発掘調査によって、井戸の所在が突き止められ、井筒の底から須恵器《すえき》が出土したことから、平安時代末期には、すでにこの井戸が存在していたと推定されている。井戸跡から石製の「まなこ(井戸の塊)」、井筒の周囲から水汲み台の施設などが発掘されている。

徳性寺

■徳性寺

大井戸跡から川越街道の下をくぐり、街道に沿って西へ少し進むと、徳性寺《とくしょうじ》がある。徳性寺は、天龍山本乗院《てんりゅうさんほんじょういん》と号する天台宗の寺で、比叡山延暦寺の末寺で、本尊は阿弥陀如来《あみだにょらい》である。開山は秀山律師《しゅうざんりっし》で、中興は第一四世・祐円和尚《ゆうえんおしょう》である。山門は、川越市の南院から移築されたと伝える。江戸時代に川越街道が整備されるとともに隆盛し、大井宿の中心的存在であった。

山門を入った左側に、板碑《いたび》と地蔵菩薩像《じぞうぼさつぞう》がある。板碑は、弘安四年(一二八一)の銘がある大井町では最大で最古の板石塔婆《いたいしとうば》である。地蔵菩薩像は、大井宿南木戸に奉安されていたのを移設したという。

大井宿跡

大井宿跡

川越街道に沿ってさらに西へ進むと、本陣跡《ほんじんあと》に大井宿跡《おおいじゅくあと》の碑《ひ》と説明板が建っている。大井宿は、川越街道の宿場町で、江戸から八里、川越城大手門から二里半の道程にあった。川越藩主の参勤交代では、江戸に近いために、この宿場で宿泊することはなく、人馬の継ぎ立てだけに使用された。天正一八年（一五九〇）、徳川家康が江戸に入府すると、大井郷の支配は分割され、大井宿は、川越街道の宿場として、苗間とともに旗本領になった。元禄末期に、大井宿《おおいじゅく》、苗間《なえま》、三富新田《さんとめしんでん》が川越領に編入され、幕末までに同藩に所属していた。

大井宿は、川越街道六宿場（板橋《いたばし》、練馬《ねりま》、白子《しらこ》、膝折《ひざおり》、大和田《おおわだ》、大《おお》井《い》）の一つとして、元禄時代頃から、本陣を中心に数多くの商店が並んで栄えた。大井宿の本陣は、問屋場も兼ねていた。問屋場は、「伝《てん》馬所《ましょ》」とも呼ばれ、道中奉行の支配下にあって、公用や私用の荷物の運送の継ぎ立てを行っていた。

しかし、天保四年（一八三三）、新河岸川に「早船《はやぶね》」と呼ばれる旅客船が通るようになり、川越街道の利用客が減ったため、時の名主が奉行所へ早船中止を申し入れた記録もある。

織部塚

織部塚

大井宿跡の西の信号で左折し、民家の間を抜けると、広々とした畑地に出る。「ふるさと歩道」の標識で左折し、東へ進むと、織部塚《おりべづか》がある。

織部塚は、戦国時代に村の開拓をした大井四人衆の一人である新井《あらい》織部《おりべ》を祀る。塚の上には、幕末頃に織部の末裔が建立した「日神皇《にっしんおう》」と刻んだ石標、「切るとたたりがある」と伝える松がある。この辺りは、まだ宅地化がほとんど進んでおらず、畑が広がる中に雑木林が点在し、おほやが原を想像させるような景色が広がっている。

船津家屋敷

織部塚から南へ進み、砂川堀を渡って東台に上り、右折してしばらく進むと、木立の中に穴観音《あなかんのん》がある。ここから西へしばらく進むと、堂々とした長屋門を構える船津家屋敷《ふなづけやしき》がある。船津家は、江戸時代に北永井村の名主、尾張藩の鷹場の預かり案内役などを務めたので、鷹《たか》場《ば》の境杭《さかいくい》、古文書などが残されている。

旧大井役場庁舎

■羽生山稲荷神社

船津家から少し西に進み、大井高校の南にある雑木林に入る。この雑木林は、武蔵野の面影をよく残しているので、素敵な散策を楽しむことが出来る。

この雑木林の西端から抜け出したところに、羽生山稲荷神社《はにゅうやまいなりじんじゃ》がある。祭神は、倉稲魂神《うかのみたまのかみ》である。この神社は、丘のような羽生山にあり、往古、この山に住む子をはらんだ狐を殺してしまった人に祟りがあったことから、稲荷神を祀るようになったと伝える。

■旧大井役場庁舎

稲荷神社から富士見幼稚園の北側を経て、民家の間を通り抜け、大井小学校の西側から川越街道に出ると、右側に旧大井役場庁舎《きゅうおおいやくばちょうしゃ》がある。昭和一三年（一九三八）に竣工した洋風の木造建築物で、玄関上のポーチにベランダを設け、スパニッシュ瓦を用いた、当時としてはモダンな建物であった。

地蔵院

■旧川越街道

旧大井町役場庁舎から西へ進むと、三叉路がある。左側の道が旧川越街道である。街道筋の所々に大きな榎木があり、街道の面影がわずかに残っている。『新編武蔵風土記稿』には、「大井村は郡の巽《たつみ》の方にあり、大和田より川越城に至る宿駅なり。仙波庄《せんばのしょう》三芳野里《みよしののさと》と称す。江戸よりは七里の行程なり。東西の径の十四町余、南北十余町、南は藤《ふじ》久保《くぼ》、北は亀久保《かめくぼ》・勝瀬《かつせ》の二村に及び、西は永井村《ながいむら》、東は苗間《なえま》・鶴間《つるま》の二村なり。家数百十一軒、大底《あらかた》街道の左右に並び住す」とある。

■地蔵院

さらに西へ進むと、地蔵院《じぞういん》がある。地蔵院は、木宮山薬王寺《きのみやさんやくおうじ》と号する真義真言宗の寺で、本尊は地蔵菩薩《じぞうぼさつ》である。高さ約二尺五寸（約七六センチメートル）の坐像である。正和三年（一三一四）、覚王翁《かくおうおう》による開基である。旅人の安全を祈願するために祀られたと伝える。

境内には、しだれ桜の大樹、沙羅双樹の木がある。この寺には、弘安五年（一二八二）、建武三年（一三三六）銘の板碑が保存されている。

亀久保神明社

亀久保神明社

地蔵院からさらに西へ進むと、川越街道と合流する手前の左側に亀《かめ》久保神明社《くぼしんめいしゃ》がある。亀久保神明社は、慶長三年（一五九八）の創建で、祭神は大日孁命《おおひるめむちのみこと》（天照大神）である。天文一五年（一五四六）四月二〇日、川越夜戦に敗れた斉藤利長《さいとうとしなが》・信広《のぶひろ》の親子は、入間郡の老沢《おゆさわ》（所沢《ところざわ》）に逃れ、一族の武運長久を願って、弘治二年（一五五六）、京都から所沢に神明社を勧請した。六代目の勝之丞《かつのじょう》は出家して、恵階法印《えかいほういん》と称して、亀久保座首となり、享保年代（一七一六～一七三六）に神明社を所沢よりこの地に遷移した。亀久保という地名は、村の北東にある出水流の窪地が亀の形に似ていることから、万代不易を願って名付けられたという。

拝殿には、宝暦八年（一七五八）、明和二年（一七六五）、寛政一一年（一七九九）銘の大絵馬が掛けられている。境内には、稲荷神社、天保一二年（一八四一）銘の手水鉢、力石などがある。

川越街道を横断して、民家の間を北進し、東武東上線上福岡駅に出て散策を終えた。今回は、大井町のおほやが原をめぐったが、「いはゐづら」が育つような池はなく、入間道からも遠く隔たっているので、大井町をおほやが原にするには難があるとの印象を持った。

交通▼東武池袋駅で東上線川越行きの電車に乗車、ふじみ野駅で下車。

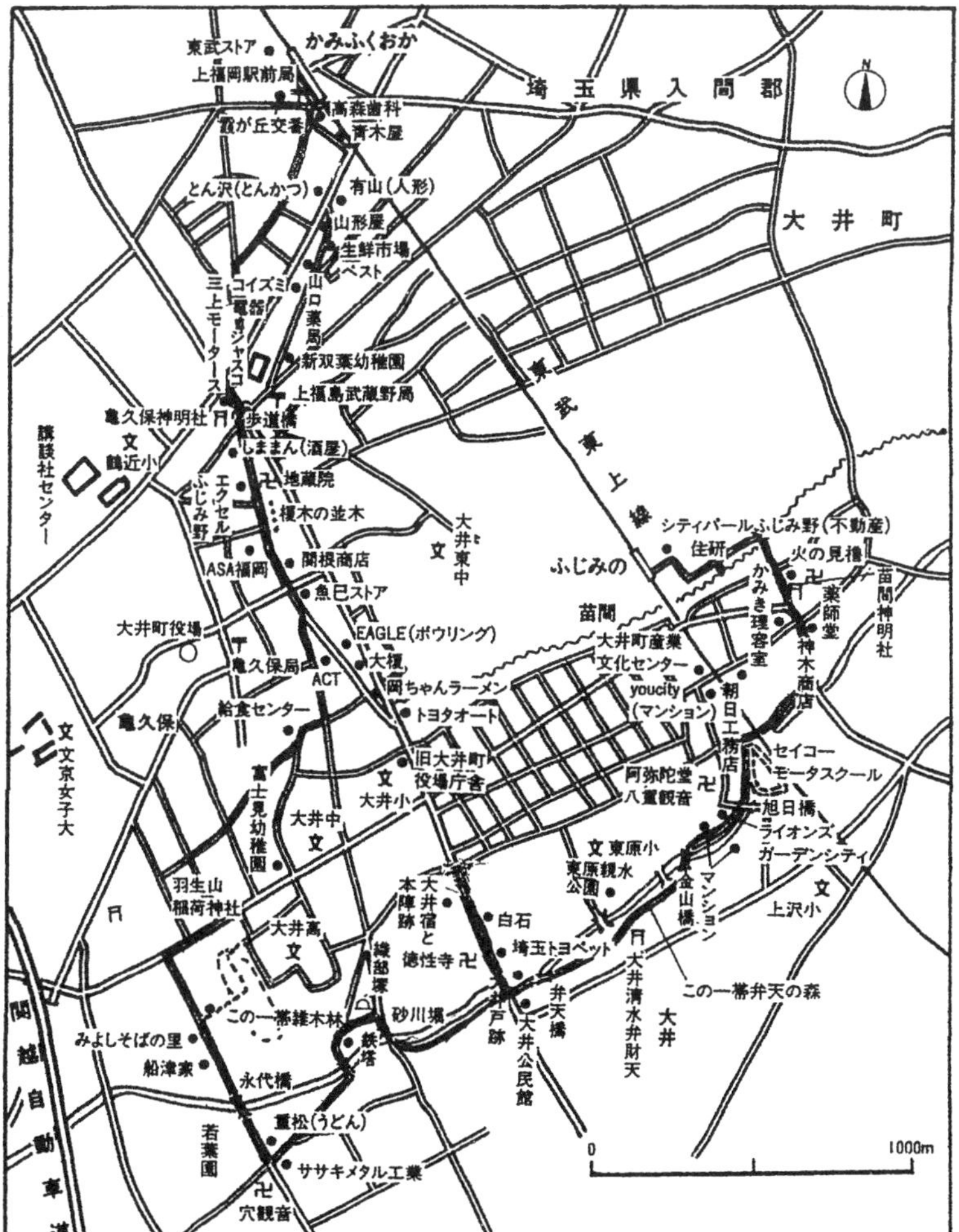

おほやが原（大井）コース

浅葉の野コース（埼玉県坂戸市）

『万葉集』巻一一の「物に寄せて思いを陳《の》ぶる歌三百二首」の歌の中に、「浅葉《あさば》の野《の》」を詠んだ歌がある。浅葉の野の所在地には、埼玉県坂戸《さかど》市《し》浅羽《あさば》野《の》が比定されている。坂戸市浅羽野は、武蔵野台地の北西端に位置し、高麗からの渡来人が移り住んだ日高市高麗にも近く、市内を高麗川が流れている。坂戸市浅羽野の土屋《つちや》神社《じんじゃ》の裏には、浅葉の野を詠んだ歌の万葉歌碑がある。今回の散策では、坂戸市の史跡をめぐりながら、この万葉歌碑を訪ね、浅葉の野を偲ぶことにする。

浅葉野　『和名抄』に載る「武蔵国浅葉野」という地名は、現在の坂戸市浅羽野とみなされ、『万葉集』に詠まれた「浅羽の野」に比定されている。この付近には、縄文・弥生・古墳時代の遺跡が発見されており、往古から人々が居住していたと推定されている。中でも、古墳時代後期の築造と考えられる土屋神社古墳は、入間地方では最大級の古墳で、この地方に有力な豪族がいたことを物語っている。

■坂戸神社

東武池袋駅で東上線小川町行きの急行電車に乗ると、約一時間で坂戸駅に着く。坂戸駅の正面左側の通りを北へ進み、三菱ＵＦＪ銀行の北で左折して、民家の間を抜けると、坂戸《さかと》神社《じんじゃ》がある。

坂戸神社は、明治五年（一八七二）、旧坂戸村にあった白髭《しらひげ》神社《じんじゃ》を村社とし、明治七年（一八七四）、日枝前《ひえまえ》の日枝《ひえ》神社《じんじゃ》に移し、熊野《くまの》・

坂戸神社

諏訪《すわ》・天神神社《てんじんじんじゃ》を合祀し、さらに、明治四〇年（一九〇七）、稲荷《いなり》・白山《はくさん》・八坂神社《やさかじんじゃ》を合祀して坂戸神社とした。このためか、坂戸神社の祭神は、主祭神が白髪武広国押稚日本根子天皇《しらかのたけひろくにおしわかやまとねこのすめらみこと》（清寧天皇《せいねいてんのう》）、猿田彦《さるたひこの》命《みこと》、合祀神が熊野久須比命《くまのくすひのみこと》、櫛御気野命《くしみけぬのみこと》、建御名方命《たけみなかたのみこと》、菅原道真《すがわらのみちざね》、大山咋命《おおやまくいのみこと》、倉稲魂命《うかのみたまのみこと》、素盞嗚命《すさのおのみこと》、菊理姫命《くくりひめのみこと》、誉田別命《ほむたわけのみこと》とさまざまである。第一合祀のとき五柱が祀られたので、地元の人たちは「五社様」と呼び、「何にでも効く神様」として崇敬している。

『新編武蔵風土記稿』には、「村名の起こりを尋ねるに、康平《こうへい》の頃（一〇五八～一〇六五）、坂戸《さかと》教明《のりあき》といへるもの住みしより始れる。（中略）教明の生国は河内国坂戸原《かわちのくにさかどはら》で、この地は清寧天皇の御陵があり、古くから天皇を白髭明神《しらひげみょうじん》として崇敬してきたことから、当地移住に伴い、分霊を氏神として勧請した」とある。

■精蓮寺

坂戸神社の裏の道を北へしばらく進むと、精蓮寺《せいれんじ》がある。精蓮寺は、福護山《ふくござん》と号する真言宗智山派の寺で、本尊は大日如来《だいにちにょらい》である。この寺の創建年代は詳らかではない。

永源寺

■永源寺

東上線の踏切の手前で右折して民家の間を東に進むと、坂戸教育センターがある。車道を横切ってさらに東へ進むと、中央図書館がある。この斜め向かいに永源寺《えいげんじ》がある。毎年五月に開催される釈迦降誕祭は、関東一の賑を見せるといわれるほど多くの人が集まり、坂戸の大通りには、露店や植木市がびっしりと並び、壮観である。

永源寺は、文禄元年（一五九二）、坂戸村の知行となった旗本・島《しま》田《だ》次兵衛尉《じひょうえのじょう》重次《しげつぐ》による開創、越生の龍穏寺《りゅうおんじ》一四世・大鐘良賀《だいしょうりょうが》による開山である。重次は、慶長一八年（一六一三）、三河国に隠棲していた父・島田《しまだ》右京亮《うきょうのすけ》利秀《としひで》を招じて開基とし、その入道名である永源をとって寺名とし、島田家の菩提所とした。

本堂は、寛文二年（一六六二）の大地震で全焼し、その後再建されたが、弘化三年（一八四六）、再度の火災で堂宇を焼失した。嘉永六年（一八五三）に庫裡が、明治一八年（一八八五）に本堂が再建された。昭和五一年（一九七六）、大鐘殿法堂《だいしょうでんはっとう》が釈迦堂《しゃかどう》とともに再建され、威風堂々とした荘厳な鉄筋の建物に変わった。

寺宝には、降誕釈尊像《こうたんしゃくそんぞう》、大覚佛海禅師《だいかくぶっかいぜんじ》号勅賜《ごうちょくし》御宸筆《ごしんぴつ》、開基入道永源《かいきにゅうどうえいげん》

休臺寺

画像《がぞう》、島田重次《しまだしげつぐ》銅版墓碣《どうばんぼけつ》、紺紙金泥大乗妙典写経《こんしこんでいだいじょうみょうでんしゃきょう》、萬治高尾《まんじたかお》の遺品がある。

永源寺の本堂裏の墓地には、島田重次をはじめ、島田家歴代の墓がある。この中には、仙台藩の伊達公との恋のさやあてをしたという島《しま》田権三郎利直《だごんざぶろうとしなお》の墓、少し離れて恋人で名妓とうたわれた萬治高尾の墓もある。

休臺寺

永源寺から北へ進み、最初の交差点で右折し、飯森橋で左折して飯森川に沿って北進する。東橋で右折して、交差点をそのまま直進してしばらく進むと、左側の奥に休臺寺《きゅうだいじ》がある。

休臺寺は、正覚山《しょうかくさん》と号する日蓮宗の寺で、本尊は三宝祖師《さんぽうそし》である。元亀二年（一五七二）、松山城の武士により創建されたと伝える。開山は、鎌倉比企谷妙本寺《かまくらひきがやみょうほんじ》と池上本門寺《いけがみほんもんじ》を兼帯していた本行院日慶上人《ほんぎょういんにっけいしょうにん》である。創建当時には、「長柳山妙慶寺《ちょうりゅうさんみょうけいじ》」と称していた。四世の心要《しんよう》院日選《いんにっせん》のとき、旗本の横田次郎兵衛《よこたじろうひょうえ》が中興開山となって寺を再興したので、横田次郎兵衛述松《のぶとし》の法名の正覚院一条日臺居士《しょうかくいんいちじょうひだいこじ》にちなんで、正覚山休臺寺に改称された。

休臺寺の境内には、日蓮上人を祀る祖師堂がある。その傍に、元亀二年（一五七一）銘の古碑がある。この古碑は、この寺が松山城の支配下にあったことを示す貴重な資料になっている。

墓地には、横田氏の歴代の墓がある。横田氏は、旗本の中でも九千五百石という高禄であったので、墓塔は大名家の墓に劣らない堂々としたものである。

日光街道道標

■日光街道道標

東橋まで戻りしばらく進むと、坂戸小学校がある。この正門の前に、「左日光街道松山道　右よしミみち　願主講中　坂戸町中　宝暦十庚申六月」と刻まれた日光街道道標《にっこうかいどうみちしるべ》がある。左は島田の渡しを越えて高坂宿に向かう日光脇往還、右は石井宿を経由して吉見に向かう道を示している。

坂戸宿《さかどじゅく》は、天正一二年（一五八四）、川越城代大道寺《だいどうじ》駿河守《するがのかみ》政繁《まさしげ》が元坂戸（現北坂戸）の三九軒の農家を移して集落を整備したのに始まる。慶安五年（一六五二）、坂戸宿が八王子同心の日光勤番《にっこうきんばん》の道筋に

薬師堂の馬頭観音

定められ、宿場町として家並みが整備された。日光勤番は、幕府から朱印状を賜って行っていたので、宿継場《しゅくつぎば》では、伝馬役《てんまやく》の負担が課せられた。

■薬師堂

三叉路で右折して少し北へ進むと、薬師堂《やくしどう》がある。本尊は薬師如来《やくしにょらい》で、『新編武蔵風土記稿』によれば、坂戸判官・教明《のりあき》の守り本尊であった。薬師如来は、高さ四五センチメートルの木彫りの立像で、首の裏には、「武州入西郡勝呂郷《ぶしゅうにっさいぐんすぐろごう》之《の》内塚越村《うちつかごしむら》小河新右衛門慰法名善了旦那也天文廿四年」の墨書銘がある。

この薬師堂は、約二〇〇年前の安政年間（一八五四～一八六〇）に始まった中武蔵七十二薬師巡拝の十番札所である。「坂戸の薬師さん」として地元の人たちによって親しまれている。この堂は、文化会館付近にあった白髭神社《しらひげじんじゃ》の別当であった常福寺《じょうふくじ》の薬師堂の名残である。「眼薬師《めやくし》」と呼ばれ、眼病に霊験あらたかであるといわれている。境内には、馬頭観音がある。

高麗川

■高麗川

薬師堂から天神前公園を経て大道りを西へ進み、坂戸清掃センターを経て高麗川《こまがわ》の土手に上がる。

高麗川は、奥武蔵の正丸峠付近に端を発し、武蔵国高麗郡の名を今に留め、万葉の高麗錦の歌が詠まれた高麗本郷を経て、日高市から坂戸市の西を流れ、荒川に注いでいる。

土手に上がると、景色が一変して、非常にのどかな風景になる。河原には、葦が茂り、小鳥が楽しそうに囀っている。川に沿って吹く心地よい風を受けて、高麗川に高麗錦を曝す風景を思い浮かべながら、次の歌を口ずさんで、土手の上をのんびりと散策する。

高麗錦《こまにしき》　紐解《ひもと》き放《さ》けて　寝《ぬ》るが上《へ》に
あどせろとかも　あやにかなしき
一四・三四六五

この歌は――高麗錦の、紐を解き放って、共寝しているのに、さらにどうしろというのか、ほんとうに愛しいおまえよ――という意味である。

土屋神社

■土屋神社

関越自動車道のすぐ手前で土手を下り、幡戸公園の先で関越自動車道をくぐると、眼前に浅羽野《あさばの》の水田が開け、水路に沿ってしばらく進むと、左手にこんもりとした森が見えてくる。浅羽野小学校の傍で左折すると、土屋神社《つちやじんじゃ》がある。

土屋神社は、高さ約四・五メートル、一三～一四メートル四方の帆《ほ》立貝式古墳《たてがいしきこふん》（塚）の上に鎮座している。村人が古木に囲まれた塚に畏敬の念を感じ、村の鎮守として小祠を建てたのに始まると伝える。

本殿の真下に石室があり、土屋大権現《つちやだいごんげん》の石像が祀られ、社名の「土屋」は、この石室に由来するという。石室の天井部の石板には、「武州入間郡浅羽郷別當大蔵院《ぶしゅういるまぐんあさばごうべっとうだいぞういん》　奉修覆《ほうしゅうふく》土屋大権現御寶前敬白《ごほうぜんけいはく》　寶永四年丁亥九月一五日信州石屋藤沢忠兵衛」とあり、石室が修理されたことが分かる。古墳の上には、樹齢千年を数えるご神木の杉がある。

『新編武蔵風土記稿』には、「ご神体、創建年代は詳らかではない。ご神体は、高さ二尺八寸（約九〇センチメートル）の恵比須《えびす》の坐像のような石像である。この塚には、浅間の小さな祠があり、その傍に六囲《ろくかこい》程の老杉がある。塚は、往古、この地を領していた浅羽氏の墳で、ご神体は、時の領主を石像にしたものか、あるいは土屋某といわれる人がこの地を領していたので、其の人の石像を祀り、土屋の神号を加えたのか」とある。土屋神社付近から、縄文・弥生・古墳時代の遺跡が数多く発見されており、往古から人々が居住していたようである。

浅葉の野の万葉歌碑

土屋神社の北側の公園の一角に、『万葉集』巻一一の「物に寄せて思いを陳《の》ぶる歌三百二首」の中の次の歌が刻まれた万葉歌碑がある。

紅《くれなゐ》の　浅葉《あさは》の野《の》らに　刈《か》る草《かや》の
束《つか》の間《あひだ》も　吾《あ》を忘らすな　　一一・二七六三

この歌は――浅葉の野らで、刈る草ではないが、一つ束《こぶし》のようなちょっとした間でも、わたしを忘れないでください――という意味である。恋人を思う女の切々たる思いが伝わってくる。この歌碑は、坂戸市長・林徳之輔氏の揮毫により、昭和五五年（一九八〇）に建立された。

浅葉の野の万葉歌碑

土屋神社付近の田園（浅葉の野）

歌碑の横に副碑があり、建碑の由来が次のように刻まれている。

「浅葉の地は、古来安佐葉《あさば》、浅葉《あさば》などと呼ばれたが、都市開発の進展につれ美しい自然環境も次第に失われてきた。この時にあたり、当市では万葉の歌碑を刻み、ながく、その名をとどめようと志した。もしこの歌碑の前にたたずめば、はるけき思いにとらわれ、深い興味を覚えることであろう」と。

浅葉の野の所在地については、四つの説がある。その一つは、『拾穂抄《しゅうすいしょう》』の「信州或いは武蔵といへり」による信濃、武蔵とするが、場所を特定していない不詳説である。他の一つは、『清原正臣集《きよはらまさおみしゅう》』の「露深きあさはの野らに小萱刈る賤《しず》の袂《たもと》もかくは萎《しお》れど」（藤原清輔《ふじわらのきよすけ》）の歌の故地と同じ長野県東筑摩郡《ひがしちくまぐん》浅間《あさま》であるという説である。他の一つは、『和名抄《わみょうしょう》』の「入間郡《いるまぐん》麻羽《あさば》　安佐葉《あさば》」による埼玉県坂戸市《さかどし》浅羽《あさば》という説である。他の一つは、『略解《りゃくげ》』の「いま遠江国《とおとうみのくに》佐野郡《さのぐん》にも麻葉《あさば》の庄《しょう》有」による静岡県磐田郡《いわたぐん》浅羽町《あさばちょう》という説である。

坂戸市の浅葉の野は、『続後撰集《しょくごせんしゅう》』『続後拾遺集《しょくごしゅういしゅう》』などの古歌にも詠まれていること、周囲に古墳、入西条里《にっさいじょうり》などがあり、地理的条件が整っていること、などから万葉故地として有力視されている。

念仏衆板碑

念仏衆板碑

土屋神社から再び水路に沿って進む。広々とした水田の中のところどころに農家が点在し、浅葉の野を思わせる風情が漂っている。しばらく進んだ左側の国道日高線沿いの共同墓地の塚の上に、高さ約二・三メートル、幅約〇・五メートルほどの大きな青石の板碑がある。

この碑は、応長二年（一三一二）、阿部《あべ》友吉《ともよし》、長田《おさだ》守行《もりゆき》の両名が三〇名の仲間を募って造立した念仏衆板碑《ねんぶつしゅういたび》である。碑面には、梵字で阿弥陀如来、その下には、建碑の由来が刻まれている。この地域に、法然上人につながる念仏衆がいたことを示す貴重な史料である。

長久寺

元の道に戻りしばらく進むと、長久寺《ちょうきゅうじ》がある。長久寺は、八葉山来迎院《はちようさんらいごういん》と号する真義真言宗の寺で、本尊は大日如来《だいにちにょらい》である。

本堂の左側に「愛宕様」と呼ばれる小塚があり、この上に猪に乗った「勝軍地蔵《しょうぐんじぞう》」と呼ばれる甲冑姿の石像がある。愛宕神社の本地仏《ほんじぶつ》が勝軍地蔵であるので、この石像も勝軍地蔵とみなされている。勝軍地蔵は、甲冑姿に身を固めた地蔵菩薩が馬に乗るのが一般的であるが、この像は猪に乗っているので、摩利支天像《まりしてんぞう》であるという説もある。摩利支天は、三面六臂《さんめんろっぴ》で、弓矢、剣などを持っているが、この像は、一面二臂で、武器を持っていないので、一概に摩利支天ともいえない。

長久寺の勝軍地蔵

浅羽城跡

長久寺よりさらに西へ進み、鶴舞団地に入ると、高圧線の鉄塔の近くに城跡公園がある。その一角に「浅羽城跡《あさばじょうあと》」の説明板がある。しかし、周囲を見渡しても、まったく城の遺構が見られない。周囲の宅地開発により、城跡はすっかり消滅している。

浅羽城は、室町時代から戦国時代にかけて、浅羽下総守《あさばしもふさのかみ》が本拠を構えていたところである。ほぼ長方形の主郭を中心に、いくつかの曲輪があり、主郭の南側には、張出部があり、虎口（出入口）の守りを固めていた。高麗川に臨む微高地に位置し、高麗川から引いた水を利用して堀とし、沼沢の地の中に浮かぶ島のような環郭式の平城であった。天正一八年（一五九〇）小田原の役で、浅羽下総守は小田原城に籠り、浅羽城は落城、廃城となったと伝える。

一本松の地蔵　地蔵菩薩は、人々の苦難を身代わりとなって受け救う性格があるので、平安時代以降、極楽浄土に往生がかなわない人は、地獄に落ちるという信仰が広まり、地蔵に対して、地獄における責め苦からの救済を欣求するようになり、各地に地蔵菩薩像が祀られた。この地蔵菩薩像は、軽量鉄骨構造、吹き放しの祠の中に安置されている。その背後には、渡辺大語氏の揮毫、金子玄石氏の刻により、平成二五年に奉納された「一本松地蔵尊」と書かれた看板が掛けられている。

■大榮寺

浅羽城跡の西に大榮寺《だいえいじ》がある。大榮寺は、清水山《しみずさん》と号する真言宗智山派の寺で、本尊は阿弥陀如来《あみだにょらい》である。天文一六年（一五四七）の創建である。『新編武蔵風土記稿』には、「元は法道寺《ほうどうじ》と號せしを、後大《だい》永寺《えいじ》と改めしが、又文字を改めて今の如き寺號とはなさせる由を傳へり。開山は本山世代の僧智存《ちぞん》（後略）」とある。

大榮寺から、県道越生線で左折し、しばらく進むと、一本松の地蔵がある。そこから東武越生線一本松駅に出て散策を終えた。今回は、坂戸の古刹を訪ねながら、浅葉の野を偲ぶ散策になった。

交通▼東武池袋駅で東上線小川町行きの急行電車に乗車、坂戸駅で下車。

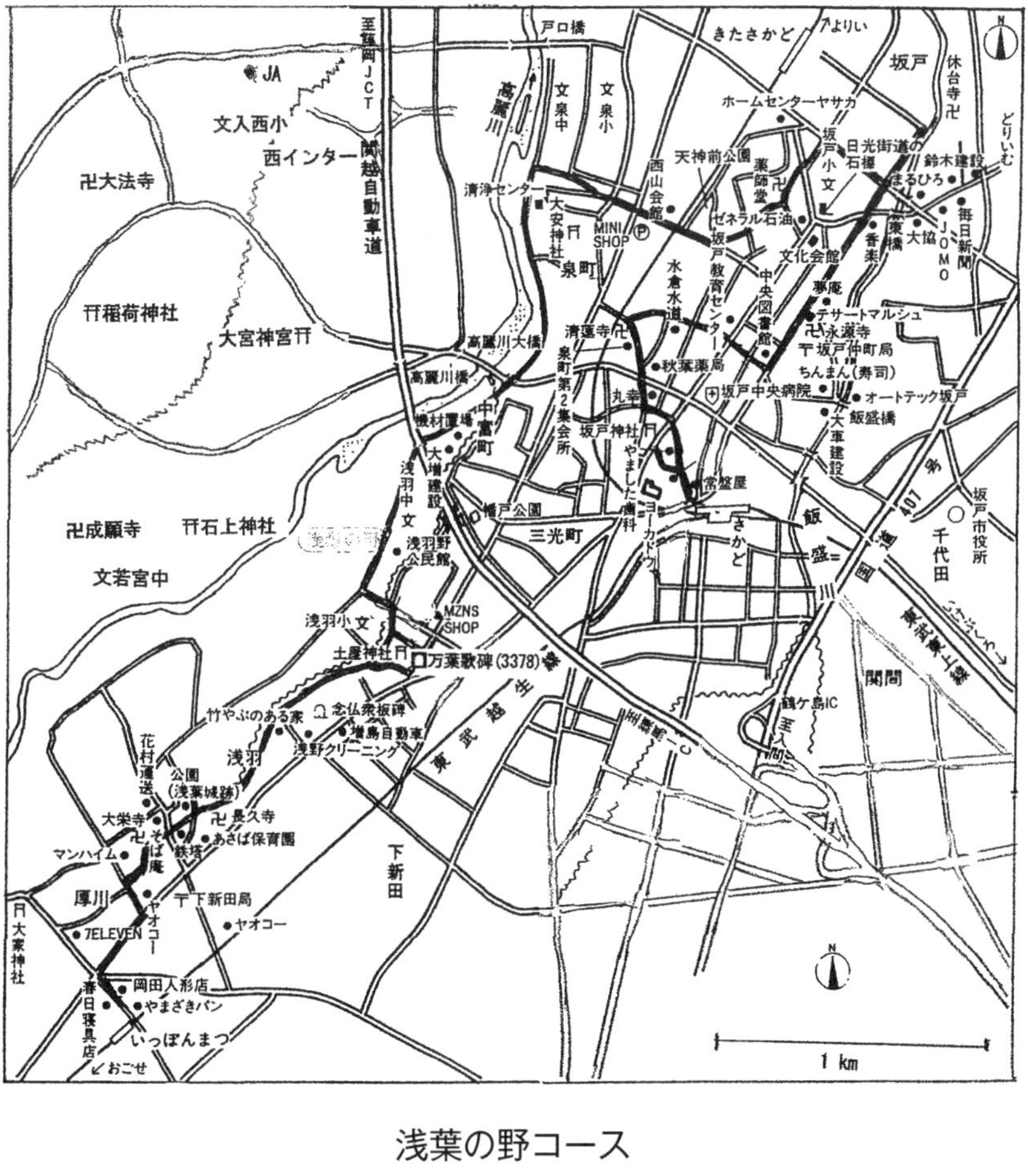

浅葉の野コース

おほやが原（大家）コース　（埼玉県坂戸市）

『万葉集』巻一四に「おほやが原」を詠んだ歌がある。おほやが原の所在地には諸説があるが、その中に坂戸《さかど》市《し》大家《おおや》がある。坂戸市大家は、埼玉県の中部に位置し、高麗川が流れ、その河岸段丘に「大家《おおや》が原《はら》」と呼ばれる平地が広がり、入間《いるま》道《じ》と推定される鎌倉街道上道《かまくらかいどうかみつみち》が通っている。河岸段丘にある坂戸西高校の南東には、おほやが原を詠んだ歌の万葉歌碑がある。今回の散策では、この万葉歌碑を訪ね、その周辺の史跡をめぐって、おほやが原を偲ぶことにする。

国渭地祇神社

■国渭地祇神社

東武池袋駅から東上線小川町行きの急行電車に乗り、坂戸駅で越生線越生行きの電車に乗り換えると、約一時間一〇分で西大屋駅に着く。西大屋駅のすぐ北側に、国渭地祇神社《くにいちぎじんじゃ》がある。祭神は、八千矛命《やちほこのみこと》、櫛玉饒速日命《くしたまにぎはやひのみこと》である。景行天皇四〇年、日本武尊《やまとたけるのみこと》が東征のおり、この地に立ち寄り、八千矛命、櫛玉饒速日命の二神を祀り、国渭地祇神

おほやが原（大家）の万葉歌碑

社としたことに始まると伝える。延暦年間（七八二～八〇六）、坂上《さかのうえの》田村麻呂《たむらまろ》が再建し、後に、奥州の藤原秀衡《ふじわらのひでひら》が再建したという。

この神社は、当初、「熊野神社《くまのじんじゃ》」と称し、修験山本坊の配下にある大徳院《だいとくいん》が別当であったが、明治初年に、『延喜式《えんぎしき》』神名帳《じんみょうちょう》に載る国渭地祇神社であるとして、国渭地祇神社に改称された。『延喜式』神名帳に載る国渭地祇神社は、従来、所沢市北野に鎮座する北野神社《きたのじんじゃ》とされていたが、この地から鎌倉期と推定される古瓦が出土し、樹相なども古いことから、『延喜式』神名帳の国渭地祇神社であるとされた。拝殿の裏側には、観応二年（一三五一）、権律師《ごんりっし》・月証《がっしょう》によって建てられた大板碑がある。月証は、大徳院の祖といわれているので、熊野信仰とこの神社の関係を知るうえでの貴重な史料である。

この神社には、安永六年（一七七七）に始まる獅子舞が伝わる。一人立ちで、雄獅子、雌獅子、中獅子の三頭が腰鼓を打ちながら舞う。この獅子舞には、天下泰平、風雨順調、氏子繁栄の願いが込められている。

■おほやが原の万葉歌碑

国渭地祇神社のすぐ西側に、信濃・上野方面から鎌倉に通じていた

森戸橋から展望（おほやが原）

「上《かみつ》の道《みち》」と呼ばれる鎌倉街道上道《かまくらかいどうかみつみち》が残されている。この道に沿って北へ進むと、左側に坂戸西高校へ通じる道があり、その傍らに次の歌が漢字で刻まれた万葉歌碑がある。

入間道《いりまぢ》の　おほやが原《はら》の　いはゐつら
引かばぬるぬる　我《わ》に絶えそね　一四・三三七八

この歌碑は、自然石で出来ており、坂戸市教育委員会により、昭和五七年（一九八二）に建立された。この歌は——入間道の、おほやが原の、いわいつらのように、わたしが引いたらずるずるとほぐれて、あなたとわたしの仲を絶やさないでおくれ——という意味である。

歌につづいて、次のように建碑の由来が刻まれている。

「この地には、古来武蔵《むさし》と上野《こうづけ》を結ぶ古道「伊利麻治《いりまじ》」が通っていた。平安期の古書『和名抄《わみょうしょう》』に「武蔵国入間郡大家《むさしのくにいるまのこおりおおや》（於保也介《おほやけ》）」と記されるこの地が万葉の歌枕に残る「於保屋我波良《おほやがはら》」ときめ、長くその名を留めることにした」と。

『万葉集』に詠まれたおほやが原の所在地については、埼玉県大井町《おおいまち》説、埼玉県日高市大谷沢《ひだかしおおやさわ》説、埼玉県越生町大谷《おごせまちおおや》説、埼玉県坂戸市大家《さかどしおおや》説がある。大家説は、『和名抄』に、「武蔵国入間《むさしのくにいるま》郷《ごう》大家《おおや》、於保也介《おほやけ》、於保夜計《おほやけ》」とあることによる。『廻国雑記《かいこくざっき》』ではこれを認め、『代匠記《だいしょうき》』にも「此処歟《このところなり》」とし、それ以来、坂戸市大家がおほやが原に比定されている。

この付近には、高麗川が流れており、歌に詠まれた「いはゐづら」に相当するジュンサイなどが採れる条件は整っている。しかも、入間道であったと推定される鎌倉街道上道も通っており、おほやが原に比定する地理的・植物学的条件は整っている。しかし、大家村は、明治時代になって付けられたので、『和名抄』に記された大家ではないという反論もある。

鎌倉街道上道の標柱

■入間道（鎌倉街道上道）

鎌倉街道上道まで戻り、この道に沿って北進する。高麗川に架かる森戸橋付近には、葦や灌木が点在する田畑が広がり、「大家が原」と呼ばれている。高麗川の川面には、葦の間をゆったりと泳ぎまわる鴨の姿も見られ、万葉の時代のおほやが原を想像させるような雰囲気が漂っている。

鎌倉街道上道　鎌倉街道は、中世に鎌倉から関東の諸国を通り、信濃、越後、陸奥などの地方を結ぶ交通路で、鎌倉時代から戦国時代まで、関東武士の栄枯衰退の歴史を物語る道である。主要幹線として、三本の道「上道」「中道」「下道」と呼ばれる道が存在していた。鎌倉街道上道は、鎌倉から北へ向かうルートの西寄りにあり、鎌倉を出た後、境川沿いを北上し、多摩丘陵を越え武蔵国府（府中）に至り、その後武蔵野台地から比企丘陵をぬけ、群馬県の藤岡に入り、高崎付近に出た後、信濃方面と越後方面へと向かったルートである。

森戸橋を渡り、広々とした河岸の水田地帯を抜けると、河岸段丘上にある市場という集落に入る。県道一一四号線で左折し、喧噪な県道に沿って進む。毛呂山高校の看板の先に、ホワイト急便のクリーニング店があり、この手前で右折して、民家の間を抜けると、右手に雑木林があり、「育心寮」の前に鎌倉街道遺跡の碑が建っている。

ここから大類グラウンドまで地道が続き、両側に雑木林が繁る素敵な散策路となる。県道坂戸毛呂山線と交わるところに、鎌倉街道《かまくらかいどう》（上道《かみつみち》）の大看板がある。鎌倉街道上道は、上野国の国府から、高崎《たかさき》、児玉《こだま》、広木《ひろき》、寄居《よりい》を経て、この大家《おおや》を通り、入間《いるま》、所沢《ところざわ》から武蔵国府へ通じていた。武蔵国分寺の瓦を焼いた窯跡がある姥田《うばた》、須江《すえ》、赤沼《あかぬま》もすぐ北方の街道沿いにあり、由緒深い寺社も多く見られることを考慮すると、この道は、万葉の時代には、上野国の国府と武蔵国の国府を結ぶ官道の入間道が通っていたと推定される。

大薬寺

大類グラウンドの北側の道を進み、その東北端で右折して、田んぼの中を進む。道端の庚申塔を眺めながら玉林寺の集落に入る。この集

金毘羅神社

落の中央部にひなびた大薬寺《だいやくじ》がある。

大薬寺は、瑠璃光山薬王院《るりこうさんやくおういん》と号する真言宗智山派の寺で、本尊は薬《やく》師如来《しにょらい》である。創建年代などは詳らかではない。この寺の近辺には、往古、大類氏《おおるいし》の館があったと伝える。大類氏は、上野国群馬郡大類（現群馬県高崎市）を本拠とした武士団で、武蔵七党の一つ、児玉党の一派である。

■金毘羅神社

大薬寺から、再び県道坂戸毛呂山線に出る。県道に沿って東進すると、善能寺の集落に入る。この集落の中央部に善能寺一号古墳があり、その頂上部に金毘羅神社《こんぴらじんじゃ》が鎮座している。祭神は、大物主命《おおものぬしのみこと》とされるが、創建年代などは詳らかではない。善能寺一号古墳は、直径約二六・八メートルの円墳である。

■成願寺跡

県道に出てこれに沿って進むと、県道玉川坂戸線と合わさる。この

成願寺跡の稲荷神社

三叉路の左側に、茶店のような藁葺屋根の雑貨屋がある。その先の十字路で右折し、葛川の先で左折し、雑木林の間を抜けると、成願寺の集落に入る。中程に稲荷神社と仮本堂だけの成願寺《じょうがんじ》がある。

成願寺は、一四世紀の中頃、鎌倉の建長寺《けんちょうじ》や円覚寺《えんがくじ》の住持であった乾峰士曇《かんぽうしどん》が開山した臨済宗の寺であった。山号を武陵山《ぶりょうさん》といい、南北朝時代には、五山制度の諸山の寺格を持っていた。

『新編武蔵風土記稿』の北大塚村の項には、「地名の起こり訪ねるに、隣村成願寺はいにしへ大伽藍の建ちし寺にて、此辺まで其境内に属せり」とある。室町時代以降に衰退したが、文禄元年（一五九二）、永源寺第三世・朝暾大和尚《ちょうとんだいおしょう》により、堂宇が再建され、曹洞宗に改宗された。明治初年に廃寺となり、現在、仮本堂が建っている。

現在、跡地に稲荷神社《いなりじんじゃ》がある。この神社の屋根は茅葺屋根、壁は漆喰で、昔のままの佇まいが保たれている。墓地には、室町時代の様式を持つ「開山塔」と呼ばれる五輪塔がある。

八坂神社

成願寺から西へ進むと、西大久保の集落があり、道端に八坂神社《やさかじんじゃ》が

弘安・慶長の板碑

ある。祭神は素盞嗚命《すさのおのみこと》である。安永年間（一七七二〜一七八一）、疫病が流行し、これに倒れる村人が続出したために、村人一同が発願して、京都の八坂神社の神霊を勧請したのが始まりという。

■智福寺と弘安・慶長の板碑

八坂神社の傍に仮本堂だけの智福寺《ちふくじ》がある。智福寺は、真言宗智山派の寺で、本尊は阿弥陀如来《あみだにょらい》である。

この寺の境内に、弘安《こうあん》・慶長《けいちょう》の板碑《いたび》がある。一つの板碑は、弘安三年（一二八〇）、沙弥願生《しゃやがんじょう》が父母を追善供養するために建てた。他の一つは、慶長元年（一五九六）、弟子の比丘尼《びくに》が師の三三回忌に建てた。江戸末期に常楽寺の廃寺に伴い、板碑は所在不明になっていたが、昭和四三年（一九六八）、上部が欠けた状態で地中に埋没しているのが発見され、智福寺の境内に移された。

■熊野神社

八坂神社の前の田んぼの中の道を南へ進み、左折して東へ進むと、熊野神社《くまのじんじゃ》がある。祭神は熊野権現《くまのごんげん》である。慶長五年（一六〇〇）の関ヶ原の戦いで、紀州の源氏ゆかりの武士・小島氏は、豊臣氏に加担して敗れた。生きながらえた一族は、武士の生活に嫌気がさし、百姓として平和に暮らすために、この地へ逃れてきた。そして、荒れ果てたこの地を実り豊かな耕地として開拓し、この地に守護神として熊野権現を祀った。この神社は、一三体の御霊をご神体として「くくり位牌」に納めて、小島一族の祖先を祀っている。

熊野神社

■大家川（大屋川）

熊野神社から少し南へ進むと、河岸段丘の端に欠《か》け上《うえ》の墓地がある。この墓地に里胥《りそ》正貫《まさぬき》の碑がある。この碑には、「大屋川経流《おおやがわきょうりゅう》の跡《あと》」という文字が見られ、大屋川の存在を示唆している。また、中世の柿本《かきのもと》貫明《ぬきあき》の次の古歌にも大家川（大保屋川）が詠まれている。

わが恋は　大保屋川の　伊波為都良《いはいづら》
手にはひけども　ぬるよしもなし

しかし、この付近には「大家川」という名称の川はなく、この歌の「大保屋川《おおほやがわ》」は高麗川《こまがわ》であるという説がある。

大家神社

■大家神社

欠の上の墓地から南へ進み、高麗川に架かる万年橋を渡り、県道川越越生線に沿ってしばらく進むと、大家《おおや》神社《じんじゃ》がある。祭神は、猿田彦《さるたひこの》大神《おおかみ》で、清寧天皇《せいねいてんのう》、武内宿禰《たけのうちのすくね》、諏訪《すわ》大神《おおかみ》が合祀されている。厚川《あつかわ》、萱《かや》方《かた》の鎮守として、白髭神社《しらひげじんじゃ》として創建されたが、明治四〇年（一九〇七）に大家神社に改称された。天保三年（一八三二）の社殿の造営記録が残るが、この神社の由緒は詳らかではない。

大家神社から東武越生線の一本松駅に出てこの散策を終えた。

交通▼東武池袋駅で東上線小川町行きの急行電車に乗車、坂戸駅で越生線越生行きの普通電車に乗り換え、西大家駅で下車。

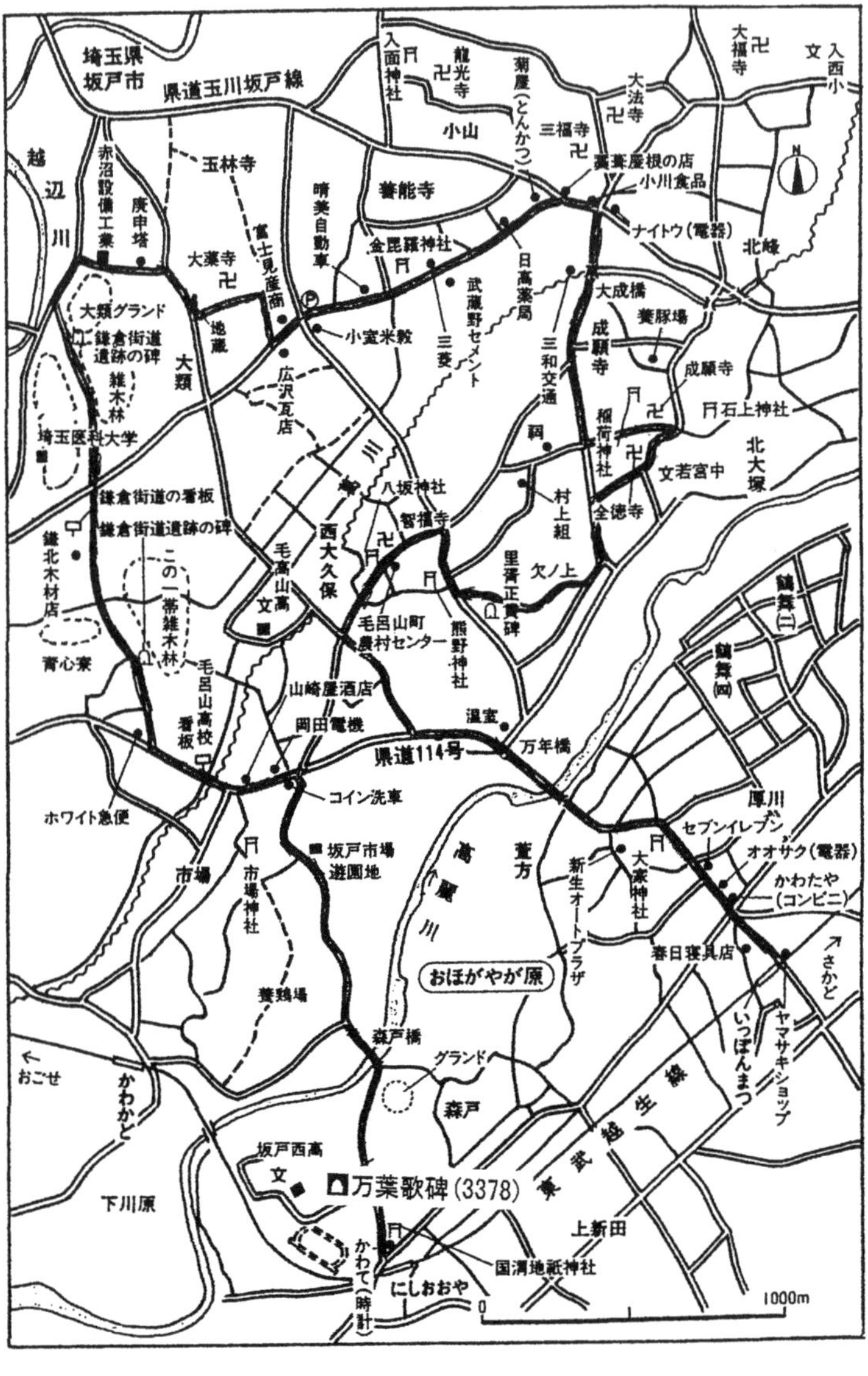

おほやが原（大家）コース

第三章　東武鉄道・ＪＲ八高線沿線

おほやが原（大谷）コース（埼玉県入間郡越生町）

山吹の里

関東平野の中央部の西端に、外秩父の山々を背にして埼玉県入間郡越生町がある。越生町は、山地と平野の接点にあるので、秩父や上州へ向かうとき、尾根や峠を越える必要性から、「尾根越し」と呼ばれ、これが転訛した地名であるといわれている。この町の東北部に「大谷《おおや》」という地名が残されており、この地にある「大亀沼」の辺りが『万葉集』巻一四に詠まれた「おほやが原」の所在地の一つに比定されている。越生町には、この大亀沼付近をはじめとして、三基の万葉歌碑がある。今回の散策では、これらの万葉歌碑を訪ね、その周辺の史跡をめぐり、「おほやが原」を偲ぶことにする。

■山吹の里

武池袋駅で東上線小川町行きの急行電車に乗車し、坂戸駅で越生線越生行きの普通電車に乗り換えると、約一時間三〇分で越生駅に着く。駅の南側の踏切を渡って東進し、越辺川に架かる山吹橋を渡ると、山《やま》

龍台寺

吹《ぶき》の里《さと》がある。

越生は、太田道灌《おおたどうかん》ゆかりの地で、陣屋、馬場、道灌橋などの地名が残り、さらに、龍穏寺《りゅうおんじ》には、太田道灌と父・道真《みちざね》の墓がある。この山吹の里は、古くから山吹の自生地で、かつては「山吹」という小字名で呼ばれていた。山吹の里には、太田道灌と少女の間に、次の有名なエピソードが残されている。

「太田道灌が父の道真を訪ねて越生まで来たとき、この辺りでにわか雨に遭い、一軒の農家に立ち寄って、簑を借りようとした。すると、一人の少女が現れて、黙って一本の山吹の花を差し出した。太田道灌は、山吹の花にちなんだ古歌

七重八重《ななえやえ》　花は咲けども　山吹の
実《み》の（簑《みの》）一つだに　なきぞ悲しき

七重八重に、花が美しく咲く、山吹ですが、実が一つもつかないように、貧しくて簑の一つさえもなく、お貸ししようとしてもお貸し出来ないのが悲しゅうございます、という歌を知らず、即座に少女の意図することを理解することが出来なかった。太田道灌は、後日、少女

六地蔵

の意図していたことに気づき、これを恥じて、学問にも励み、文武両道の名将になった」と。

龍台寺

山吹の里からバイパス道路に沿って北に進むと、田圃の中に龍台寺《りゅうだいじ》がある。この寺は、御嶺山不動院《おみねさんふどういん》と号する真言宗智山派の寺で、本尊は大日如来《だいにちにょらい》である。応永年間（一三九四〜一四二八）、栄任法師《えいにんほうし》が開山したと伝える。

六地蔵

車の喧噪を避けるために、龍台寺の西側の農道を進む。金毘羅大権現への分岐の手前に庚申塔がある。バイパス道路を横断し、外出の集落を抜けると、大谷へ分ける道があり、右手に板碑、六地蔵がある。

この辻は、「大地蔵《おおじぞう》」と呼ばれ、比企郡と入間郡の境に位置し、入間道が通っていたとされる。右側の高台には、嘉暦三年（一三二八）銘の阿弥陀三尊板碑《あみださんぞんいたひ》（青面塔婆《しょうめんとうば》）、文安四年（一四四七）銘の板碑、

仲島家墓地の万葉歌碑

享保五年（一七二〇）銘の六面石幢《ろくめんせきとう》（六地蔵《ろくじぞう》）、寛政七年（一七九五）銘の馬頭明王塔《ばとうみょうおうとう》、文政一一年（一八二八）銘の念仏供養塔《ねんぶつくようとう》、建立年が不明の道しるべがある。江戸時代の見事な石造物が並び、一見に値する。『新編武蔵風土記稿』には、「仏堂　昔阿弥陀堂ありしなれば、この名残れりという、此辺《このあたり》に塚三つあり。高さ五六尺許《ばかり》、何人の墳墓なるを知らず、塚上に嘉暦三年、文安四年の文字を彫りたる古碑たてり」とある。これに記載された通りの古碑に出会えて、思わず嬉しい気持ちになる。

六地蔵は、六面に地蔵菩薩像を彫った六角柱の上に笠石を載せた石塔で、地獄《じごく》、餓鬼《がき》、畜生《ちくしょう》、修羅《しゅら》、人間《にんげん》、天《てん》の六道に迷う衆生を救うものとされている。台座には、「今市」（越生の旧名）、「あまてら」（子の権現）、「玉川」（比企郡）、「ひきのいわとの」（岩殿観音《いわどのかんのん》）の四方向が示され、道標になっている。

■仲島家墓地の万葉歌碑

六地蔵で左折し、坂を下り、大谷への道を進み、右側の山手の民家への道をたどると、三軒目に仲島家がある。井戸の横の道を藪漕ぎし

大谷が原全景

ながら裏山に登っていくと、仲島家の墓地があり、次の歌が漢字で刻まれた万葉歌碑がある。

入間道《いりまぢ》の　大家《おほや》が原《はら》の　いはゐつら
引かばぬるぬる　我《われ》にな絶えそね
一四・三三七八

この歌は――入間道のおほやが原の、いわゐつらのように、わたしが引いたらずるずるとほぐれて、あなとわたしの仲を絶やさないでおくれ――という意味である。この歌碑は、仲島荘岳《なかじましょうがく》（園吉《そのきち》）氏と妻・亭以子《ていこ》氏の金婚式を祝って、古松軒紫水《こしょうけんしすい》氏の揮毫によって、昭和五年（一九三〇）に建立された。筆者は、これまで全国各地の万葉故地を散策してきたが、金婚式のお祝いに建立された万葉歌碑は初見であり、その風流さの心意気に感動させられた。

■おほやが原万葉公園

仲島家から元の道まで戻り、さらに北進すると、大亀沼《おおかめぬま》に出る。この沼の一帯は、おほやが原万葉公園になっている。昭和四七年（一九

おほやが原万葉公園の大亀沼

七二）、野田宇太郎《のだうたろう》氏がこの地を訪れて、万葉のおほやが原かどうかを探索し、「東京文学散歩武蔵野篇下《とうきょうぶんがくさんぽむさしのへんげ》」で、この地が万葉のおほやが原であることを示した。これを記念して、沼畔に野田宇太郎氏の文学碑が建てられた。大亀沼には、中島があり、これに朱塗りの橋が架けられ、島には弁財天《べんざいてん》の石祠が静かに佇んでいる。

■日本カントリークラブの万葉歌碑

橋の向かいの日本カントリークラブの裏門に通じる道を登っていくと、クラブ構内の裏門の傍の木立の間に、次の歌が刻まれた万葉歌碑がある。

入間道《いりまぢ》の　大家《おほや》が原《はら》の　いはゐつら
引かばぬるぬる　我《われ》にな絶えそね

一四・三三七八

この歌は、仲島家の墓地の万葉歌碑に刻まれた歌と同じである。この歌碑は、磨切石で出来ており、昭和六二年（一九八七）に建立された。揮毫者は未詳である。この歌碑は、ゴルフ場の構内にあるので、

日本カントリークラブの万葉歌碑

入るには許可がいる。

おほやが原の所在地については、四つの説がある。その一つは、『和名類聚抄《わみょうるいじゅうしょう》』の「武蔵国《むさしのくに》入間《いるま》郷《ごう》大家《おほや》　於保也《おほや》介於保夜《おほや》計」、『万葉代《まんようだい》匠記《しょうき》』の「此處歟《このところか》」としている坂戸市大家説《さかどしおおやせつ》である。他の一つは、『大《だい》日本《にっぽん》地名《ちめい》辞書《じしょ》』による旧川越街道の宿場町であるふじみの市大井町説《おおいちょうせつ》である。他の一つは、『万葉紀行《まんようきこう》』による日高市大谷沢説《ひだかしおおやさわせつ》である。他の一つは、『東京文学散歩《とうきょうぶんがくさんぽ》』『武蔵名所考《むさしめいしょこう》』による越生町大谷説《おごせまちおおやせつ》である。

おほやが原に比定する上で考慮すべき点は、「入間道」と「いはゐつら」である。入間道は、所沢、日高、坂戸を通っていたと推定されているので、越生町大谷は入間道から西にかなり外れている。このため、地理的にはかなりの難がある。いはゐつらについては、『重訂本《じゅうていほん》草綱目啓蒙《そうこうもくけいもう》』の「馬歯《ばし》スベリヒユ」にイハイヅルとある。『牧野《まきの》植物図鑑《しょくぶつずかん》』には、「這い蔓の意にして此草地に布く故云う」『擁書慢筆《ようしょまんぴつ》』には、「水中にひ、ろごれる蔓草也。伊波為《いはゐ》の伊は発語にて為《ゐ》は此の通音也」、『万葉古今動植正名《まんようこきんどうしょくせいめい》』には、「蔓のあるのみにして葉なく、色白くしてやや淡紅に帯ぶ。初め生じ一二尺なるに及び、根たたえて、草木上にまとひつき、其精液をかりて、生活するものなれば、綢繆《ちゅうびゅう》の意をもて、いはゐづらと名つくるか」とある。この大亀沼では、今でも「いはゐつら」とされるジュンサイが採れるので、植物学的には、条件を満たしている。

弘法山の観音堂

大亀沼から西の山麓沿いの小道を南にたどり、六地蔵からの道を合わせて南西に進む。丘陵地帯を抜けると、眼前にピラミッド形をした端正な姿をした弘法山《こうぼうやま》が見えてくる。国道飯能寄居線で右折して北進し、最初の分岐で左側の道をたどって弘法山に登っていくと、安産、子育ての観音として知られる観音堂《かんのんどう》がある。弘法山《こうぼうさん》と号する真言宗智山派の寺で、本尊は馬頭観世音菩薩《ばとうかんぜおんぼさつ》である。

江戸時代には、妙見寺《みょうけんじ》という寺があったが、明治の初めに廃寺となり、観音堂だけが残された。堂内には、高さ二尺（約〇・六六メートル）の馬頭観世音菩薩像を祀る。「安産子育観音《あんざんこそだてかんのん》」の名で知られる。行基が国分寺を創建するため東国を巡錫したとき、この地を訪れて、この像を刻んだと伝える。

龍穏寺　埼玉県入間郡越生町にある長昌山と号する曹洞宗の寺。創建年代は、詳らかではないが、大同二年（八〇七）、羅漢という旅の僧が創建したという伝承がある。創建当初、天台宗系の修験道に属していたが、永享二年（一四三〇）、足利義教の開基、無極慧徹の開山で、上杉持朝により再建立され、曹洞宗に改宗され、文明四年（一四七二）、太田道真・道灌により中興された。江戸時代には、徳川家康より関三刹に任命され、三九四七の寺院を統治し、曹洞宗の宗政を司った。境内には、太田道真・道灌の墓所がある。

弘法山全景

■諏訪神社

弘法山の山頂には、諏訪神社《すわじんじゃ》がある。祭神は、建御名方命《たけみなかたのみこと》、倉稲魂命《うかのみたまのみこと》、菅原道真《すがわらのみちざね》、木花咲耶姫命《このはなさくやひめのみこと》である。創建年代は詳らかではないが、古くは、新倉に鎮座していたものを、建久年間（一一九〇〜一一九九）、領主・成瀬右近太郎《なるせうこんたろう》がこの地へ遷座し、浅間神社《せんげんじんじゃ》と合祀したと伝える。本殿は一間社流造で、その内部には建御名方命が軍旅に帯びていたと伝えられる石棒が納められている。

諏訪神社が鎮座する弘法山は、武蔵野台地と秩父山地の接点にあり、標高約一六六メートルの低山であるが、境内から、おほやが原、秩父山系、遠くは新宿の高層ビルまでの絶景が望める。

■五大尊

弘法山から南へ進むと、突き当たりの道端に馬頭観世音菩薩像がある。左折してすぐのところに太子堂《たいしどう》がある。その先で右折して民家の間を南へ進むと、国道飯能寄居線と合わさる。ここに架けられた歩道橋の下に、黒山三滝《くろやまさんたき》の道標がある。右折してすぐの道を南へたどると、

五大尊（長徳寺）

右側の山麓に五大尊《ごだいそん》がある。

五大尊は、岩渓山長徳寺清浄土院《がんけいさんちょうとくじせいじょうどいん》と号する臨済宗の寺（本尊は聖観世音菩薩）の境内堂に祀られていたが、明治時代の初期に、長徳寺が廃寺となり、この堂のみが残された。広島県の厳島、神奈川県の蓑毛とともに、日本三大霊地の一つに数えられている。

五大尊は、大日如来の化身、使者として、人々を教化する存在といわれ、中央に不動明王、東西南北に降三世《ごうざんぜ》、大威徳《だいいとく》、軍荼利《ぐんだり》、金剛夜《こんごうや》叉《しゃ》の四体の明王を配している。榧材《かやざい》の割矧造《わりはぎづくり》、平安時代末期の造立である。天平九年（七三七）、行基が東国を巡錫《じゅんしゃく》したとき、五大尊を刻み、堂宇を建てて安置したという。

五大尊の周囲はツツジ園となっており、五月初旬に訪れると、一二種類、約一万株のツツジが咲き誇るのが見られる。これらのツツジは、享保年間（一七一六～一七三六）、僧・宗達《そうたつ》が植えたという。園内には、古帳庵《こちょうあん》・鈴木金兵衛《すずききんべえ》により建てられた四国、西国、板東秩父の百観音霊場の巡拝碑がある。古帳庵は、江戸小網町で古帳類買入所《こちょうるいかいいれしょ》（古紙回収業）を営んでいた豪商で、越生黒岩の生まれで、古帳庵と号した俳人である。

町立図書館前の万葉歌碑

■町立図書館前の万葉歌碑

五大尊からさらに南へ進むと、越生町立図書館《おごせちょうりつとしょかん》がある。この前に、次の歌が刻まれた万葉歌碑がある。

入間道《いりまぢ》の　大家《おほや》が原の　いはゐつら
引かばぬるぬる　我《われ》にな絶えそね　　一四・三三七八

この歌は、仲島家の墓地、日本カントリークラブの万葉歌碑に刻まれた歌と同じである。この歌碑は、平成三・四年（一九九一・二）頃、大亀沼の一帯を公園として整備したのを記念して、上林猷夫《かんばやしみちお》氏の揮毫により、平成五年（一九九三）に建立された。

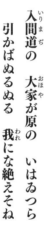

越生町立図書館発行の『大家《おおや》が原万葉歌碑《はらまんようかひ》』には、建碑の由来が次のように記されている。

「待望の万葉歌碑が、詩壇の長老、上林猷夫氏の揮毫で建立される事になった。喜ばしい限りである。それより先、私の先輩詩人であり、畏友《いゆう》であり、『文学散歩』の創始者だった野田宇太郎氏が、大谷ヶ原を訪れ、やがて『東京文学散歩・武蔵野篇下』に、万葉の遺蹟と掲載

正法寺

してくれたのは、もう二十年前の事。（中略）本来、これらの文学碑は現地に建てられるべきものだが、越生町大谷地区の大亀沼を見下ろす高台には、既に昭和五五年、仲島園吉氏の建てた万葉歌碑があり、仲島家への敬意を含め、関係者協議の結果、文学散歩コースの終着駅にもなっている図書館前が最もふさわしいと決定した次第である。ここより北に三粁、大亀沼一帯は大家ヶ原、現在の大谷ヶ原（江戸期以降）で、その界隈は湿原で、いつの世にか干拓のために造られた現在の大亀沼は、その中心であり、昔をしのぶよすがでもある」

■正法寺

町立図書館から南へ進み、河原の集落の谷間を遡ると、正法寺《しょうほうじ》がある。正法寺は、大慈山《だいじさん》と号する臨済宗建長寺派の寺で、本尊は聖観世《せいかんぜ》音菩薩《おんぼさつ》である。弘安元年（一二七八）、大覚《だいかく》により創建されたと伝える。開基は足利尊氏《あしかがたかうじ》、開山は鎌倉建長寺の住僧・佛寿禅師《ぶつじゅぜんじ》である。幕末から明治の初期に、山岡鉄舟《やまおかてっしゅう》がこの寺に参禅したと伝える。

越生神社

越生神社

正法寺の上の道を越生駅方向に進むと、越生神社《おごせじんじゃ》がある。主祭神は、大物主命《おおものぬしのみこと》で、誉田別命《ほむたわけのみこと》、大山咋命《おおやまくいのみこと》、素盞嗚命《すさのおのみこと》、倉稲魂命《うかのみたまのみこと》を合祀する。『神社明細帳《じんじゃめいさいちょう》』によると、この神社の創建は、文治年間（一一八六～一一九〇）である。神社の建っているところは、領主・越生氏の館跡であると伝える。

報恩寺

越生神社から坂を下っていくと、越生駅の正面に報恩寺《ほうおんじ》がある。報恩寺は、松渓山《しょうけいさん》と号する真義真言宗智山派の寺で、本尊は大日如来《だいにちにょらい》である。この寺は、天平一〇年（七三八）、行基により開山された。行基自ら、大日如来像、釈迦如来像、阿弥陀如来像、薬師如来像、観世音菩薩像の五軀を刻み、この寺に安置したと伝える。

平安時代末期から、戦乱を避けて住僧が寺を捨てたため、荒廃し、寺の地は「寺山」とだけ呼び習わされていた。建久三年（一一九二）、瑞光妙泉尼《ずいこうみょうせんに》が、時の右大将・源頼朝《みなもとのよりとも》に寺の再興を願い出たため、越生《おごせ》

報恩寺

四郎家行《しろういえゆき》に命じて再興された。応永五年（一三九八）、栄曇僧都《えいうんそうず》が中興し、山号を松渓山《しょうけいさん》とし、真言宗に改宗した。関東十一常法檀林《かんとうじゅういちじょうほうだんりん》の格式を持つ名刹で、僧侶の修行道場であった。明治三〇年（一八九七）、火災により、本堂、庫裡などを焼失し、山門、鐘楼、宝蔵のみが昔の姿を残している。

この寺には、高野山丹生明神画像《こうやさんにうみょうじんがぞう》、釈迦三尊像《しゃかさんぞんぞう》、阿難迦葉画像《あなんかようがぞう》、安倍朝臣年譜録《あべあそんねんぷろく》、双雀華文鏡《そうじゃくけもんきょう》、昼錦堂記《ちゅうきんどうき》、大般若経断簡《だいはんにゃきょうだんかん》などの重要文化財の寺宝がある。境内には、阿弥陀堂、聖観世音菩薩像、享徳四年（一四五五）銘の青石塔婆《せいせきとうば》、飯能戦争を指揮した澁澤平九郎《しぶさわへいくろう》の首塚などがある。

法恩寺から東武越生線越生駅へ出て散策を終えた。越生町大谷は、万葉のおほやが原とするには、植物学的条件は満たしているが、入間道よりかなり西に隔たっているので、地理的条件を満たしていないとの印象を持った。

交通▼東武池袋駅で東上線小川町行きの急行電車に乗車、坂戸駅で越生線越生行きの普通電車に乗り換え、越生駅で下車。

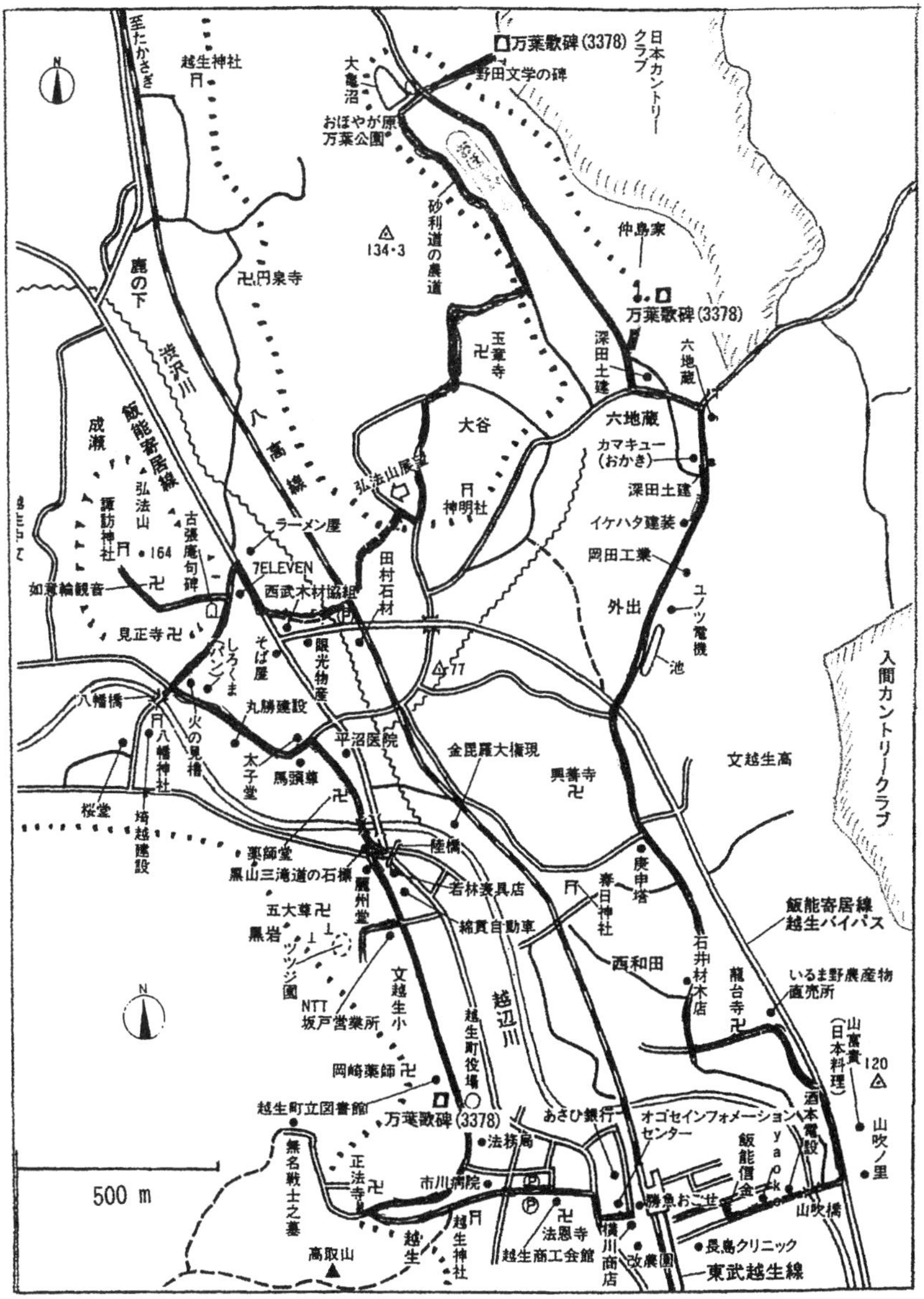

おほやが原（大谷）コース

仙覚律師遺蹟の碑コース（埼玉県比企郡小川町）

埼玉県比企《ひき》郡《ぐん》小川町《おがわまち》は、武蔵野の北西端に位置し、すぐ西に笠山《かさやま》、堂平山《どうだいらやま》などの関東山地の山々が迫り、多くの雑木林、田畑が広がるなど、武蔵野の自然が残るところで、「武蔵京都」と呼ばれている。町の中には、槻川《つきがわ》の清流が流れ、酒造、紙漉、製材業が盛んな鄙びた町である。町の北部の丘陵には、『万葉集注釈《まんようしゅうちゅうしゃく》』を著した仙覚律師遺蹟《せんかくりっしいせき》の碑がある。今回の散策では、この仙覚律師遺蹟の碑を訪ね、その周辺の史跡をめぐりながら、『万葉集』の訓読への仙覚律師の業績を偲ぶことにする。

■仙覚律師遺蹟の碑

東武池袋駅で東上線小川町行きの急行電車に乗ると、約一時間二〇分で小川町駅に着く。駅の正面の道を直進し、大関通りで右折し、春日公園で左折して、しばらく進むと、右手に丘陵が見えてくる。突き当たりで右折すると、道は二つに分岐している。その右側の民家の間

万葉集註釈　文永六年（一二六九）、仙覚律師が著した万葉研究史上最も注目すべき著作。『仙覚抄』『万葉集抄』とも呼ばれる。『万葉集』の成立事情、『万葉集』の名義、撰者の考証、難解歌の注などを記述。豊富な文献の引用、諸本を調査した基礎的研究、精確な論証、注釈歌の多さなどに特徴が見られる。

仙覚律師遺蹟の碑

に丘陵への登り口がある。登り始めたところに、「仙覚律師《せんかくりっし》遺蹟《いせき》八幡《はちまん》が岡《おか》」と刻まれた石柱が建っている。坂を上り詰めると、テニスコートの奥に仙覚律師遺蹟の碑がある。

　この碑は、高さ四メートル、幅一・二メートル、厚さ二〇センチメートルの堂々としたもので、岡山隆蔭《おかやまたかかげ》氏の揮毫、仙覚律師遺蹟保存会により、昭和三年（一九二八）に建立された。表面の上部には、徳川達孝《とくがわさとたか》氏の「仙覚律師遺蹟」の篆額《てんがく》があり、その下に佐佐木信綱《ささきのぶつな》氏の撰文が次のように刻まれている。

「仙覚律師は中世に於ける万葉学再興の祖なり建仁三年東国に生まる年十三始めて万葉集の研究に志し寛元四年将軍藤原頼経《ふじわらのよりつね》の命を受けて幾多の旧本を参照して初度の校定本を作り古来いまた読み得ざりし百五十二首の歌に訓点を加えたりき（中略）弘長元年更に校勘《こうかん》に努め文久三年再度の校定本を作れりまた別に万葉集注釈の筆を起こし博引《はくいん》比企郡《ひきぐん》北方《きたかた》麻師宇郷《ましうごう》に当たり実にその著の稿を脱せし所なりといふ（後略）」。

　碑陰には、佐佐木信綱氏の次の短歌が自筆の文字で刻まれている。

新墾《にいはり》の　道を開きし　功《こう》とはに

大梅寺

麻師宇《ましう》の郷《さと》　名はとこしへに

　仙覚律師は、常陸国に生まれ、鎌倉の比企氏の比企新釈迦堂《ひきしんしゃかどう》の権律師《ごんりっし》になった。将軍・藤原頼経《ふじわらのよりつね》の命で、『万葉集』の校本の作成に取り組んでいたが、戦乱の騒がしさを避けて、文永六年（一二六九）二月、新釈迦堂の寺領である比企郡大塚郷《おおつかごう》の政所《まんどころ》に来て居住した。仙覚は、『万葉集』の諸本を参照して、最初の校定本を作成した。当時、『万葉集』は、百五十二首だけしか訓むことができなかったが、これに新しい訓点を加え、建長五年（一二五三）、後嵯峨上皇《ごさがじょうこう》に献上した。文永三年（一二六六）、再度の校定本『仙覚文永本《せんかくぶんえいほん》』、文永六年（一二六九）、『万葉集注釈《まんようしゅうちゅうしゃく》』を完成した。『万葉集』が今日のように訓読できるのは、仙覚律師のこの功績によるところが大きい。

『新編武蔵風土記稿《しんぺんむさしふどきこう》』にも、「増尾村《ますおむら》は増尾郷玉川領に属せり。増尾と書けるは後のことにて、既に文永六年、武蔵国《むさしのくに》比企郡北方麻師宇郷《きたかたましうごう》政所《まんどころ》に於いてこれを注し畢《おえり》と仙覚万葉奥書抄《せんかくまんようおくがきしょう》に見えたり。宇尾通音《うびつうおん》なれば則《すなはち》此地のことなるべし」と記載され、『仙覚万葉奥書抄』には、「文永六年孟夏《もうか》二日於武蔵国比企郡北方麻師宇政所地註之畢」とある。

このように、仙覚律師は、麻師宇の政所で『万葉集』の校定作業を行

八幡神社

い、『万葉集注釈』を刊行したといわれる。

大梅寺

仙覚律師遺蹟の東にある陣屋沼緑地の北側の道を西に進むと、大梅《たいばい》寺《じ》がある。大梅寺は、拈花山霊山院《ねんけさんれいざんいん》と号する曹洞宗の寺で、本尊は釈迦牟尼仏《しゃかむにぶつ》である。建治二年（一二七六）、後深草天皇の第二皇子・梅皇子《うめおうじ》の開基、土豪・猿尾《さるお》氏《し》の開山である。

境内には、二連板碑がある。一つの平石に二つの塔婆を彫ったもので、「二連塔婆《にれんとうば》」「双式塔婆《そうしきとうば》」と呼ばれる夫婦の供養塔である。

八幡神社

大梅寺から高台の雑木林の中を西へ進むと、八幡神社《はちまんじんじゃ》がある。祭神は、誉田別命《ほむたわけのみこと》、保食命《うけもちのみこと》、大山咋命《おおやまくいのみこと》、天照皇大神《あまてらすのすめらおおかみ》、豊受大神《とようけのおおかみ》である。元弘三年（一三三三）、土豪・猿尾氏が鎌倉の鶴岡八幡宮《つるおかはちまんぐう》の分霊を勧請したのが始まりと伝える。当社所蔵の応永文書には、「武蔵国大塚郷内明神社事等任先例不可有相違所領為後証之状如件」という記述があ

穴八幡古墳

る。この神社は、当初、明神社《みょうじんしゃ》と称していたが、後に八幡神社に改称された。

八幡神社が建つ地は、増尾、大塚、角山、飯田の四村にまたがる麻師宇郷のほぼ中央の台地に位置し、古《いにしえ》の郡家《ぐんげ》の所在地と伝える。

猿尾氏古城跡

八幡神社の周辺は、鎌倉時代の猿尾《さるお》（増尾《ますお》）氏の古城跡《こじょうあと》で、政所《まんどころ》垣内《かいと》であった。鎌倉の五大明王院所蔵の暦応四年（一三四一）の文書に、「麻師宇郷は鎌倉新釈迦堂領に属して、その制札《せいさつ》を出した」とある。郷名の麻師宇は、正保以前には「猿尾」と呼ばれていたが、その後、増尾に改められた。この周辺をめぐると、中世の館跡と見られる濠の跡があり、丘陵を利用した戦国初期の館の姿が偲ばれる。

穴八幡古墳

八幡神社の前の道を西に進むと、穴八幡《あなはちまん》古墳《こふん》がある。この古墳は、一辺が約二八・二メートル、高さ約五・六メートルの方墳で、二段築

見晴らしの丘からの小川町展望

成である。墳丘とその外側には、二重の周溝がめぐらされ、周溝外縁は一辺約六一・四メートルである。二つの石室を持つ横穴式で、須恵《すえ》器《き》、土師器《はじき》、鉄器、刀装具などが出土し、七世紀中頃の築造であると推定されている。小川地方特産の緑泥片岩《りょくでいへんがん》を使用しているため、保存状態がよい。

熊野神社

穴八幡古墳から坂を下り、県道熊谷小川秩父線で右折して、小川腰越局の先の小川を渡り、右手の路地を西へしばらく進むと、右手奥に熊野神社《くまのじんじゃ》がある。祭神は、伊弉諾命《いざなぎのみこと》、速玉男命《はやたまおのみこと》、事解男命《こととときおのみこと》である。創建年代は詳らかではないが、安永七年（一七七八）と伝える。

自性院

熊野神社の下に自性院《じしょういん》がある。自性院は、医王山西照寺《いおうさんさいしょうじ》と号する真言宗智山派の寺で、本尊は薬師如来《やくしにょらい》である。永享一〇年（一四三八）、栄性阿闍梨《えいせいあじゃり》の開山と伝える。

円城寺

■氷川神社

自性院から南へ進み、腰越公園を経て槻川の満世橋を渡り、県道西平小川線で左折して根本の集落に向かう。しばらく進むと、氷川神社《ひかわじんじゃ》に出る。祭神は、建速素盞嗚命《たけはやすさのおのみこと》、奇稲田比売命《くしいなだひめのみこと》、大己貴命《おおなむちのみこと》である。永享元年（一四二九）の創建で、この地の開拓に関係した出雲系の人々の氏神である。参道入口には、「木の毛登《もと》に　汁母膾《しるもなます》も　散久良可那《さくらかな》」の芭蕉句碑がある。

■圓光寺

氷川神社から用水路に沿って進むと、圓光寺《えんこうじ》がある。圓光寺は、薬《やく》王山《おうさん》と号する臨済宗妙心寺派の寺で、本尊は聖観世音菩薩《せいかんぜおんぼさつ》である。建長二年（一二五〇）、霊山院《れいざんいん》の古伝崇井和尚《こでんそういおしょう》の開基である。

■円城寺

圓光寺の正面の道を直進し、突き当たって右折してしばらく進むと、

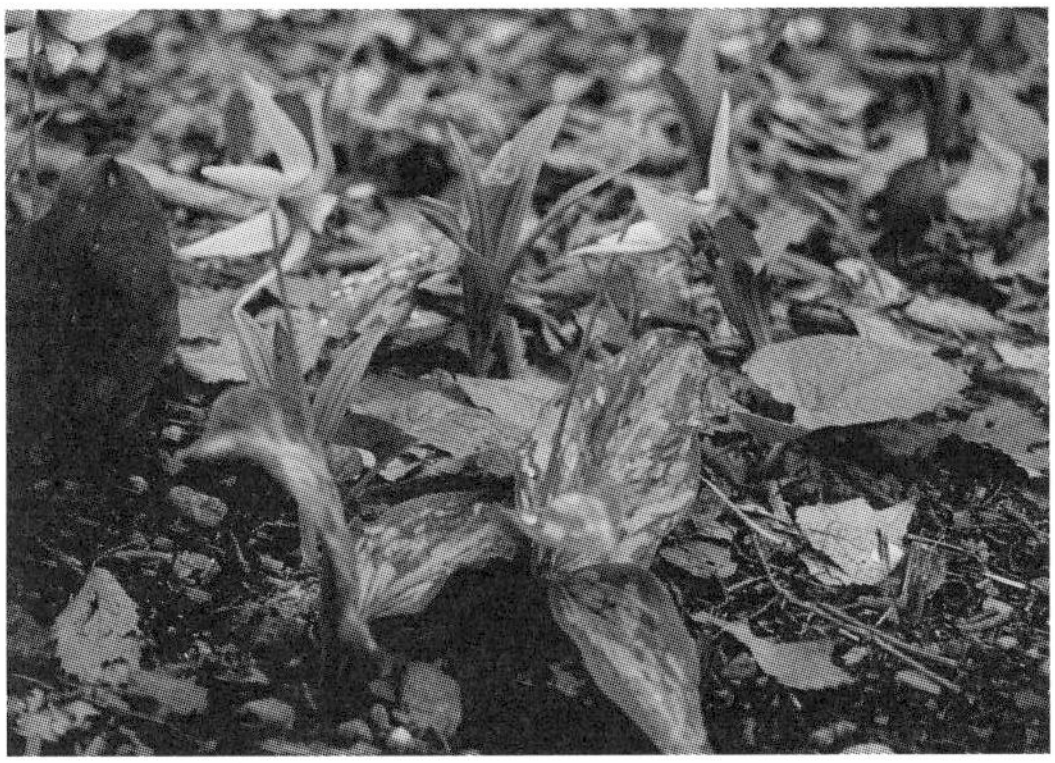

見晴らしの丘のカタクリ

円城寺《えんじょうじ》がある。円城寺は、北青山《ほくせいさん》と号する曹洞宗の寺で、本尊は阿弥《あみ》陀如来《だにょらい》である。延文五年（一三六〇）、日栖周光《にっせいしゅうこう》の開山、円阿沙弥《えんあしょうに》、道阿比丘尼《どうあびくに》の開基である。本堂には、薬師如来の坐像を彫刻した嘉暦三年（一三二八）銘の板石塔婆《いたせきとうば》がある。

境内には、延文六年（一三六一）銘の円阿沙弥、道阿比丘尼の供養碑である二連石板塔婆がある。

■見晴らしの丘公園（カタクリの林）

円城寺から東に進むと、和紙《わし》の資料館《しりょうかん》がある。館内には、和紙の製造方法、製造器具などが展示されている。その手前の見晴《みは》らしの丘公《おかこう》園《えん》の標識にしたがって坂を登る。展望台の上に立つと、小川町をはじめ、東に赤城山《あかぎさん》、北に榛名山《はるなさん》、西に笠山《かさやま》、堂平山《どうだいらやま》などが望める。

展望台の傍の売店の横から、東斜面の遊歩道を下る。雑木林の中を小鳥のさえずりを聞きながら快適に下っていくと、カタクリとオオムラサキの林に出る。桜の咲く頃に訪れると、群生して咲く可憐なカタクリの花が見られ、『万葉集』の次の歌が思い起こされる。

埼玉伝統工芸会館

もののふの　八十娘子《やそをとめ》らが　汲《く》みまがふ
寺井《てらい》の上《うへ》の　堅香子《かたかご》の花

一九・四一四三

この歌は――たくさんの娘子が集まって、水を汲み取っている、お寺の境内の井戸の周りに、見事にカタクリの花が咲いていることよ――という意味である。この歌は、大伴家持が越中国高岡で詠んだ歌であるが、カタクリの花は、三毳山《みかもやま》など関東の各地で見られる。

■西光寺

カタクリの林から南へ進むと、西光寺《さいこうじ》がある。西光寺は、瑞龍山《ずいりゅうさん》と号する曹洞宗の寺で、本尊は釈迦牟尼仏《しゃかむにぶつ》である。天文二年（一五三三）、宗宝真超和尚《そうほうしんちょうおしょう》による開山である。山門の上に鐘楼があり、そのユニークな構造は、なんとなく歴史を感じさせてくれる。

■埼玉伝統工芸会館

西光寺の正面の道を直進し、集落の間を通り抜けると、道の駅「おがわ町」に埼玉伝統工芸会館《さいたまでんとうこうげいかいかん》がある。館内には、埼玉県下二〇カ所三〇品目の伝統的手工芸品が展示され、紙工房で紙の手漉きの体験、工芸家の見事な工芸品造りの実演などを見ることができる。また、埼玉県を一望することができるジオラマもある。

小川町は、手漉き和紙の産地として全国的に有名で、古くは、宝亀五年（七七四）の正倉院古文書にも使用されている。当時、武蔵国で紙漉きが盛んなところは、高麗《こま》、入間《いるま》、比企《ひき》、男衾《おぶすま》などの外秩父山麓一帯であった。

中世には、仏教文化が盛んになり、秩父、武蔵の諸寺が写経を盛んに行ったため、紙の需要が急速に伸び、江戸時代には、中国産の紙の輸入が禁止されたので、紙の生産がいっそう盛んになり、小川町は、「細川紙《ほそかわし》」「小川紙《おがわし》」「小宇田紙《しょううだし》」「大丸紙《だいまるし》」などの和紙の生産地として全国的に知られるようになった。

大聖寺

■大聖寺

道の駅から国道二五四号線に沿って南へ進む。甚五郎（うどん処）付近で田圃の中の道に入る。この辺りには、窪田和紙《くぼたわし》センターがあり、

普光寺

紙漉きが盛んなところである。田圃の中の小道を南へ進むと、正面の山腹に朱塗りの観音堂が見え、坂を登っていくと、大聖寺《だいしょうじ》がある。

大聖寺は、石青山《せきせいさん》威徳院《いとくいん》と号する天台宗の寺で、本尊は如意輪観世《にょいりんかんぜ》音菩薩《おんぼさつ》である。「下里観音《しもさとかんのん》」「子育《こそだ》て観音《かんのん》」とも呼ばれて親しまれている。暦応三年（一三四〇）に希融《きゆう》が開山し、開基は源《みなもとの》貞義《さだよし》と伝える。本尊の如意輪観世音菩薩像は、源《みなもとの》頼政《よりまさ》がこの観音像を携えて秩父へ向かう途中、この下里で休憩したところ、観音像が動かなくなり、人々が感激して堂宇を建て、観音像を安置したといわれる。

この寺には、我が国最古の六面幢《ろくめんとう》がある。『新編武蔵風土記稿』には、「境内山腹に建たる、康永年間南朝の六面塔に希融、貞義の名彫たれば、その年代を知れる」とある。康永三年（一三四四）銘の石造《いしづくり》法華供養塔《ほっけくようとう》で、下里石を六枚組み合わせて六角柱とし、その上に笠石を載せている。さらに、収蔵庫には、康永三年（一三四四）銘の高さ約一・八三メートルの大きな板碑がある。

■普光寺

大聖寺から国道二五四号線に出て、左折して少し進むと、道端に菖

輪禅寺

蒲沢沼を示す指導標があり、これにしたがって東武東上線に沿って進むと、菖蒲沢沼《しょうぶさわぬま》がある。この沼の東端から東上線の下をくぐり、上野台住宅地へ登る。住宅地の東端の大きなアンテナの傍から坂を下って行くと、普光寺《ふこうじ》を示す指導標があり、その先に普光寺がある。

普光寺は、薬王山《やくおうさん》瑠璃光院《るりこういん》と号する天台宗の寺で、本尊は薬師如来《やくしにょらい》である。関東九十一薬師霊場三十四番札所である。正保二年（一六四五）の創建と伝える。この寺は、地元の人たちから「中爪《なかづめ》の大師様《たいしさま》」「小川厄除大師《おがわやくよけたいし》」と呼ばれて親しまれている。

この寺には、徳川幕府から贈られた九通の御朱印状、絹本著色《けんぽんちゃくしょく》家《いえ》康《やす》画像《がぞう》がある。この画像は、中爪村の知行主の高木甚左衛門正則《たかぎじんざえもんまさのり》が、三代将軍家光に懇願し、寛永寺での開眼式の後、下賜されたという。

■養昌寺

普光寺の東の竹藪で左折して、畑の中の明るい農道を進む。普光寺方面への道を横切り、坂を下っていくと、養昌寺《ようしょうじ》がある。養昌寺は、横田山《よこたさん》と号する曹洞宗の寺で、本尊は釈迦牟尼仏《しゃかむにぶつ》である。元禄一二年（一六九九）、領主・久松氏による開基である。

■輪禅寺

養昌寺の横から坂を下って右折し、その先で左折して農道をしばらく進むと、輪禅寺《りんぜんじ》がある。輪禅寺は、一機山《いっきさん》と号する曹洞宗の寺で、本尊は釈迦牟尼仏《しゃかむにぶつ》である。『新編武蔵風土記稿』には、「当寺もと安養寺《あんようじ》と云いて僅かなる寺なりしを、慶長一三年川窪新十郎信俊《かわくぼしんじゅうろうのぶとし》、其父武田兵庫守信実《たけだひょうごのかみのぶざね》が追福のために造営し、此の人の法諡《ほうし》に因りて寺号等を改めたり。故に信実をもちて開基と称し、僧伝州忠的《でんしゅうちゅうてき》を開山とす。（中略）信実は天正三年五月二一日三河国長篠合戦に鳶巣《とびす》にて闘死す」とある。

この辺りに天台宗の安養寺があったが、慶長一三年（一六〇八）、父川窪信俊が、父・武田信実の追福のため、安養寺をこの地に移し、父の法諡をとって、寺名を輪禅寺に改めた。以来、武田信玄の異母弟の武田信実一族の菩提寺になった。信実は、浪人組を指揮する大将であったが、天正三年（一五七五）、長篠の戦いで討死した。戦いに敗れた武田の残党は、甲州から秩父の山を越えてこの地に来て、祖先の供養をしながら再起を図った。

本堂には、武田信虎《たけだのぶとら》・晴信《はるのぶ》・勝頼《かつより》の位牌が祀られている。本堂西の

長篠の戦い　戦国時代の天正三年（一五七五）五月二一日、三河国長篠城（現愛知県新城市長篠）をめぐり、三万八千の織田信長・徳川家康連合軍と、一万五千の武田勝頼の軍勢が戦った合戦。勝頼は、天正二年（一五七四）、遠江（静岡県）の高天神城を陥れ、その勢いに乗って、翌年長篠城を囲んだ。城主・奥平定昌（のち信昌）の要請により、信長と家康が出陣。極楽寺山に陣した信長は馬防柵を設け、三〇〇〇挺の鉄砲隊で勝頼の騎馬隊を大敗させ、その後の築城法や戦術に画期的変化をもたらした。

小高い丘の上の墓地には、初代・信実以下第一〇代までの五二基の墓がある。墓碑銘の中で最も詳記されているものは、文化四年（一八〇七）の信親の墓碑であるが、野村温《のむらおん》撰文の墓碑などもある。この寺には、第二代・武田信俊の筆による鷹絵図が保存されている。

輪禅寺から県道熊谷小川秩父線に沿って西へ進み、小川町駅に出て散策を終えた。今回は、鄙びた和紙の里をめぐりながら、『万葉集』の訓読の先覚者である仙覚律師の功績を偲ぶ散策となった。

交通▼東武池袋駅で東上線小川町行きの急行電車に乗車、小川町駅で下車。

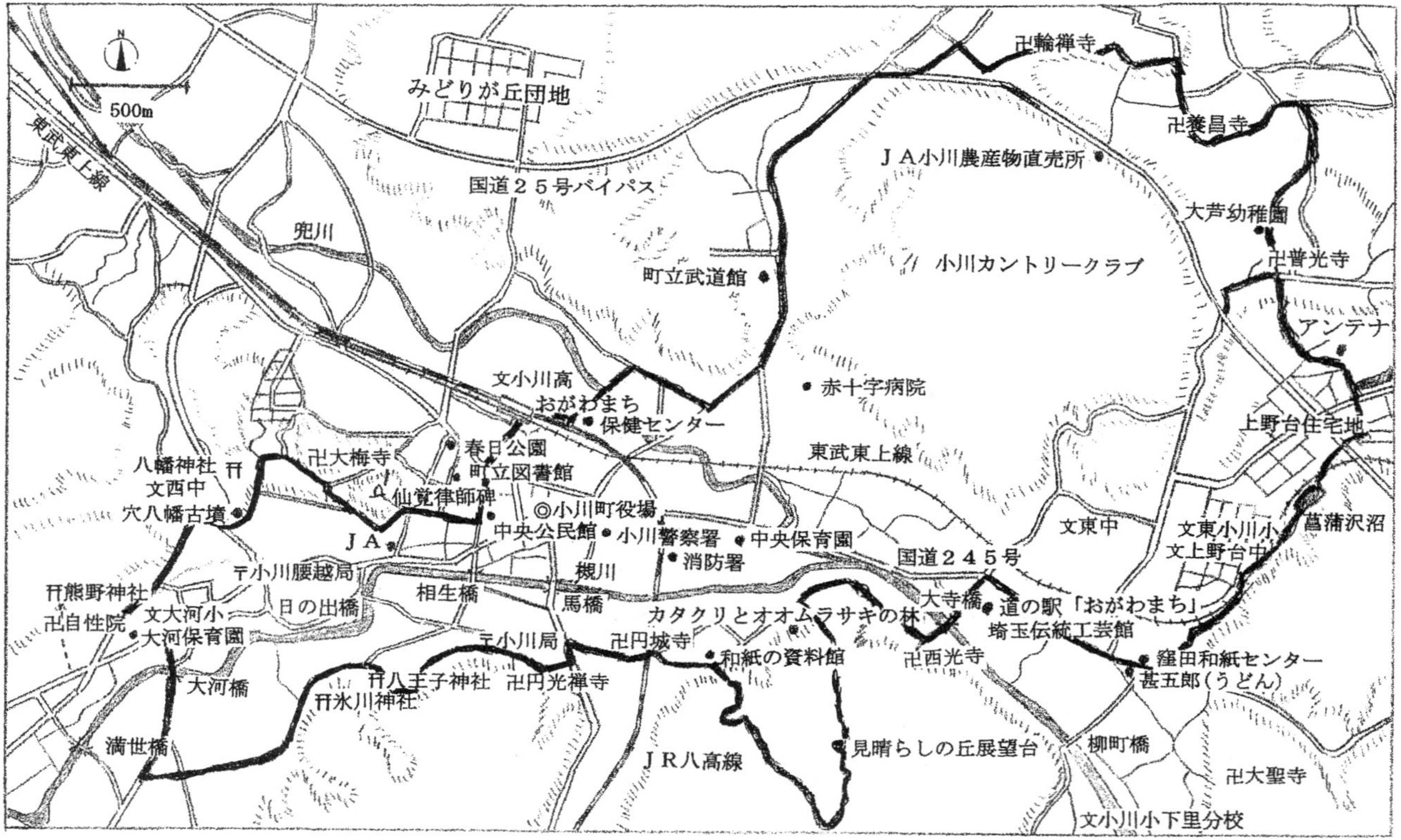

仙覚律師遺蹟の碑コース

曝井の遺跡コース（埼玉県児玉郡美里町・本庄市児玉町）

関流算術の碑

武蔵国《むさしのくに》那賀郡《なかのこおり》に関係する歌として、『万葉集』巻九に「曝井《さらしい》の歌《うた》」が、また、巻二〇に「防人《さきもり》の妻《つま》・眞足女《またりめ》の歌」がある。武蔵国那賀郡は、武蔵国の北西部に位置し、現在の埼玉県本庄市児玉町に属する。那賀郡《なかのこおり》弘紀《ひろき》郷《ごう》（現広木《ひろき》）には、曝井の遺跡、眞足女の夫の石前《いわさき》の館跡《やかたあと》があり、それぞれに万葉歌碑が建っている。今回の散策では、曝井の遺跡と防人の妻の歌の万葉歌碑を訪ね、その周辺の史跡をめぐりながら、曝井と眞足女を偲ぶことにする。

■関流算術の碑

ＪＲ八高線松久駅から右に進むと、関流算術《せきりゅうさんじゅつ》の碑がある。この碑は、関流算術の大家として知られる小林《こばやし》喜《き》左《ざ》衛門《えもん》良匡《よしくに》の顕彰碑である。良匡は、幕末の人で、美里町に生まれ、独学で算術を学び、関流の算術の奥義を極めた。初めは、近隣の人たちに算術を教えていたが、人柄をしたって教えを請うものが増え、後には、遠隔地の人たちのもとへ

真東寺

出張教授も行った。

　この碑は、明治五年（一八七二）、門人たちによって建てられた。碑表には、良臣が書いた建碑のいわれと和歌が、碑陰には、門人百二十九人の名前が刻まれている。

真東寺

　関流算術の碑の先の麓に真東寺《しんとうじ》がある。真東寺は、梅樹山地蔵院《ばいじゅさんじぞういん》と号する真義真言宗智山派の寺で、本尊は延命地蔵菩薩《えんめいじぞうぼさつ》、児玉三十三霊場二十六番札所である。境内には、四国八十八ヶ所霊場の縮小模型があり、これを参拝すると、四国霊場を巡拝したのと同じ霊験・功徳が得られるという。

　創建当初は、梅樹山阿弥陀院《ばいじゅさんあみだいん》と号する真言宗醍醐寺派の寺であったが、文明三年（一四七一）、真言宗智山派に変更された。天明六年（一七八六）、本堂を再建した際に、宥勝寺《ゆうしょうじ》から延命地蔵菩薩を受けて、梅樹山地蔵院真東寺に改称された。文化三年（一八〇六）、再び火災に遭い、堂宇を焼失したが、文政一三年（一八三〇）、再建された。

　境内の観音堂は、住職の手作りにより、昭和五五年（一九八〇）に完成した。堂内には、観世音菩薩像と般若心経千巻が納められ、壁には、観世音菩薩と信者が結ばれることを願って、八千個の五円玉が張りめぐらされている。

■円福寺

真東寺から西に進み、別所の集落に入ると、円福寺《えんふくじ》がある。円福寺は、多聞山文殊院《たもんさんもんじゅいん》と号する真義真言宗智山派の寺で、本尊は文殊菩薩《もんじゅぼさつ》である。江戸時代初期に、寛永一〇年（一六三三）に入寂した法印《ほういん》良賢《りょうけん》が創建したと伝える。『新編武蔵風土記稿』には「円福寺　新義真言宗、広木村常福寺末。多門山文殊院と号す。本尊文殊、開山僧良賢、寛永一〇年五月二三日示寂」とある。

■智徳寺

円福寺の北に智徳寺《ちとくじ》がある。智徳寺は、稲荷山千住院《いなりさんせんじゅいん》と号する真言宗智山派の寺で、本尊は千手観世音菩薩《せんじゅかんぜおんぼさつ》で、児玉三十三霊場第十四番札所である。創建年代は詳らかではないが、中興開山は、元禄五年

観世音菩薩　観自在菩薩とも称する。救う相手の姿に応じて、大慈悲を行ずることから、千変万化の相となり、救いを求める声を聞くと、ただちに救済するという。像容は、化仏のついた宝冠をかぶり、天衣、裙を着け、瓔珞、鐶釧で身を飾り、蓮華を手にして、蓮華座の上に立像または坐像の姿をしている。浄土教経典では、勢至菩薩とともに、阿弥陀如来の脇侍となる。

曝井の遺蹟

（一六九二）に入寂した法印清久《ほういんせいきゅう》である。現在の本堂は、宝暦年間（一七五一〜一七六四）の再建と伝える。

■曝井の遺蹟

智徳寺の先の陸橋を経て広木の集落の中を進むと、枌木川《ねりぎがわ》に架かる橋の傍に「史跡曝井《しせきさらしい》、眞足女《まための》遺蹟入口《いせきいりぐち》」と刻まれた石標がある。左折して上流へ進むと、曝井の遺蹟がある。曝井は、織布を洗い曝す井戸のことで、ここで生産された織布は、調布《ちょうふ》として朝廷に献納された。織布を曝す井戸は、共同作業所で、若い女性が集まるところから、悩みを訴え愛を語る男女交歓の場所になっていた。楕円形をした井戸の背後に新旧二つの万葉歌碑が建ち、その右側に薬師堂がある。

■曝井の万葉歌碑

曝井の右側の万葉歌碑は、江戸時代の国学者・橘守部《たちばなもりべ》の撰文による古碑である。碑文の前段には、次の二首の歌が漢字で、後段には、建碑の由来が、また、橘守部ほか四名の歌が刻まれている。

橘守部の撰文による万葉歌碑

埼玉《さきたま》の　小埼の沼に　鴨そ翼霧《はねき》る
己《おの》が尾《を》に　降り置ける霜《しも》を　払《はら》ふとにあらし　九・一七四四

三栗《みつぐり》の　那賀《なか》に向《む》かへる　曝井《さらしゐ》の
絶えず通《かよ》はむ　そこに妻もが　九・一七四五

一首目の歌は――埼玉の、小埼の沼で、鴨が翼のしぶきを飛ばしている、自分の尾に、降りかかった霜を、払う気らしい――、二首目の歌は、那賀に向って流れていく、布を曝す井戸の水が絶えないように、わたしは絶えず那賀に通ってこよう、そこに愛しい恋人がいたらいいのに――という意味である。この歌碑は、弘化二年（一八四五）、名主・鈴木《すずき》富明《とみあき》により建立された。

この碑には、橘守部の撰文により、建碑の由来が刻まれている。碑面の文字は漢文体であるので、読み下し文にすると次のようになる。

「この井は、同郡広木村に在り、何れの代、石を構え、流れを遏《とど》めて井と為すを知らず、其の石の面、磨するが如く而《しかして》中央陥凹す。恰《あたか》も搗杵《とうしょう》の痕《あと》の如し。今にして古《いにしえ》を懐《おも》うに足る也。且其の水、郡中を囲《めぐ》りて、頗《すこぶ》る歌の意と相適《あいかな》う。更に延喜民部式《えんぎみんぶしき》に謂《い》う所の武蔵国布一千五

平成の万葉歌碑

百端《たん》、商布《しょうふ》一万一千一百端、又主計式調《しゅけいしきちょう》、緋帛染布《ひはくせんぷ》数百端之文を徴する。炳然《へいぜん》として符節《ふせつ》に合うが如し。世、以て常陸と称する者は、次の手綱浜《たづなはま》の歌を載するに拠《よ》る也。然《しか》りと雖《いへど》も常陸風土記の載す所の者は、泉は坂の中を出て而、中に回るの語と相左《あいたが》えり。故にその説に従い難し。今証を挙げて以て鈴木氏の需《もとめ》に応う。弘化二年陰暦六月二十一日
東都　橘《たちばな》守部《もりべ》識《しる》す」

右側の万葉歌碑は、書道家・中村雲龍《なかむらうんりゅう》氏の揮毫により、平成一二年（二〇〇〇）に建立された。碑表には、橘守部の碑文を釈文で、碑陰には、橘守部の万葉歌碑の歌の読み下し文と、この歌碑の建碑の由来が次のように刻まれている。

「守部は天明元年に三重県に生まれ十七の時に江戸に出て国学を学び北葛飾郡幸手町《きたかつしかぐんさってまち》に住み以後二十年間国学とりわけ和歌の研究に励みついに天保の四大国学者となった。美里町の千田清英《せんだきよひで》は医者のかたわら和歌をたしなみ守部の指導を受けた。鈴木富明《すずきとみあき》は其の仲間であろう」

曝井の所在地については、この地の他に、常陸国那賀郡滝坂《なかぐんたきざか》（現水《み》戸《と》市《し》愛宕町《あたごまち》）とする説がある。曝井の歌が「高橋虫麻呂《たかはしむしまろ》の歌集に出づ」とあること、『常陸風土記』の編者に高橋虫麻呂がいたということなどから、曝井は常陸国那賀郡にあったとされている。

常福寺

常福寺

曝井の遺蹟の先に常福寺《じょうふくじ》がある。常福寺は、広木山龍華院池之坊《ひろきさんりゅうげいんいけのぼう》と号する真義真言宗の寺で、本尊は不動明王《ふどうみょうおう》、児玉三十三霊場第十三番札所である。天平年間（七二九～七四九）、領主・檜前舎人石前《ひのくまのとねりいわさき》が創建し、空興上人《くうよしょうにん》が開山したと伝える。創建当時は、弘記山龍華院《ひろきさんりゅうげいん》と称していた。天正七年（一五七九）、武田・北条の合戦により、堂宇を焼失したが、鉢形城主・北条氏邦《ほうじょううじくに》により再建された。現在の本堂は、宝暦三年（一七五三）の再建である。

空興上人は、摩訶般若の秘法を納め、旱魃に苦しんでいた農民のために、面積約四町歩の摩訶池《まかのいけ》を開削して、水田を潤した。そこで、人々は、空興上人の徳を称え、「池之坊空興上人《いけのぼうくうよしょうにん》」と称して崇めるようになり、寺号が広木山龍華院池之坊に改称された。

境内には観音堂がある。堂内には、藤原時代の定朝様式を伝える阿《あ》弥陀如来坐像《みだにょらいざぞう》と百体観世音菩薩像《ひゃくたいかんぜおんぼさつぞう》が安置されている。

大興寺

大興寺

常福寺の南の丘陵の麓に大興寺《だいこうじ》がある。大興寺は、伏龍山《ふくりゅうさん》と号する臨済宗の寺で、本尊は釈迦如来《しゃかにょらい》、児玉三十三霊場第十二番札所である。天徳年間（九七五〜九六一）の創建と伝える。創建当初、慶徳山大光《けいとくさんだいこう》禅寺《ぜんじ》と称していたが、嘉慶元年（一三八七）、小倉左中将元英《おぐらさちゅうじょうげんえい》が、陽《よう》嶽元照大和尚《がくげんしょうだいおしょう》を招いて再興し、伏龍山大興寺に改称した。このため、元照を開山とし、元英を開基としている。

この寺には、県指定文化財の絹本著色《けんぽんちゃくしょく》元照和尚画像がある。曲彔《きょくろく》に座った法衣姿の元照和尚の肖像が綿密に、威厳を保って描かれている。その他、武田氏の制令、北条氏の文書、酒井氏の書簡などが保存されている。

防人の妻・眞足女の歌の万葉歌碑

大興寺の北西に、「防人檜前舎人石前之館跡《さきもりひのくまのとねりいわさきのやかたあと》」と刻まれた石標とその妻・眞足女《またりめ》の次の歌が刻まれた万葉歌碑がある。

広木の里

まくら太刀《たし》　腰にと里《り》はき　万《ま》かなしき
せろがまきこむ　月のしらなく

二〇・四四一三

この歌は――寝るときはいつも身辺から離さないで、枕元においていた、あの大切な刀をつけて、私の夫が帰ってくるのは、いつのことかわからない――という意味である。この歌から、夫を思慕する妻の心情が伝わってくる。

この歌碑は、武田《たけだ》祐吉《ゆうきち》氏の揮毫により、昭和二六年（一九五一）に建立された。碑陰には、安曇宿禰《あずみのすくね》三国《みくに》が難波でこの歌を大伴家持に献上したことが記されている。また、副碑には、建碑の由来が次のように刻まれている。

「松籟《しょうらい》の音のさわやかな舎人山《とねりやま》の南麓、堀形の田畑に囲まれた五十間四方余りの一区画こそ眞足女をして真情迫る一首を詠ましめた防人檜前舎人石前の館跡である。この実績を広く顕彰して後代に伝うる為飯野幸太郎氏をはじめ先人の尊い研鑽が続けられた。いまこれらの先輩諸氏の遺志に答え誇るべき文化財を永久に保存するため宮司金鑽俊雄《かねさなとしお》氏の紹介で国文学の泰斗《たいと》武田博士《たけだはかせ》を大興寺へ招聘歌碑揮毫を煩わした

防人檜前舎人石前之館跡の万葉歌碑

のである。又歌碑の台石は館の礎石として発掘され、万場廊《ばんばろう》で保管中であったのを今回建碑に寄付して戴いたのである。茲に多数の建碑後援者の芳名を裏面に刻しこれを記念する次第である。（後略）」

檜前舎人石前《ひのくまのとねりいわさき》は弘紀郷の豪族で、眞足女《またりめ》は秩父郡末野の大伴氏の娘であるといわれている。館跡の辺りは、「御所《ごしょ》の内《うち》」と呼ばれ、北側には、舎人山という丘陵がある。付近には、那珂軍団が駐在していたと伝える馬場という地名も残されている。

■瓺䔋神社

曝井の遺蹟を示す標識まで戻り、左折して北へ進む。瓺䔋神社《みかじんじゃ》の鳥居で右折して、東へ進むと社殿がある。祭神は、櫛御《くしみ》気野命《けぬのみこと》、櫛瓺《くしみか》玉命《たまのみこと》である。

瓺䔋神社は、『延喜式《えんぎしき》』神名帳《じんみょうちょう》に記載された式内社で、那賀郡の総鎮守で、社殿は、宝暦一三年（一七六三）の再建である。神社の説明板には、「神社の名前の瓺䔋とは、酒を造るための大きな甕のことで、御神宝とされていたと見られる土師器《はじき》のミカが四個保存されている」と記載されていることから、瓺䔋は酒の器に関係し、祭神は酒の神で

瓺𤭖神社

ある。春と秋の例祭には、酒造りにちなんだ神事が行われる。

■摩訶の池

瓺𤭖神社を東に抜けると、正面に摩訶《まか》の池《いけ》がある。この池は、常福寺を開山した空興上人《くうよしょうにん》によって開削され、現在でも、周囲の田畑の灌漑用として利用されている。

■広木・大町古墳群

摩訶の池の北に、「広木《ひろき》・大町《おおまち》古墳群《こふんぐん》」と呼ばれる両子塚古墳《ふたごづかこふん》と七つの小さな円墳がある。往古、この辺りには、前方後円墳、円墳、方墳など一三〇基以上の古墳があったが、開墾などによって破壊され、前方後円墳一基、円墳七基になっている。これらの古墳群から、埴輪、直刀、馬具、勾玉・金環などの装身具、高坏《たかつき》・平瓶《ひらへい》などの須恵器、百済系とされる須恵器の平底壺や鐔《つば》に銀象嵌《ぎんぞうがん》を施した刀類、さらに、特殊な馬装の馬系埴輪が出土している。

両子塚古墳は、総長約二八メートル、後円部径約一五メートル、高

広木・大町古墳群

さ約二メートル、前方部幅約二一メートル、高さ約二・五メートルで、後円部の南側の破壊坑から横穴式石室の一部が見られる。

■**秋山古墳群**

広木・大町古墳群から、田圃の中の道をたどって児玉町に入る。しばらく進むと、秋山古墳群《あきやまこふんぐん》がある。前方後円墳二基を含む四三基の古墳が現存し、鏡、玉、刀剣、金環、土器、埴輪などが出土している。五世紀から七世紀の築造であると推定されている。

■**河原神社**

秋山古墳群から秋山の集落に入ると、その中ほどに河原神社《かわらじんじゃ》がある。祭神は、河原次郎盛直《かわらじろうもりなお》である。盛直は、河原村出身の武蔵七党の私市党《きさいとう》の武将である。『平家物語』には、源頼朝に従って、生田森で先陣を賜り、兄・太郎高直《たろうたかなお》とともに、平家と戦ったが、兄弟ともに討ち死にしたと伝える。

河原神社

日輪寺

河原神社の先に日輪寺《にちりんじ》がある。日輪寺は、大光山空禅院《だいこうさんくうぜんいん》と号する真義真言宗豊山派の寺で、本尊は大日如来《だいにちにょらい》である。創建年代は詳らかではないが、一説には、慶長年間（一五九六～一六一五）の創建という。

境内には、応安二年（一三六九）、嘉吉三年（一四四三）銘の宝篋印塔《ほうきょういんとう》、永享一二年（一四四〇）、文明二年（一四七〇）銘の五輪塔など、多数の石造物がある。

御嶽神社

日輪寺からさらに進むと、御嶽神社《みたけじんじゃ》がある。祭神は大山祇命《おおやまつみのみこと》である。境内には、二十二夜供養塔、安永年間（一七七二～一七八一）の石燈籠がある。

新蔵人神社

御嶽神社の少し南に新蔵人神社《しんくらんどじんじゃ》がある。祭神は、秋山新蔵人光政《あきやましんくらんどみつまさ》である。光政については、『太平記《たいへいき》』に「京都四条河原の合戦で、丹党の阿保肥前守忠実《あぼひぜんのかみただざね》と争い、優劣がつかず、両軍から賞賛された」と記されている。

■本覚院

新蔵人神社から坂を登っていくと、本覚院《ほんかくいん》がある。本覚院は、聖徳《せいとく》山光政寺《さんこうせいじ》と号する真義真言宗の寺で、本尊は不動明王《ふどうみょうおう》で、児玉三十三霊場第十一番札所である。万治元年（一六五八）の創建で、開山は光《こう》政法印《せいほういん》と伝える。光政法印は、南朝時代の武士・秋山新蔵人光政といわれ、その名が山号になった。

■直正寺

本覚院の先に、直正寺《じきしょうじ》がある。直正寺は、戸田山般若坊《とださんはんにゃぼう》と号する臨済宗の寺で、本尊は釈迦牟尼仏《しゃかむにぶつ》、児玉三十三霊場第十番札所である。この地にあった般若寺の跡に、戸田又兵衛《とだまたべえ》が菩提寺を建立しようとして小庵を結び、「般若坊」と呼ばれる坊を築いたが、寺の建立は果た

百観音　板東三十三観音、秩父三十四観音、西国三十三観音の合計百観音。これらは、我が国を代表する観音霊場で、観音は衆生に現世利益の救済を施す存在として広く信仰され、霊場めぐりが盛んである。観音菩薩には、聖観音、如意輪観音、十一面観音、千手観音、不空羂索観音、馬頭観音、魚藍観音、楊柳観音など多くの種類がある。

百体観音堂

せず、その子・五郎右衛門《ごろうえもん》直正《なおまさ》が父の遺志を継いで、承応元年（一六五二）にこの寺を創建した。

■成身院・百体観音

直正寺から峠を越え、秋平小学校の傍で左折し、集落の外れに来ると、右側の木立の中に、基礎四面に胎蔵界《たいぞうかい》四仏《しぶつ》の種子《しゅし》と縦連子《たてれんじ》を刻み、龕部《がんぶ》に六地蔵を浮き彫りにした六面重制塔婆《ろくめんじゅうせいとうば》がある。「重制」とは、下部から基礎《きそ》、幢身《とうしん》、中台《ちゅうたい》、龕部、笠《かさ》、宝珠《ほうじゅ》からなる石幢《せきとう》をいう。

石幢から車道を南へ進むと、仁王門があり、その奥に児玉三十三霊場第一番札所の成身院《じょうしんいん》がある。成身院は、平等山金剛寺《びょうどうさんこんごうじ》と号する真言宗豊山派の寺で、本尊は不動明王《ふどうみょうおう》である。創建は室町時代で、開基は鎌倉管領・足利持氏《あしかがもちうじ》、開山は元照《げんしょう》である。坂の傍に祖師堂があり、長い坂を登っていくと、「百体観音堂《ひゃくたいかんのんどう》」と呼ばれる三仏堂《さんぶつどう》がある。

三仏堂は、外観二層、内部三層の建物で、内部に螺旋状《らせんじょう》の階段が設けられているので、「栄螺堂《さざえどう》」と呼ばれている。釈迦如来像、薬師如来像、阿弥陀如来像を中央に安置し、その傍らの一階に秩父三十四観音像、二階に板東三十三観音像、三階に西国三十三観音像、合計百観音像が安置されている。階段を上がっていくと、中央の三仏を三めぐりして、自然に百観音が拝めるようになっている。この構造は、右繞《うにょう》三匝《さんぞう》という仏教の礼法に基づいたもので、右回りに三回めぐることが死者に対する最上の礼をつくすという意味から考え出されたものである。このような仏塔は、この三匝礼法《さんぞうれいほう》に由来して「三匝堂《さんぞうどう》」と呼ばれるが、一般的には、その外観や螺旋構造などから「栄螺堂」と呼ばれて親しまれている。

この寺には、寛政七年（一七九五）銘の鰐口、三仏堂前には、唐銅造大日如来坐像がある。

境内には、文明一〇年（一四七八）銘の元綜法印《げんそうほういん》、明応九年（一五〇〇）銘の昭鋭金剛《しょうえいこんごう》、永正五年（一五〇八）銘の鋭聖僧都《えいしょうそうず》、天文三年（一五三四）銘の俊鋭大僧都《しゅんえいだいそうず》などの五輪塔群がある。

普明寺

成身院から南へ進むと、普明寺《ふみょうじ》がある。普明寺は、如意輪山《にょいりんさん》と号する真言宗の寺で、本尊は如意輪観世音菩薩《にょいりんかんぜおんぼさつ》、児玉三十三霊場二番札所である。創建年代は詳らかではないが、開山は権僧都昭珍《ごんそうずしょうちん》で、成身院

日本三大栄螺堂　埼玉県児玉市の百体観音堂、群馬県太田市の曹源寺、福島県会津若松市の旧正宗寺の三匝堂をいう。江戸時代後期、東北から関東地方に建てられた特異な建築様式の仏堂。堂内は螺旋構造の回廊となっており、順路に沿って三十三観音や百観音などが配置され、仏教の礼法の右繞三匝に基づいて、右回りに三回匝ることで参拝できるようになっていることから、本来は三匝堂と呼ばれるが、螺旋構造や外観がサザエに似ていることから、通称「栄螺堂」、「サザエ堂」などと呼ばれる。

間瀬湖

の隠居寺として創建したと伝える。児玉町の最高峰の陣見山の中腹には、弘法大師の坐像を祀る奥の院がある。

■間瀬湖

普明寺から山を巻くように進むと、新日本百景に指定されている間《ま》瀬湖《ぜこ》に出る。昭和一二年（一九三七）に造られた我が国初のコンクリートダム式の灌漑用人造湖で、湖水面積は約七万平方メートルである。湖畔には、約三〇〇本の桜が植栽され、桜の開花時期に訪れると、湖面に桜の花が見事に映える美しい景観が楽しめる。その見事な景観により、「新日本百景」「ふるさと埼玉百選」「利根川百景」に指定されている。

■長泉寺

間瀬湖のダムを渡って対岸に移り、下元田橋を渡り、長泉寺の指標で左折し、山間に入ると、長泉寺《ちょうせんじ》がある。長泉寺は、大用山《だいようさん》龍洞院《りゅうどういん》と号する曹洞宗の寺で、本尊は釈迦如来《しゃかにょらい》、児玉三十三霊場三十一番札

長泉寺

所である。文明三年（一四七一）、上杉民部大夫顕定《うえすぎみんぶたいふあきさだ》の開基、大洞存奝和尚《だいどうそんちょうおしょう》の開山である。

山門を入ると、非常に手入れの行き届いた庭園があり、落ち着いた雰囲気が漂っている。山門の楼上には延命地蔵菩薩《えんめいじぞうぼさつ》像、開山堂には素晴らしい狩野派の天井絵がある。本堂の正面と左側には見事な藤棚がある。左側の藤は、樹齢約六五〇年で、「骨波田《こつはた》の藤《ふじ》」と呼ばれ、埼玉県の天然記念物になっている。葉の展開に比べて開花が早いこと、花房が一メートル近く垂れ下がることで知られる。

この寺には、永禄一二年（一五六九）銘の甲斐国武田信玄《たけだしんげん》の高札、永禄一三年（一五七〇）銘の鉢形北条氏邦《ほうじょううじくに》の禁制、十二支の守り本尊などが保存されている。境内には、数基の板碑、双体道祖神がある。

■高柳観音寺

長泉寺から車道まで戻り、右折してしばらく進むと、三島愛宕神社《みしまあたごじんじゃ》がある。祭神は、大山祇命《おおやまつみのみこと》で、火産霊命《ほむすびのみこと》が合祀されている。

その先に高柳観音寺《たかやなぎかんのんじ》がある。高柳山宝珠院《こうりゅうさんほうじゅいん》と号する真言宗の寺で。本尊は聖観世音菩薩《せいかんぜおんぼさつ》である。創建年代、開山、開基などは詳らかではない。
境内には、六地蔵菩薩像がある。

天龍寺

■天龍寺

高柳観音寺からさらに東北へ進むと、児玉の町並みに入る。左折してしばらく進むと、天龍寺《てんりゅうじ》がある。天龍寺は、吉祥山《きちじょうさん》と号する曹洞宗の寺で、本尊は釈迦如来《しゃかにょらい》、文殊菩薩《もんじゅぼさつ》、普賢菩薩《ふげんぼさつ》、児玉三十三番霊場第七番札所である。天龍寺の前身は、板倉村にあった興龍禅院《こうりゅうぜんいん》で、天正一三年（一五八五）、雉岡城主《きじおかじょうしゅ》・横地左近将監吉晴《よこちさこんしょうげんよしはる》が菩提寺にするために、現地に移転させ、天龍寺に改めたと伝える。

鐘楼には、宝永八年（一七一一）銘の地元の鋳物師による銅鐘がある。境内には、三基の庚申塔、二十二夜供養塔がある。墓地には、中興開山の旗本・戸田備後守重元《とだびんごのかみしげもと》の墓があり、傍に天正一八年（一五九〇）銘の宝篋印塔がある。

玉蔵寺

■実相寺

天龍寺から児玉町役場の手前で右折すると、実相寺《じっそうじ》がある。実相寺は、歓喜山専称院《かんきさんせんしょういん》と号する浄土宗の寺で、本尊は阿弥陀三尊《あみださんぞん》、児玉三十三霊場第五番札所である。この寺は、延久二年（一〇七〇）、空也上人《くうやしょうにん》の孫が生野山に一庵を建てたことに始まると伝える。嘉承二年（一一〇七）、満願良空上人《まんがんりょうくうしょうにん》が堂宇、五輪供養塔を興建した。延徳二年（一四九〇）、雉ケ岡城主・夏目豊後守定基《なつめぶんごのかみさだもと》の帰依を得て、現在地へ移され、本堂が建立された。このため、開山は満願上人、中興開山は安誉上人《あんよしょうにん》とされている。

境内には、不動明王を祀る不動堂がある。

■玉蔵寺

実相寺から洋品店の角で右折してしばらく進むと、玉蔵寺《ぎょくぞうじ》がある。玉蔵寺は、雉岡山《きじおかさん》と号する臨済宗妙心寺派の寺で、本尊は運慶作といわれる延命地蔵菩薩《えんめいじぞうぼさつ》、児玉三十三番霊場第四番札所である。『明細帳《めいさいちょう》』には、「永享四年（一四三二）甲斐国武田氏一族の定山祐禅禅師《じょうざんゆうぜんぜんじ》の開

東岩清水八幡神社

基、武田氏による創建」と記されている。

新田義貞《にったよしさだ》の挙兵に従った武蔵七党の児玉氏が、八幡山に戦歿者慰霊碑を建てて、救世《くぜ》観世音《かんぜおん》菩薩像《ぼさつぞう》を安置したのが始まりで、上杉氏の築城に際し、現在地に移された。

山門は、釘を一切使わない建物で、左甚五郎《ひだりじんごろう》の作と伝えられ、児玉町の文化財になっている。境内には、地蔵菩薩像と地蔵菩薩名の石碑があり、この寺の入口には高札場跡がある。

■東岩清水八幡神社

玉蔵寺の隣に東岩清水八幡神社《ひがしいわしみずはちまんじんじゃ》がある。祭神は、誉田別命《ほむたわけのみこと》、姫大神《ひめのおおかみ》、神功皇后《じんぐうこうごう》である。永承六年（一〇五一）、源義家《みなもとのよしいえ》が父・頼義《よりよし》に従って奥州の安倍《あべ》頼時《よりとき》の征伐に行く途中、この地に斎場を設け、石清水八幡宮を遥拝して、戦勝を祈願した。康平六年（一〇六三）、奥州を平定した帰途、再び当地に立ち寄り、戦勝のお礼に石清水八幡の分霊を勧請し、「白旗峯東岩清水八幡宮《しろはたみねひがしいわしみずはちまんぐう》」と称したのが始まりと伝える。鎌倉時代には、児玉党の児玉時国《こだまときくに》により社殿が再建され、室町時代には、雉岡城主・夏目豊後守定基により神領が寄進されるなど、歴代の城主

玉蓮寺

から篤く崇敬された。

現在の社殿は、拝殿、弊殿、本殿が繋がった複合社殿で、享保三年（一七一八）に起工し、同七年に完成した。拝殿の格子天井絵は、狩野《かのう》直信《なおのぶ》筆の「飛龍《ひりゅう》の図《ず》」である。社殿には、極彩色が施された豪華な彫刻が施されている。とくに、本殿の左右と裏面に彫られた唐様の人物や花鳥は見事である。

社殿の前には、銅製の神明鳥居《しんめいとりい》がある。この鳥居は、享保一一年（一七二六）、下野国《しもつけのくに》佐野《さの》天命《てんみょう》の鋳物師・井上治兵衛《いのうえじへえ》藤原重治《ふじわらしげはる》、太郎左《たろうざ》衛門《えもん》重友《しげとも》によって鋳造されたもので、県指定文化財になっている。

神社の入口には、宝暦六年（一七五六）に建立された随神門がある。八柱、桁行三間、梁行一間、入母屋造、本瓦葺の建物である。

■玉蓮寺

八幡宮の南に玉蓮寺《ぎょくれんじ》がある。玉蓮寺は、東光山《とうこうさん》と号する日蓮宗の寺で、本尊は釈迦如来《しゃかにょらい》である。文永八年（一二七一）、日蓮が佐渡に配流されたとき、児玉党の豪族・児玉時国《こだまときくに》が自分の館に招いてもてなし、文永一一年（一二七四）、赦免されて鎌倉へ帰る途中にも、時国は日蓮を館に泊め、久米川まで見送ったのが縁で、日蓮は曼荼羅を時国に与えた。時国は、館に一庵を建ててこれを祀り、弘安四年（一二八一）、館を寺にしたのがこの寺の始まりと伝える。

　境内に、「日蓮上人《にちれんしょうにん》御足洗《ごそくせん》の井戸《いど》」と呼ばれる井戸がある。文永八年（一二七一）、佐渡に流罪となった日蓮上人は、鎌倉から鎌倉街道上道をたどり、ここまでやって来た。児玉時国は、彼の邸宅を日蓮上人に宿として迎え、そのとき、日蓮上人はこの井戸で足を洗ったと伝える。

　玉蓮寺からＪＲ八高線児玉駅に出て、この散策を終えた。今回の散策は、田圃の中に点在する児玉三十三霊場をめぐりながら、万葉の曝井と眞足女の遺蹟を偲ぶ散策となった。

交通▼東武池袋駅で東上線小川町行きの急行電車に乗車、小川町で東武寄居線寄居行きの普通電車に乗り換え、寄居駅でＪＲ八高線高崎行きのディーゼル車に乗り換え、松久駅下車。

日蓮上人　鎌倉時代の僧で、仁治三年（一二四二）、比叡山で仏教全般と諸宗の法門を研究。建長五年（一二五三）、天台宗の清澄寺で立教開宗し、名を日蓮とする。文応元年（一二六〇）、世情安泰を求めて、「立正安国論」を北条時頼に提出。その激しい他宗攻撃は、幕府や他宗の反発を招き、弘長元年（一二六一）、伊豆流罪　文永八年（一二七一）、佐渡流罪など、諸々の弾圧を受けた。これらの迫害経験から、法華経の行者を自称するに至る。流罪赦免後は、身延山に入り著作活動に専念。弘安五年（一二八二）、常陸国へ療養に向かう途中、武蔵国で死去。

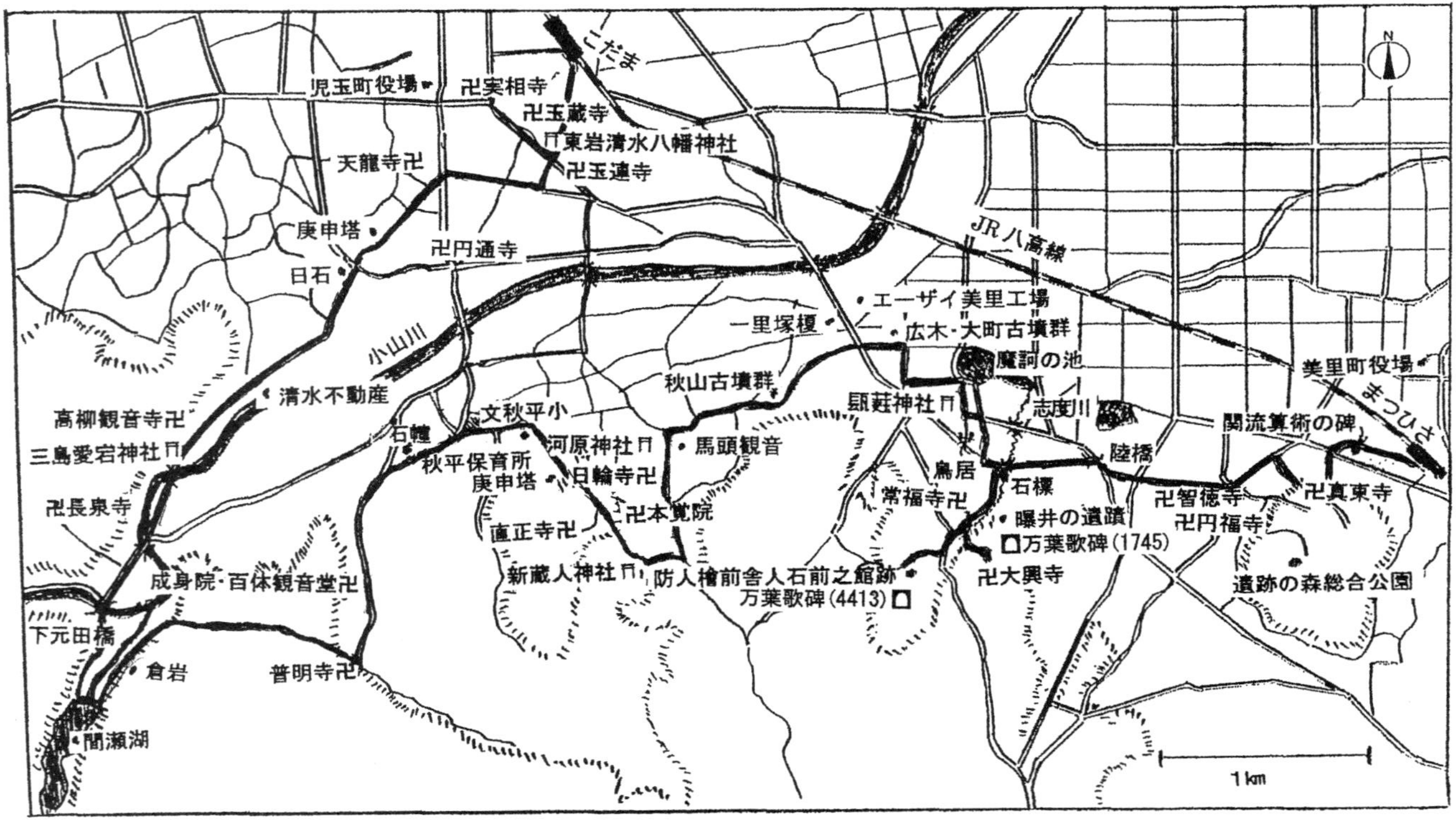

こだま
児玉町役場
卍実相寺
卍玉蔵寺
⛩東岩清水八幡神社
天龍寺卍
卍玉蓮寺
庚申塔
卍円通寺
日石
JR八高線
エーザイ美里工場
一里塚榎
広木・大町古墳群
小山川
魔訶の池
美里町役場
清水不動産
秋山古墳群
高柳観音寺卍
文秋平小
石幢
顕莊神社⛩
志戸川
まつひさ
関流算術の碑
三島愛宕神社⛩
河原神社⛩
馬頭観音
秋平保育所
陸橋
鳥居
庚申塔
日輪寺卍
石標
卍長泉寺
常福寺卍
卍智徳寺
卍真東寺
卍本覚院
曝井の遺蹟
直正寺卍
卍円福寺
万葉歌碑(1745)
新蔵人神社⛩
防人檜前舎人石前之館跡
成身院・百体観音堂卍
卍大興寺
遺跡の森総合公園
万葉歌碑(4413)
下元田橋
倉岩
普明寺卍
間瀬湖
1km

曝井の遺蹟コース

第四章　ＪＲ青梅線・中央線沿線

武蔵御嶽神社コース

（東京都青梅市御岳山）

表参道からの御嶽山展望

万葉遺跡の碑（喜多院）コースで、鹿の肩焼き（鹿卜《かぼく》）に関わる万葉遺跡を紹介した。鹿の肩焼きは、武蔵野に多く生息する鹿を狩り、その肩骨を波波迦《ははか》の木で焼き、その割れ方によって吉凶を占う風習である。関東地方では、今でも鹿の肩焼きの風習を伝える神社がいくつかあるが、その代表的なところが武蔵御嶽神社《むさしみたけじんじゃ》である。今回の散策では、武蔵御嶽神社を訪ね、この神社の太占祭《ふとまにさい》の説明を受け、万葉の時代の鹿の肩焼きを偲ぶとともに、御嶽山の景勝地をめぐることにする。

■表参道

ＪＲ青梅線御嶽駅で下車し、ケーブル下行きのバスに乗り換えると、約一〇分で滝本駅に着く。ケーブルで樹林帯の中を登ると、約六分で御嶽平にある御嶽駅に着く。ここには、数軒の土産物店、食堂があり、その前が広場になっている。北側の藤棚の下から、奥多摩の山々の展望が楽しめる。

御嶽山荘（御師の家）

表参道に沿って進むと、左手に日の出山《ひでやま》などの奥多摩の前衛の山々の展望が開けてくる。鳥居をくぐり、表参道が右にカーブし始めると、前方に武蔵御嶽神社《むさしみたけじんじゃ》が建つ御嶽山《みたけさん》の美しい山容が目に入ってくる。

やがて、樹齢数百年にもなる老杉の大木の間を抜け、滝本からの登山道と合わせる。その先で展望台からの遊歩道を合わせると、宿坊のある集落に入る。右手の高台に御嶽ビジターセンターがある。ここで御嶽山イラストマップを入手しておくと散策に便利である。

■御嶽山荘（御師の家）

集落には、堂々とした長屋門を構えた檜皮葺屋根《ひわだぶきやね》の家が点在し、宿坊となっている。それらは、受け持ちの講の参拝客を泊めたり、檀家の家を訪れてお札を配ったりするなどの布教活動を行う御嶽講《みたけこう》の先達《せんだつ》の御師《おし》の家である。

やがて、「神代《じんだい》ケヤキ」と呼ばれる樹齢約六〇〇年のケヤキの大木の下に出る。坂を登り右に曲がると、土産物店と食堂が一緒になった売店が両側に軒を連ねている。ここを通り抜けると、武蔵御嶽神社の鳥居の前に出る。

神代ケヤキ

武蔵御嶽神社

鳥居と随神門をくぐって石段を登ると、長尾平《ながおだいら》、大岳山《おおだけさん》への道を分ける。さらに石段を登ると、左側に中西悟堂《なかにしごどう》の次の歌碑がある。

蝕之月《しょくのつき》　杉の木の間に　かかりゐて
仏法僧《ぶっぽうそう》を　なく小ゑ遠し

この歌は――欠けた月が、杉の木立に、かかっており、コノハズクがブッポウソウと鳴く声が、遙かに聞こえる――という意味である。作者の中西悟堂は、石川県出身の鳥類研究家である。

石段を登り詰めたところに、武蔵御嶽神社の拝殿がある。武蔵御嶽神社は、『延喜式《えんぎしき》』神名帳《じんみょうちょう》に、「大麻止乃豆天神社《おおまとのつのあまつかみのやしろ》」と記載される式内社である。祭神は、櫛真智命《くしまちのみこと》、大己貴命《おおなむちのみこと》、少彦名命《すくなひこなのみこと》、安閑天皇《あんかんてんのう》、日本武尊《やまとたけるのみこと》である。

この神社は、崇神天皇《すじんてんのう》七年（紀元前九一年）に創建されたと伝え、天平八年（七三六）、僧・行基《ぎょうき》が東国鎮護のために蔵王権現《ざおうごんげん》を勧請したのに始まる。第一二代景行天皇《けいこうてんのう》の時代に、日本武尊が東征したとき、

武蔵御獄神社の鳥居

御嶽山上に武具を蔵したため、「武蔵」の国号が起こったという。

中世には、山岳信仰の隆盛とともに、関東地方の修験道場の中心として、鎌倉の有力武将たちの信仰を集め、「金峰山《きんぷせん》御嶽《みたけ》蔵王権現《ざおうごんげん》」の名で隆盛を極め、厄除け、延命、長寿、子孫繁栄を願う多くの人々の信仰を集めた。江戸時代には、朱印地三〇石が寄進され、慶長一一年（一六〇六）、江戸幕府は、大久保《おおくぼ》石見守長安《いわみのかみちょうあん》を普請奉行《ふしんぶぎょう》に任命し、南向きの本殿を江戸方向の東向きに改築し、元禄一三年（一七〇〇）、徳川綱吉の命により、弊殿と拝殿が造営された。明治維新に社号を御嶽神社としたが、昭和二七年（一九五二）、武蔵御嶽神社に改められた。

本殿の周りには、多くの摂社があるが、その一つに大口真神神社《おおぐちまがみじんじゃ》がある。大口真上はオオカミのことで、火難、盗難、厄除けに効く神として崇められている。日本武尊が山中で難にあったとき、オオカミが助けたことに由来する。この伝承により、オオカミは、武蔵御嶽神社の眷属《けんぞく》になっている。

拝殿の下にこの神社の宝物を展示する宝物殿がある。殿内には、建久二年（一一九一）、畠山重忠《はたけやましげただ》が奉納した日本三大鎧の一つである赤糸縅大鎧《あかいとおどしおおよろい》（重文）、金覆輪円文螺鈿鏡鞍舌長鎧馬具《きんぷくりんえんもんらでんかがみくらしたながよろいばぐ》一式（重文）、紫裾濃大鎧《むらさきすそごのおおよろい》（重文）、宝寿丸黒漆鞘太刀《ほうじゅまるこくしつのさやのたち》（重文）、鍍金長覆輪太刀《ときんながふくりんのたち》（重

武蔵御嶽神社

文）など、多数の社宝が展示されている。

　武蔵御嶽神社には、東京都指定無形文化財の太々神楽《だいだいかぐら》が伝承されている。寛延二年（一七四九）と永安九年（一七八〇）から伝えられ、素面神楽《しらふかぐら》と面神楽《めんかぐら》の二種に大別される。前者は一二座で構成されていたが、今では三座残すのみとなっている。神前に着座して始まることと、採物が舞の道具ではなく、神の霊力の象徴として扱われることを特徴とする。後者は一三座が伝承されており、日本の神話『古事記』を題材にした筋のある劇的な神楽である。

■太占祭

　鹿の肩焼きについては、『古事記』の天岩戸《あめのいわと》の祭儀神話《さいぎしんわ》に、「天《あめ》の児《こ》屋根命《やねのみこと》布刀玉《ふとたま》を召して、天《あめ》の香山《かぐやま》の真男鹿《まおしか》の肩を内抜《うちぬ》きに抜きて、天《あめ》の波波迦《ははか》を取りて、占合《うらへ》まかなはしめて」という記述がある。また、『魏志倭人伝《ぎしわじんでん》』にも、「其の俗、挙事行楽《きょじこうらく》に、云為《うんい》する所有すれば、すなわち骨を灼《や》きて卜《ぼく》とし、以つて吉凶を占比《うらなひ》、まず卜する所を告ぐ。其の辞は令亀《れいき》の法の如く、火坼《かたく》を視て兆《きざし》を占ふ」とある。

　わが国では、往古から、鹿の肩骨の一面に溝を彫り、波波迦の木でこの鹿骨を焼き、その裏面に生じた割れ目の形で吉凶を占う「鹿卜《かぼく》」が行われていた。「鹿卜」は「鹿の肩焼き」とも呼ばれる。

鹿卜の由来については種々の説がある。その一つは、折口信夫氏の「国々に固有の占ひがあり、海に属するものと、山に属するものがあった。野獣を狩って肩甲骨を以て占うのが、山野の卜法《ぼくほう》である」という説である。他の一つは、土屋文明氏の「甲骨による占いは、本来、大陸伝来のものであるので、武蔵野に集団で帰化した高麗からの人たちには、殊に占術に秀でたものがいた」という説である。さらに、肥後和男氏の「日本の山野に鹿が多く、容易にその骨が得られたからであろうが、それが狩猟の重要な獲物として人間の食生活に深く関係したことから、かえってこれを神聖視する風があったためであろう」という説である。

『万葉集』の東歌《あずまうた》には、鹿の肩焼きを詠んだ次の歌がある。

武蔵野に　卜部《うらべ》かた焼き　まさでにも
告《の》らぬ君が名　占《うら》に出にけり　一四・三三七四

この歌は、東歌の国土《こくど》判明歌《はんめいか》の一つで——武蔵野で占い師が占って、

東歌　『万葉集』巻十四に収められた東国の歌。国名の明らかな国土判明歌九〇首と不明の未勘国歌一四〇首から成り、前者は遠江、信濃以東陸奥にいたる各国の歌を収める。歌はすべて短歌形式で、作者名を記さない。中心は民謡、歌謡で、都からの旅人の歌、東国の知識階級の歌なども含まれる。文学上の特色は、地方性、民謡性の色彩が濃く、粗野で大胆な表現、生活的な素材、豊富な方言使用などにより、独自の世界をなす。

武蔵國御嶽神社太占祭一月三日

早稲	十	ト
おくて	十	ト
あは	十	ト
きび	十	ト
ひえ	十	ト
じやがいも	十	ト
大麥	十	ト
小麥	十	ト
そむ	六	ト
大豆	十	ト
小豆	十	ト
をかぼ	十	ト
にんじん	六	ト
ごぼう	十	ト
さつま	十	ト
大こん	十	ト
いも	六	ト
ねぎ	七	ト
ふす	七	ト
うり	七	ト
あさ	十	ト
かひこ	三	ト
くは	十	ト
茶	十	ト
たばこ	十	ト

御祭日

元旦祭	一月一日
太占祭	一月三日
節分祭	二月三日
春季大祭	三月八日
例大祭(日出祭)	五月八日
大祓式	六月三〇日
流鏑馬祭	九月二十九日
秋季大祭	十一月五日
新嘗祭	十一月廿三日
月次祭	(毎月八日)
日供祭	(毎日早朝)

太占祭の結果表

はっきりと、人に告げたこともないあなたの名が、卦《け》に出てしまった――という意味である。占いに明確に結果が出たことに驚いている様子が窺える。

武蔵国では、川越のししみ塚、狛江の伊豆見《いずみ》神社《じんじゃ》、稲城の大麻止乃《おおまとの》豆乃《ずの》天神社《てんじんしゃ》など、関東地方の各地で「鹿卜」が行われていたと伝えるが、この歌が武蔵国のどこで詠まれたかは明らかではない。

現在、鹿の肩焼き(鹿卜)を今に伝えるのは、武蔵御嶽神社が唯一であるといわれている。武蔵御嶽神社では、毎年一月三日に、農作物の豊凶を占う行事として「太占祭《ふとまにさい》」と呼ばれる行事が催されている。

太占祭の概要は次の通りである。

前日の一月二日に、次の三つの作業が行われる。まず、溝などの加工をしていない雄鹿の右肩骨を軽く水に浸ける。つぎに、二五種類の農作物に対して、籤を引いて順番を決め、肩骨の細い方を右にして絵を描き、中心位置を決めて、中心角を二五等分して放射線を描き、籤の順番に従って、肩骨の細い方から右回りに農作物を割り当てる。その後、ろくろ火錐《ひきり》で火を起こし、炭火を作る。

翌日の一月三日の午前八時から「太占祭」が次の順序で行われる。まず、拝殿で神饌鹿骨神火《しんせんしかぼねしんび》と真木《まき》を供する儀式が執り行われる。つぎに、太占祭場に移って神事が催される。祭場には、石を二つ割りにして炉の部分を四角形に刳り抜いて作った炉が設けられている。この中に前日に準備した炭火を置き、割り箸状に細く割った杉の木の束を三束くべ、自然発火させる。そして、神寳祝詞《しんぽうのりと》を三巻奏している間、石の炉の上に金網を載せ、用意した鹿の骨を置いて焼く。

この神事が終わると、前日に作成した農作物を割り振った放射線が描かれた絵に、骨に生じたひびの形状を記入して、中心からひびが横切る点までの長さを放射線に沿って測り、その長さを一から十までの数字で表す。放射線がひびを横切らない場合が十で豊作、数字が小さいほど凶作と判定される。

この結果は、農作物ごとに数字にして結果表が作られ、印刷物にして公表される。これは、神符授与所で誰でも購入することが出来る。毎年、七〇～八〇パーセントの確率で当たるという。

■武蔵御嶽神社の奥の院

拝殿前の石段を下り、長尾平《ながおだいら》の方向へ進む。左側に売店があり、その奥が長尾平である。その先端から、奥多摩の前衛の山々や多摩丘陵

武蔵御嶽神社の奥の院

御獄渓谷

が一望の下に見渡せる。

元の道に戻って、しばらく進むと、右手に鳥居がある。大岳山《おおだけさん》への縦走路を分け、鳥居をくぐって奥の院への道をたどる。この道は、起伏に富み、大杉の並木、くさり場、岩場などがあり、結構ハードな山道である。周囲には、鬱蒼とした杉の大木が繁り、如何にも神々しい雰囲気が漂っている。

急な坂道を上り詰めたところに、武蔵御嶽神社の奥の院がある。奥の院は、朱色に塗られた一間社流造の小さな社で、杉木立の間にひっそりと建っている。周囲は木立に囲まれて展望がほとんどきかないが、わずかに木立の間から、五日市方面が望める。

■御獄渓谷・綾広の滝

縦走路まで戻り、武蔵御嶽神社の方へ坂を下っていくと、右手に吾妻屋がある。ここで縦走路を分けて、御獄渓谷へ下る。下り始めてすぐのところに綾広《あやひろ》の滝《たき》がある。滝の姿が周囲の景観と相まって美しい。

やがて、苔むした大岩が峻立する岩石園《がんせきえん》に出る。快晴の日でも薄暗く、苔に覆われた巨岩が頭の上を覆うように迫ってくる。紅葉に覆われた巨岩の谷間は、深山幽谷の味わいである。水辺でタオルを濡らして体を拭くと、ヒンヤリとして気持ちがよい。

■七代の滝

高岩山への道を分けてしばらく進むと、「天狗岩」と呼ばれる巨岩の前に出る。この横から長い鉄梯子を下ると、深い渓谷上にそそり立つ巨岩の上に出る。この奥まったところに七代《ななしろ》の滝《たき》がある。

七代の滝は、名前の通り、ほぼ七段になって狭い谷間に落ちている。とくに中段から激しく水しぶきが上がっており、涼しさが感じられる。鉄梯子の右手から、丸太で作られた長い階段を上ると、長尾平の入口に出る。ケーブルの御嶽山駅に出てこの散策を終えた。

今回は、御嶽山の自然に触れながら、往古の風習を今に残す太占祭から、万葉の時代の鹿の肩焼きに思いをめぐらす散策になった。

交通▼ＪＲ新宿駅で中央線経由青梅線奥多摩行きの電車に乗車、御獄駅で下車。

七代の滝

たきもと

御影神社

鳥居

JR青梅線御岳駅

御岳三号街道

846

大塚山
920.3

高水三山展望

富士峰軒

宝亭

みたけさん

歓迎アーチ

御岳ビジターセンター

安産社

日の出山展望

杉並木

御岳山展望

丸山荘

鎖雲荘

御岳山荘

御岳山診療所

神代けやき

随身門

929

駒鳥山荘

御嶽神社

中西悟堂の歌碑

七代の滝

茶店(見晴台売店)

両側杉並木

くさり場

鳥居

急坂

奥の院
1077

七代の滝指導標

天狗岩

長尾平
展望台

五日市方面展望

鍋割山

1084

大岳山展望

五日市方面
展望

やすらぎの道

お浜の桂

鉄はしご

東京都青梅市

巻き道

綾広の滝

825

高岩山分岐指導標

アズマ屋

768

961

1067

指導標

このあたり大岩が
岐立する
岩石園

717

高岩山
920

横浜三

大岳山

大岳山荘

0   1000m   N

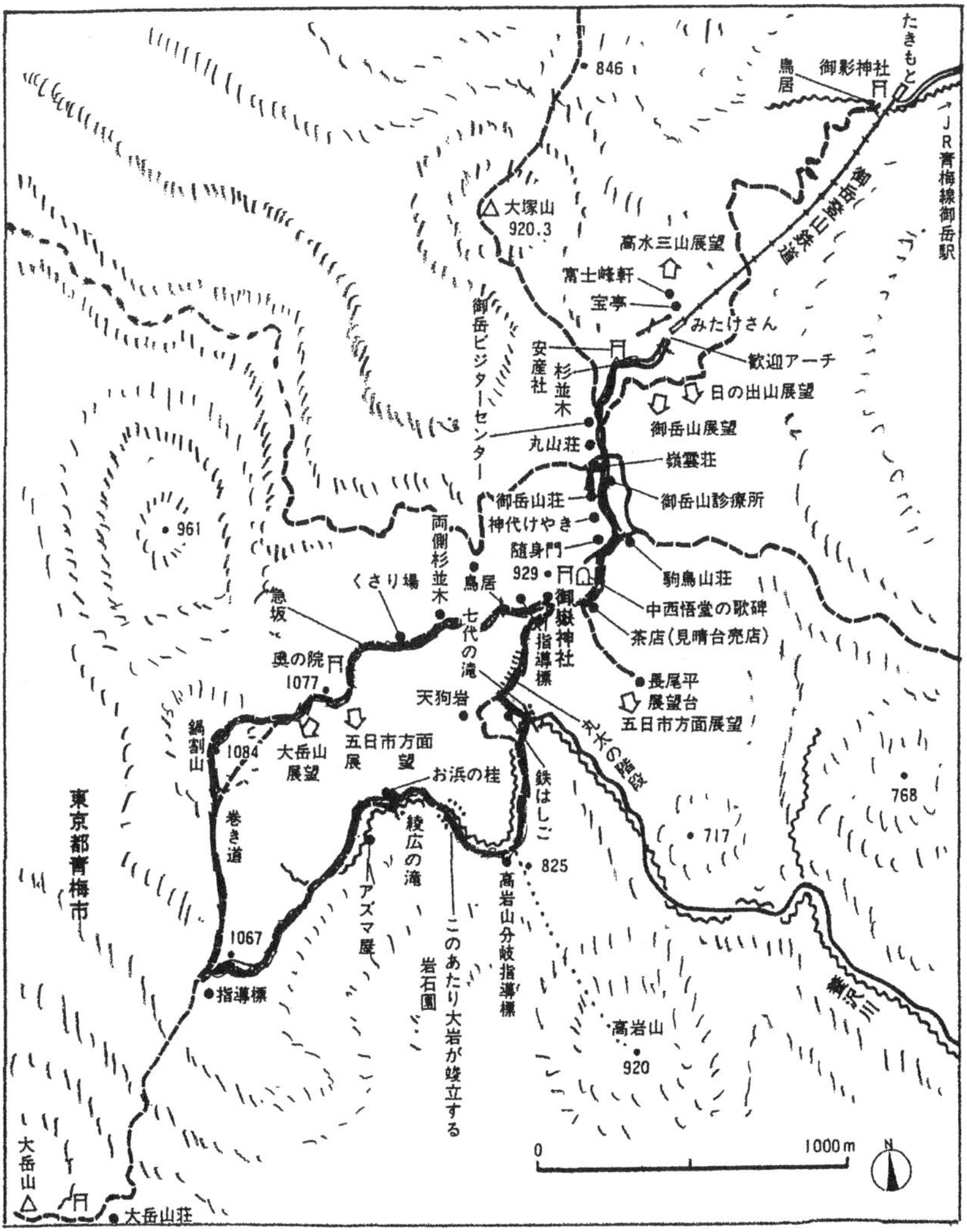

武蔵御嶽神社コース

武蔵国分寺・国分尼寺コース（東京都国分寺）

武蔵国では、大化《たいか》の改新《かいしん》（六四六）後、現在の府中市の大国魂神社《おおくにたまじんじゃ》付近に国府《こくふ》が置かれ、その北方約三キロメートルのところに、国分寺《こくぶんじ》、国分尼寺《こくぶんにじ》が建立された。この地は、武蔵野台地を背にした日当たりのよい段丘の南面に位置しており、武蔵野台地の崖線に沿って各所から清水が湧き出して、せせらぎを形成し、緑の木々が繁るなど、今でも武蔵野の面影が色濃く残っている。今回の散策では、国分寺跡、国分尼寺跡を訪ね、往時を偲ぶとともに、付近に点在する史跡をめぐる。

旧鎌倉街道

■旧鎌倉街道

ＪＲ中央線西国分寺駅で下車し、民家の間を南へ進むと、ＪＲ武蔵野線の傍に、緑の木々に囲まれた切り通しがある。これが旧鎌倉街道《きゅうかまくらかいどう》上道《かみつみち》の名残である。鎌倉幕府は、周辺諸国の武士団の交通や物資の輸送のために、周辺諸国と鎌倉を結ぶ「鎌倉街道」と呼ばれる上道《かみつみち》、中《なかつ》道《みち》、下道《しもつみち》の三本の主要幹線道路を建設した。この切り通しの両側には、

国分尼寺跡

武蔵野の面影を残す淹木が繁り、小鳥の囀りが聞かれる素敵な道であるが、わずか約一〇〇メートルほどしかないのが残念である。

『続日本紀《しょくにほんぎ》』宝亀二年（七七一）の条には、「其れ東山の駅路は、上野《こうづけの》国新田駅《くににったえき》より下野国足利駅《しもつけのくにあしかがえき》に達す。此れ便道《べんどう》なり。而るに枉《ま》げて上野国邑楽郡《むらきのこおり》より五箇《ごか》を経て武蔵国に至り、事畢《ことおわ》りて去る日、又た同じ道を取りて下野国へ向かう」という記述がある。東山道から上野、比企《ひき》、入間《いるま》を経て、武蔵国府《むさしこくふ》へ向かう官道が古くからあり、これが鎌倉街道へ発展していったようである。

■武蔵国分尼寺跡

旧鎌倉街道から南へ進むと、国分尼寺跡《こくぶんにじあと》へ出る。「国分尼寺跡」と刻まれた石標と案内板が建つのみで、ひっそりと静まりかえっている。『国分尼寺調査報告書《こくぶんにじちょうさほうこくしょ》』によると、国分尼寺の規模は、約一町半（約一五五メートル）四方で、溝で囲まれ、その中央に金堂、その北に尼坊があった。金堂は、東西約二四メートル、南北約一二メートルの版築工法で築かれた基壇の上に建てられ、尼坊は、東西約四四・五メートル、南北約九メートルの細長い建物であったと推定されている。こ

国分寺跡

の他、中門、講堂などがあったが、塔はなかったようである。

■国分寺市文化財資料展示室

国分尼寺跡からJR武蔵野線のガードを潜り東へ進むと、右側に国《こく》分寺《ぶんじ》市文《しぶん》化財《かざい》資料《しりょう》展示室《てんじしつ》がある。武蔵国分寺跡や周辺の遺跡から発掘された土器、国分寺瓦、鉄製品などが展示されている。また、国分尼寺整備事業を紹介する映像の放映や、住田正一《すみたしょういち》氏の古瓦コレクションのうち、東海道、東山道の古瓦も展示されている。

■武蔵国分寺跡

さらに東へ進むと、鬱蒼とした森があり、その一角に、武蔵国分寺《むさしこくぶんじ》跡《あと》がある。国分寺・国分尼寺は、天平一三年（七四一）、聖武天皇の命により、鎮護国家を祈願して全国に建設され、武蔵国分寺・国分尼寺は、天平宝字年間（七五七～七六五）に創建されたと推定されている。

武蔵国分寺・国分尼寺の寺域は、東西約八町（約七二〇メートル）、南北約五町（約五五〇メートル）と推定されている。この寺域は、二

国分寺の楼門

六〇〜四二〇メートル四方の僧寺寺域、約一五五メートル四方の尼寺寺域で構成される。諸国の国分寺の寺域は約二町（約一八〇メートル）であるので、全国でも有数の広大な規模であった。寺域には、本尊を安置する金堂、その北側に経典などの講義を行う講堂、金堂の南に中門、七重塔、鐘楼、東僧坊などがあった。この寺の終末は明らかではないが、元弘三年（一三三三）、新田義貞《にったよしさだ》と北条泰家《ほうじょうやすいえ》とが戦った分倍河原《ぶばいがわら》の合戦《かっせん》で、伽藍が焼失したために、荒廃したといわれる。

武蔵国分寺の本尊は、創建当時には釈迦如来《しゃかにょらい》であったが、いつ頃か不明であるが、薬師如来《やくしにょらい》に変わったという。平安時代以降、全国の国分寺は、薬師如来を本尊とするようになったので、武蔵国分寺の本尊も、同じような変遷を辿ったと推定される。この薬師如来は、元弘三年（一三三三）の兵火の際、十二神将像《じゅうにしんしょうぞう》とともに、寺の裏の雑木林に避難させたと伝え、現在、薬師堂に安置されている。

■国分寺

武蔵国分寺跡の東北部には、武蔵国分寺が焼失した後に建立された国分寺《こくぶんじ》がある。国分寺は、医王山最勝院《いおうさんさいしょういん》と号する真言宗の寺で、本尊

国分寺

は薬師如来《やくしにょらい》である。

楼門は、明治二八年（一八九五）、沢村（現東久留米市）の米津寺《べいしんじ》の楼門を移築したものである。仁王門は、入母屋造の八脚門で、宝暦年間（一七五一～一七六四）の建立で、両脇には、享保三年（一七一八）に造られた仁王像を安置する。『新編武蔵風土記稿』には、「此の門近世までの薬師堂なりしを再興のとき切り縮めて仁王門になせり」とあり、旧薬師堂の廃材が利用されて造られたと伝える。

薬師堂は、建武二年（一三三五）、金堂付近に建立されたが、宝暦年間（一七五一～一七六四）、現在地に再建された。堂内には、平安時代末期ないしは鎌倉時代初期の制作と推定される薬師如来坐像が安置されている。寄木造の漆箔仕上げで、像の高さは約一・九メートルである。堂の正面には、明和元年（一七六四）に造献された深見玄岱《ふかみげんたい》の筆による「金光明四天王護国之寺《こんこうみょうしてんのうごこくのてら》」と書かれた額が掲げられている。

■国分寺の万葉植物園

国分寺の境内に万葉植物園《まんようしょくぶつえん》がある。この寺の住職・星野亮勝《ほしのりょうしょう》氏が、昭和二五年（一九五〇）から昭和三五年（一九六〇）までの一一年の

国分寺の万葉植物園

歳月を費やして建設した。広さは、約千平方メートル、約一六〇種の万葉植物が植栽され、各々の植物には、関係する万葉歌と植物の名称が示されている。その中でも特筆すべき植物は、武蔵野を代表するうけらが花である。『万葉集』巻一四には、次の歌が残されている。

恋《こひ》しけば　袖《そで》も振らむを　武蔵野《むざしの》の
うけらが花の　色に出《づ》なゆめ　一四・三三七六

ある本の歌に曰く

いかにして　恋ひばか妹《いも》に　武蔵野の
うけらが花の　色に出《で》ずあらむ

我が背子《せこ》を　あどかも言はむ　武蔵野の
うけらが花の　時なきものを　一四・三三七九

安斉可潟《あせかがた》　潮干《しほひ》のゆたに　思へらば
うけらが花の　色に出《で》めやも　一四・三五〇三

ウケラが花

一首目の歌は――恋しいときには、袖でも振りますのに、だからあなたも武蔵野の、うけらが花のように、決して顔に出さないでくださいーーという意味である。女が人に知られないようにして欲しいと頼んでいる様子がうかがえる。ある本の歌は――どんなふうに、あなたに恋したら、武蔵野の、うけらが花のように、顔色に出さずにすむだろうか――という意味である。先の歌に対する返歌のようにも受け取れる。

二首目の歌は――あなたのことが恋しいわたしの気持ちを、どう言い表せばよいのか、武蔵野の、うけらの花には盛りがあるが、わたしの恋には盛りがなく、絶え間なくあなたのことを思っております――という意味である。この歌から、女のひたむきな恋の心情が伝わってくる。

三首目の歌は――安斎可潟《あせかがた》の、潮干のように、あなたのことをゆったりと思っているならば、うけらが花のように、顔色にはっきりと出ることがありましょうか、いや出しはしません――という意味である。あなたのことを必死に思っているので、どうしても顔色に出てしまうのだ、と激しい恋の心情を詠んでいる。

ウケラについては、『万葉植物《まんようしょくぶつ》』に、「菊科。山野に自生する宿根草《しゅっこんそう》で、草丈《くさたけ》が五〇糎《センチメートル》内外となる。葉は三深裂《さんしんれつ》或いは複葉《ふくよう》になってゐる。夏から秋にかけて茎の頂に栗の毬《いが》の様な刺《とげ》の多い魚骨状《ぎょこつじょう》の苞《こう》に包まれた『あざみ』の様な花が付く。根を薬用や屠蘇散《とそさん》に用ひる。又茎葉は燻蒸《くんじょう》して室内の湿気を去るのに用ひ、若芽は菜飯《なめし》として食用に供せられる」と記されている。

ウケラは、『万葉集』には、「宇家良《うけら》」と表記され、一般的には、「山薊《うけら》」「朮《うけら》」と表記される。古来から、薬用、食用などに広く供せられていた。九月中旬頃に、国分寺の万葉植物園を訪ねると、質素な開花が見られる。

お鷹の道

■お鷹の道

武蔵国分寺跡から、武蔵野台地の崖線下の湧き水を集めて流れる清流に沿って、「お鷹《たか》の道《みち》」と呼ばれる遊歩道がつづいている。江戸時代には、この付近は尾張徳川家の御鷹場になっていたので、「お鷹の道」と命名された。竹垣と清流に挟まれた狭い道で、日当たりがよく、鳥の囀りが聞かれ、住宅地の中とは思えないような気持ちのよい雰囲気が漂っている。

真姿の池

■真姿の池

お鷹の道の中程に真姿《ますがた》の池《いけ》がある。『医王山縁起《いおうさんえんぎ》』には、この池に関わる次のような故事が記されている。

「喜祥元年（八四八）、一世の美人といわれた玉造の小町がらい病を病んで、治療の甲斐もなくだんだん醜くなっていった。仏様の慈悲にすがって治療したいという一念で武蔵国分寺を訪れた。薬師の前にぬかづいて精魂かたむけて祈りつづけた。すると、二一日目に童子が現れ、ある池の畔に小町を連れて行き、『この池の水で洗うべし』といって姿を消した。小町は、この水で体を洗うと、七日目にらい病が治り、元の美しい顔になった。それ以来、里人は、この池を『真姿の池』と呼ぶようになった」と。

真姿の池の傍には、朱色に塗られた鳥居が建ち、石橋を渡った小島に弁財天を祀った小さな祠が建っている。

この付近には、武蔵野の面影を色濃く残す雑木が繁り、武蔵野台地から湧き出る水の音、小鳥の囀り、木々の梢を渡る風の音に包まれ、静寂で神秘的な雰囲気が漂っている。

殿ヶ谷戸庭園の雑木林

■殿ヶ谷戸庭園

民家の間をさらに東へ進むと、不動橋へ出る。ここから北へ進む。JR国分寺駅の手前で右折すると、殿ヶ谷戸庭園《とのがやとていえん》の前に出る。

この庭園は、武蔵野台地の崖線上に位置し、その傾斜地を生かして、湧き水、武蔵野の植生を利用して造園されている。この庭園は、西洋庭園と日本庭園の二つで構成されている。西洋庭園では、芝生に起伏を持たせ、松、楓、石を見事に配した人工色豊かな庭園である。日本庭園は、湧き水の池を中心に、崖線の斜面を利用して築山とした庭園で、武蔵野の面影が色濃く残されている。武蔵野を想定して造られているだけに、樹林の下に苔などが生い繁り、往古の武蔵野の中にいる心地に誘われる。

■殿ヶ谷戸庭園の万葉歌板

この庭園の一角に、秋の七種が植えられた花壇がある。花壇には、これらの花の名称の札と『万葉集』に詠まれた次の歌が書かれた札が建っている。

秋の野に　咲きたる花を　指折《およびお》り
かき数《かぞ》ふれば　七種《ななくさ》の花　八・一五三七

萩の花　尾花葛花《をばなくずはな》　なでしこが花
をみなへし　また藤袴《ふぢはかま》　朝顔《あさがほ》の花　八・一五三八

前者の歌は――秋の野に、咲いている花を、指を折って数えてみると、ちょうど七種類の花がある――という意味である。後者の歌は――その七種類の花というのは、萩の花、尾花、葛の花、ナデシコの花、ヲミナヘシ、また藤袴、朝顔の花である――という意味である。九月の初旬から中旬頃この庭園を訪れると、これらの七種の花の開花が見られる。

秋の七種と山上憶良の歌板

■貫井神社

殿ヶ谷戸庭園から東へ進み、東京経済大学の建つ崖下の道を辿る。この道は「ハケの道」と呼ばれている。これは、地元の人たちが武蔵野台地の崖下を「ハケ」と呼んでいることに由来する。やがて、貫井《ぬくい》神社《じんじゃ》の前に出る。祭神は、大貴己命《おおなむちのみこと》、市杵島姫命《いちきしまひめのみこと》である。「貫井弁財《ぬくいべんざい》

貫井神社

天《てん》」とも呼ばれ、雨乞いすると必ず雨が降るという言い伝えがある。『新編武蔵風土記稿』には、「弁財天除地、八畝十歩、村の北にあり、其地に廣さ二畝許の池あり、其孤嶼《こしょ》に安す、本社二間に一間半、拝殿三間に二間、前に木の鳥居を建つ、神體木《しんたいぼく》の坐像長三寸許、弘法大師作と云」とある。拝殿と本殿には、この地では珍しい建築彫刻が施されている。とくに、本殿前の三頭の龍の彫刻は珍品である。

この神社は、湧き水の出る地に、天正一八年（一五九〇）、水神を祀る貫井弁財天社が創建されたのに始まると伝える。貫井部落の氏神として崇敬されていたが、明治維新の神仏分離令により、明治八年（一八七五）、厳島神社と改称され、さらに、一之久保にあった貫井神社と北町にあった八雲社を合祀し、さらに、南町にあった厳島神社も合祀して、貫井神社と称するようになったという。

境内には、猿田彦命《さるたひこのみこと》を祀る愛宕神社《あたごじんじゃ》、倉稲魂命《うかのみたまのみこと》を祀る稲荷神社《いなりじんじゃ》、菅原道真《すがわらのみちざね》を祀る天神社《てんじんじゃ》がある。

社殿の左側の崖下には、東京の湧水五七選に選ばれた清水の神池がある。この湧き水は、豊富で枯れることがなかったことから、「黄金《こがね》井《い》」と呼ばれ、この泉が小金井（黄金井）の地名の由来になったとされている。

真明寺

■真明寺

貫井神社に隣接して真明寺《しんみょうじ》がある。真明寺は、貫井山妙音院《ぬくいさんみょうおんいん》と号する真義真言宗豊山派の寺で、本尊は阿弥陀如来《あみだにょらい》である。多摩八十八霊場三十番札所である。創建年代は詳らかではないが、府中妙光院《ふちゅうみょうこういん》の記録には、「海宥《かいゆう》の創建、永禄一二年（一五六九）中興。真明寺の前身と近くにあった大日如来堂が合わされ、延宝六年（一六七八）にこの地へ移された」とある。

江戸時代に、貫井村の総鎮守の弁財天社の別当寺として、同一境内に相隣接して建立された。明治時代初めの神仏分離令により、弁財天社と真明寺はそれぞれ独立したが、真明寺の大日如来《だいにちにょらい》を本地《ほんち》、貫井神《ぬくいじん》社《じゃ》の弁財天《べんざいてん》を垂迹神《すいじゃくしん》とする神仏習合《しんぶつしゅうごう》の典型的な形を今に残す。

■貫井遺跡

貫井神社の崖の上の武蔵野段丘に貫井遺跡《ぬくいいせき》がある。この遺跡は、崖線下の湧き水を立地条件とした環濠集落遺跡《かんごうしゅうらくいせき》である。縄文時代中期から末期（約四五〇〇〇～四〇〇〇〇年前）の約五〇軒の住居跡、墓、貯蔵用の穴などが発見され、縄文土器、土偶《どぐう》、「大珠《おおたま》」と呼ばれる胸飾りなどが発掘されている。さらに、旧石器時代の石器、縄文時代の遺物なども出土している。

滄浪泉園

■滄浪泉園

貫井神社から武蔵野台地の上に出て右折し、大通りに沿って進むと、滄浪泉園《そうろうせんえん》がある。三井銀行役員、衆議院議員などを歴任した波多野《はたの》承五郎《しょうごろう》氏（雅号・古渓《こけい》）の別荘が一般公開されたものである。武蔵野の特徴的な地形である「はけ」と、その湧き水を巧みに取り入れて整備された庭園である。

入口には、犬養毅《いぬかいつよし》直筆の「滄浪泉園」と刻まれた石標が建っている。滄浪泉園の名の由来は、大正八年（一九一九）、この庭園を訪れた元首相の犬養毅の命名によるもので、「手足を洗い、口をそそぎ、俗塵に汚れた心を洗い清める、清々とし豊かな水の湧き出る泉のある庭」という意味である。

約一万二〇〇〇平方メートルの園内には、赤松、杉、欅、紅葉などが繁り、小鳥の囀りが聞こえる別天地で、静寂そのものである。雑木

幡随院

林の樹種は、約一三五種類を数え、十数種類の野鳥が観察され、フデリンドウ、ニリンソウ、ギンランなどの野草も見られ、今でも武蔵野の面影をよくとどめている。

休憩所の傍には、石造りの地蔵菩薩像がある。寛文六年（一六六六）、庚申さまとして祀られたもので、小金井市内で最も古い地蔵像である。信仰のため何度も触れられたせいか、目や鼻が欠け落ちているので、「鼻欠《はなか》け地蔵《じぞう》」と呼ばれている。この地蔵像を見ていると、昔の人々の厚い信仰心が伝わってくる。

■平代坂

多摩科学技術高校の東側を通る道を南に下る。この坂道は、「平代《へいだい》坂《ざか》」と呼ばれる。江戸時代末期、坂の東側に住む梶平太夫《かじへいだゆう》が、玉川上水の分水を使って水車を回したので、「平太坂《へいたざか》」と呼ばれていたが、いつの頃からか「平代坂」と呼ばれるようになったという。

この坂の周辺から、先土器時代、縄文時代、中世の遺構が発掘されている。近くの梶家には、五〇基に近い板碑《いたひ》や宝篋印塔《ほうきょういんとう》が保存されている。

■幡随院

再びハケの道に出て左折し、薬師通りに沿って東へ進むと、幡随院《ばんずいいん》がある。幡随院は、神田山新知恩寺《かんださんしんちおんじ》と号する浄土宗系の単立の寺で、本尊は阿弥陀如来《あみだにょらい》である。慶長八年（一六〇三）、徳川家康が江戸開幕にあたって、浄土宗知恩院三三世住持・幡随意《ばんずいい》を開山として招聘し、江戸神田の台（現・東京都千代田区神田駿河台）に創建し、徳川家の祈願所に定めた。慶長一五年（一六一〇）、浄土宗の檀林《だんりん》が置かれ、浄土宗の関東一八檀林の一つとして、同宗派の高僧を輩出した。

その後、焼失により、元和三年（一六一七）、池之端へ移転、万治二年（一六五九）、浅草へ再転するなど、移転と再建を繰り返し、延宝年間（一六七三〜一六八一）、浅草幡随院《あさくさばんずいいん》と称するようになった。大正一二年（一九二三）、関東大震災で堂宇を焼失し、再建されたが、昭和一二年（一九三七）に再び焼失し、ついに江戸時代以来の旧地を離れて、昭和一五年（一九四〇）、現在地に移転した。現在の堂宇は、昭和一九年（一九四四）、禮堂和尚《らいどうおしょう》による再建である。昭和三七年（一九六二）、浄土宗から独立し、単立の寺となった。

入口の傍に、「万松園《ばんしょうえん》」と刻まれた石標がある。万松園という名称

関東十八檀林　江戸時代に制定された浄土宗僧侶育成のための学問所一八ヵ寺の総称。この成立は、慶長七年（一六〇二）あるいは元和元年（一六一五）といわれる。十八の数は、増上寺一二世存応が徳川家康と相談して、弥陀の十八願に擬して、松平十八公の盛運を祈らしめたことによると伝える。談林は、栴檀林の略称で、伊欄の悪木といえども、栴檀林の近くに生えれば、その香に染まる、というたとえから、学僧が正しく訓育される学舎を意味する。古くは、学問所を談所、談義所、談林といった。

西念寺境内の
小金井小次郎の追悼碑

は、京都の修学院離宮の庭園を模して、松を中心にして植樹した庭園造りがなされていることに由来する。松林や芝生の美しい庭園を見ながら進むと、一段と高いところに本尊を安置する本堂、代々の住職を祀る開山堂がある。この寺には、京都の寺院の堂宇や庭園を想起させるような趣が漂っている。

■西念寺

幡随院から小金井街道を横切ってしばらく進むと、西念寺《さいねんじ》がある。西念寺は、雲龍山《うんりゅうさん》と号する浄土真宗本願寺派の寺で、本尊は阿弥陀如《あみだにょ》来《らい》である。元和三年（一六一七）、本願寺第十二世法主准如上人《じゅんにょしょうにん》が江戸浜町に浜町《はままち》御坊《ごぼう》（別院）を建立したとき、その末寺として、元和七年（一六二一）、釈宗練法師《しゃくそうれんほうし》が開創した。明暦の大火で築地本願寺《つきじほんがんじ》とともに築地に移転、大正一二年（一九二三）の関東大震災の区画整理により、昭和三年（一九二八）、現在地に移転した。

この寺には、本如上人《ほんにょしょうにん》の「四睡《しすい》の図《ず》」、朝倉重憲《あさくらしげのり》寄進の「来迎仏《らいごうぶつ》図《ず》」がある。墓地には、幕末の侠客《きょうかく》で、三宅島に流罪になるなど、波乱の人生を送った小金井《こがねい》小次郎《こじろう》の墓《はか》がある。

金蔵院

■金蔵院

西念寺の前の道を北に進むと、金蔵院《こんぞういん》がある。金蔵院は、天神山観《てんじんさんかん》音寺《のんじ》と号する真言宗豊山派の寺で、本尊は十一面観世音菩薩《じゅういちめんかんぜおんぼさつ》である。この寺には、大般若経、羅漢二幅対、愛染明王画、薬師如来像が保存されている。

境内には、薬師堂、開星稲荷神社、弘法大師修行像、薬師堂、鶏供養塔、如来石像、奉納百番供養塔などがある。

金蔵院からＪＲ武蔵小金井駅へ出て散策を終えた。今回は、静かな雰囲気の武蔵国分寺跡を訪ね、湧き出る清水の音を聞きながら、武蔵野の面影が残る史跡をめぐる散策となった。

交通▼ＪＲ新宿駅で中央線高尾行きの電車に乗車、西国分寺駅で下車。

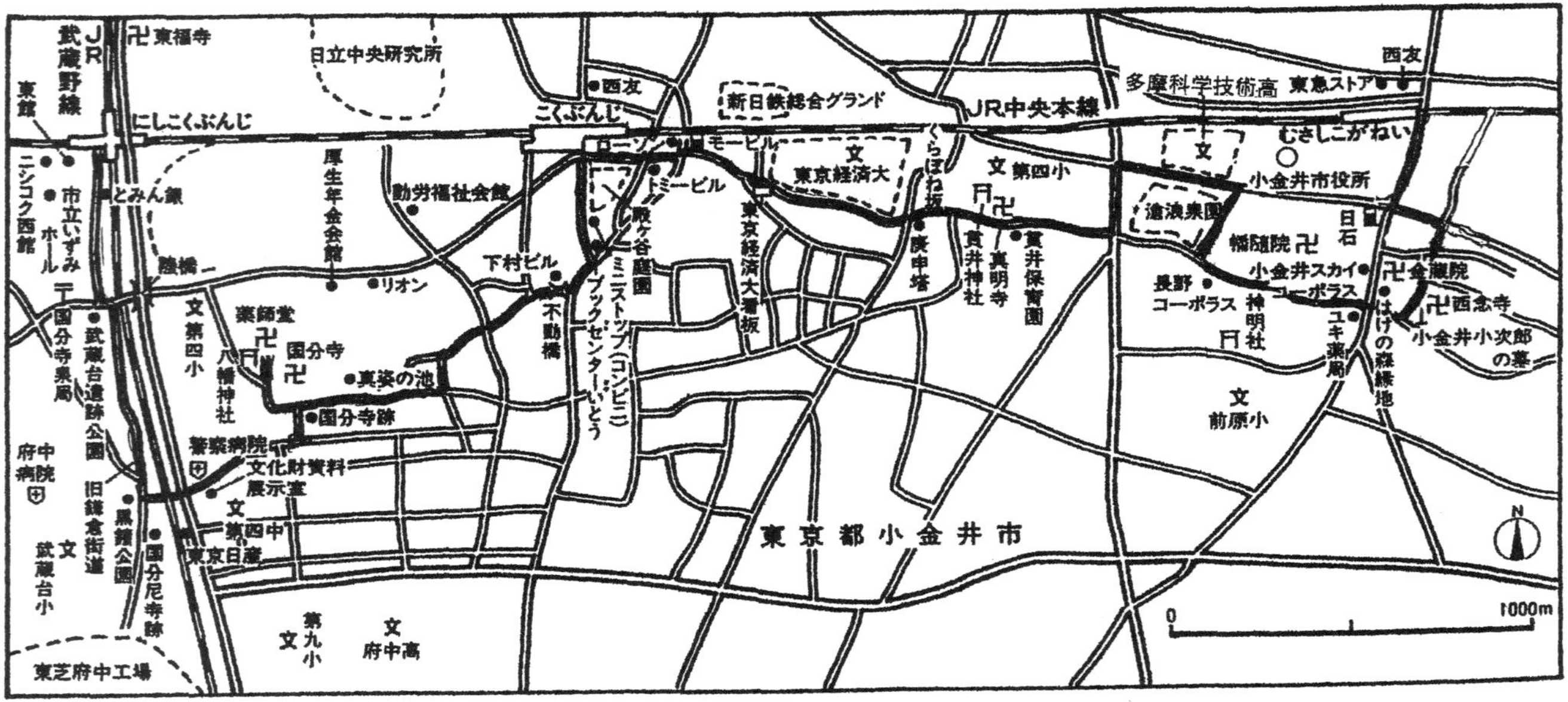

武蔵国分寺・国分尼寺コース

第五章　京王電鉄沿線

多摩の横山コース（東京都八王子市）

みころも霊堂背後から多摩丘陵展望

多摩丘陵は、関東平野の西部に位置し、多摩市東寺方《たましひがしてらがた》から町田市《まちだし》常盤町《ときわちょう》に至る約八キロメートルにも及ぶ。多摩ニュータウンが出来て、東京のベッドタウンになっているが、万葉の時代には、この丘陵は灌木に覆われ、その西部は「多摩《たま》の横山《よこやま》」と呼ばれ、人々は馬を放って生活していたと想像されている。今回の散策では、多摩の横山の万葉歌碑を訪ね、その周辺をめぐって、万葉の多摩の横山を偲ぶことにする。

■御衣公園

京王高尾駅で下車して南へ進み、浅田小学校の横を通り過ぎてしばらく進むと、高台に御衣公園《みころもこうえん》がある。この高台は、豪族・椚田氏《くぬぎだし》の城跡である。この公園の名前は、菅原道真の次の詩に由来する。

去年今夜待清涼《こぞのこんやせいりょうにまつ》
秋思詩篇独断腸《しゅうしのしへんひとりだんちょう》

恩賜《おんし》の御衣《みごろも》今《いま》此《ここ》に在《あり》
捧持《ほうじして》毎日《まいにち》拝餘香《よかをはいす》

この詩は——去年の今夜、清涼殿の宴で、お傍にはべらせて戴きました。「秋思《しゅうし》」という題でわたくしが詩を詠んだことを思い出すと、腸が引きちぎれそうです。あの時、戴いた御衣は、今もここにございます。毎日捧げもっては、あの時の残り香を拝しております——という意味である

この公園に、高さ約五メートルの菅原道真《すがわらのみちざね》の銅像がある。この像は、昭和八年（一九三三）、上野の不忍《しのばず》池畔《ちはん》で開催された「婦人子供博覧会」に展示された像を移設したものである。制作者の渡辺《わたなべ》長男《おさお》氏は、太宰府の出身で、彫刻家・朝倉文夫《あさくらふみお》氏の弟子となり、宮中に出仕して、明治天皇、昭憲皇太后の像を制作した。

菅原道真像

■高尾みころも霊園

御衣公園の一角に、東南アジアの寺院のような独特の形をした高尾みころも霊園がある。昭和四七年（一九七二）、労働災害で犠牲になっ

た人たちの御霊を祀るため、労働福祉事業団が建立した。高さは約六五メートルで、最上階の礼拝堂は、金色に輝き、永遠の灯火が燃えつづけている。

■高楽寺

高楽寺

浅川小学校まで戻り、南側の道で左折してしばらく進み、突き当たりで右折すると、高楽寺《こうらくじ》がある。高楽寺は、独峰山《どくほうさん》と号する真言宗智山派の高尾山薬王院《たかおさんやくおういん》の末寺で、本尊は不動明王《ふどうみょうおう》である。天文二年（一五三三）の創建、観応上人《かんのうしょうにん》の開山と伝える。

境内の奥の横穴の中に、秩父三十三観音《ちちぶさんじゅうさんかんのん》を安置した石仏群がある。天明四年（一七八四）から天明五年にかけて、了辨和尚《りょうべんおしょう》が天明の飢饉の救済、五穀豊穣、悪病平癒を祈願して制作した。横穴は、長さ約三〇メートルで、コの字形をしており、その内部には、三十三観音、薬《やく》師如来《しにょらい》などの石仏が祀られている。

境内には、樹齢二〇〇年の『桜姫』と呼ばれるしだれ桜がある。

御霊神社

御霊神社

高楽寺から南へ進み、真福寺《しんふくじ》の前で左折して坂を登り、交差点で右折して南へ進み、看護学校の手前で左折して細い道に入る。車の往来から隔離された快適な遊歩道になる。やがて、御霊神社《ごりょうじんじゃ》に出る。祭神は、源頼義《みなもとのよりよし》の家人・鎌倉権五郎景政《かまくらごんごろうかげまさ》である。創建年代は未詳であるが、一説には、天正年間（一五七三～一五九二）の創建と伝える。景政は、後三年の役（一〇八三～一〇八九）で、源頼義にしたがって出陣して、敵の鳥海三郎《とりうみさぶろう》に右目を矢で射られたが、ひるまず鳥海三郎を討ち、右目を失ったまま自陣に戻ったと伝える。

この地は、近藤出羽守助実《こんどうでわのかみすけざね》の屋敷跡と推定されている。助実は、北条氏照《ほうじょううじてる》の奉行を勤め、天正一八年（一五九〇）、八王子城が落城したとき、豊臣方と壮烈な戦いをして討死した。

浄泉寺

御霊神社の南に浄泉寺《じょうせんじ》がある。浄泉寺は、御霊山《ごりょうさん》と号する曹洞宗永源寺派の寺で、本尊は釈迦如来《しゃかにょらい》である。開山は獄応儀堅上人《ごくおうぎけんしょうにん》、開基は

浄泉寺

近藤出羽守助実である。慶安年間（一六四八〜一六五二）、御朱印一〇石を拝領し、江戸時代末期には、客殿、本堂、小方丈、庫裡、鐘楼があったと伝えるが、現在では、本堂を残すのみとなっている。
浄泉寺の奥は、源頼義の家人・鎌倉権五郎景政の館跡である。境内は、低い土塁状の土盛で区分され、館跡の痕跡がわずかに偲ばれる。

館町遺跡

浄泉寺付近の台地の斜面一帯に、旧石器時代から近世までの遺構遺跡群がある。旧石器時代、縄文時代の住居跡、落とし穴、工坑、平安時代のピット群、大溝などが発見されており、「館町遺跡《たてまちいせき》」と呼ばれている。ナイフ形石器、剥片、縄文土器、打斧、磨斧、石鏃、尖頭器、土師器、須恵器などの遺物が出土している。

龍見寺

浄泉寺から鄙びた田園風景の中を東へ進む。わごう橋の袂で右折し、南へ進むと、右手に小高い丘があり、その上に龍見寺《りゅうけんじ》がある。参道の

龍見寺

両側にヒバの木があり、その根本に小さな石仏が一体ずつ置かれている。正面の石段を登ると、銅板葺の本堂があり、竹林に囲まれた風情は山寺の佇まいである。
龍見寺は、光輝山《こうきさん》と号する曹洞宗の寺で、本尊は大日如来《だいにちにょらい》である。開山は天南正薫上人《てんなんしょうくんしょうにん》といわれるが、創建年代は詳らかではない。当初、日光山《にっこうさん》と称していたが、慶安年間（一六四八〜一六五二）、境内の大日堂に御朱印五石を拝領した際に、光輝山と改号された。
大日堂には、漆箔が施された寄木造の高さ約八九センチメートルの大日如来坐像《だいにちにょらいざぞう》が祀られている。衣紋の彫りが浅く、流麗で、藤原時代の作と推定されている。前九年の役（一〇五一〜一〇六二）で、横山《よこやま》経兼《つねかね》が一族を率いて、源頼義の奥州征伐に加わり、手柄を立てた功績により、奥州湯殿山の大日如来像を拝領し、この地に大日堂を建立して、その像を祀ったと伝える。

■十二神社

龍見寺から北へ進み、坂を登って東京工業高校の傍を通り、京王線の高架橋を渡り、左手の細道を下ると、十二神社《じゅうにじんじゃ》がある。祭神は、日本《やまと》武尊《たけるのみこと》、素盞嗚命《すさのおのみこと》である。慶長年間（一五九六〜一六一五）、武州御獄《ぶしゅうみたけ》神社《じんじゃ》の分霊を勧請したと伝える。

真覚寺

■真覚寺

十二神社の前の道を右折して、東へしばらく進むと、アジサイで知られる真覚寺《しんかくじ》がある。真覚寺は、常光山観音院《じょうこうさんかんのんいん》と号する真言宗智山派の寺で、本尊は不動明王《ふどうみょうおう》である。文暦元年（一二三四）の創建と伝える。応永一八年（一四一一）、津久井城主・長山修理亮忠好《ながやましゅりのすけただよし》の中興開基、隆源上人《りゅうげんしょうにん》の中興開山である。明暦四年（一六五八）に鐘楼堂、嘉永五年（一八五二）に本堂が再建された。

金銅薬師如来倚像《こんどうやくしにょらいいぞう》は、高さ約二〇センチメートルで、空海が唐から持参した伝え、八王子市の有形文化財に指定されているが、現在、八王子市郷土資料館に寄託されている。

『新編武蔵風土記稿』には、「薬師一躯厨子に入りてあり、秘仏なりと云、昔唐の孝宣帝天台山《こうせんていてんだいさん》智者大師《ちしゃたいし》とともに金銅半分ずつを以て鍛錬し、薬師仏七体を造れり。則其一なり。大同元年平城天皇の御宇空海帰朝のときもち来たりといひ伝ふ、いかなるゆへにや、この寺に古く持伝ふといふ」とある。

天正一九年（一五九一）、御朱印五石を拝領し、その後、正徳三年（一七一三）、伝誉上人《でんよしょうにん》が再興した。現在の本堂は、嘉永年間（一八四八～一八五四）の再建である。明治一二年（一八七九）、散田村が発足したとき、本堂が役場に、庫裡が散田小学校になるなど、悲惨をなめたが、昭和四〇年（一九六五）、本堂、方丈が修理された。

真覚寺は、カエル合戦で知られる。春の彼岸頃になると冬眠から目覚めたヒキガエルが庭園の心字池に集まり、数少ない雌蛙を求めて、雄蛙同志が争いをする。この様子が合戦に似ているため、「カエル合戦」と呼ばれている。境内のカエル塚には、延享二年（一七四五）のカエル合戦の記録がある。現在では、カエル合戦は見られないが、ヒキガエルの生態と心字池は、八王子市の指定天然記念物となっている。

境内には、正保安永年間に広園寺《こうおんじ》から移された高宰神社《たかさいじんじゃ》がある。祭神は高宰神《たかさいのかみ》、藤原信房《ふじわらのぶふさ》である。南北朝期の終わり頃、京より高貴な人が故あって居住し、逝去後、山田村広園寺境内の一角に小蔵主明神《おくらぬしみょうじん》として祀られたのが当社の起源であるという。

真覚寺の蛙合戦　産卵のために池に集まった雌蛙を求めて、たくさんの雄蛙が争う様子を「蛙合戦」という。真覚寺境内には、延享二年（一七四五）の芭蕉塚の碑があり、安政年間（一八五四～一八六〇）の『五街道細見』には、「芭蕉の蛙塚があり、甲州街道の名所」とある。太平洋戦争前には、数多くのヒキガエルがいたといわれるが、昭和四〇年代の中頃からの宅地開発により、カエルの数は減り、蛙合戦の様子は見られない。このため、平成一六年一〇月八日に「市指定天然記念物」から「市指定旧跡」へ改められた。

多摩の横山の万葉歌碑

多摩の横山

真覚寺のある散田《さんだ》は、昭和三〇年（一九五五）までは、横山村という小字名であった。この地は、万葉の時代には、「多摩《たま》の横山《よこやま》」と呼ばれていた。中世には「横山荘《よこやまそう》」と呼ばれ、小野義隆《おののよしたか》が武蔵七党の一つの横山党を起こし、多摩丘陵一帯から相模国北部までを治めていた。

多摩の横山の万葉公園

真覚寺に隣接した丘陵に横山の万葉公園《まんようこうえん》がある。園内には、約百数十種の万葉植物が植栽されており、そのうち約七〇種が野生であるといわれているが、手入れの状態が悪く、万葉植物の識別が難しい状態になっているのは惜しまれる。

多摩の横山の万葉歌碑

万葉公園に登っていく途中に、次の歌が刻まれた万葉歌碑がある。

赤駒《あかごま》を　山野《やまの》に放し　捕《はか》りかてに
多摩《たま》の横山《よこやま》　かしゆかやらむ　　二〇・四四一七

この歌は、安曇宿禰《あずみのすくね》三国《みくに》が武蔵国の防人たちの歌を収録して進歌した歌二〇首の内の一首で、豊島郡《としまのこおり》の上丁《じょうてい》・椋部荒蟲《くらはしべのあらむし》の妻・宇遅部黒《うぢべのくろ》女《め》が詠んだ歌である。

この歌は——赤駒を、山野に放牧していて、捕らえることが出来ず、多摩の横山を、歩いて行かせることになってしまった——という意味である。防人の徴集が余りにも急で、出で立つまでに、放牧していた馬を捕らえることが出来ず、やむにやまれず、徒歩で発たせてしまったと、夫を思う妻の清らかな心情が詠まれている。碑陰には、建碑の由来が次のように記されている。

「この歌は、七七五年武蔵の片ほりに住める主婦の作なり。万葉集に収められる。作者の同郷なるおおくの人々の手により多摩の横山に建つ。一九五四年四月　東京多摩有志」と。

この歌碑は、高さ約一・五メートルの自然石で出来ており、松井《まつい》翠《すい》次郎《じろう》氏の揮毫により、昭和二九年（一九五四）に建立された。

防人　天智天皇三年（六六四）、九州北岸を防備するために配備された兵士。定員は三千人で二十一歳から六十歳までの関東地方の正丁を徴集の対象とした。任期は三年で、毎年三分の一ずつを交替した。防人に任命されると、いったん難波に集結し、千人以上になると、船で太宰府に向けて出発した。本国から難波までは国司が引率し、難波から大宰府までは防人司の専使が引率した。旅費は、本国から難波までは自費で、難波から大宰府までは官費が支給された。任地では、自給のため、農耕に従事することもあった。

広圓寺

■広圓寺

真覚寺の建つ丘を巻くように東に進み、大通りを横切って坂を下っていくと、広圓寺《こうおんじ》がある。広圓寺は、兜率山伝法院《とそつさんでんぽういん》と号する臨済宗南禅寺派の寺で、本尊は弥勒菩薩《みろくぼさつ》である。応永元年（一三九四）、片倉城主・大江備中守師親《おおえびっちゅうのかみもろちか》による開基、甲州塩山向嶽寺《こうがくじ》の峻翁令山上人《しゅんおうれいざんしょうにん》による開山である。応永年間（一三九四〜一四二八）、称光天皇《しょうこうてんのう》の祈願所となり、塔頭は一〇ヵ寺を越え、大寺の風格を備えていた。

後に、鎌倉幕府の足利満兼《あしかがみつかね》が大壇越《だいだんえつ》となり、寺領三〇〇町歩を寄進するなど、足利氏の帰依を受けて栄えた。天正一八年（一五九〇）、八王子城の合戦により、兵火を被り、堂宇を焼失した。翌年、徳川家康が寺領一五石を寄進し、浅野紀伊守幸長《あさのきいのかみゆきなが》が普請奉行になって寺が復興された。『新編武蔵風土記稿』には、「京都南禅寺の末寺。塔頭一〇ヵ寺、末寺五〇ヵ寺」とある。

現在の堂宇は、総門・山門が天保元年（一八三〇）、開山堂が宝永二年（一七〇五）、仏殿が文化八年（一八一一）、鐘楼が天保一三年（一八四二）の再建である。総門、山門、仏殿が南北に一直線に並び、その奥の丘陵を脊に、本堂、開山堂、庫裡が東西に連なる、いわゆる典型的な臨済式《りんざいしき》伽藍配置《がらんはいち》である。本堂の裏には、丘陵の斜面を利用した美しい庭園があるといわれているが、一般拝観は許されていない。境内には、鬱蒼とした巨木が立ち並び、周囲の住宅街からまったく隔絶した落ち着いた閑静な雰囲気が漂っており、境内に佇むと、自然と心が安らぐように感じられる。

この寺は、応永一二年（一四〇五）、臨済宗の教本『無門関《むもんかん》』が峻翁によって刊行されたことで知られる。寺宝には、『無門関』のほかに、峻翁筆の涅槃像墨跡《ねはんぞうぼくせき》がある。開山堂には、応永一一年（一四〇四）頃に制作されたと推定される高さ約七八センチメートルの木造法《ほう》光同融《こうどうゆう》（峻翁令山《しゅんおうれいざん》）禅師坐像《ぜんじざぞう》がある。

広圓寺から南へ進み、京王山田駅に出てこの散策を終えた。多摩丘陵の放牧跡地は見られなかったが、多摩の横山の万葉公園と万葉歌碑を訪ね、多摩の横山を偲ぶ散策になった。

交通▼京王新宿駅で高尾線高尾行きの特急電車に乗車、高尾駅で下車。

無門関　中国宋代の禅僧・無門慧開が編纂した禅問答集。広園寺の巻本は、無門の序文の前に習庵序と表文を、巻終の後に禅箴、黄龍三關のほか、孟珙という居士が跋文を付したものに、安晩という流浪し僧寺に寓居したことのある南宋の上級官吏が、さらに跋文と一則を加えて四九則としたもので、本則に禅的な批評鑑賞の無門の評唱、宋旨を込めた漢詩の頌が付けられている。心地覚心がわが国に持ち帰り、応永一〇年（一四〇五）に峻翁が刊行した。

多摩の横山コース

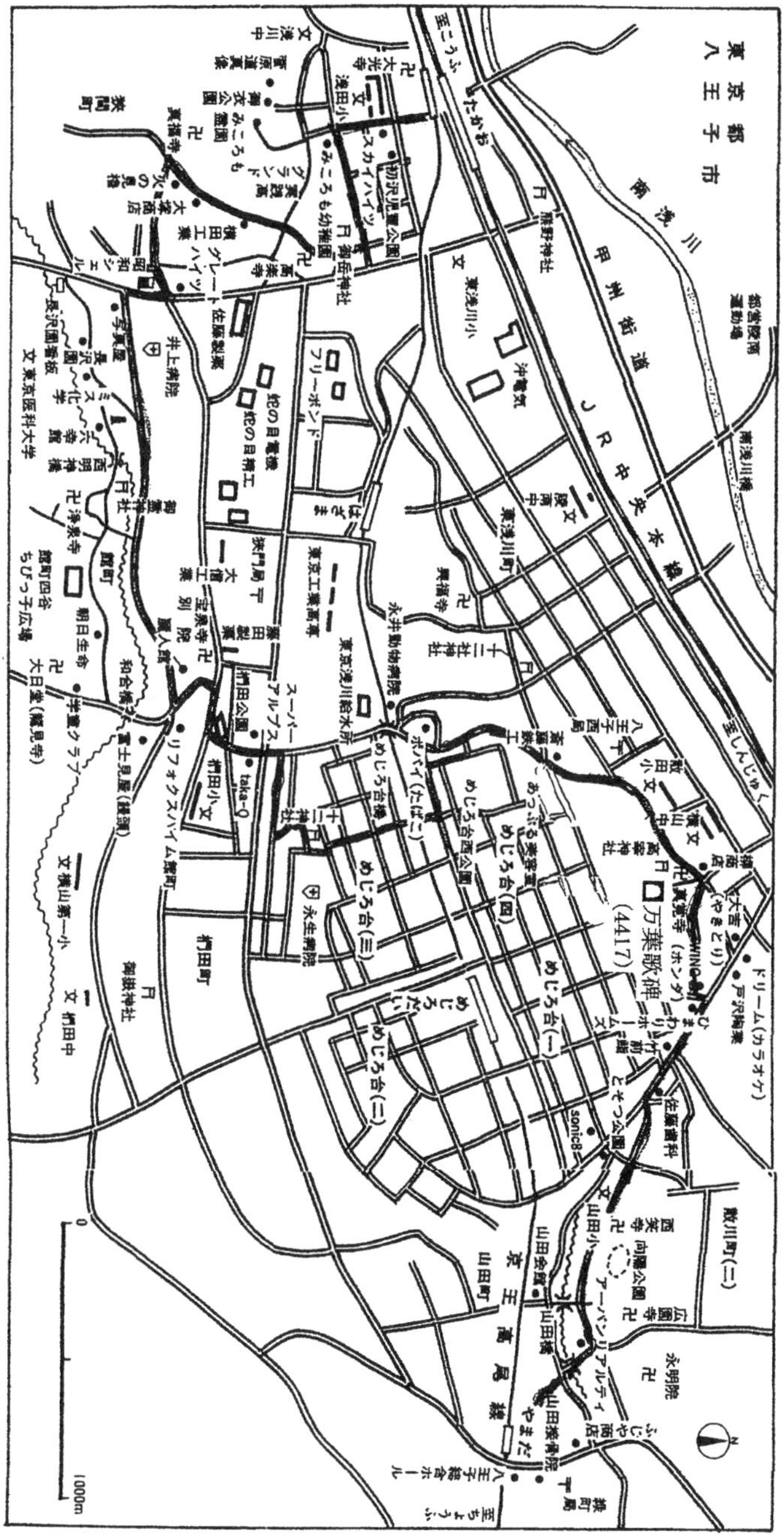
東京都
八王子市
南浅川
甲州街道
JR中央本線
至しんじゅく
至こうふ
たかお
京王高尾線
めじろ台
山田
至ちょうふ
万葉歌碑
(4417)
1000m

横山辺ろ（絹の道）コース（東京都八王子市鑓水）

東京都八王子市の東南部に多摩丘陵の西端が延びている。この辺りは、昭和四〇年（一九六五）頃から宅地開発が盛んに行われ、多摩ニュータウンが建設され、多摩丘陵の景観は一変した。しかし、片倉《かたくら》から鑓水《やりみず》にかけての丘陵地の一帯には、雑木林がかろうじて残されており、万葉の時代の多摩《たま》の横山《よこやま》を想像させてくれる。今回の散策では、多摩養育園の万葉歌碑を訪ね、雑木林の中に点在する史跡をめぐりながら、万葉の多摩の横山の面影を偲ぶことにする。

片倉城跡

片倉城跡

京王片倉駅で下車して、東側のガードをくぐり抜けて南へ進む。北野街道を横切ると、右手に小比企丘陵《こびききゅうりょう》が見えてくる。湯殿川に架かる住吉橋を渡ると、右手に片倉城跡公園《かたくらじょうしこうえん》がある。ここは、室町時代に長井《ながい》・大友氏《おおともし》が居城を構えた跡である。第二次世界大戦中に高射砲陣地が築かれたので、空濠の遺構は変形しているが、大手口、空濠、土

片倉城址公園のカタクリ

塁など遺構が残されている。
　片倉城址公園は、小比企丘陵の先端部に位置し、面積は約四万平方メートルである。園内には、北村西望《きたむらせいぼう》の作品を中心として、十一体の彫刻が配置され、池、水車小屋、本丸広場、擬木橋などが整備されている。この公園には、小比企丘陵の豊富な植物が自生し、とくに、北斜面には、全面にカタクリが群生している。桜が開花する時期に訪れると、膨大な数のカタクリの花の可憐な開花が楽しめる。
　カタクリの花は、『万葉集』巻一九に堅香子《かたかご》の花として、次の歌が詠まれている。

もののふの　八十娘子《やそをとめ》らが　汲《く》みまがふ
寺井《てらい》の上の　堅香子《かたかご》の花　　一九・四一四三

　この歌は――たくさんの娘子が、集まって賑わっている寺の境内にある井戸のほとりに、カタクリの花が咲いている――という意味である。この歌は、大伴家持《おおとものやかもち》が越中国《えっちゅうのくに》の国分寺《こくぶんじ》（現高岡市）で、井戸のほとりに咲くカタクリの花を詠んだものである。周囲の見事な桜の花に負けず劣らず咲く可憐なカタクリの花は、高岡市の寺井に咲くカタク

福昌寺

りの花のよみがえりを感じさせてくれる。

■住吉神社

片倉城跡の北東部の鬼門に当たる位置に住吉神社《すみよしじんじゃ》がある。祭神は、表筒男命《うわつつおのみこと》、中筒男命《なかつつおのみこと》、底筒男命《そこつつおのみこと》の三神である。応安五年（一三七二）、片倉城主・長井《ながい》大善大《だいぜんたい》夫《ふ》道広《みちひろ》が片倉城の鎮守として、大坂の住吉大社の分霊を勧請したのに始まる。慶安二年（一六四九）、三代将軍・徳川家光より御朱印七石を拝領している。社宝として、天文二三年（一五五四）銘の神鐘《しんしょう》が保存されている。境内には、稲荷社を併祀する。

■福昌寺

住吉神社から南へ進み、ＪＲ横浜線のガードをくぐり、由井小学校の南側を経て、ＪＲ横浜線沿いの兵衛川に沿って進む。この辺りはほとんど宅地開発がなされていないので、のどかな田園風景が広がっている。みなみ野大橋の下をくぐり抜けると、ＪＲみなみ野駅の前に出る。駅の裏側の小比企丘陵地には、広大な八王子ニュータウンがある。さらに兵衛川に沿って進むと、宇津貫《うつぬき》の集落があり、左手の丘の中腹に福昌寺《ふくしょうじ》が見えてくる。

福昌寺は、津澤山《つたくさん》と号する臨済宗南禅寺派の寺で、本尊は十一面観世音菩薩《じゅういちめんかんぜおんぼさつ》である。創建年代は詳らかではないが、当初は庵室であったが、江戸時代後期に継賀宗今禅師《けいがそうこんぜんじ》によって福昌寺として開山された。

都立多摩丘陵自然公園

福昌寺からさらに南へ進む。道はJR横浜線から離れて山間に入り、鄙びた田園風景中を進む。やがて和田内の集落に入る。城定造園の向かいの細道から民家の間を抜けて御殿峠《ごてんとうげ》に登っていく。この道の両側には、雑木や笹が道を被るように茂っており、多摩丘陵の雑木林の雰囲気がよく保たれている。

舗装道路へ出て右折し、しばらく進むと、都立多摩丘陵自然公園《とりつたまきゅうりょうしぜんこうえん》の石標がある。多摩丘陵自然公園は、多摩川南岸の丘陵に位置する公園で、桜ヶ丘公園、平山城址公園、長沼公園、多摩動物公園、百草園、野猿峠など、史跡・公園などの様々な施設がある。

都立多摩丘陵自然公園　昭和二五年（一九五〇）に八王子市南部、日野市、多摩市をまたがる丘陵地帯に設定された公園。『万葉集』には「赤駒を山野に放し捕りかにて多摩の横山徒歩ゆか遣らむ」と詠まれ、古代には、防人の通り道となっていた古代東海道や後の鎌倉街道がこの丘陵を貫いていた。この丘陵は、武蔵国の国府のあった府中から観て「多摩郡にある横に長い山」の意で、「多摩の横山」とも呼ばれていた。中世に興った武蔵七党の一つである「横山党」、江戸時代の八王子横山宿、旧南多摩郡横山村、武蔵横山駅などの名称の由来にもなった。

多摩養育園の万葉歌碑

■多摩養育園の万葉歌碑

日本閣の前を通り、国道一六号線に出る。左手の信号のあるT字路で国道を横切ると、左手に老人ホーム多摩養育園《たまよういくえん》がある。この養育園の最上部の建物の傍に、『万葉集』巻一四の東歌の「未勘国相聞往来《みかんこくそうもんおうらい》歌《か》一二〇首」に載る次の歌が刻まれた万葉歌碑がある。

妹《いも》をこそ　相見《あひみ》に来《こ》しか　眉引《まよびき》の
横山辺《よこやまへ》ろの　鹿《しし》なす思《おも》へる
一四・三五三一

この歌は——妹に逢いたくてやって来たのに、それをまるで来る道の横山の辺りにいる鹿のように、うるさく思ってわたくしを追い払うとは——という意味である。万葉の時代には、妻問婚が一般的であった。たぶん、男性が妻の所へ訪ねて行ったが、母親に鹿か猪のように追い払われて、嘆いている様子がうかがえる。

この万葉歌碑は、歌の鹿をモチーフにしたと思われるコンクリート製の鹿の造形が台座の上に載せられており、建碑の年代は不明である。碑表の台座の石板には、社会事業家・足利正明《あしかがまさあき》氏の揮毫により万葉歌が、つづいて、立正大学教授・竹下数馬《たけしたかずま》氏による「逢いに来ました横山辺り、逢わせてくれずに、母親は、猪みたいに追い払う」という現代語訳が刻まれている。

道了堂跡

■道了堂跡

養育園の最上部から、東京工科大学の金網のフェンスに沿って笹藪漕ぎしながら進む。国道一六号線の八王子バイパスに架かる陸橋を渡り、アンテナの傍で右折してしばらく進むと、鑓水峠《やりみずとうげ》があり、道端に「絹《きぬ》の道《みち》」の石標がある。その東側の大塚山《おおつかやま》山頂に道了堂跡《どうりょうどうあと》がある。

道了堂は、大塚山道了堂《おおつかさんどうりょうどう》と号する曹洞宗《そうとうしゅう》の寺であった。明治七年（一八七四）、八王子と鑓水の生糸商人たちと永泉寺《えいせんじ》の大淳仏法《だいじゅんぶっぽう》が、浅草の花川戸の道了権現《どうりょうごんげん》を勧請したことに始まる。明治八年（一八七五）、道了堂、正式名称・永泉寺別院《べついん》曹洞宗大塚山大岳寺《おおつかさんだいがくじ》が創建され、絹の道の中継地として栄えた。

しかし、明治四一年（一九〇八）、横浜線（現ＪＲ横浜線）の開通とともに絹の道は衰退し、今では、石段、石燈籠、基礎を残すのみとなり、道了堂の跡地一帯は、大塚山公園として整備されている。

絹の道

■絹の道

鑓水峠《やりみずとうげ》は、『新編武蔵風土記稿《しんぺんむさしふどきこう》』の片倉村の項に、「鎌倉街道という道がこの峠を越えて小山村の方へ通じている」とある。『武蔵図会《むさしずえ》』にも同様の記載がある。安政六年（一八五九）、横浜港が開港され、長野、山梨、群馬で生産された生糸は、八王子に集められ、この道を通って横浜へ運ばれ、横浜港から輸出された。このため、この道は、「絹《きぬ》の道《みち》」、別名「甲州往還道《こうしゅうおうかんどう》」「神奈川往来《かながわおうらい》」と呼ばれた。しかし、明治時代になって、外貨を得るために、大型製糸工場が作られ、零細な家内製糸工場は次第に衰退し、鑓水商人も活躍の場を失い、この道は次第に衰退の一途をたどった。

鑓水峠の北側は住宅地に変貌し、鑓水峠の面影は見られないが、峠の南部の了道堂跡から鑓水の北部までの約一・五キロメートルの間は、旧道が雑木林の中につづき、鑓水商人の往来をかろうじて偲ぶことが出来る。

この道は、中世には鎌倉街道であったので、万葉の時代には、万葉人が通う道であったかも知れない。道の周辺には雑木林が茂り、吹き通る風の音の中に小鳥の囀りも聞かれ、万葉人の往来が偲ばれる。

絹の道資料館

絹の道資料館

絹の道を通って鑓水の集落に入ると、眼前には、のどかな田園風景が広がっている。御殿峠からの道と合わさり、左折してしばらく進むと、石垣の上に絹《きぬ》の道資料館《みちしりょうかん》がある。この地には、豪商・八木下要右《やぎしたようえ》衛門《もん》の屋敷があったと伝える。明治一七年（一八八四）、その母屋が永泉寺《えいせんじ》の本堂として移され、跡地は水田になっていたが、昭和六二年（一九八七）、発掘調査が行われ、石積水路、倉跡、母屋の礎石の一部が発見された。

この屋敷跡に、八木下要右衛門の屋敷を想像させる門、堀をめぐらせた入母屋風の建物が復元され、資料館になっている。館内には、わが国の養蚕と製糸、開国と鑓水商人、生糸貿易の歴史などが紹介され、関係資料、養蚕・製糸の過程、道具が展示されている。また、屋外には、発掘調査で確認された屋敷の遺構の一部が残されている。

八王子道道標

資料館からさらに下っていくと、御殿橋が架かる道を分ける三叉路

永泉寺

に出る。この傍に八王子《はちおうじ》道道標《みちどうひょう》がある。これは、慶応元年（一八六五）、生糸を横浜へ運ぶ「絹の道」の道標として建てられた。建立当時には、御殿橋南側の旧鑓水公会堂前にあったが、昭和六三年（一九八八）、大栗川《おおくりがわ》の改修の際に、現在地へ移された。

■永泉寺

大栗川に沿って進み、嫁入橋の手前で右折して、美蘭会の標識で右折してしばらく進むと、左手奥に永泉寺《えいせんじ》がある。永泉寺は、高雲山《こううんさん》と号する曹洞宗の寺で、本尊は釈迦如来《しゃかにょらい》である。武相観音霊場第十四番札所である。開基は学峰文使《がくほうぶんし》、開山は岳應義堅上人《がくおうぎけんしょうにん》である。江戸時代の中期には、境内に観音堂《かんのんどう》があったが、江戸時代後期に廃堂になった。

現在の本堂は、明治一七年（一八八四）、鑓水の豪商・八木下要右衛門の屋敷を移築したものである。改築が著しく、商家の様子がほとんど見られないが、僅かに、欄間の豪華な透彫から、全盛期の鑓水商人の財力の一端を窺い知ることが出来る。

鑓水商人たちの生活の余力は、俳句を作る活動にも向けられた。明治時代には、この地区に俳句の鑓水学校が開設され、その先生が中心

小泉家屋敷

になって俳句作りが盛んになった。それらを物語るかのように、永泉寺の境内には、芭蕉堂、芭蕉の石像、芭蕉の句碑がある。

■小泉家屋敷

嫁入橋まで戻り、橋を渡って直進すると、右手に茅葺屋根の小泉家《こいずみけ》屋敷《やしき》がある。多摩丘陵にあった典型的な養蚕農家《ようさんのうか》の建築様式の民家である。母屋は、明治一一年（一八七八）に建てられたもので、屋敷内には、土蔵、納屋、堆肥小屋などがある。母屋だけでなく、裏山も含めた屋敷全体が文化財として指定されている。多摩ニュータウンが建設されるまでは、この付近には、同じような建築様式の民家が幾つか散見されたといわれるが、現在では、ほとんど見られなくなっている。

■諏訪神社

嫁入橋から八王子道道標まで戻り、その先の大森クリーニング店で左折してしばらく進むと、集落の右手の高台に諏訪神社《すわじんじゃ》がある。祭神は、建御名方命《たけみなかたのみこと》、大国主命《おおくにぬしのみこと》、誉田別命《ほむたわけのみこと》である。寛永一一年（一六三

諏訪神社

四）の創建、寛政一〇年（一七九八）の再建である。明治九年（一八七六）、八幡神社と子《ね》の権現《ごんげん》を合祀し、諏訪三社宮となった。拝殿背後の覆屋の中に、諏訪神社、八幡神社、子の権現の三社が祀られている。各神社の社殿には、非常に精緻な彫刻が施されており、鑓水商人の当時の経済力の高さの一端を窺い知ることができる。とくに、八幡神社の本殿の彫刻は、一見に値する。

境内には、大イチョウ、要右衛門寄進の燈籠があり、御嶽社《みたけしゃ》、琴平宮《ことひらぐう》、日枝社《ひえしゃ》、秋葉社《あきばしゃ》、妙見宮《みょうけんぐう》が併祀されている。社宝には、寛永年代銘の棟札、「衣光山《いこうさん》」の神額がある。

■大法寺

諏訪神社からさらに西へ進み、坂を登っていくと、集落の外れに出る。この辺りも多摩丘陵の面影がよく残されており、初夏に訪れると、新緑の美しい景観が楽しめる。

雑木林が広がる丘陵の麓に沿って進むと、左手にまや霊園がある。この霊園の中を通り抜けて、反対側の斜面を下りていくと大法寺《だいほうじ》がある。大法寺は、寳祐山《ほうゆうさん》と号する日蓮宗身延山末の寺で、本尊は釈迦如《しゃかにょ》

大法寺

来《らい》である。天正年間（一五七三〜一五九二）、慈雲院の日新上人《にっしんしょうにん》による開山である。

境内には、斎藤茂吉《さいとうもきち》の「うつし身の　苦しみ歎く　心さへ　はや淡々し　山のみ寺に」の歌碑がある。この寺の二五世、二六世住職は、短歌結社「アララギ会」に所属しており、その縁があって境内へこの歌碑が建設された。

大法寺のすぐ傍に八王子鑓水のバス停があり、ここから八王子に出て帰途に着いた。今回は、かろうじて残る多摩丘陵の雑木林をめぐりながら、万葉の多摩の横山を偲ぶ散策となった。

交通▼京王新宿駅で京王八王子行きの特急電車に乗車、北野駅で高尾線高尾山口行きの電車に乗り換え、京王片倉駅で下車。

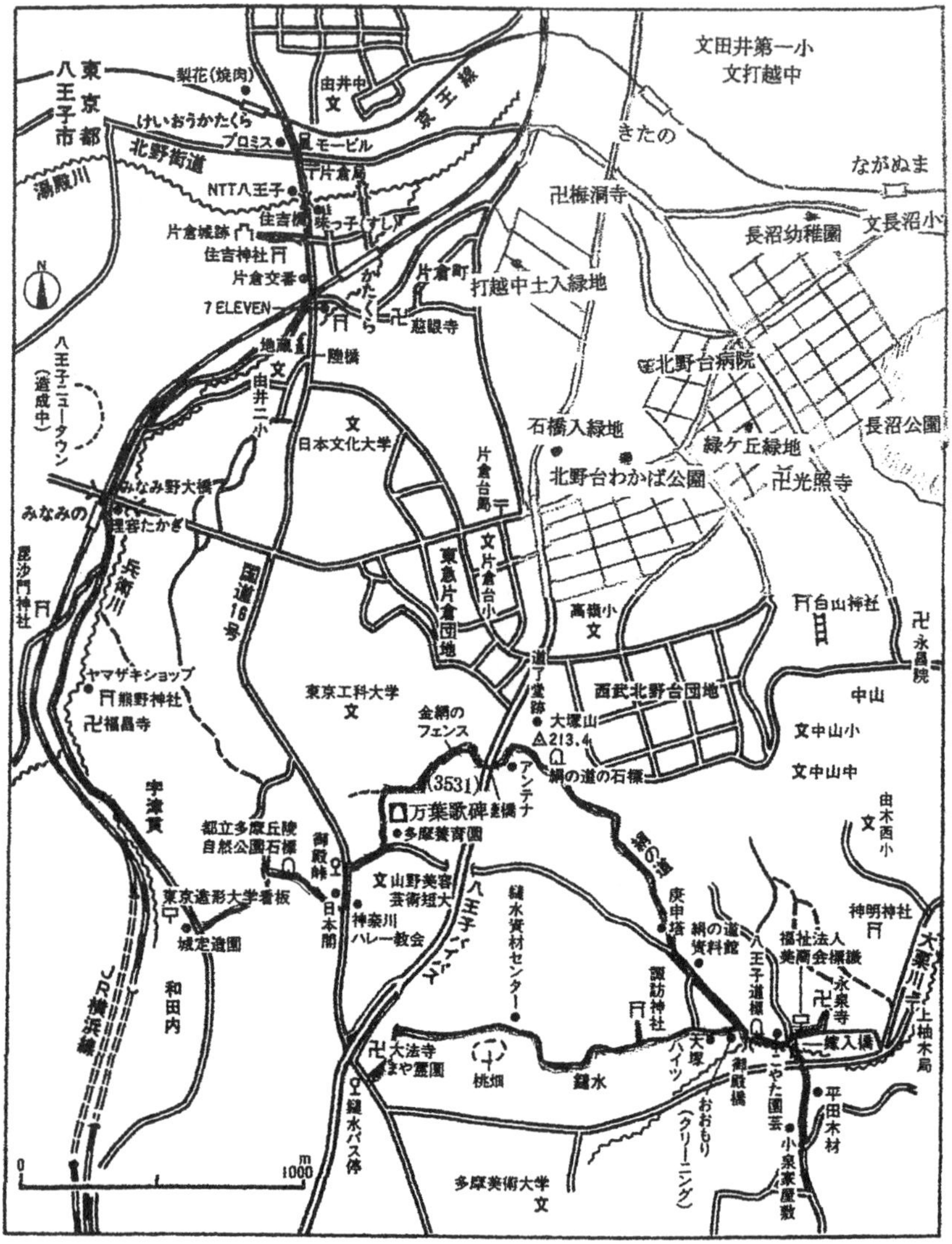
八王子市
東京都
梨花(焼肉)
由井中
京王線
けいおうかたくら
プロミス
モービル
北野街道
湯殿川
NTT八王子
片倉局
住吉橋
味っ子(すし)
片倉城跡
住吉神社
片倉交番
7 ELEVEN
かたくら
片倉町
慈眼寺
打越中土入緑地
梅洞寺
きたの
文田井第一小
文打越中
ながぬま
長沼幼稚園
文長沼小
北野台病院
長沼公園
石橋入緑地
緑ケ丘緑地
北野台わかば公園
光照寺
地蔵
由井二小
日本文化大学
八王子ニュータウン(造成中)
みなみ野大橋
みなみの
片倉台局
東急片倉団地
文片倉台小
毘沙門神社
兵衛川
国道16号
高槻小
白山神社
永昌院
ヤマザキショップ
熊野神社
福昌寺
東京工科大学
西武北野台団地
道了堂跡
大塚山
213.4
中山
文中山小
文中山中
金網のフェンス
アンテナ
絹の道の石標
(3531)
万葉歌碑
多摩養育園
宇津貫
都立多摩丘陵自然公園石標
御殿峠
文山野美容芸術短大
日本閣
神奈川ハレー教会
東京造形大学看板
城定造園
八王子バイパス
鑓水資材センター
庚申塔
絹の道資料館
諏訪神社
八王子道標
由木西小
神明神社
永泉寺
大栗川
上柚木局
和田内
JR横浜線
大法寺
まや霊園
桃畑
鑓水
大塚ハイツ
御殿橋
こやた園芸
平田木材
小泉家屋敷
鑓水バス停
多摩美術大学
おおもり(クリーニング)
0
1000m

横山辺ろ（絹の道）コース

稲城の安受コース（東京都稲城市）

穴澤天神社

『万葉集』巻一四の東歌に崩崖《ほうがい》を意味する「安受《あず》」が詠まれた歌がある。この歌に関連する万葉故地として、すでに入間川流域の阿須《あず》を埼玉県飯能市《はんのうし》・入間市《いるまし》加治《かじ》丘陵《きゅうりょう》コースで紹介した。一方、多摩川流域の稲城市《いなぎし》矢野口《やのくち》にも崩崖が連なる「安受」と呼ばれる地域がある。『万葉集』に「多摩の横山」と詠まれた丘陵は、多摩川と相模川の間の西から東に延びる多摩丘陵であるといわれており、稲城の安受（崩崖）は、この多摩丘陵の中程に位置している。多摩丘陵が隆起する過程で、多摩川によって北側が削り取られて崩崖が形成されたと推定されている。今回の散策では、この稲城市の安受を訪ね、その周辺の史跡をめぐりながら、万葉の「安受」を偲ぶことにする。

■穴澤天神社

京王新宿駅で相模原線橋本行きの急行電車に乗ると、約三〇分で京王よみうりランド駅に着く。駅の北側に出て、線路沿いに東へ進むと、

穴澤天神社北の洞窟

穴澤天神社《あなさわてんじんじゃ》の案内板があり、これにしたがってガードを潜って坂を登り、「天神山（小沢峰）」と呼ばれる丘陵の中腹を東進すると、穴澤天神社がある。

穴澤天神社は、『延喜式《えんぎしき》』神名帳《じんみょうちょう》に載る式内社で、孝安天皇《こうあんてんのう》四年に創建されたと伝える。祭神は、少彦名命《すくなひこなのみこと》、菅原道真《すがわらのみちざね》、大国主命《おおくにぬしのみこと》である。少彦名命は、神産霊命《かみむすびのみこと》の子で、医療の神とされ、大国主命に協力して国造りに貢献した神といわれる。『式内社調査報告書《しきないしゃちょうさほうこくしょ》』によれば、社殿には二躯の神像が祀られ、その一つは、木造の穴澤天神坐像《あなさわてんじんざぞう》、他の一つは木造の渡唐天神立像《どとうてんじんりゅうぞう》である。

『新編武蔵風土記稿《しんぺんむさしふどきこう》』には、「村の巽《たつみ》（東南）城山《しろやま》の中腹にあり、天満宮《てんまんぐう》を相殿とす。延喜式神名帳当郡小社八坐の内、穴沢天神社といへるは、則《すなはち》この社なりと云」とある。『武蔵野地名考《むさしのちめいこう》』『武蔵野話《むさしのばなし》』『武蔵《むさし》名勝図会《めいしょうずえ》』『江戸名所図会《えどめいしょずえ》』も、式内社であるとしている。このように、『延喜式』神名帳に記された穴澤天神社は、ほぼこの稲城の当社とされている。しかし、国立市谷保《くにたちしやほ》の谷保天神社《やほてんじんじゃ》、奥多摩町棚沢《おくたままちたなざわ》の穴澤天神社《じんじゃ》という説もある。

社殿の北側は、切り立った崖になっており、崖下に大きな洞窟がり、湧水が流出して、三沢川に注いでいる。この洞窟は、横穴式古墳で、

妙覚寺

内部には石仏が祀られている。このように、崖に横穴があり、清水が流出するという地形は、穴澤天神社という社名にふさわしいというのもこの神社を式内社とする理由の一つになっている。

■妙覚寺

穴澤天神社から来た道を戻り、駅からさらに線路に沿って進むと、正面に妙覚寺《みょうかくじ》がある。雲騰山《うんとうさん》と号する臨済宗建長寺派の寺で、本尊は釈迦如来《しゃかにょらい》である。室町時代後期、武蔵国川崎菅《かわさきすげ》の寿福寺《じゅふくじ》の隠居寺として、足利義晴《あしかがよしはる》により開基され、陽雲《ようう》により開山されたと伝える。元禄一三年（一七〇〇）、旗本領主・加藤太郎左衛門藤原甫成《かとうたろうざえもんふじわらのほなり》により中興開基された。本堂は、桟瓦葺の寄棟造で、極めて質素な造りである。境内には、観音堂がある。堂内には、鎌倉時代の作といわれる十一面《じゅういちめん》観世音菩薩像《かんぜおんぼさつぞう》が安置されている。

『新編武蔵風土記稿』には、「雲登山《うんとうさん》と号す。小名谷戸《こあざやと》にあり。臨済派、橘樹郡菅村《たちばなぐんすがむら》寿福寺末、開山陽雲は永禄四年四月寂せり。本尊釈迦の坐像長三寸ばかり。本堂五間に六間半巽向《たつみむき》なり。寺宝十一面観音像一体。長一尺余の坐像なり。腹中にこめたる像あり。これは長坂血《ながさかち》

威光寺の弁天洞窟

鎗九郎《やりくろう》が守護佛《しゅごぶつ》なりと云。長二寸五分ばかり伽羅を以て作りしものなりと云へり。血鎗九郎が納めし時代も、いかなる由緒ありて、寄附せしと云こと知らず。鐘楼。本堂に向て右の山上にあり」とある。

■八雲神社

妙覚寺から西へ進むと八雲神社《やくもじんじゃ》がある。祭神は素盞嗚命《すさのおのみこと》である。七月に例大祭が催され、根方地区を神輿が練り歩くという。

■威光寺

八雲神社から少し南へ進むと、威光寺《いこうじ》がある。威光寺は、草香山《そうかさん》小《お》沢院《ざわいん》と号する真言宗豊山派の寺で、本尊は大日如来《だいにちにょらい》である。多摩八十八ヶ所霊場七番札所である。延宝三年（一六七五）、穴澤天神社の別当寺となったが、明治四年（一八七一）、神仏分離令により分離され、威光寺として独立した。

威光寺の境内に弁天洞窟《べんてんどうくつ》がある。この洞窟は、明治一七年（一八八四）、和算の指導者であった小俣勇造《おまたゆうぞう》が設計し、横穴式古墳を堀り広

仏舎利

げたもので、穴澤天神社の北側の洞窟にあった石仏がこの内部に移設された。この弁天洞窟は、新東京百景の一つとなっているが、崩落の危険性があるため、現在、立ち入り禁止になっている。

■仏舎利

妙覚寺まで戻り、右手の階段を登っていくと、裏山に出る。ススキの中の砂利道を西へ行くと、正面に切り立った稲城の崩崖の全容が見えてくる。高台に立つと、屏風のように連なった崖がある。

妙覚寺まで戻り、南側の道を丘陵へ上っていく。墓地の中の急な階段を登り切ると、遊歩道に出る。これに沿って西へ進む。多摩丘陵の雑木林に囲まれた素敵な散歩道で、初夏には目に映えるような新緑が、秋には美しい紅葉が楽しめる。

やがて大きな石造の十三重層塔《じゅうさんじゅうそうとう》が四基並ぶ「仏舎利《ぶっしゃり》」に出る。この仏舎利は、崩崖の最頂部付近にあり、その背後から切り立った崩崖を覗き込むことが出来る。崩崖の縁に立つと、垂直に近い角度で切り落ちる崖が見られ、今にも吸い込まれそうな錯覚にとらわれ、壮観である。ここから、稲城の市街地、多摩川、さらに調布、府中などの大

稲城の崩崖

パノラマが楽しめる。

■稲城の安受（崩崖）

仏舎利から西へ進むと、遊歩道が急カーブし、その先で遊歩道から分かれて、その横の山道を下っていく。柿畑で右折し、さらに下っていくと右手に南山スポーツ広場が見えてくる。その東端に立つと、稲城の崩崖《ほうがい》（安受《あず》）の全容が望める。

『万葉集』巻一四の東歌には、「安受」が詠まれた次の二首がある。

あずの上に　駒《こま》を繋《つな》ぎて　危《あや》ほかど
人妻児《ひとづまこ》ろを　息《いき》に我がする　一四・三五三九

あずへから　駒《こま》の行《ゆ》このす　危《あや》はとも
人妻児《ひとづまこ》ろを　まゆかせらふも　一四・三五四一

前者の歌は――断崖の上に、駒を繋いで、はらはらするように、人妻である女を、命がけで思うことだ、後者の歌は――断崖の上を駒が

北辰妙見宮

行くように、はらはらするが、人妻である女と、こっそりと逢いたいものだ——という意味である。

「あず」は、『万葉集』では「安受」と表記され、崩崖、断崖を意味する。『新撰字鏡《しんせんじかがみ》』には、「坍《たん》、崩岸也《あずなり》、久豆礼《くずれ》、又阿須《あす》」とあり、阿須の字があてられている。『万葉集辞典』には、アズを崩崖、危岸と別々に解説し、崩崖は東歌の他には見えないとしている。

入間市阿須の崩崖と稲城市のそれを比較すると、前者は樹木で一面に覆われて、なだらかで、切り立った様子が見られないが、後者は岩肌をあらわに見せて、荒々しい様子で切り立っている。崖の上には古代の古道も残っており、古代から人の往来もあったようで、武蔵国の国府も近いので、安受の有力な候補地の一つと考えてよい。

妙見寺

南山スポーツ広場からマンションの間を稲城駅の方へ進み、駅の西側のガードを潜り、右折して、ＪＲ武蔵野南線と京王相模原線のガードを潜って坂を登っていくと、正面に妙見寺《みょうけんじ》がある。

薬医門形式の山門を潜ると、右手に本堂がある。妙見寺は、神王山《しんおうさん》観王院《かんおういん》と号する天台宗の寺で、本尊は阿弥陀如来《あみだにょらい》である。多摩川三十四ケ所観音霊場巡り第三十番札所である。

淳仁天皇《じゅんにんてんのう》の天平宝字四年（七六〇）、伏敵祈願のために、道忠禅師《どうちゅうぜんじ》が勅命を奉じて、尊星王《そんしょうおう》の秘法（今の星供祭《ほしくさい》）を七日七夜に亘り修したところ、妙見菩薩が青龍に乗って現れ、国難が消滅した。天皇は叡感され、国主に命じて一宮（妙見宮）を建立したのが当山の始まりと伝える。天永三年（一一一二）、領主は妙見寺を北辰妙見宮の別当寺と定めた。明治四年（一八七一）の神仏分離令により、北辰妙見宮と分離されたが、神仏習合《しんぶつしゅうごう》の形態を今に残している。

■北辰妙見宮

妙見寺の山門の手前の左側に鳥居があり、長い階段を登っていくと、北辰妙見宮《ほくしんみょうけんぐう》がある。祭神は北辰妙見尊《ほくしんみょうけんそん》である。「武州《ぶしゅう》・百村《もむら》の北辰《ほくしん》妙見様《みょうけんさま》」と親しまれ、国土擁護、豊作、酒造、運勢、富貴、寿命、開運、厄除、身代わりなどの守り本尊として、また、商売繁盛、縁結び、子育て、学問の神として篤く信仰されている。

妙見菩薩は、インド由来の菩薩とは異なり、中国の星宿思想《せいしゅくしそう》から、

神仏習合　わが国土着の神祇信仰（神道）と仏教信仰（仏教）が融合し一つの信仰体系として再構成された宗教現象。神仏混淆ともいう。奈良時代に始まり、神社を管理する神宮寺が建立された。平安初期には、神に八幡大菩薩といった菩薩号を付けるようになった。平安時代中期になると、神仏習合思想は濃くなり、本地垂迹の思想が成立し、神に権現の称号が与えられた。本地垂迹思想の進展により、天台では山王一実神道、真言では両部神道が成立した。江戸時代には、国学の隆盛に伴い、復古神道などが提唱されたが、民間における習合思潮は変化せず、明治維新の神仏分離令まで続いた。

常楽寺

北極星を神格化したものであるので、形式上の名称は菩薩でありながら、実質は大黒天、毘沙門天、弁才天などと同じ天部《てんぶ》に分類される。中国の道教で盛んであった北斗尊星法《ほくとそんせいほう》という祈祷とともに、妙見信仰がわが国に伝わり、中世以降、日蓮宗がこれを取り入れ、北辰妙見《ほくしんみょうけん》信仰《しんこう》として民間に普及した。

本殿へ登る石段を辿ると、石段の脇に萱《かや》を束ねたものが二十三夜石《にじゅうさんやせき》塔《とう》まで長々と続いている。これは、寛文二年（一六六二）より伝わる「蛇《へび》より行事《ぎょうじ》」に使われた萱の大蛇である。「蛇より行事」は、毎年八月七日に行われ、萱の大蛇に触れると、火厄から免れるといわれている。

常楽寺

妙見寺から来た道を戻り、稲城駅の北に出て、北側の大通りを東に少し進むと、常楽寺《じょうらくじ》がある。常楽寺は、樹光山浄土院《じゅこうさんじょうどいん》と号する天台宗の寺で、本尊は阿弥陀如来《あみだにょらい》である。天平年間（七二九～七四九）、行基が庵を編み、阿弥陀如来、観世音菩薩、勢至菩薩の三尊像、多聞天像、持国天像を刻んで祀ったのに始まると伝える。永禄元年（一五五八）、比叡山で学んだ僧・良順《りょうじゅん》による再興である。山門を入ると、正

青渭神社

面に阿弥陀堂があり、堂内には阿弥陀三尊像、元禄一二年（一六九九）作の閻魔王坐像《えんまおうざぞう》が祀られ、その奥に方丈形式の客殿があり、延命《えんめい》地蔵《じぞう》が安置されている。

本尊の阿弥陀如来像は、結跏趺坐像《けっかふざぞう》で、肉身部の漆箔《うるしはく》は剥落している。伏目の穏やかな表情に藤原時代の特徴が見られるが、螺髪《らほつ》はやや大粒で、衣紋《えもん》の線がやや密であることなどから、十二世紀前半の作であると推定されている。観世音菩薩像と勢至菩薩像は立像で、全体に漆箔が施されている。

■青渭神社

常楽寺から稲城市役所を経て八坂神社の東側の道を北西に進むと、青渭神社《あおいじんじゃ》がある。祭神は、青渭神《あおいのかみ》、猿田彦命《さるたひこのみこと》、天鈿女命《あめのうずめのみこと》である。『延喜式』神名帳に載る多摩八座の青渭神社であるとされている。『神社明細帳《じんじゃめいさいちょう》』には、「本社は延喜式神明帳に載する所の青渭神社の実蹟たれとも其の鎮座の年月に至りては未だ詳らず。一説に弘仁年中（八一〇～八二四）の鎮座との伝説あれとも確ならす」とある。『新編武蔵風土記稿』には、「青沼社《あおぬましゃ》、村の西に在り。猿田彦命《さるたひこのみこと》を祀れ

多摩川

り。青沼明神《あおぬまみょうじん》と号す。相伝ふ此辺に大なる沼ありて、その沼より神体出現せり。故に昔は大沼明神《おおぬまみょうじん》とかきしとされど、この説も語り伝えのみなれば、いかがあらん。神明帳にのせたる青渭神社は、もしくは当社ならんかとおもはるれど、郡内上沢井村《かみさわいむら》にも青渭神社と称する社あり、かの社殿も確かならざれば、いささかここに記しておくのみ」とある。『江戸名所図会《えどめいしょずえ》』『武蔵名勝図会《むさしめいしょうずえ》』『特選神明牒《とくせんしんめいちょう》』なども、式内社の青渭神社は当社であるとしている。しかし、青梅市沢井《おうめしさわい》の青渭神社、調布《ちょうふ》市深大寺町《しじんだいじちょう》の青渭神社という説もある。

■多摩川

青渭神社から川崎街道、JR南武線を横切り北へ進むと、多摩川《たまがわ》に出る。多摩川の堤防に上がって、上流へ進む。多摩川の流れに沿って吹いてくる風が心地よい。対岸が調布市であることに思いを馳せると、『万葉集』巻一四の次の歌が思い浮かぶ。

多摩川《たまがわ》に　さらす手作り　さらさらに
なにそこの児の　ここだかなしき　　一四・三三七三

この歌は――多摩川で、手作りの布を曝すように、その曝すではないが、さらにさらに、どうしてこんなに、その娘が愛おしく思われるのだろうか――という意味である。多摩川で太陽の光を全身に浴びて、きびきびと布を曝す若い女性の働く姿が目に浮かぶような歌で、日常の生活とからませて恋心が素朴に詠まれているが印象的だ。

但馬神社

しばらく土手の上を歩く。市営プールの東側の狭い道を下り、稲城第六小学校の南側を通って新田橋に出る。ここで右折して、水路に沿って進み、大丸地区会館で右折すると、会館の南側に但馬神社《たじまじんじゃ》がある。祭神は宇迦之御魂命《うかのみたまのみこと》である。この祭神は、稲魂を神格化したもので、食物を司る神である。境内には、「此のあたり　目に見えゆるものは皆涼し」の芭蕉の句碑がある。

円照寺

但馬神社から西へ進み、ＪＲ南武線の踏切を渡って、川崎街道で

租庸調　わが国の古代に行われた公課。租は口分田一反につき稲二束二把（約一一キログラム）、庸・調は成年男子（二〇～六〇歳）にかかる人頭税で、庸は歳役一〇日、または麻布二丈六尺もしくは米、塩などその土地の産物を納めた。調は絹、糸、綿、布の納入を基本としていたが、代わりに地方特産品三四品目または貨幣（調銭）による納入（調雑物）も認められた。正調は絹で納入する調絹と布で納入する調布があった。絹は天皇などの高貴な身分の人々が用いる最高級品であり、「布」とは別物とされていたので、当時の調布とは、麻をはじめ苧・葛などの絹以外の繊維製品を指していた。

円照寺

右折し、稲城ポンプ場から南西へ進むと、円照寺《えんしょうじ》がある。円照寺は、大慈山《だいじさん》と号する臨済宗建長寺派の寺で、本尊は十一面観世音菩薩《じゅういちめんかんぜおんぼさつ》である。山門を入ると、左手に獅子の池、その奥に本堂、山際に十王堂がある。武蔵国分寺の瓦を焼いた跡に行基が草創したと伝え、江戸時代以前には、隣接する大麻止乃豆乃天神社《おおまとのつのてんじんじゃ》の別当寺になっていた。

■大麻止乃豆乃天神社

円照寺の南に大麻止乃豆乃天神社がある。『延喜式《えんぎしき》』神名帳《じんみょうちょう》に載る式内社とされ、『武蔵名勝図会《むさしめいしょうずえ》』『神祇志料《じんぎしりょう》』『神名帳考証《しんめいちょうこうしょう》』『大日本地名《だいにっぽんちめい》辞書《じしょ》』などもこれを支持している。本殿は一間社流造で、軸部・壁面のほぼ全面を埋め尽くす彫刻群は目を見張るものがあり、江戸時代末期の大工職人の技術が頂点に達した時期における社殿建築の典型を見ることができる。

祭神は、櫛真知命《くしまちのみこと》、別名卜占神《ぼくせんしん》である。櫛真知命は、元の名が大麻《おおま》止乃豆乃天神《とのつのてんじん》で、『延喜式《えんぎしき》』神名帳《じんみょうちょう》の大和の項に、「香具山坐櫛真知神《かぐやまにいますくしまちじん》社《じゃ》、元名大麻等乃智神《もとのなおおまとのちのがみ》」とある神と同じであるとされる。しかし、大麻止乃豆乃天神社については、明治初年には、武蔵御嶽神社《むさしみたけじんじゃ》が大麻止

大麻止乃豆乃天神社

乃豆乃天神社と称していたので、武蔵御獄神社とする説もある。
一方、『新編武蔵風土記稿《しんぺんむさしふどきこう》』には、「丸をまどかと訓ず、下略するときはまとなり。これ神名帳に載る八座の内、大麻止乃豆乃天神を略して、麻止乃宮と称するなるべしと……信ずべからざるにや」とあり、この神社を「丸山明神《まるやまみょうじん》」と称し、式内社とすることに否定的である。
往古、多摩川は、たびたびの氾濫して流路を変え、中州が出来ては消えることを繰り返した。この中州は、「間島《まじま》」と呼ばれ、府中市住吉町の間島神社《まじまじんじゃ》は、この中州と関係があり、『稲城市史《いなぎしし》』には、大麻止乃豆は、間島の津とする説が示されている。武蔵国府から稲城大丸の間には、多摩川の大きな間島があり、その間島に津があったと推定されている。
この神社では、鹿卜《かぼく》が行われていた。鹿卜は、「鹿の肩焼《かたや》き」とも呼ばれ、『万葉集』巻一四の武蔵国東歌に次の歌が残されている。

武蔵野に　卜部《うらべ》肩焼《かたや》き　まさでにも
告《の》らむ君が名　占《うら》に出にけり　　一四・三三七四

この歌は――武蔵野の、占い師が鹿の骨を焼いて占うと、これまでに人に話したことのないあなたの名が、はっきりと占いに出てしまった——という意味である。

神社付近の瓦谷戸《かわらやと》、大丸城跡《おおまるじょうあと》から、十数基の窯跡が発見され、国分寺瓦や武蔵国府に関連する塼《せん》が出土している。これは、この神社に奉斎していた卜占者《ぼくせんしゃ》に関連して、祝部土器《いわいべどき》（須恵器）や瓦の制作技術に優れた者がいたことを物語っており、この地は武蔵国分寺瓦や国府の建物の瓦の一大生産地であったようである。

大麻止乃豆乃天神社の前の道を北に進み、民家の間を抜けて、ＪＲ南武線南多磨駅へ出てこの散策を終えた。

交通▼京王新宿駅で相模線橋本行きの電車に乗車、京王よみうりランド駅で下車。

卜占　卜占には、集団的・祭祇的傾向の強い正卜と、個人的・俗信的傾向の強い雑卜があった。正卜には、鹿の肩骨を焼いて、そのヒビなどによって事を占う太占（肩焼き）、亀の甲を焼いて、その亀裂で事を占う亀卜などがあった。雑卜には。夕方道の辻に立って、通行人が何気なく漏らす言葉で占う夕占、定めた地点まで吉凶の言葉を交互に唱え、到達したときの言葉で占う足占、石を蹴って挙がるか否かによって占う石占などがあった。

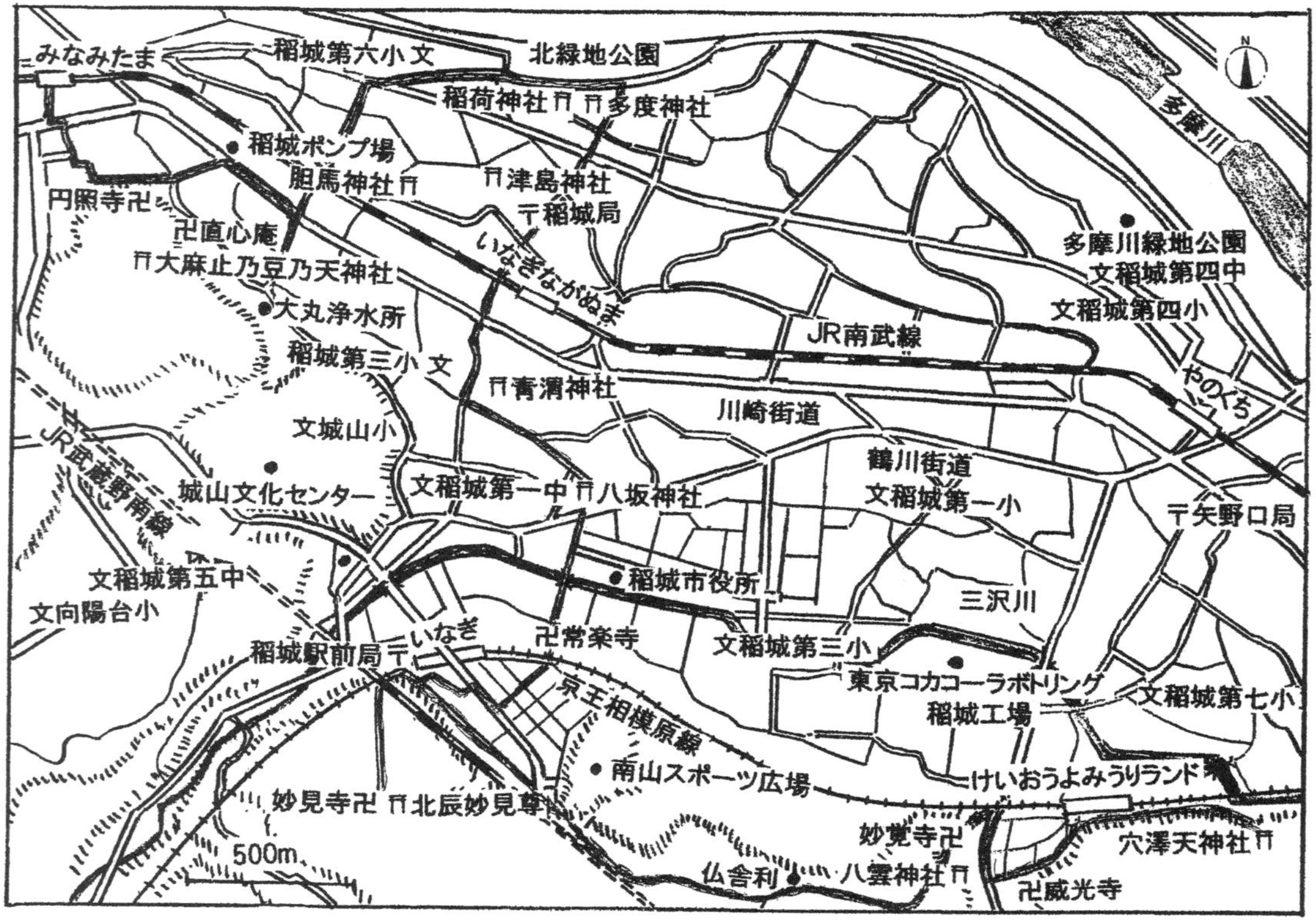
みなみたま
稲城第六小 文
北緑地公園
稲荷神社
多度神社
多摩川
稲城ポンプ場
胆馬神社
津島神社
稲城局
円照寺
直心庵
大麻止乃豆乃天神社
いなぎながぬま
多摩川緑地公園
文稲城第四中
文稲城第四小
大丸浄水所
稲城第三小 文
JR南武線
青渭神社
川崎街道
やのくち
文城山小
JR武蔵野南線
城山文化センター
文稲城第一中
八坂神社
鶴川街道
文稲城第一小
矢野口局
稲城市役所
文稲城第五中
文向陽台小
三沢川
いなぎ
常楽寺
文稲城第三小
稲城駅前局
東京コカコーラボトリング
稲城工場
文稲城第七小
京王相模原線
南山スポーツ広場
けいおうよみうりランド
妙見寺
北辰妙見尊
妙覚寺
穴澤天神社
500m
仏舎利
八雲神社
威光寺

稲城の安受コース

武蔵国府コース（東京都府中市）

府中市は東京都の中南部に位置し、地形的には、武蔵野台地の南部の崖線上にあり、その崖下を多摩川が流れている。大化元年（六四五）から大宝元年（七〇一）の間に、多摩郡小野郷、現在の府中市に武蔵《むさしの》国国府《くにこくふ》が設けられ、一一世紀頃まで武蔵国の中心であった。発掘調査の結果、国府があった場所は、大国魂神社《おおくにたまじんじゃ》境内を含む東側であると判明した。今回の散策では、この武蔵国の国府があった地を中心に、その周辺の史跡をめぐり、郷土の森の万葉歌碑を訪ねて、万葉の時代を偲ぶことにする。

■武蔵国国府

『日本書紀《にほんしょき》』『古事記《こじき》』には、「武蔵国の地域は、天穂日命《あめほひのみこと》、あるいはその子・建比良鳥命《たけひらとりのみこと》が国造《くにのみやつこ》である」と記されている。延暦八年（七八九）の『高橋氏文《たかはしうじぶみ》』にも、无邪志国造《むざしのくにのみやつこ》、知々夫国造《ちちぶのくにのみやつこ》の祖先のことが記され、『先代旧事本紀《せんだいくじほんぎ》』には、知々夫国造、无邪志国造、胸刺国造《むさしのくにのみやつこ》が支配し

国造　古代日本の行政機構において、朝廷によって任じられた行政区画の長。崇神天皇の時代に四道将軍の遠征ルートに沿って本格的な設置が開始され、景行天皇による西国遠征と倭建命の東国遠征に合わせて各地に首長が配置され、成務天皇の時代に一気に国造が設置された。その多くは、允恭天皇の時代に臣・連・君（公）・直（凡直）などの姓が贈られた。朝廷直轄領の県主と異なり、軍事権・裁判権など広い範囲で自治権が認められた。大化の改新以降、律令制によって廃止されたが、国造の称号や祭祀権などはそのまま残された。

ていたことが記されている。知々夫国造は現在の埼玉県の秩父地方、无邪志国造は埼玉県の北埼玉郡、足立郡などの埼玉県の東南部地方、胸刺国造は東京都多摩郡の多摩川流域の地方を支配していた。『日本書紀』安閑天皇《あんかんてんのう》の条には、次のような武蔵国造の争いの話が見える。

「武蔵国造の笠原直《かさはらのあたい》使主《おみ》は、長い間、同族の笠原小杵《かさはらのおき》と国造の地位を争っていたが、小杵はひそかに上野の大豪族・上毛野君《かみつけぬのきみ》小熊《おぐま》に助けを求めて、使主を殺そうとした。これを察知した使主は、逃れて朝廷に訴えた。朝廷は、その訴えを聞き入れて、使主を国造とし、小杵を誅殺した。喜んだ使主は、横渟《よこぬ》、橘花《たちばな》、多氷《たひ》、倉樔《くらす》の四カ所を屯倉《みやけ》として朝廷に献上した」と。

武蔵という地名は、『古事記《こじき》』に牟邪志《むさし》、『国造本紀《こくぞうほんぎ》』に无邪志《むさし》、胸刺《むさし》などと記されている。『日本書紀《にほんしょき》』天武一三年（六八四）の条には、「百済からの帰化人、僧尼、俗人の男女二三人を武蔵国に置いた」と記され、これが武蔵国の初見とされる。

武蔵国の成立年代は未詳であるが、大化の改新からそれほど遠くない時期の七世紀の中頃、それまでの国造が合併されて武蔵国が創設され、現在の府中市に国府が置かれたようである。創設当時の郡の数は明らかではないが、平安時代に著された『延喜式《えんぎしき》』によると、武蔵国

国造本紀　『先代旧事本紀』の巻一〇。編者、成立年代ともに未詳。大倭国より多禰島までの一三五の国造の設置時期、任命された者、初代国造の系譜の伝承などを記す。国造に関して、これだけ包括的な記事を持つ史料は他に存在せず、高い価値が認められる。

屯倉　大和朝廷による田地の大規模支配地。政治、経済、軍事、農業などの経営拠点で、そこに使者を派遣し、現地の首長に献納や人的奉仕を命じた。『日本書紀』では屯倉、『古事記』『風土記』では屯家、郷宅、三宅、三家と表記。

の郡の数は二一郡で、陸奥国《むつのくに》の三五郡についで第二位の数である。一〇世紀前半に作られた『和名類聚抄《わみょうるいじゅうしょう》』にも二一郡が見える。霊亀二年（七一六）に高麗郡《こまのこおり》が、また、天平宝字二年（七五八）に新羅郡《しらぎのこおり》が置かれたことを考慮すると、武蔵国の成立当時には、一九郡であったと想像される。

武蔵国の範囲は、現在の埼玉県全域、東京都、川崎市、横浜市を含んだ広い地域であった。大化の改新以後、わが国は約六〇ヵ国に分けられた。それぞれの国は、その大きさ、重要さによって、大、上、中、小の四等級に分けられ、武蔵国は最上位の大国であった。

武蔵国の国府の所在地については、従来、府中市の御殿池《ごてんいけ》、坪庭《つぼにわ》、京所《きょうづ》、高安寺《こうあんじ》、高倉《たかくら》の五つの場所が挙げられていた。昭和五〇年（一九七五）、府中市遺跡調査会が発足し、精力的に発掘調査が行われた。その結果、京所の大国魂神社の境内を含む東側から、二棟の大型東西棟建物とその西に総柱の南北棟建物三棟が発掘され、国府の中心的な建物であることが判明した。造営時期は八世紀前半頃で、八世紀中頃に掘立柱から礎石建ちに改修されたが、一〇世紀末には機能を失っていたと推定されている。

出土遺物としては、瓦や磚《せん》に武蔵国二一郡中の一九郡の郡名をヘラ

高浜虚子の句碑

書き、刻印、墨書で記しているものや、掘抜風《ほりぬきふう》の木枠井戸、まいまいず風の木枠井戸、柵、溝、土壙墓《どこうぼ》、火葬墓《かそうぼ》などの遺構や、水甕《みずがめ》、風字《ふうじ》硯《けん》、土師器《はじき》、須恵器《すえき》、彩釉土器《さいゆうどき》、瓦《かわら》、刀子《とうす》、鏃《やじり》などの遺物が発掘されている。

■高浜虚子の句碑

京王線府中駅で下車し、ケヤキ並木の道を南へ進むと、その中ほどに、高浜虚子の次の句碑がある。

秋風や　欅のかげに　五六人

■大国魂神社

甲州街道との出会いには、里程標が保存されている。その先に大国《おおくに》魂神社《たまじんじゃ》がある。祭神は大国魂大神《おおくにたまのおおかみ》、御霊大神《ごりょうのおおかみ》、武蔵国内諸神《むさしこくないしょしん》である。武蔵国の一の宮で、武蔵国の一の宮（一宮）から六の宮までを合わせ祀るため、「六所宮《ろくしょのみや》」とも呼ばれる。景行天皇四一年（一一一）、大国

大国魂神社

魂大神がこの地に降臨し、郷民が社に祀ったのが起源とされる。大国魂大神は出雲の大国主命《おおくにぬしのみこと》と同神で、その昔、武蔵の国を開き、人民に衣食住の道を教え、医療法やまじないの術も授けたとされる。俗に福神《ふくのかみ》または縁結《えんむす》びの神《かみ》として知られる。

大化の改新により、武蔵国府がこの地に置かれ、国衙の斎場として国司が祭務を統括するようになり、武蔵国の神々を合祀し、「武蔵総《むさしそう》社《じゃ》」と号するようになった。武蔵国の著名な六神社《ろくじんじゃ》（小野《おの》、小河《おがわ》、氷《ひ》川《かわ》、秩父《ちちぶ》、杉山《すぎやま》、金鑽《かなさな》）を合祀し、「武蔵総社六所宮《むさしそうじゃろくしょみや》」に改号された。正保三年（一六四六）、府中の大火で類焼したが、寛文五年（一六六五）、四代将軍・家綱《いえつな》が久世《くせ》大和守広之《やまとのかみひろゆき》を奉行として派遣し、寛文七年（一六六七）、朱塗りの三間社流造、檜皮葺の社殿が再建され、慶応年間（一八六五～一八六八）、屋根が銅葺に改められた。明治四年（一八七一）、大国魂神社に改号された。

境内には、狛犬一対（重文）、ケヤキ並木（天然記念物）などがある。この神社では、毎年、五月五日に例大祭が催される。この祭りでは、八基の神輿《みこし》と大太鼓《おおだいこ》が古式の行列を整え、消燈して闇夜の中を御旅所へ神幸するので、俗に「くらやみ祭」と呼ばれている。

妙光院

■妙光院

大国魂神社の東側の道を下っていくと、妙光院《みょうこういん》がある。妙光院は、本覚山《ほんかくさん》と号する真言宗豊山派の寺で、本尊は延命地蔵菩薩《えんめいじぞうぼさつ》で、多摩八十八ヶ霊場二三番札所である。貞観元年（八五九）、平城天皇の第三皇子で、弘法大師・空海《くうかい》の弟子の真如法親王《しんにょほうしんのう》が開山したと伝える。その後、数度の火災に遭って荒廃したが、永享一一年（一四三九）、宥《ゆう》源上人《げんしょうにん》により中興された。江戸時代には、この地方の末寺門徒二〇数ヵ寺を擁する真言宗の中心道場となり、幕府より寺領一五の御朱印状を拝領したと伝える。

寺宝には、寺からの贈物に対する八王子城主・北条氏照《ほうじょううじてる》からの礼状二通、金銅蓮華型磬《こんどうれんげがたけい》などがある。

■安養寺

妙光院の南に安養寺《あんようじ》がある。安養寺は、叡光山仏乗院《えいこうさんぶつじょういん》と号する天台宗の寺で、本尊は阿弥陀如来《あみだにょらい》である。貞観元年（八五九）、円仁《えんにん》（慈《じ》覚大師《かくたいし》）によって開山され、永仁四年（一二九六）、尊海僧正《そんかいそうじょう》が勅命

安養寺

により再興し、明治維新前は、武蔵総社大國魂神社の別当寺であった。多摩川三十三ヶ所観音霊場五番札所である。本堂は、寛政元年（一七八九）の再建で、明治初年頃までは寺子屋として使用されていた。境内には、金竜山浅草寺《きんりゅうさんせんそうじ》の観世音菩薩の分霊を安置した観音堂がある。山門は、寺門としては珍しい高麗門様式《こうらいもんようしき》で、天保四年（一八三三）の再建である。

寺宝には、寛文七年（一六六七）、上野《うえの》東叡山《とうえいさん》の円山亮順《まるやまりょうじゅん》が書いた「当世狸聖教記《とうせいたぬきせいきょうき》」、その伝説にある筑紫三位《ちくしさんみ》という狸が等海師匠《とうかいししょう》に別れる際に仏法の要旨を書いた文書がある。

■高札場跡

安養寺から旧鎌倉街道に沿って進むと、甲州街道との交差点の南西角に高札場跡《こうさつばあと》がある。高札場は、江戸時代に、幕府の政策、法度《はっと》、掟《おき》書《がき》などを一般庶民に通達するために、板に墨書して掲示した施設である。村や宿場の中心地、人通りの多い市場、辻などに設けられ、幕府の威光を示す重要な役割を果たしていた。この高札場では、屋根のある大型の枠組みだけが残され、掟書などが書かれた板札はない。

高安寺

■高安寺

甲州街道を少し西に進むと、高安寺《こうあんじ》がある。高安寺は、龍門山《りゅうもんさん》持統《じとう》院《いん》と号する曹洞宗の寺で、本尊は釈迦牟尼仏《しゃかむにぶつ》である。平安時代に、藤原秀郷《ふじわらのひでさと》が武蔵国府近郊に置いた居館を市川山見性寺《しせんざんけんしょうじ》に改めたのに始まると伝える。暦応年間（一三三八〜一三四二）、足利尊氏《あしかがたかうじ》が大徹《だいてつ》心悟禅師《しんごぜんじ》を開山として招き、臨済宗の禅寺として再興した。足利尊氏は、国分寺にならって、「安国利生《あんこくりしょう》」の寺の安国寺を国ごとに建設しようと進めていたので、龍門山高安護国禅寺《こうあんごこくぜんじ》と命名した。暦年の兵火により荒廃したが、慶長年間（一五九六〜一六一五）、青梅二俣尾《おうめふたまたお》の海禅寺《かいぜんじ》七世・天江東岳《てんこうとうがく》が復興し、曹洞宗に改められた。

寺宝には、弘治三年（一五五七）銘の北条氏康棟別銭免除朱印状《ほうじょううじやすむねべつせんめんじょしゅいんじょう》、氏康の虎《とら》の御判《ごはん》の御朱印状、尊氏から贈られた袈裟《けさ》などがある。

この地は、武蔵国守の藤原秀郷の館跡《やかたあと》と伝えられ、境内には、秀郷が創建した観音堂、秀郷ゆかりの秀郷稲荷《ひでさといなり》がある。さらに、源義経《みなもとのよしつね》が赦免嘆願して大般若経を書写したという義経・弁慶伝説《べんけいでんせつ》も伝えられ、そのときに用いたといわれる「弁慶《べんけい》の井《い》」と呼ばれる井戸もある。この寺は、崖上に位置しており、多摩川から多摩丘陵まで望めるので、戦国時代には、要害の地として、足利氏満《あしかがうじみつ》、足利持氏《あしかがもちうじ》らの武将の本陣が築かれた。

■高倉塚・高倉遺跡

高安寺の西の道を南に下り、ＪＲ・京王分倍河原駅《ぶばいがわらえき》の南の交差点で右折し、京王線のガードを潜ると、立川段丘緩斜面一帯《たちかわだんきゅうかんしゃめんいったい》に古墳群がある。その中の最大の古墳は「高倉塚《たかくらづか》」と呼ばれ、高さ約二・五メートル、長さ約二〇メートルの帆立貝型《ほたてがいがた》で、府中市に存在する塚の中では最大級のものである。

『新編武蔵風土記稿《しんぺんむさしふどきこう》』には、「田間《たなか》に胴塚、首塚などいひて多くの小塚ありて、其數しらず、其中に就て高倉塚と呼ぶものあり、是古へ《これいにしへ》國府屯倉《こくふみやけ》の蹟なるべしといへり、今按《あんずる》に天應元年高倉福信彈正尹兼《たかくらのふくしんだんじょういんけん》武蔵守《むさしのかみ》とみえしことあり、或は福信此府にありて卒《しゅつ》し、むくらをここに埋めしも又しるべからず」とある。

高倉塚の辺りは、平安時代の陶磁器《とうじき》、鉄器類《てっきるい》を出土する上層と、奈良時代の土師器《はじき》、須恵器《すえき》などを出土する下層から構成される高倉遺跡《たかくらいせき》である。竪穴式住居跡《たてあなしきじゅうきょあと》三八軒、掘立柱建物跡《ほったてばしらたてものあと》一棟、土壙《どこう》一五基など

高倉塚

分倍河原の古戦場碑

が発掘されている。出土した住居跡や遺物から、七世紀中頃から九世紀初めまで、人々が集落を営んで居住していたと推定されている。

分倍河原の古戦場跡

高蔵塚から来た道を戻ると、南側に分量橋の石標があり、雑田堀《ぞうだぼり》緑道《りょくどう》がつづいている。中央自動車道の下を潜り抜けると、分倍河原《ぶばいがわら》公園《こうえん》があり、この西端に分倍河原の古戦場碑《こせんじょうひ》がある。

分倍河原の戦いは、元弘三年（一三三三）、鎌倉攻めのために上野国《こうづけのくに》で挙兵した新田義貞《にったよしさだ》が、鎌倉街道を南下して、多摩川の渡河地点で、北条泰家《ほうじょうやすいえ》の大軍と激突した戦いである。新田義貞は、上州新田《じょうしゅうしんでん》の郷に討幕の兵を挙げ、南下して、小手指《こてさし》が原《はら》、入間川《いるまがわ》、久米川《くめがわ》で鎌倉軍と戦い、鎌倉軍は多摩川の分倍河原まで退却した。

鎌倉軍は、北条高時《ほうじょうたかとき》の弟・泰家を総大将として大軍を送り、対岸の関戸《せきど》に布陣をひいた。義貞の軍は、ここで激しく鎌倉軍と戦ったが、鎌倉の精鋭軍にたたかれて、掘兼《ほりかね》（現在の狭山市と所沢の間）まで後退した。しかし、鎌倉軍の味方であった三浦大多和義勝《みうらおおたわよしかつ》が相模の国人衆を引き連れて義貞軍に加担して、再び分倍河原で戦い、鎌倉軍は敗

郷土の森の府中宿の大店

れて、泰家は鎌倉に逃れた。義貞は、鎌倉まで追撃し、北条高時以下一門、与党数百人が東勝寺《とうしょうじ》で自害し、鎌倉幕府は滅亡した。

■郷土の森

分倍河原古戦場跡から新田川新道に沿って進む。この道は、途中に菖蒲池など、車の喧噪に悩まされることがない素敵な遊歩道であり、郷土の森までつづいている。

郷土の森には、旧甲州街道にあった商家、明治時代の郵便物取扱所、庄屋の長屋門などの建物のほか、竪穴式住居跡、庚申塔、まいまいず井戸などがある。中でも、まいまいず井戸は、この地方独特のもので、井戸の周囲を螺旋状に下って水場に行く構造になっている。

■郷土の森の万葉歌碑

郷土の森の中央部に、次の歌が刻まれた万葉歌碑がある。

赤駒《あかごま》を　山野《やまの》には可《か》し　捕《と》りかてに

郷土の森の万葉歌碑

多摩能横山《たまのよこやま》　か志《し》ゆか遣《や》らむ　二〇・四四一七

この歌は――赤駒を、山野に放してあるので、急に捕らえることが出来なくて、多摩の横山を歩かせて、夫を防人に行かせてしまった――という意味である。夫を防人に行かせる際に、馬に乗せてやりたかったが、放牧していたので捕らえることができず、夫を歩かせて行かせてしまった、という妻が夫を思う清らかな心情が詠まれている。この歌碑は、村上翠亭《むらかみすいてい》氏の揮毫により、昭和六二年（一九八七）、府中市によって建立された。碑表には、歌が読み下し文で刻まれている。この歌碑の建立の経緯は、府中市のパンフレットに次のように記されている。

「（前略）万葉歌碑の建設事業は、こうした市の計画に基づき進められたもので、武蔵国の国府として栄えたふるさと府中の歴史の一頁を後世に伝えるため『万葉集』巻二〇にある武蔵国ゆかりの防人の歌を刻んだ歌碑を設置し、国府時代の府中を偲ぶよすがとするとともに市民の郷土愛涵養の一助とすることを目的とした事業である（以下略）」。

陰碑には、国文学者・中西進氏の撰文で、次のように刻まれている。

「往古、府中市は武蔵国府の地であり、武蔵の国一帯から招集され国境防備に当たった防人《さきもり》たちも一たびこの地に集合した後に九州へと旅立っていった。府中市はこの昔に思いをはせ、防人の妻が夫への愛を歌った心を偲んで、万葉集よりこの歌を選び、揮毫を書家翠亭村上《すいていむらかみ》列《ならぶ》氏に依頼して、ここに古人の心をとどめようとする、地、あたかも防人が越えて行った多摩の横山を望見する河畔である」と。

郷土の森は、撰文に見られるように、多摩の横山を望見する多摩川の河畔にあり、この歌碑を見ていると、防人が国府へいったん集められ、多摩の横山を超えていった姿が目に浮かんでくる。

郷土の森から下河原緑道を通って北へ進む。この道は、多摩川の砂利運搬用として建設された鉄道の廃線を利用したもので、広々とした畑の中を一直線に北へ延び、解放された雰囲気の漂う遊歩道である。

下河原緑道の北端から府中駅に出て、この散策を終えた。今回は、大国魂神社とその周辺の史跡をめぐり、武蔵国府を偲ぶ散策となった。

交通▼京王新宿駅で高尾線高尾行きの急行電車に乗車、府中駅で下車。

まいまいず井戸　「まいまい」はカタツムリを意味し、井戸の形がその殻に似ていることから「まいまいず井戸」と呼ばれる。地表面を大きくすり鉢状に掘り窪め、その底部から短く垂直に井戸が掘られた構造である。すり鉢状の内壁の部分には、螺旋状の小径が設けられており、井戸水を汲むときには、利用者は地表面から螺旋状にここを通って底部の井戸まで下っていく。同様の構造を持つ井戸は、青梅新町の大井戸など多摩地域や八丈島にも見られる。

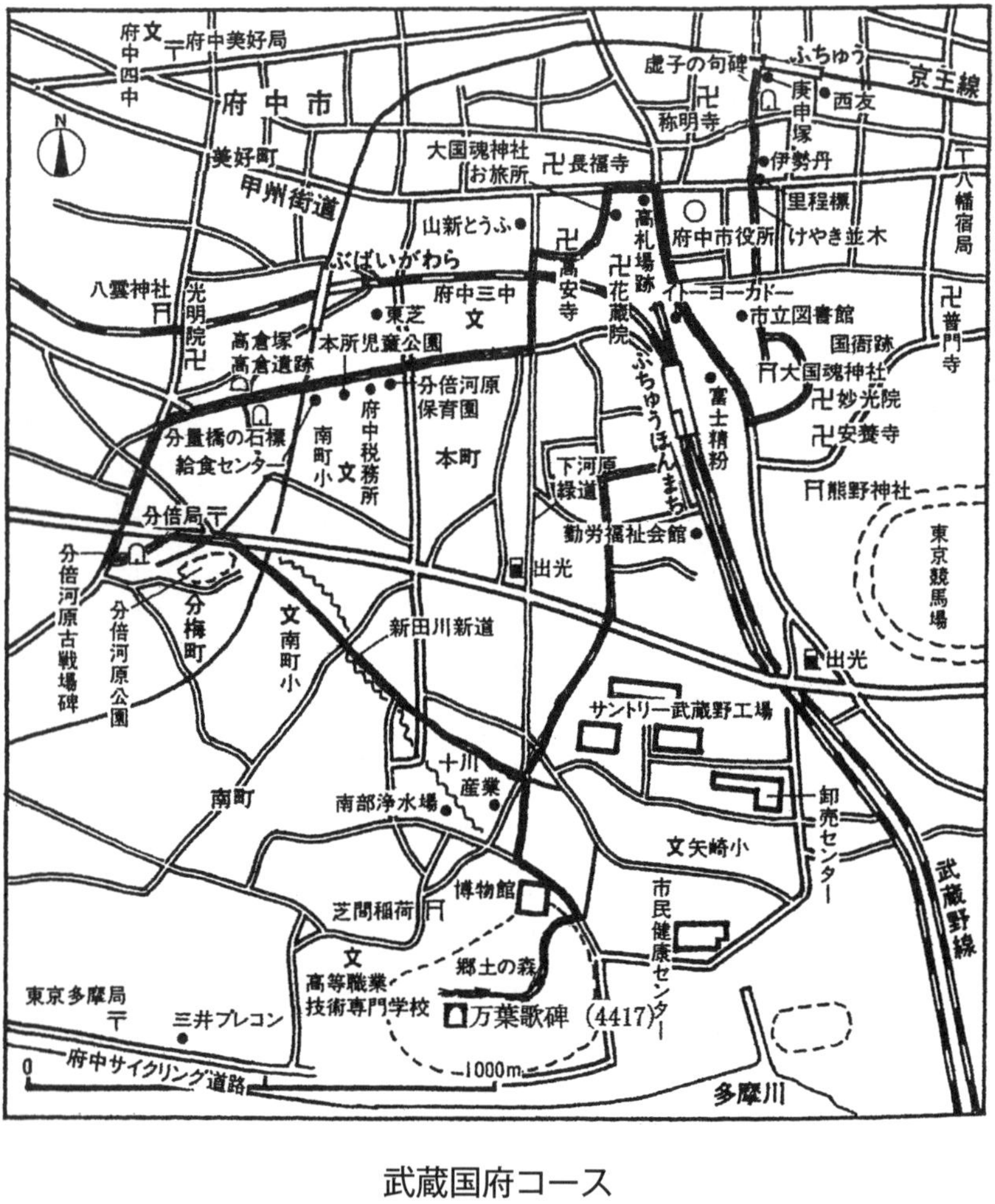
府中四中
府中美好局
府中市
美好町
甲州街道
虚子の句碑
ふちゅう
京王線
庚申塚
西友
称明寺
伊勢丹
大国魂神社お旅所
長福寺
八幡宿局
里程標
山新とうふ
高札場跡
府中市役所
けやき並木
ぶばいがわら
高安寺
八雲神社
光明院
府中三中
花蔵院
イトーヨーカドー
市立図書館
普門寺
東芝
本所児童公園
国衙跡
高倉塚
高倉遺跡
分倍河原保育園
府中税務所
富士精粉
大国魂神社
妙光院
安養寺
分量橋の石標
給食センター
南町小
本町
ふちゅうほんまち
下河原緑道
熊野神社
分倍局
勤労福祉会館
東京競馬場
分倍河原古戦場碑
分倍河原公園
分梅町
出光
新田川新道
南町小
出光
サントリー武蔵野工場
十川産業
南町
南部浄水場
卸売センター
矢崎小
武蔵野線
博物館
市民健康センター
芝間稲荷
郷土の森
高等職業技術専門学校
東京多摩局
三井プレコン
万葉歌碑（4417）
府中サイクリング道路
0
1000m
多摩川

武蔵国府コース

調布の里コース（東京都調布市）

『万葉集』巻一四に多摩川で布を曝す歌が残されている。万葉の時代には、現在の調布から狛江にかけて、唐や新羅からの帰化人が居住し、高度な織布や染色の技術を伝え、当時の税の一種である調の布の生産をしていた。多摩川流域には、調布《ちょうふ》、布田《ふだ》、砧《きぬた》、染地《そめち》、染屋《そめや》といった織物や染色に関わる地名が多く残されており、当時の織物産業の繁栄を物語っている。今回の散策では、万葉の時代の調布の里をめぐり、往古の織物生産を偲ぶことにする。

■紡織技術の導入と促進

まず、『日本書紀《にほんしょき》』『古事記《こじき》』により、わが国における紡織の歴史を辿ってみよう。応神天皇一四年には、百済から縫衣工女《きぬぬいおみな》が献納され、雄略天皇一四年には、使者を中国の呉に遣わして、兄媛《えひめ》、弟媛《おとひめ》、呉織《くれはとり》、漢織《あやはとり》の四工女を連れてくるなどして、紡織技術の発達を促した。仁徳天皇の時代には、珍しい虫として蚕が献上され、雄略天皇の時代には、

調布　調布の調は、万葉の時代の税制の租庸調の調で、調布は朝廷へ献上する布を生産していたことに由来する地名。絹で納入する調絹と布で納入する調布の二種類があり、絹は天皇などの高貴な人々が用いる高級品であり、布とは区別されていた。布は、麻、葛、楮などの皮から取った繊維で作られ、宮中行事や祭祀に用いられた。布は硬いので、臼で搗いて柔らかくして、多摩川で曝していた。

皇后自ら養蚕をしたり、桑を植えたりした。応神天皇時代以降になると、中国、朝鮮から大勢の帰化人が到来し、養蚕や紡織の技術を広めた。とくに、欽明天皇の時代には、秦人《はたびと》、漢人《あやひと》などの帰化人を全国に分置して、紡織の指導に当たらせ、紡織技術の普及に努めた。和銅四年（七一一）には、「桃文師《あやとりのし》」を全国二一ヶ国に派遣して、綿、綾の製法を教授した。

　このように、武蔵国への帰化人の往来は、従来の植物性繊維の生産だけでなく、養蚕による絹の生産によって、赤地錦《あかじにしき》、金糸入綴錦《きんしいりつづれにしき》、繧繝錦《うんげんにしき》、絹《きぬ》、綾織《あやおり》、絹絁《けんし》などの高級品も生産できるようになり、これを調として朝廷に上納された。

布多天神社

　調布の近くに布田《ふだ》という地名がある。『江戸名所図会《えどめいしょずえ》』には、「武蔵《むさしの》国《くに》、多摩郡新田《たまのこほりにふだ》、爾布多《にふだ》云々。按《あん》ずるに、風土記《ふどき》に出ずる所の爾布多、および和名抄《わみょうしょう》に載せる所の新田《にふだ》、共にこの地を云うならん。後、世上略して爾布多を布田とばかり唱ふる歟《や》。（中略）佞ずるに、万葉集多摩《たま》を多麻《たま》に作り、布田を布多《ふだ》とす。往古麻の布を多く産せしによ

布田　東京都調布市布田とそれに隣接する調布ヶ丘・小島町などの一帯を指す地名。かつては武蔵国多摩郡のうちで、「爾布多《にふだ》」の訓がある古代の多摩郡新田郷に由来する地名とする説もある。『和名類聚抄』には、新田《にふだ》、爾布田《にふだ》と見え、後に、略して布田になったという。往古から麻の布を多く生産し、朝廷に納入する調布を多摩川で曝す最適地とされ、布の意を含めて、布田という地名が起こったとされる。

布多天神社

り、その意を含みて麻に作るならん歟」とある。

京王調布駅で下車し、天神通りの商店街の中を北へ進むと、突き当たりに布多天神社《ふだてんじんじゃ》がある。祭神は、少彦名命《すくなひこなのみこと》、菅原道真《すがわらのみちざね》である。『延《えん》喜式《ぎしき》』神名帳《じんみょうちょう》に載る古社で、多摩郡八座の一つである。社伝では、垂仁天皇三年の創建とされる。往古は、多摩川河畔の「古天神《こてんじん》」と呼ばれる所にあったが、文明九年（一四七七）、多摩川の洪水を避けて、現在地に遷座され、そのとき、菅原道真が合祀されたという。

拝殿右横には、向かって左から、稲荷社《いなりしゃ》（倉稲魂命《うかのみたまのみこと》）、大鳥神社《おおとりじんじゃ》（日本武尊《やまとたけるのみこと》）、金刀比羅神社《ことひらじんじゃ》（大己貴命《おおなむちのみこと》）、御嶽神社《みたけじんじゃ》（日本武尊）・祓戸《はらえど》神社《じんじゃ》（祓戸四柱大神《はらえどよつはしらのおおかみ》）・疱瘡神社《ほうそうじんじゃ》（疱瘡の神）の合殿があり、厳島神《いつくしまじん》社《じゃ》（市杵島姫命《いちきしまひめのみこと》）の石祠が単独で鎮座し、末社に大鳥神社《じんじゃ》がある。

『新編武蔵風土記稿《しんぺんむさしふどきこう》』には、「桓武天皇延暦《かんむてんのうえんりゃく》一八年木綿《ゆふ》の實《み》始めて渡りしなれど、いまだ布に製することをしらず。其時多摩川邊に菅家《すがけ》の所縁にて、近国に名を顕はせし廣福長者《こうふくちょうじゃ》といへるものあり。天神の社へ七昼夜参籠して、不思議に神の告げを蒙《こうむ》り、布を製するの術を得て、多摩川にさらして、これをととのへて奉りぬ。是乃本朝《これすなはちほんちょう》木綿《ゆふ》の初めなりとかや。帝《みかど》御感《ごかん》浅からず、即ち其布を調布《ちょうふ》とのたまへり、それより此邊《このあたり》武州《ぶしゅう》調布の里といへり」とある。

調布の里碑

『日本書紀《にほんしょき》』崇神天皇一二年の条に、「弭調《ゆはずのみつぎ》」「手末調《たなすえのみつぎ》」とある。織った布を手末調として献納したので、朝廷も喜んで調布の里という地名を下したようである。

この神社には、天正一八年（一五九〇）、豊臣秀吉《とよとみひでよし》が北条氏《ほうじょうし》を攻略した際、秀吉が布多郷中《ふだごうちゅう》の人たちを安堵させるために下した太閤《たいこう》の制《せい》札《さつ》、寛政八年（一七九六）に建立された狛犬、婦人が布を曝す様子やまつわる小児や漁をする若者などを描写した布晒《ぬのさら》しの扁額《へんがく》などの文化財がある。

■調布の里碑

布多天神社の境内に、「調布《ちょうふ》の里碑《さとひ》」と呼ばれる松寿軒筆子《しょうじゅけんふでこ》中の碑がある。この碑は、弘化三年（一八四六）、国領宿《こくりょうじゅく》で寺子屋松寿軒《しょうじゅけん》を開いていた小林信継《こばやしのぶつぐ》が揮毫して建立された。碑表には、漢字で布多天《ふだてん》神社《じんじゃ》の由来が刻まれている。これを読み下し文に書き直すと次のようになる。

「多麻河《たまがわ》にさらす調布《たづくり》さらさらにとよみ給ひしは、此の布多《ふた》の里《さと》にぞありける。よりて此の所に布多天神社《ふたてんじんじゃ》おはしましけり。今玉川のほとりに、ふるき御社の跡有りて、そのかみ布さらせし里人の、まつり奉りし御神なるに、いつの頃よりや、このわたりにはうつし奉りけむしらず、此の御神は延喜の御宇の式とかやいへる。ふみにも御名はありて、いちしるきを、ともすれば呉竹《くれたけ》のすぐなる御代に似げなく、人のいひ誤れるふしの、まじり行も、いとかたはらいたくなむありける。かかれば、物かわりほしうつり、多摩川の流れの末には布晒《ぬのさら》し里は、爰《ここ》になどあらぬ所にて、打出の浜のうちいでて、いはいからさきいかがあらむと、此の石ぶみを建て、かの布晒せし里の跡いく萬代も動きなく、人のまとはぬあかしとなしけり。又この河のほとりに住みながら、みなかみしらで過ぬるもくちおしくて、いにしとし、尋ゆき見つるに、『苔の露　いわねのしずく　落つもり　ながれてきよき　多摩川のみず』。ときは弘化三年といふとしの、きさらぎ十日あまり一日」と。

碑陰には、国領村、下布田村などの村名と松寿軒筆子の名を刻む。

『万葉集』には、これに関連した次の歌がある。

多摩川《たまがわ》に　さらす手作り　さらさらに
何そこの児《こ》の　ここだ悲しき　　一四・三三七三

東歌に対する二つの見解　東歌は、全ての歌が作者名をもたないこと、東国方言が多用されていること、歌の素材や歌いぶりが農民生活に密着したものであることと、野趣にあふれる素朴さを持つことなどから、東国民謡とする見解がある。一方で、いかにも都人の手になるように洗練されていること、全てが短歌形式で統一されていること、修辞として序詞が多用されていることなどから、民謡説を否定する見方もある。

琥珀神社

この歌は――多摩川に、曝す手作りの布のように、いまさらながらも、どうしてこの子が、こんなにもひどく可愛いのだろうか――という意味である。多摩川で布を曝す作業をしているきびきびとした娘の作業が目に浮かぶ。

大化の改新により、租《そ》、庸《よう》、調《ちょう》の税制が設けられた。この中の調は、布などの現物を納める税で、調布《ちょうふ》、布田《ふだ》という地名は、往古、この地域で布の生産が盛んであったことに由来する。

■琥珀神社

布多天神社から東へ進み、中信調布センターの東で左折し、共和電業で右折し、布田公園の西側の道を北進すると、野川の河畔に出る。琥珀橋《こはくばし》を渡りしばらく進むと、左側に琥珀神社《こはくじんじゃ》がある。この神社は、多摩郡八座の一つで、『延喜式《えんぎしき》』神名帳《じんみょうちょう》には、「尾狛神社《おこまじんじゃ》ともいわれ、往古に官祭の由緒があるので、前の旧地頭から毎年祭典料として米一俵下給された」とある式内社とされる。創建は崇峻天皇二年といわれ、祭神は大歳御祖神《おおとしのみおやのかみ》、倉稲魂命《うかのみたまのみこと》である。

境内には、文政一一年（一八二八）銘の佐須村の名主・温井義邦《はるいよしくに》が

深大寺の門前の茶店

撰文し、深大寺住職・堯偏《ぎょうへん》が揮毫した狛江郷佐須琥珀神社《こまえごうさすこはくじんじゃ》の碑《ひ》がある。方形の大きな自然石で作られた雅致《がち》のある碑である。碑表には、神社の由来が達筆の漢文で刻まれており、これを読み下し文で書き直すと次のようになる。

「武蔵国風土記という古書に、多摩狛江郷《たまこまえごう》の琥珀神社は、圭田《けいでん》七十三束にして、お祀りしてある祭神は大歳御祖神である。崇峻天皇の二年己酉《つちのととり》の八月に初めてお祭りの行事があった。延喜式神明帳にも亦此の神社の社号が記載されている。崇峻天皇二年巳酉の年は、今文政《ぶんせい》戊子《つちのえね》の年から逆算すると、千二百四十年もの昔のことである。延喜の年号からでも既に一千年に近い」と。

碑陰には、温井義邦、桑田重定《くわたしげさだ》の二人の和歌が刻まれている。この神社の境内には、文政一一年に温井義邦が建立した鳥居がある。

現在の社殿は、明治三二年（一八九九）に再建されたもので、本殿が再建されたとき三枚の棟札が発見され、古い棟札には、「天平勝宝二年（七五〇）奉再建」、天和三年（一六八三）の棟札には、「奉造社頭一宇」と書かれている。境内の北西の道沿いには、佐須村講中一五名によって建立された宝暦七年（一七五七）銘の二基の庚申塔《こうしんとう》がある。

境内には、都天然記念物で、都内有数のクロマツの大木が聳えてい

深大寺の山門

る。『江戸名所図会《えどめいしょずえ》』には、「社前に古松二株鬱蒼《うっそう》と聳《そび》えたり」とあり、かつては、社前の西方にも古松が相対していたようだ。

■池上院

琥珀神社から北へ進み、中央自動車道の下を潜り、左折して竹藪の北側の地道を通り抜けて、民家の間を進むと、池上院《ちじょういん》がある。池上院は、浮岳山《ふがくさん》と号する天台宗の尼寺で、本尊は阿弥陀如来《あみだにょらい》である。創建年代は未詳であるが、天保一二年（一八四一）の深大寺の分限帳の内に、深大寺に直属した寺中《じちゅう》（地中《ぢちゅう》・支院《しいん》）四カ寺の一寺院として、池上院の名が見られる。深大寺参道の一つに面し、深大寺の支院として開創されたようだ。

『新編武蔵風土記稿《しんぺんむさしふどきこう》』には、「池上院、大門の前にあり、堂は三間半に六間半南向なり。本尊阿弥陀如来、木の坐像にして長六寸ほど」とある。数本の老杉、サルスベリの老木などに包まれ、北に丘を控え、静寂な雰囲気が漂っている。境内の隅に、嘉永四辛亥《しんがい》（一八五一）春銘の石幢六地蔵《せきどうろくじぞう》の三界万霊塔《さんがいまんれいとう》、延宝八年（一六八〇）銘の庚申塔、嘉永三年（一八五〇）銘の馬頭観音など、石仏や石塔が多数ある。

深大寺

■深大寺

池上院の西側で右折して坂を登り、カルメル教会修道院を経て、坂を下っていくと、深大寺《じんだいじ》がある。深大寺は、浮岳山昌楽院《ふがくさんしょうらくいん》と号する天台宗の寺で、本尊は弥陀如来である。天平五年（七三三）、満功上人《まんくうしょうにん》によって法相宗《ほっそうしゅう》の寺として開創された。寺名は、そのときに深沙大王《じんさだいおう》像《ぞう》を刻んで安置したので、大王名にちなんで付けられたと伝える。

貞観年間（八五九〜八七七）、恵亮和尚《えりょうかしょう》によって天台宗に改宗された。正暦二年（九九一）、良源《りょうげん》（元三大師《がんざんだいし》、慈恵大師《じえたいし》）の自刻像が弟子の慈忍和尚《じにんかしょう》、恵心僧都《えしんそうず》の両師の意を受けた寛印法師により、遥か比叡山より深大寺に遷座され、密教道場として栄えた。鎌倉時代に堂宇を焼失したが、世田谷領の領主・吉良《きら》氏により復興し、江戸時代には、徳川幕府から五〇石の朱印地を拝領した。現在では、元三大師の寺として賑わいを見せている。

深大寺は、国木田独歩《くにきだどっぽ》の『武蔵野《むさしの》』や徳冨蘆花《とくとみろか》の『みみずのたわごと』にある武蔵野の面影が色濃く残る鬱蒼とした森の中にある。桃山時代の建築様式を伝える古風な茅葺きの山門を入ると、右側に南北朝時代に鎌倉の鋳物師・山城守宗光《やましろのかみむねみつ》によって作られた梵鐘《ぼんしょう》が懸かる鐘楼

青渭神社

がある。正面に本堂があり、左手の小高い丘の上に元三大師堂《がんざんだいしどう》、その右手前方に白鳳仏を安置する釈迦堂《しゃかどう》、さらに左手奥の木立のなかに秘仏を祀る深沙大王堂《じんじゃだいおうどう》、本堂右手には、客殿、書院、庫裡などが立ち並び、堂々とした風格を醸し出している。

この寺には、白鳳仏として有名な銅造釈迦如来倚像《どうづくりしゃかにょらいいぞう》（国宝）、梵鐘《ぼんしょう》（重文）、元三大師参詣《がんざんだいしさんけい》の道標《どうひょう》、深大寺縁起《じんだいじえんぎ》（市重宝）、河鍋暁斎《かわなべきょうさい》の天井画《てんじょうが》「竜《りゅう》」（市重宝）、深大寺横合狼藉禁止《じんだいじよこあいろうぜききんし》の朱印状《しゅいんじょう》（市重宝）などの寺宝がある。

境内には、篠原温亭《しのはらおんてい》の句碑、高浜虚子像《たかはまきょしぞう》、金原省吾《きんばらせいご》の歌碑、小堀画《こぼりが》伯《はく》の供養塔など、多数の碑や石塔がある。

■青渭神社

深大寺から東へ少し進んだところに、青渭神社《あおいじんじゃ》がある。祭神は青渭《あおいの》大神《おおかみ》である。『延喜式《えんぎしき》』神名帳《じんみょうちょう》に載る多摩郡八座の一つであるが、創建年代は未詳である。この神社の前は、「池の谷戸《いけのやと》」「青波《あおなみ》さま」と呼ばれ、神社は「青波天神《あおなみてんじん》」と称していた。それは、往古、神社の前に青波を立てていた五町歩余りの大池があったことに由来する。『江戸《えど》名所図会《めいしょずえ》』には、「青波立ちし故の社号」とある。
この池は、一部が埋め立てられたが、残りは神代寺農高の養魚場になっており、ベニマスが養殖されている。境内には、市天然記念物の大ケヤキがある。

■深大寺自然広場のカタクリ

深大寺自然広場のカタクリ

青渭神社の前の道を神代寺農高の農場に沿って進み、住宅街を通り抜け、中央自動車道の上の陸橋を渡って南へ進むと、深大寺自然広場《じんだいじしぜんひろば》がある。自動車道のすぐ傍の道を下って自然広場に入ると、正面の斜面の雑木林の中にカタクリの群生地がある。『万葉集』巻一九に、カタクリの花は次のように詠まれている。

もののふの　八十娘子《やそをとめ》らが　汲《く》みまがふ
寺井《てらい》の上の　堅香子《かたかご》の花
一九・四一四三

この歌は——(もののふの)、たくさんの娘子が、水を汲みに集まって賑わっている寺の境内にある、井戸のほとりに、カタクリの花

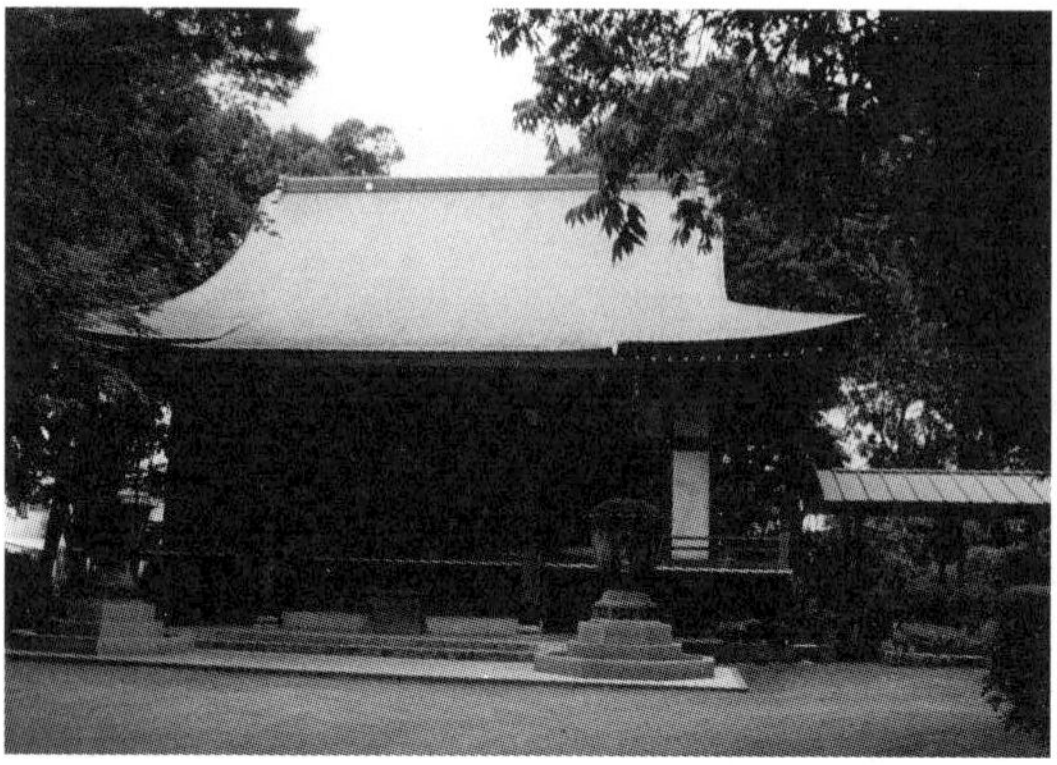
祇園寺

が咲いている――という意味である。越中国の国分寺（現高岡市）で大伴家持が詠んだ歌である。桜が開花している頃にこの地を訪れると、可憐なカタクリの花を見ることができる。

■祇園寺

深大寺自然公園からさらに南下すると、水田に囲まれた木立の中に祇園寺《ぎおんじ》がある。ほとんど人が訪れることもない別天地の閑寂な雰囲気の寺である。祇園寺は、琥珀山日光院《こはくさんにっこういん》と号する天台宗の寺で、本尊は阿弥陀如来《あみだにょらい》である。『新編武蔵風土記稿《しんぺんむさしふどきこう》』には、「境内除地三段六畝、村の中央にあり。琥珀山日光院と称す。本尊三尊阿弥陀木像立身長二尺余観音勢至《かんのんぜいし》長一尺余。開山は本山と同じく満功上人《まんくうしょうにん》、天平勝宝二年起立といふ。其他事跡《そのたじせき》を伝えず」とある。

深大寺と同じく、満功上人により、天平年間（七二九～七四九）に開創された深大寺に次ぐ古刹であるが、無住の時代が長く、記録が消え失せて、由緒が詳らかではない。往古、「佐須《さす》の里《さと》」と呼ばれた里のほぼ中央の閑静なところにあり、落ち着いた雰囲気を漂わせている。正面の本堂は、昭和五三年（一九七八）に再建されたもので、境内に

国領神社の千年藤

は、薬師堂《やくしどう》、観音堂《かんのんどう》、閻魔堂《えんまどう》などがある。

薬師堂は、『江戸名所図会《えどめいしょずえ》』によると、近傍から当所に移されたという。『新編武蔵風土記稿《しんぺんむさしふどきこう》』には、「客殿の東にあり、立身の木造長一尺許《ばかり》行基《ぎょうき》の作と併せて日光月光立身の木造あり、いかにも古色なり。薬師の胎内に弘法真筆《こうぼうしんぴつ》の心経一巻を蔵む。前立《まえだて》の薬師仏立身の木造長さ一尺八寸是は恵心《えしん》の作といふ」とある。

薬師堂は、江戸時代の建築様式が見られ、享保年間（一七一六～一七三六）の建立と推定されている。境内から、付属施設、什器などが発掘され、歴代住職の墓、右近長者《うこんちょうじゃ》の後裔といわれる温井氏《はるいし》の墓がある。

■国領神社

祇園寺から南へ進むと、甲州街道に面して国領神社《こくりょうじんじゃ》がある。祭神は、神産巣日神《かみむすびのかみ》、天照大神《あまてらすおおみかみ》、建速須佐之男命《たてはやすさのおのみこと》である。国領神社と神明《しんめい》社《しゃ》（八雲神明社《やくもしんめいしゃ》、杉森神明社《すぎのもりしんめいしゃ》）は、古代、ともに多摩川の辺にあったが、江戸時代の初期、甲州街道が整備されたとき、八雲小学校の裏の現在地に、合祀されて遷座された。

この神社の境内には、樹齢四〇〇～五〇〇年といわれる「千年藤《せんねんふじ》」

常性寺の馬頭観音塔

と呼ばれる藤の大木があり、調布八景の一つに数えられている。五月に訪れると、見事な開花が見られる。この藤は、幾歳月を経た今日でもよく延び茂るので、延命、子孫繁栄、商売繁盛、万物繁盛に通じ、また「フジ」の字は不二《ぶじ》、無事《ぶじ》に通じるので、災厄を防ぎ守る御神木として敬い崇められている。

■常性寺

国領神社から一つ西の通りを南へ進むと、常性寺《じょうしょうじ》がある。常性寺は、医王山長楽院《いおうさんちょうらくいん》と号する真言宗の寺で、本尊は薬師如来《やくしにょらい》である。鎌倉時代の創建と伝えるが、開山、開基は詳らかではない。

境内には、不動堂、地蔵堂がある。不動堂には、江戸時代にこの寺を中興した祐仙法印《ゆうせんほういん》が上総国《かずさのくに》の成田山新勝寺《なりたさんしんしょうじ》から勧請した成田山不動《なりたさんふどう》菩薩《ぼさつ》が祀られ、「布田《ふだ》の不動《ふどう》さん」と呼ばれて、近隣の人たちから親しまれている。地蔵堂には、一願地蔵菩薩像が祀られている。

境内には、文政七年（一八二四）、調布市域および近隣の一九ヶ村、八王子の鳶中買《とびなかがい》らが協力して建立した馬頭観音塔《ばとうかんのんとう》がある。高さ約一・五メートルで、三層からなり、正面に馬頭観世音菩薩像《ばとうかんぜおんぼさつぞう》が刻まれている。

常性寺から京王布田駅に出て今回の散策を終えた。今回は、武蔵野の面影が色濃く残る雑木林が点在する中を、万葉時代の調の布の生産に携わった人々の生活に思いを馳せながらの散策となった。

交通▼京王新宿駅で高尾線高尾行きの急行電車に乗車、調布駅で下車。

馬頭観音　仏教の信仰対象である菩薩の一尊。観世音菩薩の化身で、六観音の一つ。他の観音が女性的で穏やかな表情を持つのに対し、馬頭観音は目尻を吊り上げ、怒髪天を衝き、牙を剥き出した憤怒《ふんぬ》相である。人身で、頭が馬のものと、馬の頭飾りを戴くものとがある。馬頭は、諸悪魔を下す力を象徴し、煩悩を断つ功徳があるとされる。しかし、一般には、馬の無病息災の守り神として信仰され、三面八臂、四面八臂などのものもある。また、八大明王の一つとして馬頭明王、あるいは馬頭大士の形でも信仰されている。

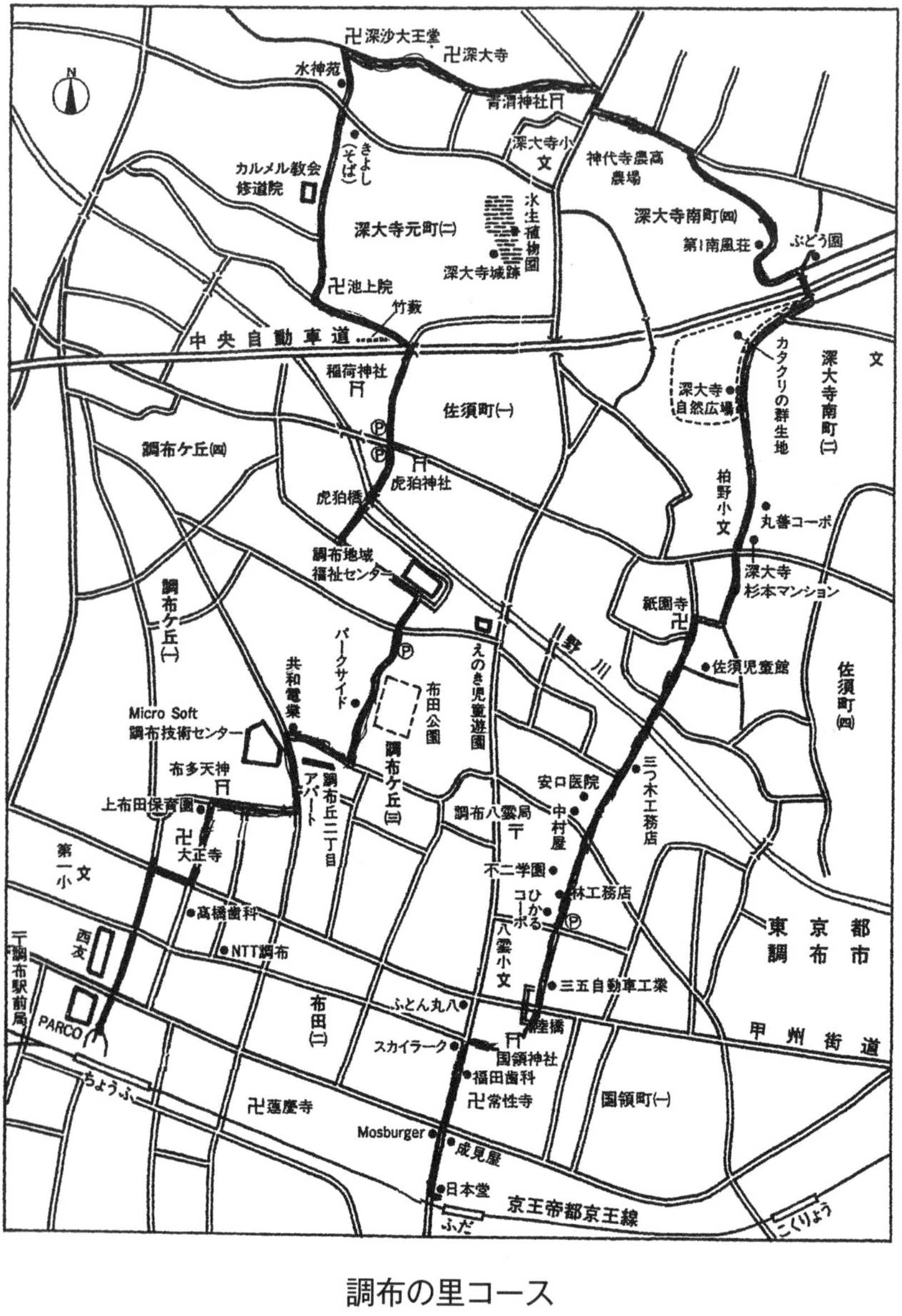
深沙大王堂
深大寺
水神苑
青渭神社
深大寺小
神代寺農高農場
カルメル教会修道院
きよし（そば）
深大寺元町(二)
水生植物園
深大寺城跡
深大寺南町(四)
第1南風荘
ぶどう園
池上院
竹薮
中央自動車道
カタクリの群生地
深大寺南町(二)
深大寺自然広場
稲荷神社
佐須町(一)
調布ケ丘(四)
虎狛神社
虎狛橋
柏野小
丸善コーポ
調布地域福祉センター
深大寺杉本マンション
祇園寺
野川
パークサイド
えのき児童遊園
佐須児童館
佐須町(四)
調布ケ丘(一)
共和電業
布田公園
Micro Soft
調布技術センター
調布ケ丘(三)
三つ木工務店
布多天神
調布丘二丁目アパート
安口医院
上布田保育園
中村屋
調布八雲局
大正寺
第一小
不二学園
林工務店
ひかるコーポ
東京都調布市
髙橋歯科
西友
八雲小
NTT調布
調布駅前局
三五自動車工業
布田(二)
ふとん丸八
PARCO
甲州街道
スカイラーク
国領神社
ちょうふ
福田歯科
常性寺
薬慶寺
国領町(一)
Mosburger
成見屋
日本堂
京王帝都京王線
ふだ
こくりょう

調布の里コース

第六章　小田急電鉄沿線

相模嶺（大山）コース（神奈川県伊勢原市）

広沢寺温泉の万葉歌碑

『万葉集』巻一四に相模嶺《さがむね》を詠んだ歌がある。相模嶺は、神奈川県の相模平野の西に秀麗なピラミッドのような山容をして聳える大山《おおやま》であると比定されている。万葉の時代には、武蔵国の国府があった府中から、相模原《さがみはら》、伊勢原《いせはら》、秦野《はだの》を経由して、足柄峠《あしがらとうげ》へ通じる官道があった。万葉人は、今とほとんど変わらない美しい山容を目にしながら、この官道を往来したものと想像される。今回の散策では、この大山周辺の史跡をめぐり、大山に登って、相模嶺を偲ぶことにする。

広沢寺温泉の万葉歌碑

小田急伊勢原駅で下車し、上谷戸《かみやと》または上煤《かみすす》が谷《や》行きのバスに乗ると、約三〇分で広沢寺温泉《こうたくじおんせん》入口に着く。大山を正面に見ながら、長閑な田圃風景の中を歩むと、広沢寺温泉がある。広沢寺温泉には、「玉《ぎょく》翠楼《すいろう》」という一軒宿があり、この前庭に、次の歌が刻まれた万葉歌碑がある。

相模嶺《さがむね》の　小《を》峰《みね》見《み》隠《かく》し　忘れ来る
妹《いも》が名呼びて　我を音《ね》し泣くな

一四・三三六二

この歌は——防人に召されて、故郷の相模嶺をあとにして旅立った、妻の面影がやっと浮かばなくなったときに、同行者が妻の名前を呼んで、わたしを泣かせることよ——という意味である。旅に出て、妻の名前を耳にして、思わず泣いた、という別れのつらさが詠まれている。

この歌碑は、自然石の表面に万葉仮名で歌が刻まれている。国文学者・中西進《なかにしすすむ》氏が玉翠楼で万葉集注釈の業に従ったことを記念して、中西進氏の揮毫により、昭和六二年（一九八七）に建立された。碑陰には、建碑の由来が次のように刻まれている。

「相模は古い歴史と伝承の地である。この地に生を受けたわれわれの遠つ御祖《みおや》たちの生活の息吹は、記紀万葉に久遠《くおん》の輝きをとどめ、今なお繙《ひもと》く人の心に切々と訴えてやまない。なかんずく歌碑掲載の東歌中の相模嶺の小嶺は、当地から峰続きの大山に比定され、万葉人の離別の情を歌ってひとしお哀しい」と。

中西進氏が玉翠楼で万葉集注釈の業に従ったことを記念して、館主の本山氏が歌碑の建立の発願撰文を依頼して、歌碑が建立された。

大山　神奈川県伊勢原市・秦野市・厚木市境にある標高約一、二五二メートルの山。丹沢山などの丹沢の山々とともに、丹沢大山国定公園に属し、日本三百名山や関東百名山の一つである。別名を「阿夫利山」、「雨降山」ともいう。富士山のような三角形の美しい山容から、古くから庶民の山岳信仰の対象とされた。「大山」の名称は、山頂に祀った大山祇神に由来するといわれるが、大山祇神は、かつては「石尊大権現」と呼ばれていた。大山の山頂には、巨大な岩石を御神体（磐座）として祀った阿夫利神社の本社（上社）があり、中腹に阿夫利神社下社、大山寺が建つ。

広沢寺

広沢寺

玉翠楼から庭続きの石段を登っていくと、広沢寺《こうたくじ》がある。広沢寺は、太冨山《たふさん》露栢庵《ろはくあん》と号する曹洞宗の寺で、本尊は薬師如来《やくしにょらい》である。『新編《しんぺん》相模国風土記稿《さがみのくにふどきこう》』には、「開山は了庵《りょうあん》で、この地に庵室を結び、露栢庵と号し、隠栖《いんせい》す。その後、住僧原佐《げんさ》を中興とす。中興開基は上杉《うえすぎ》修理大夫《しゅりたいふ》定正《さだまさ》なり。越後翁住職の時北条左京大夫《ほうじょうさきょうたいふ》氏綱《うじつな》再造営す。故に此二人とも中興と称す」とある。天正一九年（一五九一）、寺領五石の御朱印を賜っている。この寺には、「當山開山了庵慧明和尚《とうざんかいざんりょうあんすいめいおしょう》」と書かれた開山自筆の位牌が残されている。

境内には、上杉定正と妻・綾姫《あやひめ》の墓がある。上杉定正は、上杉四家の一つである扇谷家の武将で、太田道灌《おおたどうかん》を謀殺したことで知られる。

日向薬師

広沢寺温泉から多摩川に沿って進み、不動尻への道を分け、大沢川の渓流に沿って進むと、大釜弁財天《おおがまべんざいてん》の前に出る。すぐ先の左側の指導標にしたがって七曲がりの登山道を辿る。尾根に出てしばらく進むと、

日向薬師

日向山《ひなたやま》（標高約四〇四メートル）の山頂に着く。山頂には祠があり、石仏が静かに佇んでいる。ここから相模平野の全貌、三浦半島、内房総のパノラマが楽しめる。

日向山の山頂から急坂を下ると、中腹に梅園があり、やがて日向薬《ひなたやく》師《し》の裏に出る。日向薬師は、日向山霊山寺《ひなたさんりょうさんじ》と号する真言宗の寺で、本尊は薬師如来《やくしにょらい》である。元正天皇の勅願寺として、霊亀二年（七一六）に僧・行基《ぎょうき》により開創されたと伝える。『霊山寺縁起《りょうさんじえんぎ》』には、次のように記されている。

「紀州を旅していた行基は、ある日道端でうずくまっている一人の癩《らい》患者《かんじゃ》を見つけた。皮膚は破れて血膿が垂れ、思わず眼をそむけるような有様であった。行基は、『熊野の本宮には癩によく効く温泉があると聞くが、どうしてそこへ行って治療しないのか』と尋ねた。癩患者はこれを聞くと、『その話はかねてから聞いており、ぜひそうしたいが、この体ではとてもその力もなく、またすでに蓄えもないので、願っても由ないことです』と答えた。行基は、いかにも哀れに思い、癩患者を背負って熊野本宮《くまのほんぐう》への旅をつづけた。ようやくにして熊野の温泉に着き、湯ぶねに患者を入れると、癩患者は忽ちにして金色の薬師如来に変わった。如来は行基に向かって、『私はお前の心を試そうとして仮に癩患者となったのであるが、お前の心の程はよくわかった』といって、一枚の木の葉を示し、『木の葉の止まるところこそお前の止まるところである。お前の止まるところは、また私の像の止まるところであるから、私の像を刻み、仏法を広めるとよい』といって木の葉を空中に投げた。木の葉は、風のままに東へ向かって舞い、この日向の山中に落ち、行基は白鬚明神《しらひげみょうじん》、熊野権現《くまのごんげん》の二神から授けられた霊木に薬師如来の像を刻み、一宇を建立して、霊山寺とした。このことは、やがて天聴に達し、元正天皇《げんしょうてんのう》の勅願寺となった」と。

この地は、阿夫利山《あふりやま》の東山麓にあって、東方には日光を遮るものはないので、「日向《ひなた》」と呼ばれ、神仙の霊窟、異人の幽棲《ゆうせい》、衆霊の棲息《せいそく》するところであるから、霊山寺と名付けられたという。往事には、八ヶ坊があったが、現在では、別当坊の宝城坊《ほうじょうぼう》が残るのみである。高《たか》尾山薬王院《おさんやくおういん》、新井薬師《あらいやくし》、峰《みね》の薬師《やくし》とともに武相四大薬師の一つに数えられている。朱塗りの単層の茅葺屋根の宝城坊は、万治三年（一六六〇）の建立で、山寺らしい落ち着いた雰囲気を醸し出している。

この寺には、本尊の薬師三尊像《やくしさんぞんぞう》、十二神将像《じゅうにしんしょうぞう》、獅子頭《ししがしら》など多くの重要文化財がある。薬師三尊像は鉈彫《なたぼり》である。鉈彫は関東地方以北に残るもので、鋸、斧などで調材を整え、丸鑿《まるのみ》で角面を落とし、顔の角を

熊野信仰　本宮、新宮、那智の熊野三社を中心として、平安時代とくに院政末期に全国的に流布した浄土的な信仰。この地方には、もともと熊野川を御神体（神の依代）とする信仰（本宮）、那智の滝を御神体とする信仰（那智）、神倉山の「ごとびき岩」を神の依代とする信仰の個別独立した自然神信仰があった。浄土思想の普及とともに、この熊野地方にあった古代的な信仰と融合し、熊野を弥陀の浄土と見る信仰となり、世に「蟻の熊野詣」と呼ばれる熊野三山へのひたむきな信仰へと発展していった。

白髭神社

落としながら、予定の形を彫り出す工程で止めたものである。藤原時代末期から鎌倉時代初期の作と推定されている。

日向薬師の参道には、露岩に刻まれた石段、樹齢数百年の杉並木があり、千古の面影を伝えている。参道の左側に「甲岩《かぶといわ》」がある。源《みなもとの》頼朝《よりとも》に従ってきた鎌倉武士たちが甲を掛けて休んだ所という。参道の中程に、天保四年（一八三三）に再建された仁王門《におうもん》がある。門内に安置された金剛力士像《こんごうりきしぞう》は、鎌倉の仏師・後藤運久《ごとううんきゅう》の作である。

■白髭神社

バス通りで右折してしばらく進むと、日向の鎮守の白髭神社《しらひげじんじゃ》がある。祭神は白髭明神《しらひげみょうじん》（若光《じゃっこう》）である。天智年間、高句麗《こうくり》が滅びたとき、高《こ》麗王《まおう》・若光《じゃっこう》が一族を引き連れてわが国に亡命し、大磯の唐ヶ原《とうがはら》に住み着き、大陸文化を広めた。日向薬師が開創された霊亀二年（七一六）五月、高麗王・若光は新たに設けられた武蔵国高麗郡《むさしのくにこまのこおり》の大領《だいりょう》に任ぜられた。日向薬師の開創にあたり、若光が行基に霊木を与えたことから、若光が白髭明神として祀られた。このご神体は、長いあごひげが生え、異国の冠を付けた木造の像で、高麗王・若光といわれている。

浄発願寺奥の院の宝篋印塔

浄発願寺

白髭神社から日向川に沿って遡っていくと、浄発願寺《じょうほつがんじ》がある。浄発願寺は、無常山一澤院《むじょうさんいちたくいん》と号する天台宗の寺で、本尊は阿弥陀如来《あみだにょらい》である。慶長一三年（一六〇八）、木食禅誓上人《もくじきだんせいしょうにん》による開山である。弾誓上人は、日向山に雲がたなびくのを望見して、日向の山深く分け入り、岩窟を穿って、山居念仏した。その後、上人の徳を慕って人々が一宇を建て、無常山浄発願寺としたのが始まりであると伝える。もともと日向川の上流の一の沢にあったが、昭和一三年（一九三八）の台風による山津波で諸堂宇が壊滅し、この地に再建された。

寺宝には、弾誓上人絵巻《えまき》、中興木食上人が衣の袖で書いた雨乞いの六字名号の大掛軸などがある。

伝大友皇子陵

蒸発願寺の上流に日向山荘《ひなたさんそう》がある。山荘横の御所入橋《ごしょのいりはし》を渡って右側の山道をしばらく進むと、五層石塔がある。この石塔は、伝大友皇子《でんおおともおうじ》の陵《みささぎ》といわれている。大友皇子は、天智一一年（六七二）に皇位継承

伝大友皇子陵

で大海人皇子《おおあまのおうじ》と戦って敗れ、近江国の山前で自害して果てた。しかし、大友皇子は、近江国からこの日向の地へ逃れて隠れ住み、詩歌風月を友として隠遁生活を営み、この地で没し、葬られたと伝える。五層石塔は、上部の相輪《そうりん》の部分が失われ、補修した形跡がある。『万葉集』の東歌の「馬来田《うまくだ》の嶺《ね》」に近い千葉県君津市《きみつし》俵田《たわらだ》の白山神《はくさんじん》社《じゃ》古墳《こふん》にも大友皇子の伝承が残る。関東地方には、この他にも大友皇子が逃れてきたとする伝承地が幾つかある。このことは、壬申の乱後に、大友皇子とその関係者が関東地方に逃れてきたことを物語っていると想像され、興味が尽きない。

■石雲寺

元の道をさらに登っていくと、石雲寺《せきうんじ》がある。石雲寺は、雨降山《あぶりさん》と号する曹洞宗の寺で、本尊は釈迦如来《しゃかにょらい》である。養老二年（七一八）、華厳妙瑞法師《けごんみょうずいほうし》が霊山大山《れいざんおおやま》の中腹に漂う紫雲に導かれて開山したと伝える古刹である。華厳妙瑞法師が山中の石上で瞑想していると、渓谷に紫雲を認め、不思議に思って河原に降りると、周囲が約三丈（約一〇メートル）の石の上に紫雲がたなびいていたので、一心に祈ったとこ

石雲寺

ろ、仏・菩薩の御影が現れたという。室町時代中期の永禄年間（一五五八〜一五七〇）、天渓宗恩大和尚《てんけいしゅうおんだいおしょう》が曹洞宗の寺として中興開山し、天文一二年（一五四三）、北条幻庵《ほうじょうげんあん》から朱印状を拝領し、寺の基盤が確立した。

この寺には、「真崇明覚大法王《しんすうみょうかくだいほうおう》」と彫られた大友皇子の位牌、小田原北条氏の古文書、熊谷直実《くまがいなおざね》が刻んだと伝える仏像などがある。

■浄発願寺の奥の院

さらに谷川を遡っていくと、右側に浄発願寺《じょうほつがんじ》の奥の院の標識がある。一の沢橋を渡った正面に、瑩珠院《ほうじゅいん》（尾張《おわり》徳川《とくがわ》家《け》綱誠《つなのぶ》の正室）の遺髪を納めた巨大な宝篋印塔《ほうきょういんとう》がある。奥の院は、旧浄発願寺のあったところで、一の沢と呼ばれている。右側の荒れた山道を登っていくと、本堂跡に出る。宝篋印塔、石塔、石碑が点在し、異様な神秘的な雰囲気に包まれている。左側の杉並木の下に、文化七年（一八一〇）銘の六角形の珍しい形をした浮世絵師・歌川国常《うたがわくにつね》の供養塔《くようとう》がある。本堂跡から急峻な山道を登っていくと、弾誓上人《だんせいしょうにん》の像《ぞう》、徳川《とくがわ》・藤堂《とうどう》・佐竹《さたけ》などの諸大名の供養塔がある。

大山山頂の阿夫利神社本社

さらに石段を登っていくと、岩屋《いわや》がある。その内部には、石塔が置かれ、弾誓上人の石像仏を中心に、左側に僧侶の墓、右側に武家の石塔が並んでいる。

相模嶺（大山）

奥の院の先に伊勢原青年の家跡があり、この手前に大山への登山口がある。九十九曲がりの両側には桜が植栽されており、一年を通して美しい景観を呈している。九十九曲がりの登山道を約一時間ほど登ると、等身大の地蔵菩薩像《じぞうぼさつぞう》がある尾根に出る。尾根の起伏を二つ越えると見晴台に出る。さらに、約一時間ほど急登すると、相模嶺《さがみね》（大山《おおやま》、標高約一二六三メートル）の山頂に着く。

山頂には、阿夫利神社《あふりじんじゃ》の本社《ほんしゃ》と奥社《おくしゃ》がある。頂上から伊豆半島、相模湾、三浦半島、房総半島の大パノラマを展望することができる。裏側に回ると、丹沢主脈・主稜の山々、富士山、南アルプスの山々、奥多摩の山々が展望できる。

相模嶺については、『万葉集略解《まんようしゅうりゃくげ》』には、「今大山とて、雨降神社《あふりじんじゃ》の在山《ある》なるべし」とあり、大山説が主流である。一方、土屋文明《つちやぶんめい》の

阿夫利神社下社

『万葉集私注《まんようしゅうしちゅう》』の「何を指すか明らかでない。富士山を甲斐がねと呼ぶ如く、相模国の主なる山」のように相模国の山説もある。相模平野を歩くと、目立つ山は大山しかないので、大山説を支持したい。

■阿夫利神社

頂上から指導標にしたがって急坂を下っていくと、相模嶺（大山）の中腹にある阿夫利神社下社《あふりじんじゃしもしゃ》に出る。祭神は、大山祇大神《おおやまつみのおおかみ》、大雷神《おおいかづちのかみ》、高龗神《たかおかみのかみ》の三神である。創立は、約二千年前の人皇十代・崇神天皇《すじんてんのう》の御宇と伝える。天平勝宝七年（七五五）、良弁大僧正《ろうべんだいそうじょう》が入山開基となって不動堂を建立した。それを契機として、神仏習合の機が熟し、塔堂僧坊を建て、霊石の所由《しょゆう》をもって、「石尊大権現《せきそんだいごんげん》」と称して、天降山《あぶりさん》大山寺《だいせんじ》と号した。

元慶三年（八七九）、大地震で伽藍は灰燼に帰したが、鎌倉の名僧・願行上人《がんぎょうしょうにん》により再興され、中興開山となった。後に、源頼朝《みなもとのよりとも》、足《あし》利尊氏《かがたかうじ》、北条氏康《ほうじょううじやす》らが社領を、また、徳川氏も朱印、黒印をもって社領を寄進し、とくに徳川家光《とくがわいえみつ》は、一八万両を献じて、本社、摂末社を改築した。石尊不動堂には、「当《とう》伽《が》藍征夷大将軍従一位《らんせいいたいしょうぐんじゅいちい》左《さ》大臣徳川家《だいじんとくがわいえ》

大山寺

光公《みつこう》御《ご》再興也《さいこうなり》」と書かれた高札がある。

明治時代になって、神仏習合《しんぶつしゅうごう》が廃止され、石尊大権現の称号をやめて、旧名の阿夫利神社に復帰した。境内には、とうふ塚、大天狗の碑、雨降の詩碑などがある。

正面の石段下の茶店の左を約五〇メートルほど行くと、二重滝《にじゅうたき》がある。高さは上段が約一〇メートル、下段が約一三メートル、幅が約二メートルの小滝であるが、鬱蒼とした老樹に囲まれて深山幽谷の趣がある。

■大山寺

参道まで戻り、女坂を下っていくと、大山寺《おおやまでら》がある。大山寺は、雨《あ》降山《ぶりさん》と号する真言宗の寺で、本尊は不動明王《ふどうみょうおう》である。高幡山金剛寺《たかはたさんこんごうじ》、成田山新勝寺《なりたさんしんしょうじ》とともに関東の三大不動《さんだいふどう》に数えられる。寺伝によると、この寺の起源は次の通りである。

「相模国に生まれた良弁僧正《ろうべんそうじょう》は、天平勝宝七年（七五五）、勅許を得てこの大山に登り、山頂で五色の光を発見した。掘り起こしてみると現れたのは、石造の不動明王像《ふどうみょうおうぞう》であった。この不動明王から、『この大山は弥勒菩薩《みろくぼさつ》の浄土であり、釈迦如来《しゃかにょらい》に代わってこの山に現れ、衆生の利益をしている』との託宣を受け、父母の供養のために、堂塔伽藍を建立し、雨降山大山寺と号する寺を建立した」と。

その後、聖武天皇の勅願寺となり、以降「神仏習合」の霊山として信仰を集めた。平安時代には、災害などで盛衰があったが、鎌倉時代以降には、武家の信仰を集め、曾我兄弟《そがきょうだい》は、父の仇の工藤祐経《くどうすけつね》を討つため、大山不動尊《おおやまふどうそん》に願文を納めたと伝える。

寺宝には、不動明王像（重文）、二童子像《にどうじぞう》（重文）、銅製宝篋印塔《どうせいほうきょういんとう》などがある。本尊の不動明王像は、文永元年（一二六四）、この寺を中興した願行上人《がんぎょうしょうにん》の制作と伝える。境内には、二基の芭蕉の句碑がある。

大山寺から大山七不思議を訪ね、ケーブル追分駅を経て、先導師の家、土産物店が軒を連ねる石段を下り、大山ケーブル下からバスで海老原駅まで戻り、今回の散策を終えた。

交通▼小田急新宿駅で小田原線小田原行きの急行電車に乗車、海老原駅で下車。

大山七不思議　大山の女坂には、「大山七不思議」がある。古くから信仰や礼拝の対象であったと思われる歴史的遺構ないしは遺跡である。それらは次の通りである。弘法の水、子育て地蔵、爪切り地蔵、逆さ菩提樹、無明橋、潮音洞、眼形石。この他に、阿夫利神社下社から本社に向かう登山道中に、七不思議に似た牡丹石、天狗の鼻突き石と呼ばれる石がある。

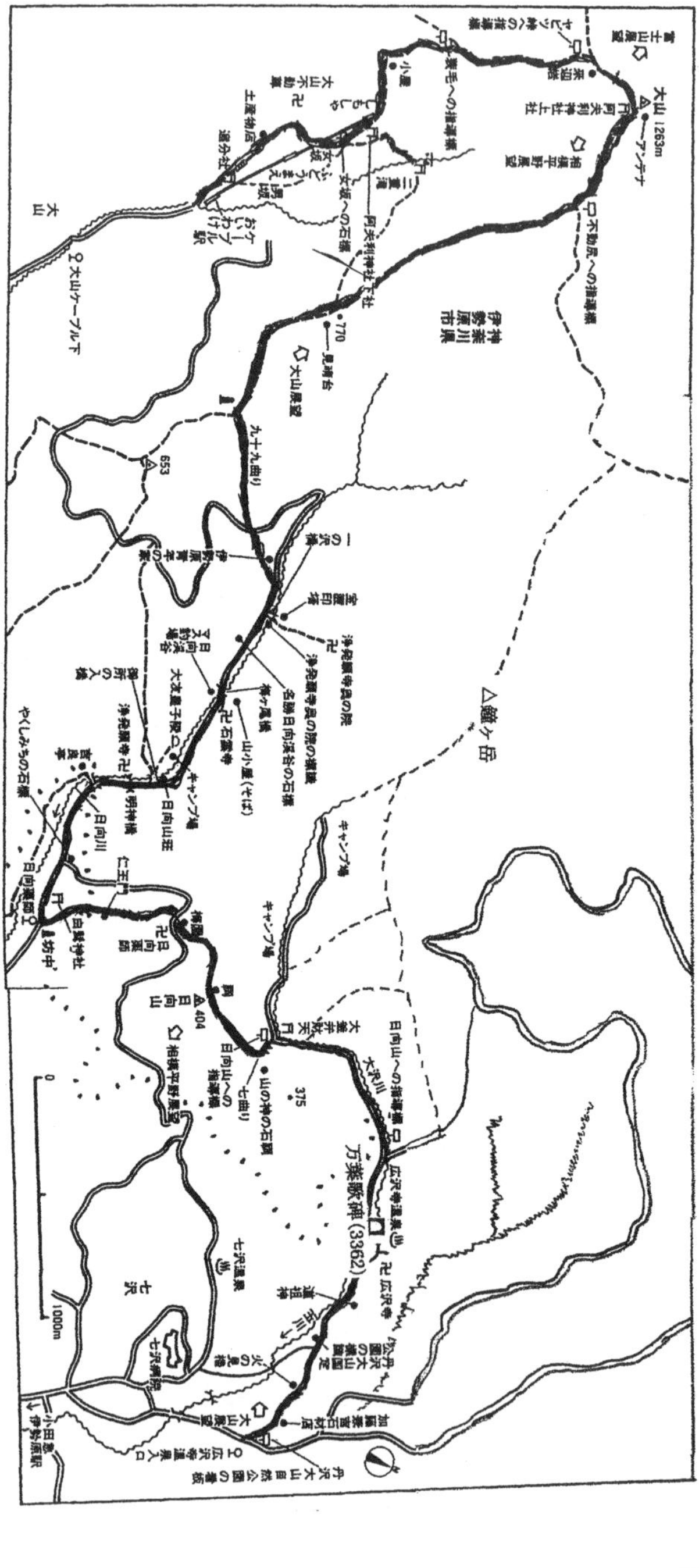

相模嶺（大山）コース

金程万葉苑コース（神奈川県横浜市青葉区）

武蔵国橘樹郡　現在の神奈川県川崎市鶴見、生麦の海岸地帯から金程、細山の多摩丘陵までの地域にあった武蔵国の郡。金程向原などの多摩丘陵地域から縄文時代の遺跡が発掘され、古代から人々が居住していたと推定されている。郡衙は、影向寺もしくは高津区千年の付近に置かれていたと推定されている。影向寺の東方四〇〇メートルには、橘樹郡の正倉があったと推定され、影向寺の付近が古代橘樹郡の中心地であったと見なされている。『万葉集』には、橘樹郡の防人夫婦の歌が残る。

『万葉集』巻二〇に武蔵国橘樹郡《むさしのくにたちばなのこおり》の防人《さきもり》・物部真根《もののべのまね》とその妻・椋椅《くらはし》部弟女《べのおとめ》の歌がある。橘樹郡は、現在の川崎市の鶴見《つるみ》、生麦《なまむぎ》などの海岸に近い辺りから、金程《かなほど》、細山《ほそやま》などの多摩丘陵地に至る広大な地域であった。現在では、多摩丘陵は住宅地として開発され、万葉の時代の光景をほとんど偲ぶことができない。今回の散策では、金程万葉苑《かなほどまんようえん》の万葉歌碑を訪ね、その周辺の史跡をめぐりながら、橘樹郡の防人の故郷を偲ぶことにする。

■万福寺会館（万福寺跡）

小田急新宿駅から小田原行きの急行電車に乗ると、約三〇分で新白《しんしら》百合ヶ丘《ゆりがおか》駅に着く。北側に降り、正面の道を進む。国道・津久井道の横断歩道を渡って、右折すると、万福寺会館《まんぷくじかいかん》がある。

この会館には、木造薬師如来像《もくぞうやくしにょらいぞう》、木造日光《もくぞうにっこう》・月光菩薩立像《がっこうぼさつりゅうぞう》、木造《もくぞう》十二神将立像《じゅうにしんしょうりゅうぞう》、木造不動明王像《もくぞうふどうみょうおうぞう》、童子像《どうじぞう》、木造閻魔王坐像《もくぞうえんまおうざぞう》など多くの仏像が保存されている。このあたりの地名は、万福寺《まんぷくじ》で、往古、万福寺があったと推定されている。

しかし、『新編武蔵風土記稿《しんぺんむさしふどきこう》』の万福寺村には、「古《いにしへ》万福寺と云寺院のありしゆへかかる名もあるにや、今は土地にも其伝へなし、またまさしく寺跡と覚ゆる地も見えず」、さらに、医王寺《いおうじ》の項には、「本尊薬師長二尺余りの坐像なり、行基の作なり」とある。

このように、江戸時代には、すでに万福寺の跡はなかったようであるので、これらの仏像と万福寺、医王寺との関係は詳らかではないが、これらの仏像は両寺から移されたと伝えられている。

十二神社

万福寺会館の前から丘を巻くように細い路地を進むと、十二神社《じゅうにじんじゃ》がある。十二神社は、こぢんまりとした神社で、祭神は宇気母智大神《うけもちのおおかみ》である。この神は、食物を司る稲荷神の保食神《うけもちかみ》ではないかと思われる。『新編武蔵風土記稿《しんぺんむさしふどきこう》』には「十二所社、飯縄稲荷《いいなわいなり》を合殿す」とある。『神奈川県神社誌《かながわけんじんじゃし》』によれば、正徳元年（一七一一）の創建で、嘉永四年（一八五一）に再建され、明治年間に村社の指定を受けたと伝える。

防人の護送の変遷　「防人」の文字は、大化二年（六四六）の大化の詔が初見である。しかし、これが実施に移されたのは、天智三年（六六二）、対馬、壱岐、筑紫にこれを置いたときである。『大宝令』に三年の任期、一回の帰国が二〇〇〇〜三〇〇〇人などが示されている。和銅六年（七一三）から部領使《ことりづかい》と呼ばれる指揮官が本国から難波まで防人の輸送にあたるようになった。万葉の時代には、本国から難波までは部領使が引率し、難波発船後は専門の送使が宰領して、大宰府の防人司に付託していた。その後、宿駅から宿駅へと順送りされるようになり、それぞれの地の責任者が引き継ぐ制度に変わった。

金程万葉苑

■金程万葉苑

元来た道に戻り、民家の間をしばらく北進すると、広い道路に出る。ここで左折して南西に進むと、金程中学校の東に信号がある。ここで右折すると、正面に高台が見えてくる。この高台の西側の階段を登ると、ちよがおか幼稚園があり、その向かいに金程万葉苑《かなほどまんようえん》がある。

金程万葉苑は、住宅開発が進む中で、多摩丘陵の自然を残したこぢんまりとした植物苑である。苑内には、多摩丘陵に植生している樹木、山野草や、『万葉集』に詠まれた約八〇種の万葉植物が植栽され、万葉植物の脇には札が立てられ、それぞれにちなんだ万葉歌が書かれているので、遊歩道をめぐりながら万葉植物を観賞することが出来る。

■金程万葉苑の万葉歌碑

金程万葉苑の入口に、『万葉集』巻二〇の防人夫妻の次の歌が刻まれた万葉歌碑がある。

家《いは》ろには　葦火《あしふ》焚《た》けども　住みよけを

金程万葉苑の万葉歌碑

筑紫《つくし》に到りて　恋《こふ》しけもはも
橘樹郡《たちばなのこほり》の上丁物部真根《もののべのまね》　二〇・四四一九

草枕　旅の丸寝《まるね》の　紐《ひも》絶《た》えば
我《あ》が手と着けろ　これの針持《はるも》し
妻の椋椅部弟女《くらはしべのおとめ》　二〇・四四二〇

前者の歌は——家では、葦火を焚いても、住みよいのに、筑紫に着いて、恋しく思うだろう——という意味である。葦を焚いて煤けて古くなったスイートホームにいる妻を懐かしんでいる様子がうかがえる。後者の歌は——旅の丸寝の、紐が絶えたら、わたしの手だと思って着てください、この針をもって——という意味である。夫を慕う妻の感情がうかがわれ、防人夫婦の切々たる愛情が伝わってくる。

この万葉歌碑は、岡本冏一《おかもとけいいち》氏の揮毫により、平成二年（一九九〇）に建立された。碑陰には、建碑の由来が次のように刻まれている。

「かつてこの辺りは、多摩丘陵の一角に位置し、樹木の生い繁る閑静な山村であった。毎年宅地化の波が押し寄せ金程・向原土地区画整理事業により、環境の整った新しい町に生まれ変わった。幸いここ細山

金程万葉苑の遊歩道

明神の地が、自然の植物のまま残されていたので、万葉集に詠まれている草木を植栽し、金程万葉苑《かなほどまんようえん》と名づけた。永久の故郷を想い先人の守り育てた自然を偲ぶ場となることを願うのみである」と。

この付近は、宅地開発が進み、かろうじてその一角に多摩丘陵の自然が残された。『金程万葉苑見学のしおり』には、「物部真根は、矢上川沿いの村落が最近まで葦を燃料に使っていたことから、この近くの子母口《しぼくち》、野川《のがわ》辺りの出身ではなかろうか」とある。野川は、影向寺《ようごうじ》の近くを流れ、その東には子母口貝塚《しぼくちかいづか》があるので、この辺りまで海が深く入り込んで、葦が一面に生えていたことが想像される。

金程万葉苑の近くの金程向原から縄文時代の遺跡が発掘されているので、この付近では、古くから狩猟、植物栽培などがなされ、人々が生活を営んでいたことが想像される。

■武蔵御岳神社

金程万葉苑から高台の住宅地の中を東進する。千代ヶ丘トンネルの上を通り、鉄塔のある路地で左折して直進すると、武蔵御岳神社《むさしみたけじんじゃ》がある。祭神は、日本武尊《やまとたけるのみこと》、素盞嗚命《すさのおのみこと》である。神社の名称から大きな神社を想像するが、こぢんまりとした神社である。

経塚

経塚

武蔵御岳神社は、住宅に囲まれて目立たないが、よく見ると塚の上に建っている。この塚は「経塚《きょうづか》」と呼ばれている。『新編武蔵風土記稿』には、「この塚のある以《もちて》小字《こあざ》をも経塚と呼ぶ。古塚相対して二つあり、いずれも塚廻十三間 餘《あまり》 高さ六尺ほど、上に古松一株を植えたり、思ふに古き人の墳墓と見へたれど別に伝ふることなし、塚上より望めば都筑郡《つづきのこほり》の山々及び秩父の武甲《ぶこう》多摩《たま》の御嶽《みたけ》、小仏《こぼとけ》高尾《たかお》相州《そうしゅう》の丹沢《たんざわ》箱根《はこね》等の諸峯《しょほう》宛然《えんぜん》とし眼中にあり、ことに快晴の時は南方の海上をも見渡して眺望いとよし」とある。

昭和四二年（一九六七）に発掘調査が行われたが、出土品はなく、浅間塚《せんげんづか》（富士塚）との見方もある。かつては、塚の上から秩父の武甲《ぶこう》山《さん》、多摩の御嶽山《みたけさん》、富士山が見えたようであるが、現在では、神社の周囲は住宅が林立し、まったく視界がきかない。

法雲寺

■法雲寺

武蔵御岳神社の東側の千代ヶ丘ゴルフクラブを巻くように坂を下っていく。道路が右手に大きく曲がったところに交差点があり、多摩農協センターがある。この一つ手前の路地を左に入る。まもなく周囲は畑となり、左に旋回しながら坂を下っていく。再び住宅地に入ると、法雲寺《ほううんじ》の看板があり、それに従って進むと、法雲寺がある。

法雲寺は、高石山《こうせきさん》と号する曹洞宗の寺で、本尊は阿弥陀如来《あみだにょらい》である。『新編武蔵風土記稿』には、「高石山と号す。開山は潮音寺《ちょうおんじ》二世・誉心《よしん》讃公座元《さんこうざげん》、天正一六年正月一二日に寂す。開基は加々美才兵衛光正《かがみさいべえみつまさ》なり、寛永六年二月二日没す。客殿五間に三間半南向なり、本尊彌陀は別に三間四方南向きの堂を作りて安ず、この彌陀は長三尺餘の坐像にして行基《ぎょうき》の作なりと傳ふ、脇立地蔵勢至《じぞうせいし》長各二尺餘、行基この彌陀を彫刻のとき、諸《もろもろ》の腫物《はれもの》の患《わずら》を平癒せんとの請願により、霊験著しくて土人《どにん》の崇仰大かたならず」とあり、戦国時代末期の創建とみられるが、創建年代は詳らかではない。

『廃寺再建願』には、「往古永享年中本尊阿弥陀仏を以《もちて》創立し罷在《まかりあり》」と記され、室町時代中期の創建とする説もある。創建当初は寶音寺《ほうおんじ》と

高石神社

号する臨済宗の寺であったが、明治以降に廃寺となり、昭和一五年（一九四〇）に曹洞宗の寺として再興された。

本尊の阿弥陀如来坐像は、腕を伏せたような高い肉髻《にっけい》、整然と刻まれた小粒の螺髪《らほつ》、丸顔で穏和な表情、穏やかな肩の曲線、膝前で緩やかにカーブする衣紋など、藤原時代に流行した定朝様式《じょうちょうようしき》を踏襲する端正な仏像で、行基の作と伝える。

本堂には、中央に飛雲に乗る来迎《らいごう》の仏陀《ぶっだ》と観音《かんのん》・勢至《せいし》の二菩薩が刻印された年次不明の阿弥陀如来来迎板碑《あみだにょらいらいごういたび》、阿弥陀来迎《あみだらいごう》の図像板碑《ずぞういたび》、応永二六年（一四一九）銘の位牌が祀られている。

境内には、安政三年（一八五六）と明治一五年（一八八二）銘の馬《ば》頭観世音菩薩像《とうかんぜおんぼさつぞう》がある。山門を入ると、非常落ち着いた雰囲気が漂っており、心が安まる思いがする寺である。

■高石神社

法雲寺からもと来た道に戻り、坂を登っていく。登り詰めたところで左折して、民家の間を進むと、正面の高台に高石神社《たかいしじんじゃ》がある。祭神は天照大神《あまてらすおおみかみ》である。本殿と拝殿は、ともに神明造《しんめいづくり》で、拝殿に向拝をも

潮音寺

つ堂々とした建物である。『新編武蔵風土記稿』に、「神躰は幅五寸に長一尺ばかりの版に画けり。絵様は上に日月を描き、下に童形あり、彩色を加ふ。裏に承応三年甲午二月建立」とあり、承応三年（一六五四）の創建である。明治六年（一八七三）に村社となり、大正一〇年（一九二一）に高石村の熊野社《くまのしゃ》、大正一一年（一九二二）に御嶽社《みたけしゃ》、春日社《かすがしゃ》、冨士浅間神社《ふじせんげんじんじゃ》、八幡社《はちまんしゃ》を合祀した。

境内には、「句碑《くひ》の村《むら》」と称する一角があり、多数の句碑がある。この神社には、祈年祭の後に行われる農作物の吉凶を占う流鏑馬《やぶさめ》の神事が伝わる。的の中心に矢が当たると、その年は豊作といわれる。

■潮音寺

高石神社からしばらく戻ると、潮音寺《ちょうおんじ》へ下る道がある。正面の丘陵に立つ香林寺《こうりんじ》の五重塔を見ながら坂を下っていくと、潮音寺がある。潮音寺は、萬松山《ばんしょうさん》と号する臨済宗の寺で、本尊は聖観世音菩薩《せいかんぜおんぼさつ》である。この像は、行基の作と伝える長さ一尺二寸（約三六センチメートル）の木造の坐像で、胎内には長さ五寸（約一五センチメートル）ほどの聖観世音菩薩像を蔵しているという。

潮音寺は、永享年間（一四二九～一四四一）、菅村の壽福寺の三世・日峯法朝《にっぽうほうちょう》が、現在地とは別のところで開創したと伝える。その後、一時衰退したが、江戸時代に領主・加々美金右衛門正吉《かがみきんえもんしょうきち》が、三男・十左《じゅうざ》衛門朝音《えもんちょうおん》の死を悼んで、壽福寺の住職と相談して、廃寺をこの地に移して再興した。その際、朝音の法名・潮音寺大庵宗鏡《ちょうおんじだいあんそうきょう》から寺号を潮音寺にしたという。

香林寺

■香林寺

潮音寺の東側から北進し、突き当たりの階段を登ると、香林寺《こうりんじ》がある。香林寺は、南嶺山《なんれいさん》と号する臨済宗の寺で、本尊は十一面観世音菩《じゅういちめんかんぜおんぼ》薩《さつ》である。文明元年（一四六九）の縁起によると、この菩薩は「身代《みがわ》り観音《かんのん》」と呼ばれていたという。『新編武蔵風土記稿』には「文禄六年の水帳《みずちょう》には香林坊と記せり、其頃は観音の別当所なりしと云」とある。香林坊の開基は、菅壽福寺《すげのじゅふくじ》の六世・南樹法泉《なんじゅほうせん》である。慶長年間（一五九六～一六一五）、鎌倉の建長寺《けんちょうじ》の僧が中興開山となり、現在の寺号を山号とした。

境内には、延宝三年（一六七五）、元禄九年（一六九六）、天明四年

（一七八四）銘の三基の庚申塔《こうしんとう》がある。延宝三年の庚申塔は、区内では最古のものとわれている。また、高村光雲《たかむらこううん》作の聖徳太子孝養像《しょうとくたいしこうようぞう》を祀る聖徳太子殿《しょうとくたいしでん》がある。

さらに、武蔵国の寺では珍しい五重塔がある。高さ約五〇メートルの堂々とした塔で、昭和六二年（一九八七）に建立された。この付近を散策すると、各所から見られ、この地の景観を特色づけているのが印象的だ。

■細山郷土資料館

香林寺の山門から参道を下っていくと、細山郷土資料館《ほそやまきょうどしりょうかん》がある。館内には、この付近の丘陵地の模型や民具が展示されており、宅地開発がなされる前の多摩丘陵の様子や人々の暮らしを知ることが出来る。

■細山明神社

細山郷土資料館からバス通りに出て、東北に進むと、細山明神社《ほそやまみょうじんしゃ》がある。祭神は天照大神《あまてらすのおおみかみ》である。創建年代は鎌倉時代と伝えるが、詳ら

香林寺の五重塔

細山明神社

かではない。寛文一〇年（一六七〇）銘の社殿改築の棟札が残されている。

細山明神社の鳥居は、古くから「逆大門《さかさだいもん》」という呼び名で知られている。『新編武蔵風土記稿《しんぺんむさしふどきこう》』には、「鎮座の年代を知らず、（中略）社前一丁餘を隔てて鳥居建つ、ここより社前までは下り坂なる故土人《どにん》逆大門《さかさだいもん》と呼ぶ」とある。これは、通常の鳥居は坂の下に設けられており、坂を登って神社に参拝するのが一般的であるが、この神社では、鳥居を潜って坂を下って神社に参拝することに由来する。

拝殿内には、参拝した人々が奉納した絵馬約三四〇枚が掛けられている。境内には、貞享三年（一六八六）銘の庚申塔がある。この神社には、社殿で獅子舞を奉納した後、家々を廻る「アクマッパライ」と呼ばれる獅子舞が伝わる。

妙延寺

細山明神社からバス通りに沿って西生田小学校を巻くように進み、グラウンドの中程から左手の急な階段を登る。登り詰めて右折し、住宅地の坂を下っていく。突き当たりを左折すると、妙延寺《みょうえんじ》がある。妙延寺は、萬年山《まんねんさん》と号する浄土真宗本願寺派の寺で、本尊は阿弥陀如来《あみだにょらい》である。

寛永八年（一六三一）に遷化した祐玄《ゆうげん》が開基となり、元和六年（一六二〇）に日本橋浜町に創建された。築地《つきじ》五八ヶ寺の一寺であった。万治元年（一六五八）、浜町《はままち》御坊《ごぼう》（後の築地本願寺《つきじほんがんじ》）が築地へ移転となった際に、この地に移転した。現在の両破風造《りょうはふづくり》の本堂及び庫裡は、昭和一二年（一九三七）八月の再建である。

妙延寺より民家の間の坂を下り、小田急小田原線読売ランド前駅に出て帰途に就いた。今回の散策は、多摩丘陵の自然が宅地開発によって消えゆく中で、橘樹郡の防人の故郷をかすかに偲ぶものとなった。

交通▼小田急新宿駅で小田原行きの急行電車に乗車、新百合ヶ丘駅で下車。

破風　切妻造や入母屋造の屋根の妻の三角形の部分や、切妻屋根の棟木や軒桁の先端に取付けた合掌型の装飾構造（破風板）をいう。普通は凹曲線をなすが、途中が高くなった凸曲線の起《むく》り破風《はふ》、反転曲線から成る唐破風《からはふ》がある。また、位置により、尾根面につけられた千鳥破風《ちどりはふ》、向拝など片流れの縋《すが》る破風《はふ》、切妻破風《きりづまはふ》、入母屋破風《いりもやはふ》などがある。

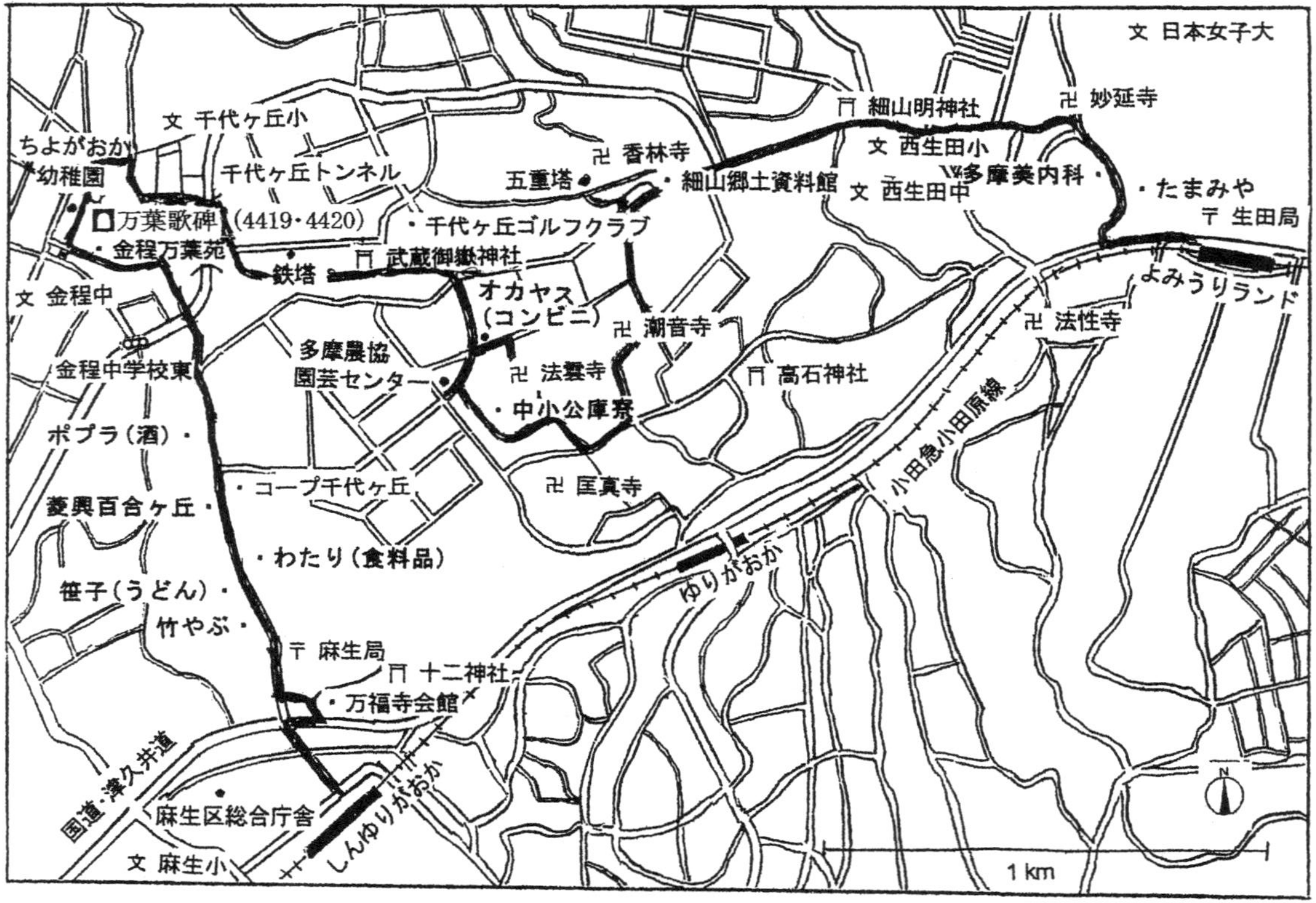

文 日本女子大
文 千代ヶ丘小
ちよがおか
幼稚園
千代ヶ丘トンネル
万葉歌碑（4419・4420）
・金程万葉苑
文 金程中
金程中学校東
鉄塔
武蔵御嶽神社
・千代ヶ丘ゴルフクラブ
卍 香林寺
五重塔
・細山郷土資料館
細山明神社
卍 妙延寺
文 西生田小
文 西生田中
多摩美内科・
・たまみや
〒 生田局
よみうりランド
卍 法性寺
オカヤス（コンビニ）
卍 潮音寺
卍 法雲寺
高石神社
多摩農協
園芸センター
・中小公庫寮
卍 匡真寺
小田急小田原線
ポプラ（酒）・
・コープ千代ヶ丘
菱興百合ヶ丘・
・わたり（食料品）
笹子（うどん）・
竹やぶ・
ゆりがおか
〒 麻生局
十二神社
・万福寺会館
国道・津久井道
麻生区総合庁舎
文 麻生小
しんゆりがおか
1 km
N

金程万葉苑コース

橘樹郡郡衙コース（神奈川県川崎市高津区）

武蔵国《むさしのくに》橘樹郡《たちばなのこおり》は、現在の川崎市から横浜市の鶴見区、神奈川区にまたがる広大な地域であった。現在の多摩川に沿った多摩区、高津区、中原区は橘樹郡の北半分に相当する。高津区と中原区の境付近にある影向寺《ようごうじ》付近には、橘村という地名があったが、川崎市に編入されたときに消滅した。橘村があった地域は、万葉の時代には、武蔵国橘樹郡の中心地で、郡衙《ぐんが》、橘樹寺《たちばなでら》などがあったと推定されている。今回の散策では、この影向寺台地を中心に、その周辺の史跡をめぐり、万葉の時代の橘樹郡を偲ぶことにする。

■久本神社

小田急新宿駅で小田原行きの急行電車に乗ると、約二〇分で溝口駅に着く。駅の南側に出て、県道溝ノ口線に沿って東南へ進む。やがて、右手に久本神社《ひさもとじんじゃ》がある。祭神は天照大神《あまてらすのおおみかみ》で、創建年代は未詳であるが、明治六年（一八七三）、久本村内にあった四社を合祀して創建された

武蔵国　わが国の古代の地方行政区分であった令制国の一つで、現在の東京都・埼玉県のほぼ全域、および神奈川県の東部。もとは无邪志国造、胸刺国造、知々夫国造の三つの国造が存在したが、六世紀の武蔵国造の乱の後、これらの国造の領域を併合し、七世紀に武蔵国が成立。初め東山道に、のち東海道に属した。持統天皇四年（六九〇）、朝廷は新羅からの帰化人・韓奈末許満ら一二名を武蔵国に移すなど、帰化人が保有する農業、紡織などの技術でこの地方の開拓が進められた。慶雲五年（七〇八）、秩父郡で和銅が発見され、朝廷は慶事として、この年を「和銅」と改元した。和銅三年（七一〇）頃に、武蔵国造の乱で献上された多氷屯倉内の現在の東京都府中市に国府が置かれた。

龍台寺

と伝える。

■龍台寺

久本神社の少し東から、県道に沿って民家の間を進む。しばらく進むと、右手の奥に龍台寺《りゅうだいじ》がある。龍台寺は、命符山理生院《みょうふさんりせいいん》と号する天台宗の寺で、本尊は長さ一尺（約三〇・三センチメートル）ほどの地《じ》蔵菩薩《ぞうぼさつ》である。武相二十八不動尊霊場巡礼二十四所札所五番である。開山は未詳で、当初命符山理生寺別当龍台院と称していたが、慶安年間（一六四八〜一六五二）、現在の寺号に改められた。中興開基は法《ほう》印良辨《いんりょうべん》である。客殿は、桁行五間、梁行五間半で東向きである。本堂の左に毘沙門堂《びしゃもんどう》があり、内部に伝教大師の作と伝える毘沙門天像《びしゃもんてんぞう》が安置されている。

境内には、地頭・長坂血鑓九郎信俊《ながさかちやりくろうのぶとし》が慶安二年（一六四九）に寄進した石燈籠がある。この燈籠には、命符山理生寺別当龍臺院《べっとうりゅうだいいん》と刻まれている。寛保二年（一七四二）、久本村の念誉入西《ねんよにゅうせい》が施主となり、二世の安楽を願って建立した六地蔵《ろくじぞう》がある。

増福寺

増福寺

元来た道をさらに南東へ進む。突き当たって右折し、西へ進む。二差路で右側の道をしばらく進むと、道端に増福寺の石標があり、その先に増福寺《ぞうふくじ》がある。増福寺は、茂岳山観音院《もがくさんかんのんいん》と号する天台宗の寺で、本尊は阿弥陀如来《あみだにょらい》である。開山開基は詳らかではない。

本堂の右の少し高い所に観音堂《かんのんどう》があり、内部に聖徳太子の作と伝える観世音菩薩像《かんぜおんぼさつぞう》を祀る。増福寺の周囲は、樹木で囲まれており、閑静な雰囲気が漂っている。

明鏡寺

増福寺から二差路まで戻り、右折して民家の間の細い道を進む。二差路で左手の坂を登っていく。登り詰めて少し進んだところに明鏡寺《めいきょうじ》がある。明鏡寺は、松林山安楽院《しょうりんさんあんらくいん》と号する天台宗の寺で、本尊は阿弥陀如来である。開山・開基は詳らかではないが、寺僧歴代の碑に寛永五年慶丁法印《けいちょうほういん》と刻するものがあり、この法印がこの寺を創建したという説がある。境内には、三重塔、伝教大師の句碑がある。

養福寺

杉山神社

明鏡寺の東に杉山神社《すぎやまじんじゃ》がある。祭神は、五十猛命《いそたけるのみこと》である。古来よりこの地の鎮守であったといわれるが、創建年代は未詳である。『新編武蔵風土記稿』には、「村の南によりてあり、勧請の年代を詳にせず、社二間に三間艮《うしとら》に向ふ、神體は木の立像長一尺許、前に鳥居あり」とある。明鏡寺が別当を勤めていた。

養福寺

杉山神社の南側の道を南西に進むと、突き当たりに新作小学校がある。左折して高台の道を進む。道端に祠があるところで右折し、坂を下っていくと、集落の中に養福寺《ようふくじ》がある。

養福寺は、無量山昌谷院《むりょうさんしょうやいん》と号する天台宗の寺で、本尊は観世音菩薩《かんぜおんぼさつ》である。開山は、文明元年（一四六九）に寂した常範法師《じょうはんほうし》で、明治時代から昭和時代初期まで、高声念仏《こうせいねんぶつ》の道場として栄えたが、高声念仏行者の大乗和尚《だいじょうおしょう》の死去により後継者がなく、途絶えたままになっている。本殿の右奥に観音堂があり、観世音菩薩像が安置されている。

薬師院

薬師院

祠の所まで戻り、さらに東へ進む。正面にアンテナの塔が見えてくる。その東側の樹木の間を抜ける地下道を下ると、薬師院《やくしいん》がある。薬師院は、医王山《いおうさん》と号する臨済宗妙心寺派の寺で、本尊は行基作といわれる薬師如来《やくしにょらい》である。盤珪国師《ばんけいこくし》が関東を訪れた際、当地に止錫、時の住持・禅奥性海師《ぜんおくせいかいし》（当院第一世）が国師に帰依、明暦元年（一六五五）、臨済宗寺院として開山したと伝える。

薬師院には、安永四年（一七七五）に制作された絹本墨画《けんぽんぼくが》着色盤《ちゃくしょくばん》珪永琢画像《けいえいたくがぞう》がある。この画像は、墨線と墨彩色を基調とし、関東地方に遺存する室町時代の水墨系頂相《すいぼくけいちょうそう》（禅僧画像）の系統をひくという。僧主の盤珪永琢は、京都妙心寺の住持を勤めた禅僧である。この画像は、川崎市の重要歴史文化財に指定されている。

新作八幡神社

薬師院から元来た道を戻り、東進すると、市営新作住宅団地がある。団地の中程で右折し、次の角で左折して直進すると、新作八幡神社《しんさくはちまんじんじゃ》が

新作八幡神社

ある。祭神は、応神天皇《おうじんてんのう》、神功皇后《じんぐうこうごう》、玉依姫命《たまよりひめのみこと》、大己貴命《おおなむちのみこと》である。創建年代は詳らかではないが、往古より新作村の住民の信仰を集めた鎮守であるという。慶応年間（一八六五～一八六八）、熊野神社の祭神の大己貴命を合祀した。

新作貝塚

市営新作住宅団地の西側一帯から、四つの貝塚が発見されており、「新作貝塚《しんさくかいづか》」と呼ばれている。この辺りは、多摩川の右岸に発達した多摩丘陵の東端で、いくつもに分岐して派生した丘陵の一つである。この貝塚は、八幡台地の平坦部より南斜面にかけて分布し、縄文時代前期の形成と推定されている。台地の斜面の関東ローム層の中に、約三〇メートル間隔で掘り込まれている。床面はトックリ形で、奥壁部がアーチ状をしていることから、築造年代は、八～九世紀であると推定されている。

これらの貝塚から、ハマグリなどの貝類のほか、土器片、鹿角製釣針、貝輪、ヒスイ製の帯玉状耳飾《おびだまじょうみみかざり》などの遺物が、また、この近くから四基の横穴式古墳が発見されている。

影向寺

影向寺

新作八幡宮の南側の長い石段を下り、左折して国道四四六号線を潜りぬけ、橘中学校、橘小学校の傍を通って「たちばなふれあいの森」の西側の坂を登る。登り切って民家の間を南側に回り込むと、影向寺《ようごうじ》がある。影向寺は、威徳山《いとくさん》と号する天台宗の寺で、本尊は薬師如来《やくしにょらい》である。聖武・文徳・清和天皇三代の勅願所であった。この寺の縁起には、この寺の由来が次のように記されている。

「天平一一年（七三九）、光明皇后《こうみょうこうごう》が重い病気にかかられたとき、皇后の全快を薬師如来に祈願すると、一人の沙門《さもん》（僧）が天皇の夢枕に立って、『武蔵国《むさしのくに》橘樹郡《たちばなのこおり》橘郷《たちばなのさと》に霊石あり、その地に薬師如来を安置せよ。すれば皇后の病は快癒するであろう』と告げた。そこで、天皇は行基を派遣し、行基が橘樹郡まで来ると、台地の上に大きな石があり、これを見て、お告げの霊石であると喜び、この地に薬師堂を建てて薬師如来を安置して、祈願したところ、光明皇后の病気が平癒した。翌年、聖武天皇の勅命により、病気平癒のお礼として、伽藍を建て寺としたのが橘樹寺の始まりであるという」と。

その後、清和天皇《せいわてんのう》の代になって、天皇は慈覚大師《じかくだいし》にこの寺の再興と

影向寺の薬師堂

薬師如来の安置を命じ、駿河国青島《するがのくにあおしま》まで来て、野宿した翌朝、薬師如来がいなくなり、探していると、一人の僧が「武蔵国橘樹郡の霊石の上におられる」と告げた。箱根山を越えて橘樹郡に来ると、薬師如来像は霊石の上に立っていた。そこで、この霊石を神仏が一時的に現れることを意味する影向石《ようごういし》と名付け、寺の名前を橘樹寺《たちばなでら》から影向寺《ようごうじ》に改めたと伝える。

万治年間（一六五八～一六六一）、影向寺の本堂が火災に遭ったとき、この薬師如来像は、本堂から抜け出して、霊石の上に難を逃れていたという。このような伝承から、この霊石は、インドの釈迦が「有縁の地に安置されたし」といって投げた石であるという伝承もある。

影向寺の中心に本堂の薬師堂《やくしどう》がある。現在の薬師堂は、創建当時のとほぼ同じ位置にあり、江戸時代中期の元禄七年（一六九四）の再建である。桁行五間、梁行五間、寄棟造《よせむねづくり》の茅葺《かやぶき》（現在は銅板葺）で、正面一間に銅板瓦棒葺《どうばんかわらぼうぶき》の向拝がある。内部は、前面二間を信徒の入る外陣、後方三間を神聖な空間である内陣、その両側を脇陣とし、とくに、内陣・外陣・脇陣の境を中敷居と格子によって厳重に結界している。これは、中世以来の密教本堂の形式を伝えるものである。

内部には、本尊の薬師如来坐像《やくしにょらいざぞう》、両脇侍の日光《にっこう》・月光菩薩立像《がっこうぼさつりゅうぞう》が祀

たちばなふれあいの森

られている。これらの仏像は、いずれも国の重要文化財に指定されている。さらに、平安時代後期の二天立像《にてんりゅうぞう》二躯、十二神将立像《じゅうにしんしょうりゅうぞう》一二躯が眷属《けんぞく》して侍立している。太子堂には、鎌倉時代末期に制作されたと伝える聖徳太子孝養立像《しょうとくたいしこうようりゅうぞう》が安置されている。これらの仏像は、川崎市重要文化財に指定されている。

境内の東南隅には影向石がある。この石は、縁起に記されている影向石といわれるが、実際には、柱座刳込《はしらざくりこみ》、枘穴《ほぞあな》、舎利孔《しゃりあな》があるので、橘樹寺の三重塔の心礎であると推定されている。境内には、乳を乞う母親が祈願したという樹齢約六〇〇年の乳イチョウの大木、江戸時代の民衆が本尊に寄せた想いを物語る絵馬、「春の夜は　さくらに明けて　しまひけり」の芭蕉の句碑がある。

■橘樹郡郡衙跡・橘樹寺跡

影向寺のある台地は、「影向寺台地《ようごうじだいち》」と呼ばれ、縄文時代から平安時代までの重層化した複合遺跡である。境内から発掘された鐙瓦《あぶみがわら》、布《ぬの》目瓦《めがわら》は、奈良時代と平安時代の二種類があり、橘樹寺は、奈良時代の郡司《ぐんじ》の私寺として創建され、その後、橘樹郡の郡寺になったと推定されている。また、境内から、柱穴跡、鉄製品などが発掘されており、橘樹の郡衙《ぐんが》もあったと推定されている。したがって、この地は、古墳時代から、奈良時代、平安時代へと時代が移る中で、橘樹郡の政治・文化の中心地であったと考えられる。

『万葉集』巻二〇には、次の防人かがある。

家《いは》ろには　葦《あし》火《ふ》焚《た》けども　住みよけを
筑紫《つくし》に至りて　恋《こふ》しけもはも

橘樹郡《たちばなのこほり》の上丁物部真根《もののべのまね》　二〇・四四一九

草枕　旅の丸寝《まるね》の　紐絶《ひもた》えば
我《あ》が手と付けろ　これの針《はる》持《も》し

妻の椋椅部弟女《くらはしべのおとめ》　二〇・四四二〇

前者の歌は――家では、葦火を焚いても、住みよいのに、筑紫に着いて、恋しく想うだろう――、後者の歌は――旅の丸寝の、紐が絶えたら、わたくしの手だと思って付けてください、この針を持って――という意味である。矢上川沿いの村落では、最近まで葦を燃料にして

郡衙　日本の古代律令制度の下で、郡の官人（郡司）が政務を執った役所。国府や駅とともに、地方における官衙施設で、郡家とも表記される。郡衙は、郡司が政務にあたる正殿・脇殿のほか、田租・正税出挙稲を保管する正倉、宿泊用の建物などから構成される。郡司は、旧国造などの在地有力豪族であることが多い。国府が整備されるまでは、郡衙がその地域の行政の中心であった。また、郡域が広域にわたる場合には、別院の政治的拠点が存在していた。

能満寺

いたことから、この防人夫婦は、影向寺台地の野川か、少し東の子母口の出身であろうと推定される。

野川明神社

影向寺から南へ進むと、野川明神社《のがわみょうじんしゃ》がある。祭神は、天照大神《あまてらすのおおみかみ》、伊弉諾命《いざなぎのみこと》、伊弉冉命《いざなみのみこと》、素盞嗚命《すさのおのみこと》、大己貴命《おおなむちのみこと》、韋駄天神《いだてんのかみ》の六神である。『新編武蔵風土記稿』には、「韋駄天社《いだてんしゃ》、村の艮《うしとら》の方《かた》にあり、上野川之内なり、内陣二間半四方に三間、拝殿四間に三間、南向きなり、前に木の鳥居を立つ」とあり、往古、韋駄天社と称していた。明治三年（一八七〇）、野川明神社として改称し、明治四一年（一九〇八）、神《しん》明社《めいしゃ》、八坂神社《やさかじんじゃ》、子神社《ねのじんじゃ》を合祀した。社宝に、寛文一三年（一六七三）銘の韋駄天神像《いだてんしんぞう》、慶長一八年（一六一三）銘の棟札がある。

能満寺

影向寺の方へ戻り、少し手前で右折して急坂を下ると、能満寺《のうまんじ》がある。能満寺は、星王山寶蔵院《せいおうさんほうぞういん》と号する天台宗の寺で、本尊は、虚空蔵《こくぞう》

富士見台古墳

菩薩《ぼさつ》である。開基は行基で、中興開山は観空《かんくう》である。本尊の虚空菩薩像は、像高約九六センチメートル、寄木造、玉眼で、漆地に彩色が施されていたが、現在はほとんど剥落している。頭髪を高く結い上げ、面部を面長に造り、衣の襞を装飾的に表現するなど、南北朝時代の仏像の特徴がある。また、後頭部内面には、墨書銘が記されており、鎌倉の仏師・朝祐《ちょうゆう》によって、明徳元年（一三九〇）に造られたことが分かる。

本堂の須弥壇後方に向かって左脇の厨子内には、観世音菩薩像《かんぜおんぼさつぞう》が安置されている。この像は、末寺の青林山観音院長命寺《せいりんさんかんのんいんちょうみょうじ》にあったが、明治二九年（一八九六）の合併により、この寺に移された。一木造、玉眼で、体躯には量感があり、衣は大ぶりに足までかかり、膝から下にはU字形の衣文が見られるなど、平安時代の貞観彫刻《じょうがんちょうこく》の特徴が見られる。

■富士見台古墳

能満寺から坂を下り、たちばな散歩道の標識にしたがって東進する。中原街道を横切り、民家の間の細い道を進む。しばらく進むと、富士《ふじ》

橘樹神社

見台古墳《みだいこふん》を示す標識があり、左折して住宅地の坂を登っていく。登り詰めたところに富士見台古墳がある。この古墳は、弟橘比売命《おとたちばなひめのみこと》の御陵であるという説もある。

富士見台古墳の北側は、道路によって著しく削られており、現在の直径は約一七・五メートル、高さは約三・七メートルであるが、築造当初はかなり大きな円墳であったと想像される。築造年代は、六世紀頃と推定されている。この古墳には、橘樹神社ゆかりの弟橘比売命の遺品を祀った廟《たまや》があったと伝えるが、現存していない。

橘樹神社

元来た道を戻り、さらに東進すると、橘樹神社《たちばなじんじゃ》がある。祭神は、倭《やまと》建命《たけるのみこと》、弟橘比売命である。橘樹神社の起源は、社伝によると、およそ次のようになる。

「倭建命が東征の際、相模国から海路で上総国《かずさのくに》へ行こうとした。ところが、海は恐ろしいほど荒れ狂い、相模国走水《さがみのくにはしりみず》（現横須賀市）で立ち往生していたところ、命の后・弟橘比売命が海上に菅の革と敷物を八枚ずつ重ね、その上に身を投じて、入水して海神の怒りを鎮めると、海はなぎ、船は走るように進み、倭建命を無事上総国へ渡した。その後、弟橘比売命の着物や冠の飾りが当地に流れ着いたので、漂着地に廟を建て、その後、倭建命と弟橘比売命の二柱を祀る社が建立された」と。

この神社の創建年代は詳らかではないが、社殿は、日吉造《ひよしづくり》、銅板葺《どうばんぶき》で、元禄元年（一六八八）と嘉永四年（一八五一）の再建、昭和四二年（一九六七）の改修である。

『新編武蔵風土記稿』には、「立花の社のあるを以て郡の名おこれりといへり」とあり、橘樹郡の郡名は、この神社の社名に由来するという。

■蓮乗院

橘樹神社の東に蓮乗院《れんじょういん》がある。長唱山實相寺《ちょうしょうさんじっそうじ》と号する真言宗智山派の寺で、本尊は準提観世音菩薩《じゅんていかんぜおんぼさつ》である。この菩薩は、江戸時代には、子育てや女性の守り神として信仰されていたといわれる。寛永一二年（一六三五）、浄蓮法印《じょうれんほういん》による開山である。境内には不動堂、古い庚申塔などがある。

倭建命の蝦夷平定　景行天皇から東方の神や人々を平定するように命じられ、焼遣（静岡）で火攻めにあったとき、伊勢神宮で叔母の倭比売命からもらった草薙剣でまわりの草をなぎ払い、火打ち石で火をつけて難を逃れた。また、相模国から上総国へ渡るとき、后の弟橘比売命が身代わりになって入水することによって、走水の海（浦賀水道）を無事に通過した。蝦夷を平定した後、帰途の途中、草薙剣を尾張の美夜受比売のもとに置いたまま、伊吹山の神を倒しに行き、逆に大氷雨を降らせられて、能煩野で亡くなった。そして、倭建命は白千鳥となって西方に飛び立っていった。

子母口貝塚

子母口貝塚

蓮乗院から坂を登り、民家の間をたちばな散歩道の標識にしたがって進むと、子母口貝塚《しぼくちかいづか》に出る。この貝塚は、子母口台地の突端にあり、多数の貝類、魚骨、獣類の骨、土器、黒曜石《こくようせき》の鏃《やじり》などが発掘されている。貝塚の分布から、往古、この付近まで東京湾が入り込み、多摩川が注いでいたとされる。現在、子母口貝塚は、子母口公園になっている。

子母口貝塚から台地を下り、江川に沿ってＪＲ南部線の武蔵新庄駅へ出て散策を終えた。今回の散策は、橘樹郡衙跡、橘樹寺跡、橘樹神社を訪ね、防人の故郷をかろうじて偲ぶ散策となった。

交通▼小田急新宿駅で小田原行きの急行電車に乗車、溝口駅で下車。

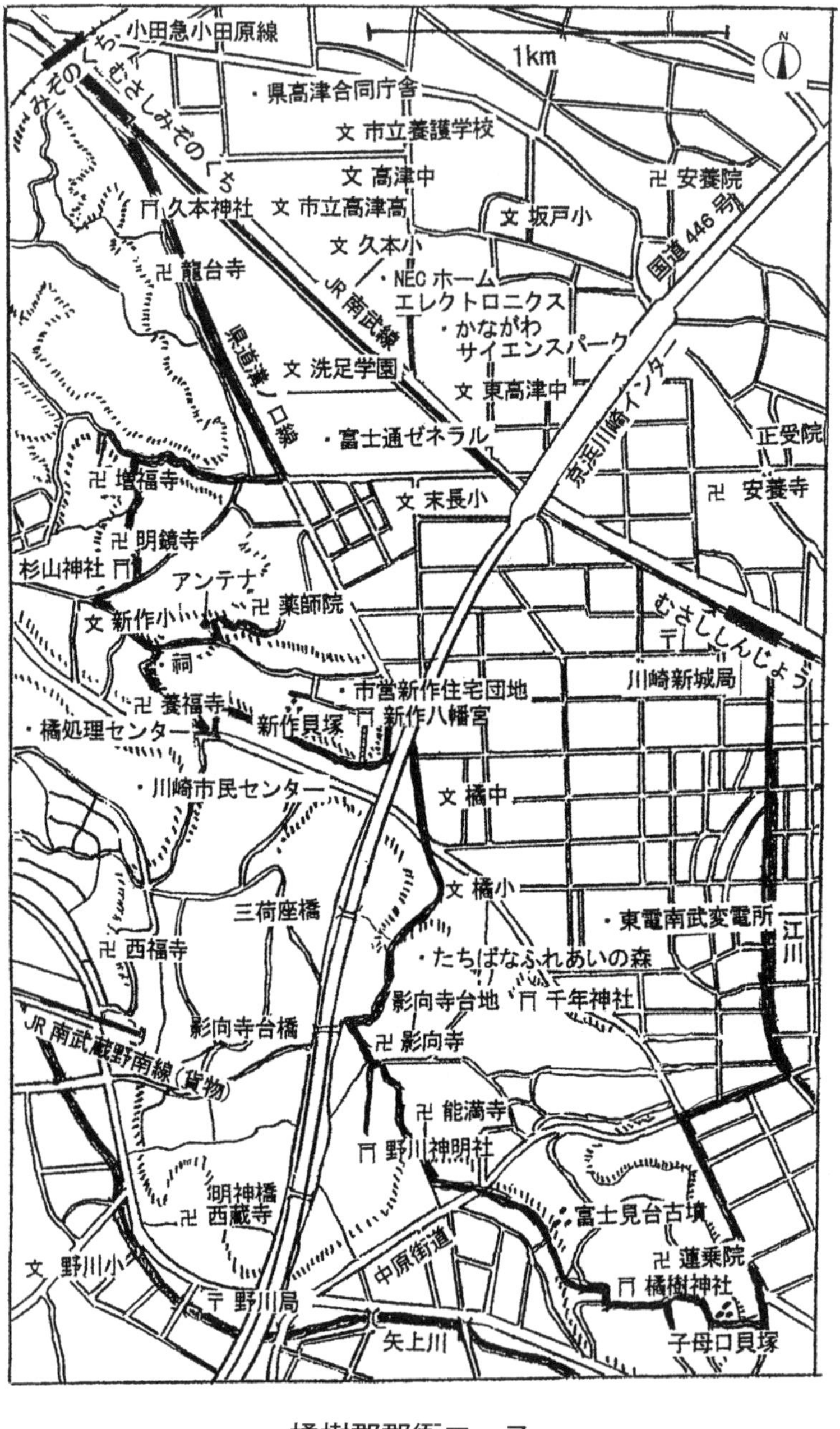
小田急小田原線
1km
N
みぞのくち
むさしみぞのくち
・県高津合同庁舎
文 市立養護学校
文 高津中
卍 安養院
久本神社
文 市立高津高
文 坂戸小
国道446号
文 久本小
卍 龍台寺
・NECホーム
エレクトロニクス
JR南武線
・かながわ
サイエンスパーク
県道溝ノ口線
文 洗足学園
文 東高津中
京浜川崎インター
・富士通ゼネラル
正受院
卍 増福寺
卍 安養寺
文 末長小
卍 明鏡寺
杉山神社
アンテナ
卍 薬師院
文 新作小
むさししんじょう
・祠
川崎新城局
・市営新作住宅団地
卍 養福寺
新作貝塚
新作八幡宮
・橘処理センター
・川崎市民センター
文 橘中
文 橘小
三荷座橋
・東電南武変電所
江川
卍 西福寺
・たちばなふれあいの森
影向寺台地
千年神社
影向寺台橋
卍 影向寺
JR南武蔵野南線（貨物）
卍 能満寺
野川神明社
明神橋
卍 西蔵寺
富士見台古墳
中原街道
卍 蓮乗院
文 野川小
野川局
橘樹神社
矢上川
子母口貝塚

橘樹郡郡衙コース

多摩川の万葉歌碑コース（東京都狛江市）

東京都と神奈川県の県境に多摩川《たまがわ》が流れ、この下流に狛江市《こまえし》がある。狛江という地名は、朝鮮の高麗《こま》に由来し、往古、高麗や中国からの渡来人が居住していたといわれる。渡来人は、織布の高度な技術を持っていたので、この地方では、織物の生産が盛んで、古代の税制の租庸《そよう》調《ちょう》の調にあたる布を朝廷に納めていた。『万葉集』の東歌の武蔵国の歌の中に、多摩川で布を曝す歌が残され、多摩川の河畔に万葉歌碑がある。今回の散策では、この万葉歌碑を訪ね、その周辺の史跡をめぐることにする。

■万葉をしのぶ乙女像「たまがわ」

小田急新宿駅で小田原線小田原行きの急行電車に乗ると、約二〇分で狛江駅に着く。狛江駅北口を出ると、万葉をしのぶ乙女像「たまがわ」がある。この像は、中和泉四丁目にある東京都指定旧跡の「多摩川の碑」を案内するために造られたといわれ、狛江市のシンボルとし

狛江　応神天皇一四年（二一四）、百済の国王・酒王が渡来し、この地で「狛の里」を開き、織布の生産を伝えたのが始まりとされる。東京湾が入り込んで大きな湾をなしていたので、狛江になった。中世には、武蔵七党の一つである西党がこの地に進出し、狛江氏と称した。狛江の地名が文献に現れるのは、平安時代のはじめで、承平五年（九三五）頃、源順によって著された『和名類聚抄』には、現在の調布市、三鷹市や武蔵野市の一部をも含めた地域を「武蔵国狛江郷」としている。

万葉をしのぶ乙女像「たまがわ」

て市民に親しまれている。少しうつむき加減の姿は、多摩川の川面を見つめながら、歌の内容に思いを馳せている現代の乙女（少女）の姿を表現しており、この歌を刻んだ玉川の碑（万葉歌碑）とあわせて、万葉時代の空気を伝える貴重な存在として高く評価されている。

その台座に、「多摩川の碑」と同じ、次の万葉歌が刻まれている。

多摩川に　曝《さら》す手作り　さらさらに
何そこの児の　ここだ愛《かな》しき　　一四・三三七三

この歌は――多摩川に、曝している手作りの布のように、ますます、なんでこの子は、こんなにも愛おしいのだろうか――という意味である。

■泉龍寺

乙女像の北西に泉龍寺《せんりゅうじ》がある。泉龍寺は、雲松山《うんしょうさん》華《け》厳院《ごんいん》と号する曹洞宗の寺で、本尊は釈迦如来《しゃかにょらい》で、永平寺および総持寺を大本山とする。奈良東大寺の開山として名高く、伊勢原の雨降山大山寺《あぶりさんたいせんじ》をも開いた良《ろう》弁上人《べんしょうにん》との係わりが深く、『泉龍寺鉄叟禅師縁起《せんりゅうじてっそうぜんじえんぎ》』には、良弁上人が

泉龍寺

この寺を開創した経緯が次のように記されている。
「武州《ぶしゅう》多摩郡《たまぐん》世田谷領《せたがやりょう》泉村《いずみむら》雲松山泉龍寺は、往昔四拾八代称徳天皇《しょうとくてんのう》之御宇《のおんう》天平神護《てんぴょうじんご》元乙巳年、相州の良弁上人霊夢に依りてこの地に来たり、法相宗の奥義を弘む、是れ則ち当寺の草創なり」と。

泉龍寺は、天平神護元年（七六五）、良弁上人が開基したと伝える。この地には、百済王・酒王《さかきみ》の居館があり、地主の神を祀って、「多摩《たま》の大聖寺《だいしょうじ》」と称していたが、草庵であった。この地に良弁上人が法相華厳の大伽藍を建立したのがこの寺の始まりという。その後、天暦三年（九四九）、僧・賀聖《がせい》が観音像《かんのんぞう》を安置し、天徳三年（九五九）、村上天皇の勅願所となって、雲松山の称号を賜り、泉龍寺と命名し、曹洞宗に改宗した。その後、寺は寂れたが、領主・石谷清定《いしがやきよさだ》が中興開基、法泉寺六世の弟子・鐵叟瑞牛《てっそうたんぎゅう》が中興開山となり、寺の伽藍を整備した。以後、泉龍寺は石谷家の菩提寺となった。

本尊の釈迦如来像《しゃかにょらいぞう》の下壇の厨子に、子安地蔵菩薩像《こやすじぞうぼさつぞう》が安置されており、江戸時代以降、子育て地蔵の寺として知られるようになった。『江戸名所図会《えどめいしょずえ》』には、「地蔵尊、木坐像《もくざぞう》、延命地蔵菩薩《えんめいじぞうぼさつ》、台座とともに一尺五寸ほど、厨子入、客殿に安置す。この地蔵尊は、当寺住職大《だい》円和尚《えんおしょう》の念持仏なる処、自然と信仰の輩《やから》ありて、安永の頃より、近村

泉龍寺の鐘楼

隣里へ請待いたし、それより次第に繁栄となり、江戸などにも講中の輩あり」とある。往古、地蔵は夜ごと信者の家をめぐって、二十三日の夜だけ寺に戻って来たといわれ、「一夜《いちや》地蔵《じぞう》」と呼ばれている。

境内の中央に二層の鐘楼があり、その北に本堂がある。多くの樹木が茂る中に建つ鐘楼は壮観である。奥庭には、沙羅《さら》双樹《そうじゅ》の大木があり、六月の中旬頃訪れると、花を一杯に付けた見事な開花が見られる。

山門の右手に弁財天池《べんざいてんいけ》がある。この池は、良弁が雨乞いしたときに湧き出したので、「良弁雨乞《ろうべんあまご》いの池《いけ》」と呼ばれ、往古、灌漑用水として尊重されたという。「和泉《いずみ》」という地名は、この池に由来するといわれている。元禄六年（一六九三）、この池の島に弁財天《べんざいてん》が祀られた。この池には、一匹の蛇が住みつき、「弁財天の神様」と呼ばれ、大雨になると現れるという。往古、この池は、透き通るような霊水を満々とたたえていたといわれるが、現在、湧き水はなく、濁った池になっている。境内には、大きな草木供養塔がある。

亀塚古墳

泉龍寺の南の道を直進し、小田急線の近くで右折してしばらく進む

狛江亀塚の碑

と、民家に囲まれて、狛江亀塚《こまえかめづか》の碑《ひ》が建つ塚がある。この古墳は、「狛江百塚《こまえひゃくつか》」の一つで、狛江には、数百数十基の古墳があったといわれるが、宅地開発にともなって次々に崩され、現在では、一八基が残るに過ぎない。

亀塚は、『武蔵名勝図会《むさしめいしょうずえ》』には、「古塚、大なる六ヶ所、小なる三ヶ所。亀塚。村内小名《こあざ》田中という所の畠中に在。大きさ一反歩程なり。塚の上雑木茂り、高さ二丈餘、四足頭尾とおぼしくて、三足ゆえに往古より亀塚と号す」とある。全長約四〇メートル、後円部の直径約三一メートル、高さ約六メートル、前方部の前縁幅約一四メートル、長さ約九メートルの前方部が短い「帆立貝式《ほたてがいしき》」と呼ばれる前方後円墳である。周囲に幅約九メートルの濠がめぐらされ、五世紀ないしは六世紀初頭に築造されたと推定されている。

江戸時代に、農民が前方部の墳麓を削ったために、亀の頭部が形成され、後円部も削られて、足に近い形状の突出部が造られ、亀のような形になった。現在、この塚は亀の頭部に相当する。この古墳から、円《えん》筒埴輪《とうはにわ》、坩《かん》、瓶型土器《へいがたどき》などの土師器《はじき》、須恵器《すえき》の大型壺、直刀片《じきとうへん》、刀子《とうす》、銀製小環《ぎんせいしょうかん》、金銅製毛彫飾金具《こんどうせいけぼりかざりかなぐ》、鉄鏃《てつやじり》、画像鏡《がぞうきょう》などが出土している。とくに、白銅製の神人画像鏡《しんじんがぞうきょう》、高句麗の壁画にも見られる模様のある金銅板、綾絹などが発掘され、大陸からの帰化人の影響が見られる。
応神天皇一四年（二一四）、百済の国王・酒王《さかきみ》が高麗の狛周《こままわり》の人々を引き連れて帰化し、この地に住みついて、「狛《こま》の里《さと》」と称したのが地名の起源とされる。この地は、東京湾が入り込んで、大きな入り江になっていたので、狛江《こまえ》という地名になったという。以来、この地域で苧麻《からむし》が栽培され、織布の生産が盛んであった。

ペリー来航記念樹

■ペリー来航記念樹

亀塚から民家の間を北へ進むと、民家の屋根の上に突き出すように伸びた高木が眼に入ってくる。この木は、長屋門を構える石井家の庭にあるペリー来航《らいこう》記念樹《きねんじゅ》である。石井家の裏に回ると、この木の全貌がよく見える。種目は、フロリダ、メキシコに多く見られる落羽松《らくうしょう》である。春の芽吹きのときには、孔雀が羽を広げたように見え、秋には見事に紅葉する。

嘉永六年（一八五三）六月、アメリカの東インド艦隊の司令官・ペリーが四隻の軍艦を率いて浦賀に来航し、アメリカ大統領・フィルモアの国書を徳川幕府に渡し、開国を迫った。このときの泉村の領主が

兜塚古墳

大老・井伊直弼《いいなおすけ》であった。ペリーから井伊大老に贈られた鉢植えの木を泉村の祐筆（書記）・石井伝左衛門《いしいでんざえもん》が拝領して植樹し、高さ約三五メートルの大木に育った。

■兜塚古墳

石井家から大きな門構えの家並みの中を北進すると、辻に出る。この辻には、廿三夜塔《にじゅうさんやとう》や石仏がある。

通りに沿って西に進み、西河原自然公園の向かいの細道を入っていくと、兜塚古墳《かぶとづかこふん》がある。南武蔵に点在する狛江古墳群《こまえこふんぐん》の一つで、直径約三六メートル、高さ約五メートルの円墳である。周溝の状況から、帆立貝式古墳《ほたてがいしきこふん》の可能性も指摘されている。

この古墳から、土師器《はじき》、円筒埴輪《えんとうはにわ》などが出土している。円筒埴輪は、やや低めの突帯円形《とったいえんけい》の透かしを持つ黄褐色の埴輪で、六世紀前期の制作と推定されている。埋葬者は、説明板には、五世紀後期から六世紀前期の狛江古墳群の亀塚古墳の次世代の盟主とされている。

伊豆美神社

■伊豆美神社

兜塚古墳から西に進み、狛江第八小学校の傍の道を北へ進むと、伊《い》豆《ず》美《み》神社《じんじゃ》がある。祭神は、大国魂大神《おおくにたまのおおかみ》である。境内には、一の宮（小《お》野大神《のおおかみ》）、二の宮（小河大神《おがわおおかみ》）、三の宮（氷川大神《ひかわおおかみ》）、四の宮（秩父大《ちちぶおお》神《かみ》）、五の宮（金鑽大神《かなさなおおかみ》）、六の宮（杉山大神《すぎやまおおかみ》）の六社を合祀する。寛平元年（八八九）、国府の大国魂神社を玉川村字大塚山に分霊し、六所宮として祀られた。天文一九年（一五五〇）の洪水により、社殿の大半を流失し、天文二一年（一五五二）、当地に遷座された。

『三代実録《さんだいじつろく》』には、「香久山大麻等野知乃神《かぐやまおおまとのちのかみ》なり」とあるように、この神社でも鹿の肩焼き（鹿卜《かぼく》）の行事が行われていたと伝える。『万葉集』には、鹿卜に関する次の歌がある。

武蔵野に　占部《うらべ》かた焼き　まさでにも
告《の》らむ君が名　占《うら》に出にけり　　一四・三三七四

この歌は——武蔵野で、占い師が鹿の肩の骨を焼いて占うと、これまでに人に話したこともないあなたの名が、はっきりと占いに出てしまった――という意味である。女の親が相手の名を知ろうと、鹿卜をしてもらったところ、結果にはっきりと出てしまった、と娘が嘆いている。

この神社の参道に、慶安四年（一六五一）銘の背の低い、都内では珍しい御影石で造られた鳥居がある。この鳥居は、安政《あんせい》の大獄《たいごく》で由井《ゆい》正雪《しょうせつ》、丸橋忠彌《まるばしちゅうや》らが捕らえられたとき、大願成就として、石谷貞清《いしがやさだきよ》が建立した。石谷貞清は、和泉領の一部を所領していた石谷清正《いしがやきよまさ》の弟で、島原《しまばら》の乱《らん》や由井正雪の乱で手柄を立て、江戸町奉行を勤めた旗本である。境内には、井《い》伊《い》直弼《なおすけ》公《こう》敬《けい》慕《ぼ》碑《ひ》がある。

多摩川の万葉歌碑

■多摩川の万葉歌碑

伊豆美神社から西に進み、二つ目の道路を左折して南に進むと、左側に「多摩川《たまがわ》の碑《ひ》」と呼ばれる万葉歌碑がある。この歌碑には、次の歌が漢字で刻まれている。

多摩川に　曝《さら》す手作り　さらさらに
何そこの児の　ここだ愛《かな》しき
一四・三三七三

この歌は——多摩川に、曝している手作りの布のように、ますます、なんでこの子は、こんなにも愛おしいのだろうか——という意味である。この歌は、東歌の中の一首である。ゆったりと流れる多摩川の清流で、布を曝す乙女の姿が偲ばれる。美しい多摩川の光景と清廉な恋歌がハーモニーを醸し出すように符合しており、多摩川を美しいイメージに包む歌になっている。

この万葉歌碑は、高さ約三メートルの菱形に近い形状をしており、自然石で出来ている。この歌碑は、最初、文化二年（一八〇五）、地元の人たちの要請に基づいて、白河藩主《しらかわはんしゅ》・松平定信《まつだいらさだのぶ》が揮毫して、手習《てならい》師匠《ししょう》・平井《ひらい》有三勲威《ゆうぞうくんい》により、狛江市緒方の半縄神社《はんなわじんじゃ》の傍に建立されたが、文政一二年（一八二九）、多摩川の洪水により流失した。このため、大正一一年（一九二二）、渋沢栄一《しぶさわえいいち》を顧問にしていた玉川史蹟猶《たまかわしせきゆう》興会《こうかい》により、旧碑の拓本を模刻して、現在の場所に再建された。

松平定信は、江戸時代後期の白川藩主で、雅号は楽翁《らくおう》である。万葉調歌人の田安宗武《たやすむねたけ》の三男として生まれ、白川藩主・松平定邦《まつだいらさだくに》の養子となった。天明の飢饉での藩政が評価され、老中に抜擢され、田沼政権を刷新する寛政改革を断行した。その傍ら、『花月草紙《かげつそうし》』『退閑雑記《たいかんざつき》』『古文書類聚《こもんじょるいじゅう》』『古画類聚《こがるいじゅう》』を著すなど、その学識の深さと興味が深い

多摩川　山梨県塩山市の笠取山を源流とし、丹波渓谷周辺の渓流を合わせながら、東京都奥多摩湖に入り、秋川や浅川などの支川と合流し、東京都の二区、二四市町村、川崎市を流下し、東京湾に注ぐ流路延長一三六キロメートル、流域面積一二四〇平方キロメートルの一級河川。多摩川という名称の由来は、諸説があるが、最も有力なのは、山梨県丹波山地域から起こったという説である。「タマ」とは「霊魂」のことで、つまり多摩川は「霊力をもつ川」「神聖なる川」といわれる。一部堤防はあるが、一級河川でありながら護岸化されていない部分が多く、川辺の野草や野鳥が数多く見られる自然豊かな河川である。

多摩川の河畔

ことで知られる。

狛江付近には、往古、高麗から渡来した人々が住み着き、麻布を織ったり、硬い布を臼や砧《きぬた》で打って柔らかくして、河原で曝して白くしたりするなど、大陸の進んだ布の生産技術を広めた。このため、『延喜式《えんぎしき》』の交易雑物《こうえきぞうぶつ》に、「武蔵国《むさしのくに》五十疋《ひき》。布一千百段」とあるように、この地方では、布の生産が盛んであった。この付近には、調布《ちょうふ》、砧《きぬた》、染地《そめち》、染屋《そめや》など、織物にちなんだ多くの地名が残され、往古、この地域では、織布の生産が盛んであったことを窺い知ることが出来る。

『万葉集』に残された歌も、日常の布の生産に直結したキビキビとした生活実景に即して、見れば見るほど男の愛情が深まる、という感情が甘美に詠われている。そんな思いで多摩川の土手に立って、水の流れに目をやると、布を曝す乙女に変わって、ノンビリと水面に糸を垂らす釣り人の姿が点在される。

玉泉寺

多摩川の土手に上がると、河原には葦が茂り、数本の松が点在するなど、長閑な光景が広がっている。その風景を見ると、今でも多摩川

玉泉寺

で娘子たちが布を曝している様子に出会ったような錯覚に促われる。

国道を横切り、土手を下ると、和泉多摩川駅に出る。駅前の商店街に入ると、左側の奥に玉泉院《ぎょくせんいん》がある。熊野山観音院《くまのさんかんのんいん》と号する天台宗の寺で、京都比叡山延暦寺の直末格の寺である。本尊は約二尺（約六七センチメートル）の薬師如来で、位牌堂には、恵心僧都《えしんそうず》作と伝える木《もく》造《ぞう》阿弥陀如来立像《あみだにょらいりゅうぞう》を安置する。観音堂内には、木造十一面観世音菩《もくぞうじゅういちめんかんぜおんぼ》薩像《さつぞう》を祀る。舒明天皇六年（六三四）、浄慶法印《じょうけいほういん》の開創で、創建当初は「大輪寺《だいりんじ》」と称していたが、永正元年（一五〇四）、尊祐《そんゆう》によって中興開山され、玉泉寺に改められた。

山門横に高さ約一二メートルの菩提樹《ぼだいじゅ》の木がある。本堂前にはハクウンボクの木があり、四月下旬に訪れると、大きな葉の下に清楚な白い花が見られる。観音堂の周りには、三十三観音霊場の石像がある。

玉泉寺から小田急和泉多摩川駅に出て散策を終えた。今回は、多摩川で布を曝す乙女の姿を偲ぶ散策となった。

交通▼小田急新宿駅で小田原行きの急行電車に乗車、狛江駅で下車。

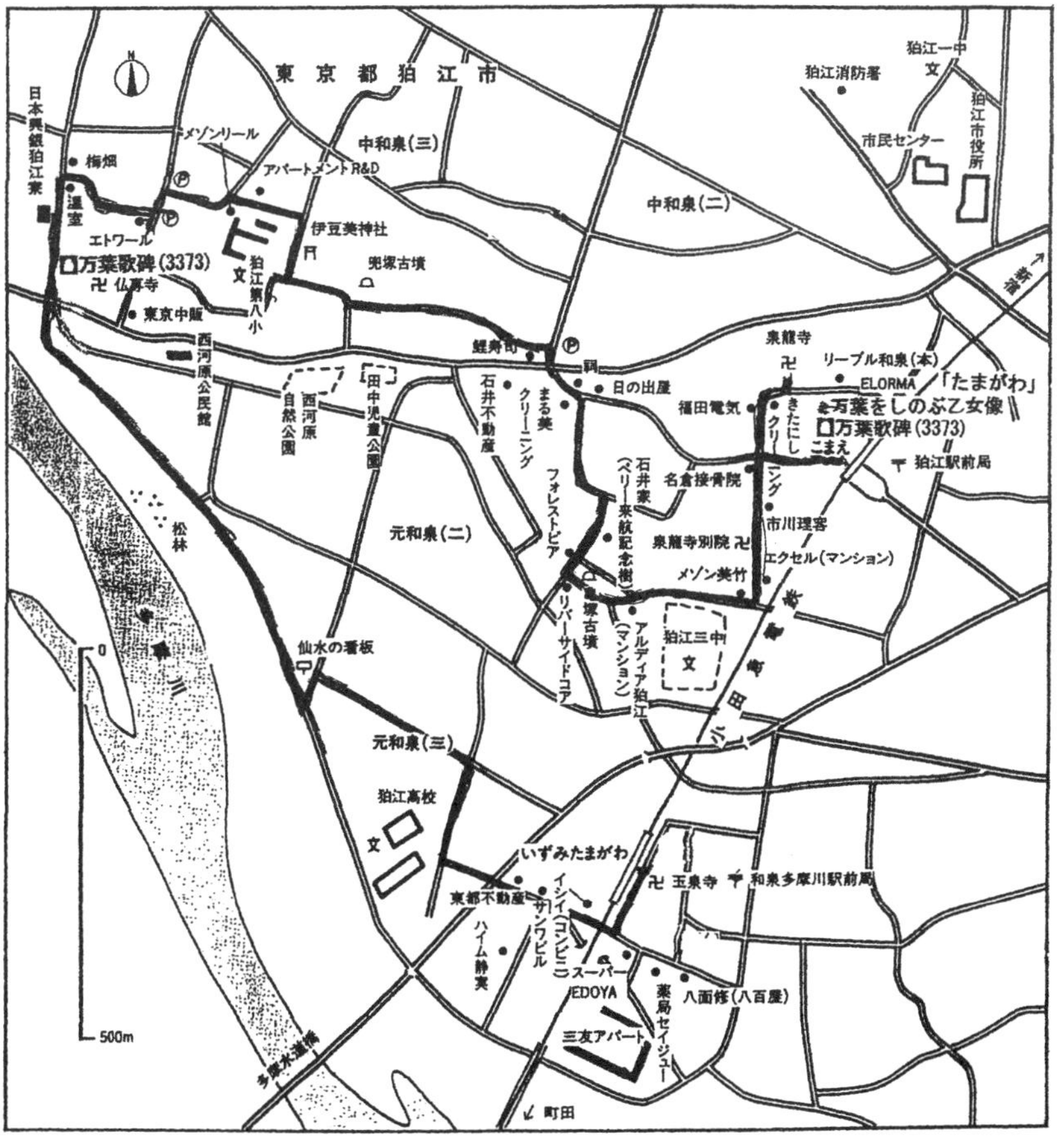

多摩川の万葉歌碑コース

宇奈比コース（東京都世田谷区）

砧古墳

東京都と神奈川県の県境に、多摩川が流れている。万葉の時代には、この多摩川に沿って、武蔵国の国府があった府中を通り、胸刺《むさし》国造《くにのみやつこ》の墓といわれる多摩川の大古墳群がある大田区田園調布へ通じる古道があった。この中程の多摩川の両側には宇奈根《うなね》という地名が残されており、『万葉集』巻一四の武蔵国の歌に詠まれた宇奈比《うなひ》に比定されている。今回の散策では、この宇奈根の周辺の史跡をめぐり、宇奈根（比）を偲ぶことにする。

■砧古墳群

小田急新宿駅で小田原行きの急行電車に乗ると、約一五分で成城学園前駅に着く。駅から南へしばらく進むと。左側に砧中学校へ通じる階段がある。これを登っていくと、校庭の東南の松林の中に七基の古墳がある。これらの古墳は、「砧古墳群《きぬたこふんぐん》」と呼ばれている。七号墳は、全長約六七メートル、高さ約六メートルの前方後円墳で、古墳時代前期の築造であると推定されている。後円部は、粘土を敷き詰めて棺を安置し、周りに副葬品を並べ、粘土をかぶせ、土砂を盛った粘土《ねんど》槨構《かくこう》造《ぞう》である。他の六基の古墳は、円墳ないしは前方後円墳で、古墳時代中期の築造である。これらの古墳から、直刀《じきとう》、刀子《とうす》、鉄鏃《てつやじり》、管玉《くだだま》、勾《まが》玉《たま》、土師器《はじき》、須恵器《すえき》などが出土している。

民家園

砧中学校から南へ進み、喜多見大橋を渡ると、右側に次太夫堀公園《じだゆうぼりこうえん》がある。この公園の南側に、民家園《みんかえん》がある。江戸時代の旧長崎家《きゅうながさきけ》住宅《じゅうたく》の主屋一棟、茅葺の民家一棟、旧浦野家《きゅううらのけ》の茅葺の土蔵一棟、旧横《きゅうよこ》尾家住宅《おけじゅうたく》の椀木門《うでぎもん》、火の見櫓、街道などが復元されている。民家の囲《い》炉裏《ろり》には、火が焚かれ、家の中や軒下には。民具が置かれている。その他園内には、遊具が整えられ、隣接して次太夫堀《じだゆうぼり》（丸子川《まるこがわ》）が流れ、また、近隣には岡本静嘉堂緑地《おかもとせいかどうりょくち》があったりするなど、緑豊かな地域になっている。都会の住宅地の一角とは思えないほど、江戸時代の農村の雰囲気が漂っており、心が癒やされる気持ちになる。

民家園

宝寿院

宝寿院

民家園の周りのせせらぎに沿って進み、内田橋で右折して南進すると、宝寿院《ほうじゅいん》がある。宝寿院は、長徳山光伝寺《ちょうとくさんこうでんじ》と号する浄土宗鎮西派の寺で、本尊は恵心僧都《えしんそうず》作と伝える阿弥陀如来《あみだにょらい》である。西誉上人《さいよしょうにん》・方阿《ほうあ》天真玉公大和尚《てんしんぎょくこうだいおしょう》により、永禄一二年（一五六九）に開山された。慶安二年（一六四九）、将軍・徳川家光《とくがわいえみつ》より寺領七石二斗の御朱印状を拝領したのを初め、以後、九通の御朱印状が残されている。

本尊の阿弥陀如来像は、木彫りの坐像で、藤原時代後期の作と推定されている。胎内には、文化三年（一八〇六）、再興の文書を蔵している。本堂は、寛延三年（一七五〇）に庫裡とともに再建された。この寺には、頭痛を治す薬師如来像《やくしにょらいぞう》、溜飲を治す朝日観世音菩薩像《あさひかんぜおんぼさつぞう》がある。

知行院

宝寿院の南のT字路で右折して西へ進むと、知行院《ちぎょういん》がある。知行院は、龍寶山常楽寺《りゅうほうさんじょうらくじ》と号する天台宗の寺で、本尊は薬師如来《やくしにょらい》である。知行院の地には、室町時代後期の文明の頃、十王堂《じゅうおうどう》（閻魔堂《えんまどう》）と護摩堂《ごまどう》があったと伝え、天正一六年（一五八八）、頼存法印《らいぞんほういん》がそれを建て直し、知行院を開山した。喜多見《きたみ》は、当時、江戸氏の末裔の喜多見若狭《きたみわかさの》守勝忠《かみかつただ》（喜多見氏初代）の領地で、父祖以来の居館地から丑寅に当たる方位に当院を、さらに、境外下野田の地に不動堂を建立し、鬼門除けの祈願所とした。本尊は、当初、十一面観世音菩薩像《じゅういちめんかんぜおんぼさつぞう》であったが、この像は小体であったので、享保年間（一七一六〜一七三六）、弁祐《べんゆう》和尚《おしょう》が安阿弥作《あんあみさく》の阿弥陀如来に変えた。

第六天塚

知行院から一つ目の五叉路で右折してしばらく進むと、天神塚《てんじんづか》の上に須賀神社《すがじんじゃ》がある。この南の竹藪の中に第六天塚《だいろくてんづか》がある。直径約二八メートル、高さ約二・七メートルの円墳である。周囲には、幅約二・七メートルの周濠がめぐらされている。埋葬施設は礫槨《れきかく》であることが判明した。この塚から、円筒埴輪、蔵骨器などが発掘され、氷川神社《ひかわじんじゃ》に保管されている。この辺りには、この他にも沢山の古墳があったが、ほとんど破壊されて、消滅している。これらの古墳は、総称して「慶《けい》元寺古墳群《げんじこふんぐん》」と呼ばれている。

喜多見氏　鎌倉幕府の有力御家人・武蔵江戸氏の後裔の一族。江戸勝忠が徳川家康から喜多見の地を安堵され、喜多見氏を名乗ったのが始まりとされる。勝忠は関ヶ原の戦い、大坂の陣に従軍した功績から、元和元年（一六一五）、近江国郡代となり、その後、摂津・和泉・河内の三ヶ国奉行を務め、後陽成院の葬礼を務めるなどの功績を挙げた。喜多見重政は、徳川綱吉の御側小姓にまで出世し、諸侯に列し、側用人になった。その後、二万石の大名に列するようになり、喜多見藩を立藩、喜多見村慶元寺前に陣屋を構えた。重政は、綱吉の「生類憐れみの令」による犬大支配役になったが、元禄二年（一六八九）、突然改易され廃藩、藩主家としての喜多見氏は滅びた。

稲荷塚古墳

■稲荷塚古墳

須賀神社の少し西の右側の畑の中に、墳丘の上に祠が建つ稲荷塚古《いなりづかこ》墳《ふん》がある。この古墳は、直径約七メートル、高さ約二メートルの円墳である。横穴式の石室構造で、羨道と玄室に分けられ、壁や床は凝灰石の切石で構成されている。この古墳から、圭頭太刀《けいとうのたち》、刀子《とうす》、耳環《じかん》、鉄鏃《てつぞく》、坏形《さかずきがた》の土師器《はじき》、須恵器《すえき》などが出土している。

稲荷塚古墳には、「犬繋墳《いぬつなぎふん》」と刻まれた石柱が建っている。江戸には、四ツ谷、大久保、中野、喜多見の四カ所に犬屋敷《いぬやしき》があった。喜多《きた》見《み》重政《しげまさ》が犬の大支配役であったことから、喜多見に犬屋敷が設けられた。犬屋敷には、陣屋役所《じんややくしょ》、陣屋台所《じんやだいどころ》、病犬介抱所《びょうけんかいほうしょ》、門番所《もんばんしょ》などがあり、一六、七人で約四〇匹の犬の世話をしていたという。

■慶元寺

稲荷塚古墳の西に慶元寺《けいげんじ》がある。慶元寺は、永劫山《えいごうさん》華林院《かりんいん》と号する浄土宗の寺で、本尊は恵心僧都《えしんそうず》の作と伝える阿弥陀如来《あみだにょらい》である。文治二年（一一八六）、江戸重継《えどしげつぐ》を菩提するため、子の重長《しげなが》によって創建

慶元寺

された江戸氏の氏寺である。天文九年（一五四〇）、第一九世・真蓮《しんれん》社空誉上人《しゃくうよしょうにん》を中興開山とし、天台宗から浄土宗に改宗し、京都知恩院の末寺となり、明暦年間（一六五五〜一六五八）、喜多見の宝寿院《ほうじゅいん》、狛江の慶岸寺《けいがんじ》、調布の光照寺《こうしょうじ》、府中の本願寺《ほんがんじ》、瀬田の行善寺《ぎょうぜんじ》、川崎の竜安寺《りょうあんじ》の六寺を末寺にした。

この寺には、喜多見若狭守《きたみわかさのかみ》の木造坐像《もくぞうざぞう》、江戸喜多見氏系図《えどきたみしけいず》などが保管されている。墓地には、江戸氏の五輪供養塔を中心に、喜多見氏と家臣団の墓碑群、応永年間（一三九四〜一四二八）、文亀四年（一五〇四）銘の板碑がある。

■喜多見氷川神社

慶元寺の西に喜多見氷川神社《きたみひかわじんじゃ》がある。祭神は素盞嗚命《すさのおのみこと》である。この神社は、天平一二年（七四〇）の創建と伝えるが、延文年間（一三五六〜一三六一）、社殿が大破し、さらに、多摩川の洪水による流出などにより、古縁起、古文書が紛失し、縁起の詳細は詳らかではない。永禄一三年（一五七〇）、領主・江戸頼忠《えどよりただ》が国土安穏、武運長久を願って社殿を修理し、藤源次助真《とうげんじすけざね》の太刀を寄進したと伝える。

喜多見氷川神社

境内には、江戸《えど》重恒《しげつね》・重勝《しげかつ》兄弟の銘文を刻んだ小型の石の鳥居がある。この神社には、永禄から享和までの棟札五枚、永禄一二年（一六九九）銘の代官・永田作太夫《ながたさくだゆう》の寄進状、元弘二年（一三三二）、文明五年（一四七三）銘の板碑、慶元寺古墳群から出土した直刀《じきとう》、渡唐天《どとうてん》神像《じんぞう》などが保存されている。社殿の左前方には、この付近より出土した石棒が立石大神《たていしおおかみ》として祀られている。

■宇奈比（宇奈根）

慶元寺から知行院の近くの五叉路まで戻り、南へ進み、突き当たりを右折してから東名高速道路を潜ると、宇奈根《うなね》の集落に入る。宇奈根は、『万葉集』巻一四の東歌の次の歌に詠まれた武蔵国の宇奈比《うなひ》に比定されている。

夏麻引《なつそび》く　宇奈比《うなひ》をさして　飛ぶ鳥の
至らむとそよ　我《あ》が下延《したは》へし　一四・三三八一

この歌は——宇奈比をさして、飛ぶ鳥のように、逢に行こうと、わ

喜多見氷川神社の鳥居

たしはいつも密かに思っていた――という意味である。あなたの許へ行こうと思って、このように恋してきたのだ、という気持ちが伝わってくる。宇奈比の「ウナ」については、「堰《せき》」からきた地名とする説、単に丘を表すという説がある。「ネ」は根で、麓、下を意味するので、「ウナネ」は、丘の麓、下と解することが出来る。宇奈根は、東京都と神奈川県の多摩川に沿った地域で、かつては武蔵国多摩郡に属していたが、多摩川の流路の変遷により分断された。

『万葉集私注《まんようしゅうしちゅう》』には、「宇奈比を宇奈の辺りと解すれば、宇奈の丘つきの所すなわち宇奈根が関連ある地名となるはずである」として、宇奈根を比定している。『新編武蔵風土記稿《しんぺんむさしふどきこう》』には、「宇奈根村は郡の東南にあり。世田が谷領に属せり。江戸日本橋より行程五里。民戸五十三軒」とある。『武蔵名所図会《むさしめいしょずえ》』には、「上古には海比《うみひ》と号せしにや、万葉の古詠などにありけり、それより韻々を転じてウナニと云いける。上古には溝渠をウナニと唱しける由、この辺りは平陸の土地なれば、上古より渠などのありしところに民屋せし故に地の名をウナニと号しけるにや」とある。宇奈根は、河岸段丘の下に位置しているので、地形的には言葉によく適合しているように思われる。

宇奈比付近の多摩川河畔

■宇奈根観音寺

東名高速道路の近くに宇奈根観音寺《うなねかんおんじ》がある。薬瀧山修善院《やくりゅうさんしゅうぜんいん》と号する天台宗の寺で、本尊は十一面観世音菩薩《じゅういちめんかんぜおんぼさつ》である。永正年間（一五〇四～一五二一）の創建で、川越喜多院《かわごえきたいん》の第一四世・実海僧正《じっかいそうじょう》の開山である。当初、円正寺《えんしょうじ》として小田原に創建されたが、兵火により焼失し、元亀年間（一五七〇～一五七三）、宇奈根氷川神社《うなねひかわじんじゃ》の傍に再建され、さらに、天文年間（一五三二～一五五五）、再び兵火を罹り、炎上《えんじょう》（円正《えんしょう》）を忌み嫌い、この地に再建され、本尊の名を取って観音寺に寺号が改められた。本尊は、行基《ぎょうき》の作とも伝教大師《でんぎょうたいし》の作ともいわれている。髻《もとどり》、頂上仏全体、両手は肩から補作され、前面が朽ち、見るからに痛々しい。境内には、庚申塔、六地蔵がある。山門の左側に、樹齢数百年といわれる大銀杏《おおいちょう》が聳えている。

■氷川神社

観音寺の少し南に宇奈根の鎮守の氷川神社《ひかわじんじゃ》がある。祭神は素盞嗚命《すさのおのみこと》である。境内には、樹齢数百年といわれるイチョウの大木がある。

『新編武蔵風土記稿《しんぺんむさしふどきこう》』には、「小名《こあざ》中通りにあり、村内の鎮守なり、本社四尺五寸四方の東向、上屋二間半四方、前に木の鳥居を立つ、神体は白幣、いつの頃鎮座せしと云ことを云へず、村内観音寺持」とある。平成一一年（一九九九）、現在の社殿が再建された。境内には、筆塚の碑がある。

ここから多摩川の河畔に出る。多摩川には、今でも水鳥が遊び、万葉の時代の沼沢地帯を連想させてくれる風情がある。三三八一番歌の作者は、遠くから来て沼沢に遊ぶ鳥を見て、遠く離れていても、愛する人のところに必ず訪ねていこうという決意を詠んだようだ。

■常光寺

観音寺まで戻り、少し東へ進むと、常光寺《じょうこうじ》がある。玉川山《たまかわさん》と号する日蓮宗身延山末の寺で、本尊は日蓮大菩薩《にちれんだいぼさつ》の木造の坐像である。創建年代は詳らかではないが、越後の人・泉蔵院日礼《せんぞういんにちれい》は、この土地の青山氏に頼ったが、青山氏は日礼に帰依して堂宇を創建したので、開基は日礼上人《にちれいしょうにん》、開基は青山氏《あおやまし》となっている。この寺には、元禄二年（一六八九）、喜多見氏が断絶したときに贈られた石燈籠がある。

青山氏　上野国吾妻郡青山郷（現・群馬県吾妻郡中之条町青山）の出身で、その後、三河国額田郡百々村（現愛知県岡崎市百々町）に土着し、百々城を拠点として松平氏に仕えた。青山忠成は秀忠の側近として近侍し、関ヶ原の戦い後、加増され大名に列した。宗家は江戸時代を通じ、大坂城代、老中などの幕府要職に就き、常陸国江戸崎、武蔵国岩槻、信濃国小諸、遠江国浜松、丹波国亀山など転封を繰り返したが、寛延元年（一七四七）、丹波国多紀郡篠山（現・兵庫県丹波篠山市）に移封され、六万石で維新を迎えた。

永安寺

■永安寺（多摩川文庫跡）

常光寺から東北へ進み、野川を渡ってしばらく進むと、永安寺《えいあんじ》がある。永安寺は、龍華山長寿院《りゅうかざんちょうじゅいん》と号する天台宗の寺で、本尊は恵心僧都《えしんそうず》の作と伝える千手観世音菩薩《せんじゅかんぜおんぼさつ》である。足利基氏《あしかがもとうじ》の子・氏満《うじみつ》は、永安寺殿《えいあんじどの》と号し、鎌倉の大蔵谷に、永安寺を開創した。開山は清仙上人《せいせんしょうにん》である。

しかし、氏満の子・持氏《もちうじ》の時代に、上杉憲実《うえすぎのりざね》に攻められて、永安寺で自害し、その子・成氏《なりうじ》のときに寺は廃寺となった。その後、清仙上人が寺の再興を願い、武蔵国中丸郷大蔵谷《むさしのくになかまるごうおおくらだに》が鎌倉の大蔵谷に似ているということで、延徳二年（一四九〇）、この地に永安寺を建立した。

本堂には、秘仏の石造薬師如来像《いしづくりやくしにょらいぞう》が安置されている。この石仏は、もと寺の門前にあったが、霊験があらたかなため、人々は恐れをなして境内の丘に埋めたが、後に、本堂に安置された。

本堂に向かって左手に、江戸幕府書物奉行・石井至穀一家《いしいしこくいっか》の墓がある。初代・石井内匠頭兼実《いしいたくみのかみかねざね》は、北条氏康《ほうじょううじやす》に仕え、六代・兼重《かねしげ》は、書、和歌、俳諧に長じ、江戸幕府に仕えた。元禄三年（一六九〇）、永安寺前に多摩川文庫《たまがわぶんこ》を設立し、喜多見氏が遺した和漢の書を収蔵して、閲覧に供した。至穀は、寛政一二年（一八〇〇）、多摩川文庫を再建した。後に、学問所勤番となり、さらに書物奉行となった。

■大蔵氷川神社

永安寺の東に大蔵氷川神社《おおくらひかわじんじゃ》がある。祭神は、大己貴命《おおなむちのみこと》、素盞嗚命《すさのおのみこと》ら五座である。暦仁元年（一二三八）、江戸氏《えどし》が埼玉県大宮市の氷川神社の分霊を勧請したと伝え、喜多見氷川神社《きたみひかわじんじゃ》、宇奈根氷川神社《うなねひかわじんじゃ》とともに「三所明神社《さんしょみょうじんしゃ》」と称される。神体は、束帯姿《そくたいすがた》の木彫り立像である。全身黒色で、玉眼が施されている。

『江戸名所図会《えどめいしょずえ》』には、「暦仁《りゃくにん》元年当地の主江戸氏足立郡大宮《あだちのこおりおおみや》の御神を勧請すと云。旧は唯一宗源《ゆいいつそうげん》の社なりしに其後《そのご》二百有余年を経て天文年間松井坊《まついぼう》といへる山伏奉祀《やまぶしほうし》の宮となり両部習合《りょうぶしゅうごう》す（中路）当社昔は五所に並び建て宮居巍々《ぎぎ》たりしにいつの頃より歟荒亡《かこうぼう》して唯比《ただこの》一社のみ残れりと云」とある。

天明年間（一七八一～一七八九）、国学者・橘千蔭《たちばなちかげ》がこの神社を訪れ、詠んだ次の歌が氷川神社復興記念碑に刻まれている。

橘千蔭　江戸時代中期から後期にかけての国学者・歌人・書家。父は加藤枝直。加藤千蔭とも称する。通称は又左衛門。字は常世麿。号は芳宜園。賀茂真淵の門に入り、国学、和歌を志した。退隠後、師真淵の業を受け継ぎ、同じく真淵の弟子であった本居宣長の協力を得て、『万葉集略解』を著した。国学の門人に岡田真澄がいる。歌風は、『古今和歌集』前後の時期の和歌を理想とする典雅優美なもので、村田春海と並び称され、「歌は千蔭、文は春海」ともいわれ、歌道の発展に大きく貢献し、万葉学の重鎮として慕われた。門人に大石千引や清原雄風、窪田清音がいる。

うしことの　うなねつきぬき　さきくあれ
とうしはく神に　ぬさ奉る

静嘉堂文庫

静嘉堂文庫

氷川神社から東へ進み、仙川を渡り、その東の丸子川に沿ってしばらく進むと、静嘉堂文庫《せいかどうぶんこ》がある。この文庫には、岩崎弥之助《いわさきやのすけ》・小弥太《こやた》の父子二代にわたって収集された清国の陸心源《りくしんげん》の蔵書など、国宝七点、重要文化財八四点を含む、およそ二〇万冊の古典籍（漢籍一二万冊・和書八万冊）と六五〇〇点の東洋古美術品が収蔵されている。静嘉堂の名称は、中国の古典『詩経《しきょう》』の大雅《たいが》、既酔編《きすいへん》の「籩豆静嘉《へんとうせいか》」の句から採った彌之助の堂号で、祖先の霊前への供物が美しく整うという意味で、もとは岩崎弥之助の書斎名であった。

小弥太は、大正一三年（一九二四）、父の一七回忌に当たり、漢学者・重野安繹《しげのやすつぐ》に依頼して、芝高輪にあった岩崎邸の文庫をこの地に移した。昭和一五年（一九四〇）、それらの貴重な図書を広く公開して研究者の利用に供し、わが国文化の向上に寄与するために、図書、建物、土地などの一切と基金とを寄付して財団法人静嘉堂を設立した。

玉川大師

■多摩川大師

静嘉堂文庫から丸子川に沿って下ると、多摩川大師《たまがわたいし》がある。多摩川大師は、寶泉山玉眞院《ほうせんざんぎょくしんいん》と号する真言宗の寺で、本尊は弘法大師《こうぼうたいし》である。昭和九年（一九三四）、龍海阿闍梨《りゅうかいあじゃり》による開基である。本堂には、安《あん》産子育地蔵菩薩像《ざんこそだてじぞうぼさつぞう》、釈迦涅槃像《しゃかねはんぞう》、長寿《ちょうじゅ》の鐘《かね》、大日如来像《だいにちにょらいぞう》を祀る。

この寺には、奥の院となっている地下霊場の遍照金剛殿《へんじょうこんごうでん》がある。昭和九年（一九三四）、龍海和尚《りゅうかいおしょう》が建造した秘密マンダラ大殿堂である。受付から階段を下ると、真っ暗な通路になり、異様に曲がりくねった通路を手探りで進むと、四国八十八霊場、西国三十三観音霊場の観音菩薩像が並び、さらに、約三百体の石仏がある。

多摩川大師から東急二子玉川駅へ出て、散策を終えた。今回の散策では、多摩川の河岸段丘に位置する宇奈比を訪ね、万葉人の愛する人を必ず訪ねようという万葉歌の心情に触れる散策になった。

交通▼小田急新宿駅で小田原行きの電車に乗車、成城学園前駅で下車。

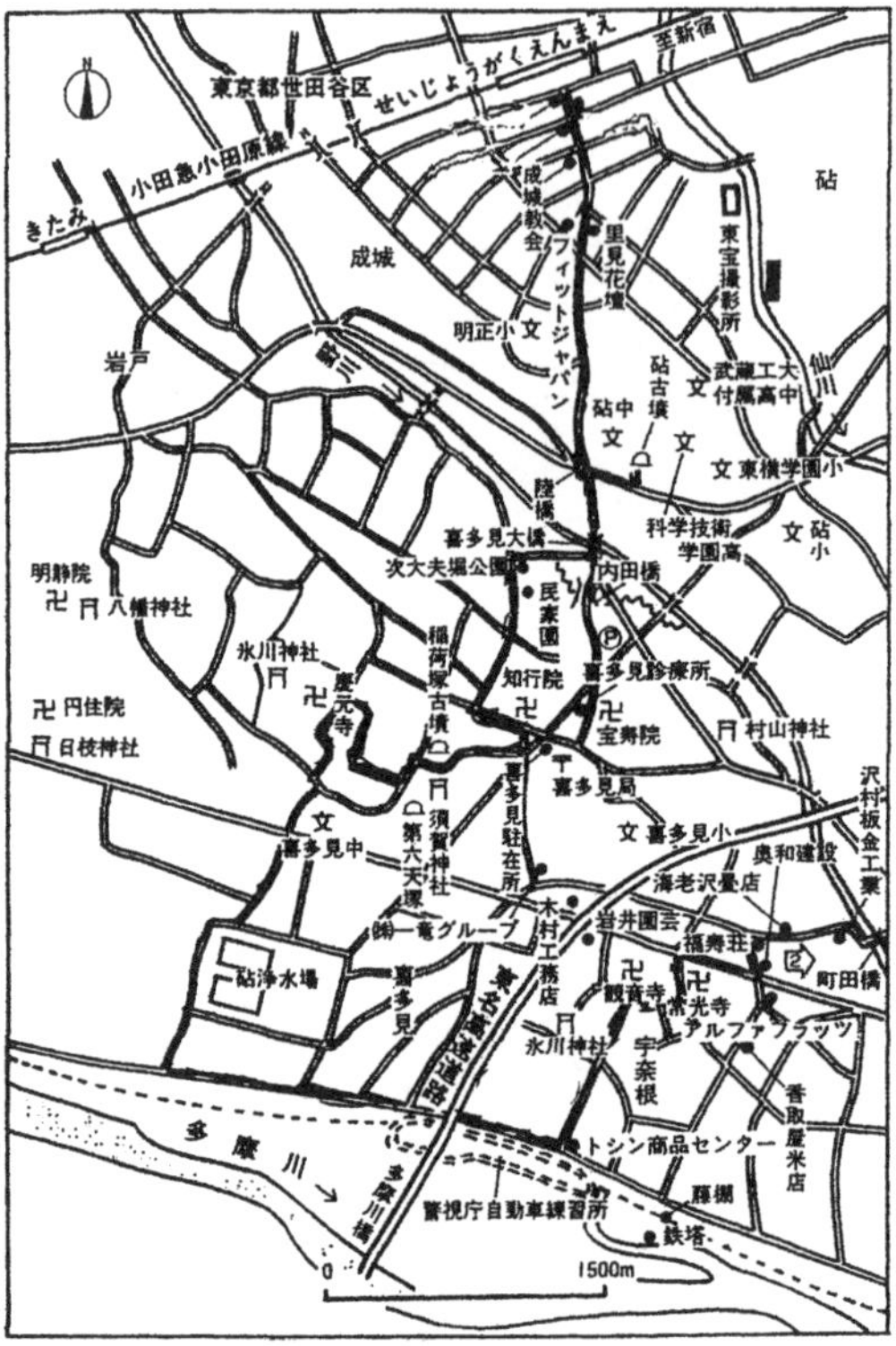

宇奈比コース（1）

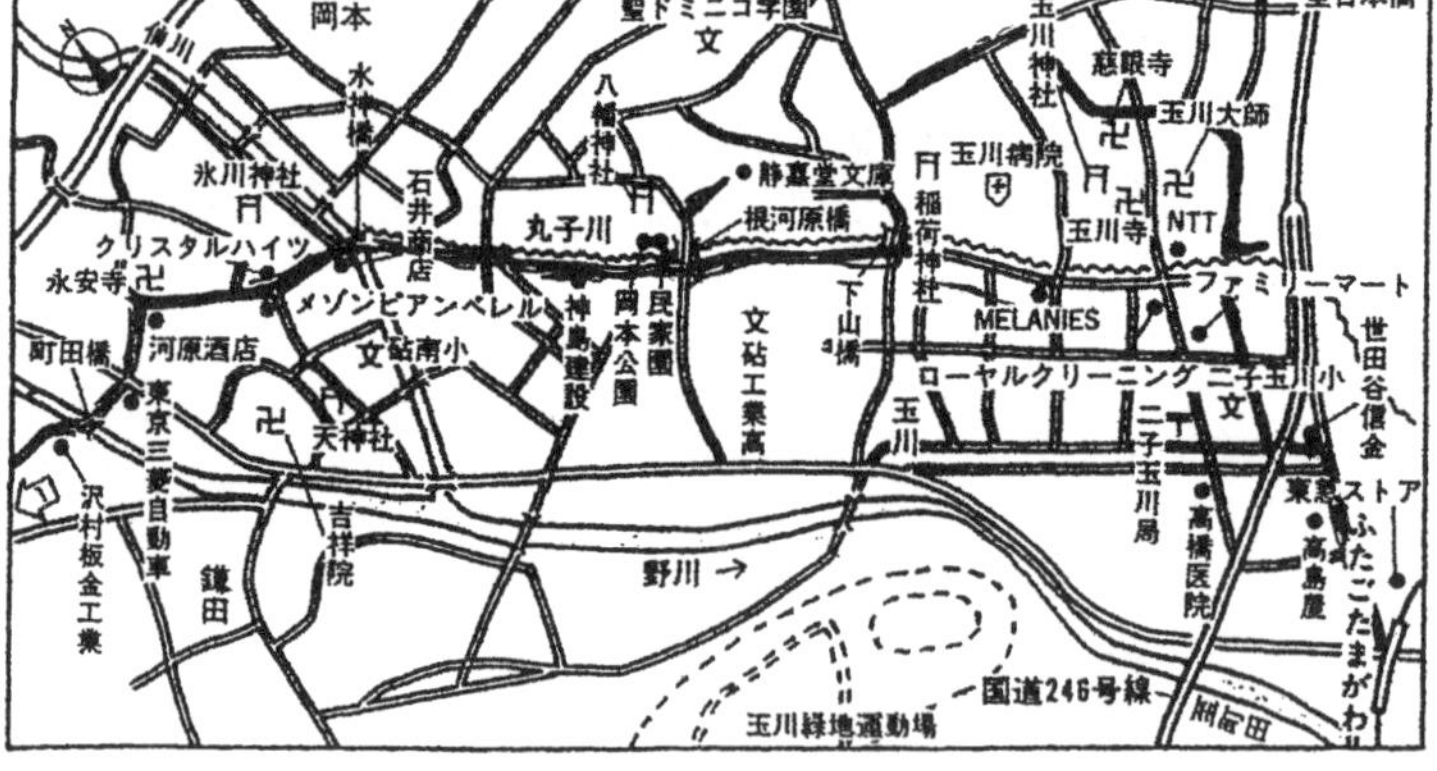

宇奈比コース（2）

参考文献・史料

日本古典文学体系　万葉集一～四　岩波書店／日本古典文学全集　万葉集一～四　小学館／日本古典文学体系　日本書紀六七・六八　岩波書店／日本古典文学全集　古事記・上代歌謡小学館／日本古典文学体系　古事記・祝詞　岩波書店／日本古典文学大系　風土記　岩波書店／古事記　新潮日本古典集成　新潮社／万葉集注釈　一～二〇　澤瀉久孝　中央公論社／万葉集私注　一～二〇　土屋文明　筑摩書房／万葉集全注釈原文付　一～四　中西進　講談社文庫／新訓万葉集　上下　佐佐木信綱　岩波文庫／口訳万葉集　折口信夫　中央公論社／国史大系　続日本紀　前編・後編　吉川弘文館／国史大系　日本三代実録　吉川弘文館／倭名類聚称　中田祝夫　勉誠社文庫／日本の歴史　一・二　井上光貞　中央公論社／万葉人の世界　日本文学の歴史二　高木市之助ほか　角川書店／日本文学史・上代　久松潜一　至文堂／万葉集とその世紀　上中下　北山茂夫　新潮社／万葉の時代と風土　中西進　角川書店／野田太郎文学散歩　七　野田宇太郎　文一総合出版／万葉のふるさと　稲垣富雄　右文書院／万葉の旅　中　犬養孝　社会思想社／萬葉の風土　正・続　犬養孝　塙書房／古代の日本　七　関東　杉原荘介・竹内理三編　角川書店／新編埼玉県史　通史編一　原始・古代　埼玉県／新編埼玉県史　資料編二　原始・古代　埼玉県／古代の地方史　五　板東編　志田諄一編　朝倉書店／武蔵国郡村誌　一～一五　埼玉県／埼玉県の歴史散歩　埼玉県高等学校社会科教育研究会歴

史部会　山川出版／式内社の研究　六　関東編　志賀剛　雄山閣／東京都の歴史散歩　東京都歴史教育研究会　上中下　山川出版／神奈川県の歴史散歩　神奈川県高等学校教科研究会社会科部会歴史分科会　上　山川出版／万葉の歌・人と風土　中部・関東北部・東北　渡辺和雄　保育社／万葉の歌・人と風土　関東南部　桜井満　保育社／万葉紀行　土屋文明　筑摩書房／武蔵野の万葉を歩く　芳賀善次郎　さきたま双書／万葉のさいたま散策　藤倉明　埼玉新聞社／武蔵野風土記　朝日新聞社編　朝日新聞社／関東の万葉歌碑　万葉と歴史の接点　長島喜平編　新人物往来社／東歌疏　折口信夫　中央公論社／万葉集全注釈　武田祐吉　角川書店／万葉東国紀行　谷馨　桜楓社／万葉集　東歌・防人歌　水島義治住　笠間書房／東歌（日本詩人選）佐佐木幸綱　筑摩書房／万葉集東歌論巧　大久保田正　桜楓社／田辺幸雄　万葉集東歌　塙書房／桜井満　万葉集東歌研究　桜楓社／今井福治郎　房総万葉地理の研究　春秋社／講談社現代新書　万葉集の風土　桜井満　講談社／古代東国の風景　原島礼二　吉川弘文館／万葉集東歌地名考　嶋津聿史　桜楓社／武蔵野の古社　菱沼勇　有峰書店／埼玉文学探訪　朱桜芸文会編　紅天社／ウォーク万葉　たまづさ会　クリエイト大阪／わたしの万葉歌碑　犬養孝　社会思想社／万葉の碑　本田義憲・田村康秀　創元社／万葉集研究入門ハンドブック　森淳司　雄山閣／角川日本地名大辞典　埼玉県・東京都・神奈川県　角川書店／日本古語大辞典　松岡静雄　刀江書店／国史大辞典　吉川弘文館／古墳辞典　東京堂出版／二万五千分の一地図　国土地理院

万葉歌碑・万葉関連碑の概要

- この書で紹介した万葉歌碑に刻まれた歌、所在地、作者、歌碑の寸法、揮毫者（肩書きは当時のもの）、建立年月を示す。
- 歌については、歌碑に刻まれた文字を示す。
- 白文で刻まれた歌は、読仮名を附す。
- 石碑のみならず、万葉歌が記された歌板、万葉関連の記念碑なども示す。

武蔵祢能《むざしねの》　乎美祢見可久思《こみねみかくし》　和須礼遊久《わすれゆく》
伎美我名可気弖《きみがなかけて》　安乎祢思奈久流《あをねしなくる》

一四・三三六二

於保伎美乃《おほきみの》　美己等可之古美《みことかしこみ》　宇都久之気《うつくしけ》
麻古我弖波奈利《まこがてはなり》　之末豆多比由久《しまづたひゆく》

一四・四四一四

所在地　埼玉県秩父市上吉田　吉田歴史資料館前
作者　未詳・大伴部少歳
歌碑　自然石（高さ一五八、幅八九㎝）
揮毫者　僧・梅林
建立年月　初代・嘉暦三年・二代・文化二年

武蔵祢能《むざしねの》　乎美祢見可久思《おみねみかくし》　和須礼遊久《わすれゆく》
伎美我名可気弖《きみがなかけて》　安乎祢思奈久流《あをねしなくる》

一四・三三六二

於保伎美乃《おほきみの》　美己等可之古美《みことかしこみ》　宇都久之気《うつくしけ》
麻古我弖波奈利《まこがてはなり》　之末豆多比由久《しまづたひゆく》

一四・四四一四

所在地　埼玉県秩父市下吉田　吉田小学校校庭
作者　未詳・大伴部少歳
歌碑　自然石（高さ一八六、幅一二四㎝）
揮毫者　青葉佐一
建立年月　平成八年六月

水久君野尓《みくくのに》　可母能浪抱能須《かものはほのす》　児呂我宇倍尓《ころがうへに》
許等乎呂波敝而《ことをろはへて》　伊麻太宿奈布母《いまだねなふも》

一四・三五二五

所在地　埼玉県秩父郡皆野町下日野沢　水潜寺境内
作者　未詳
歌碑　研磨石（高さ一六七、幅一二〇㎝）
揮毫者　僧・林宏康
建立年月　昭和五七年一一月

巨麻尓思吉《こまにしき》　比毛登伎佐気弖《ひもときさけて》　奴流我倍尓《ぬるがへに》
安杼世呂登可母《あどせろとかも》　安夜尓可奈之伎《あやにかなしき》

一四・三四六五

所在地　埼玉県日高市高麗本郷　巾着田
作者　未詳
歌碑　自然石（高さ一〇二、幅二〇五㎝）
揮毫者　国文学者・中西進
建立年月　平成二年一一月

安受乃宇敝尓《あずのうへに》　古馬都奈伎弖《こまをつなぎて》　安夜抱可等《あやほかど》
比等豆麻古呂乎《ひとつまころを》　伊吉尓和我須流《いきにわがする》

一四・三五三九

所在地	埼玉県飯能市阿須 阿須運動公園万葉広場
作者	未詳
歌碑	自然石（高さ一二一、幅二三七㎝）
揮毫者	書家・大野篁軒
建立年月	平成八年五月

伊利麻治能《いりまぢの》　於保屋我波良能《おほやがはらの》　伊波為都良《いはゐつら》
比可婆奴流奴流《ひかばぬるぬる》　和尓奈多要祖祢《わになたえそね》

一四・三三七八

所在地	埼玉県狭山市入間川 狭山市役所庁舎北側
作者	未詳
歌碑	自然石（高さ二〇〇、幅三〇〇㎝）、 黒御影石（高さ九〇、幅一二二㎝）貼付
揮毫者	書家・小川紫峰
建立年月	昭和六一年四月

安受乃宇敝尒《あずのえへに》 古馬都奈伎弖《こまをつなぎて》 安夜抱可等《あやほかど》
比等豆麻古呂乎《ひとつまころを》 伊吉尒和我須流《いきにわがする》

一四・三五三九

所在地 埼玉県日高市中沢 ＪＡ農産物販売所
作者 未詳
歌碑 自然石（高さ一二〇、幅一三〇㎝）、凹磨（高さ五〇、幅六〇㎝）
揮毫者 国文学者・犬養孝
建立年月 平成元年一一月

（前略） 父母乎《ちちははを》 美礼婆多布斗斯《みればたふとし》 妻子美礼婆《めこみれば》
米具斯宇都久志《めぐしうつくし》 余能奈迦波《よのなかは》 加久叙許等和理《かくぞことわり》
母智騰利乃《もちどりの》 可可良波志母与《かからはしもよ》 （後略）

五・八〇〇

比佐迦多能《ひさかたの》 阿麻遅波等保斯《あまぢはどほし》 奈保奈保尒《なほなほに》
伊敝尒可敝利提《いへにかへりて》 奈利乎斯麻佐爾《なりをしまさに》

五・八〇一

所在地 埼玉県川越市宮下町 柿本人麻呂神社
作者 山上憶良
歌碑 自然石（高さ一七〇、幅一〇〇㎝）
揮毫者 中島芳嶺（与十郎）
建立年月 明治一六年八月

碑表

埼玉県指定史跡

万葉遺蹟　占肩之鹿見塚

埼玉県知事　大沢雄一

碑陰

武蔵野尓《むさしのに》　宇良敞可多也伎《うらへかたやき》　麻左弖尓毛《まさでにも》

乃良奴伎美我名《のらぬきみがな》　宇良尓侶尓家里《うらにでにけり》

一四・三三七四

所在地　埼玉県川越市富士見町　浅間神社

作者　未詳

万葉遺跡碑　自然石（高さ一九〇、幅九五㎝）

揮毫者　埼玉県知事　大沢雄一

建立年月　昭和二九年一一月

紅之《くれなゐの》　浅葉乃野良尓《あさはののらに》　刈草乃《かるかやの》

束之間毛《つかのあひだも》　吾忘渚菜《あをわすらすな》

くれなゐの　浅葉《あさは》の野《の》らに　刈《か》る草《かや》の

束《つか》の間《あひだ》も　吾《あ》を忘らすな

一四・二四六三

所在地　埼玉県坂戸市浅羽野　土屋公園

作者　未詳

歌碑　自然石（高さ一二一、幅二〇〇㎝）

揮毫者　市長・林徳之輔

建立年月　昭和五五年四月

伊利麻治能《いりまぢの》　於保屋我波良能《おほやがはらの》　伊波為都良《いはゐつら》
比可婆奴流奴流《ひかばぬるぬる》　和尓奈多要曽根《わになたえそね》
入間道《いりまぢ》の　大家《おほや》が原《はら》の　いはゐつら
引かばぬるぬる　吾《わ》にな絶えそね

一四・三三七八

所在地　埼玉県坂戸市八日市場　県立坂戸西高
作者　未詳
歌碑　自然石（高さ六〇、幅一一〇㎝）
揮毫者　書家・棚橋清峰
建立年月　昭和五七年一二月

伊利麻治能《いりまぢの》　於保屋我波良能《おほやがはらの》　伊波為都良《いはゐつら》
比可婆奴流奴流《ひかばぬるぬる》　和尓奈多要曽根《わになたえそね》

一四・三三七八

所在地　埼玉県尾越町大谷　仲島尚一家墓地
作者　未詳
歌碑　自然石（高さ一三〇、幅四二㎝）
揮毫者　仲島亮輔
建立年月　昭和五年中秋

入間道《いりまぢ》の　おほやが原の　いはゐづら
引かばぬるぬる　吾《わ》にな絶えそね

一四・三三七八

所在地　埼玉県入間郡越生町大谷
　　　　日本カントリークラブ内
作者　未詳
歌碑　磨切石
揮毫者　書家・棚橋清峰
建立年月　昭和六二年一二月

入間道《いりまぢ》の　大家《おほや》が原《はら》の　いはゐ蔓《づら》
引かばぬるぬる　吾《わ》にな絶えそね

一四・三三七八

所在地　埼玉県入間郡越生町越生　町立図書館前
作者　未詳
歌碑　切石（高さ一七〇、幅一〇〇㎝）
揮毫者　詩人・上林猷夫
建立年月　平成八年五月

仙覚律師遺蹟

先覚律師は中世における万葉学再興の祖なり。建仁二年東国に生まる。年十二始めて万葉集の研究に志し、寛元四年将軍藤原頼経の命を受けて、幾多の旧本を参照し、初度の校訂本を作り、古来いまだ読み得ざりし百五十二の歌を新たに訓点を加えたりき（後略）

所在地　埼玉県比企郡小川町増尾
遺蹟碑　自然石（高さ四〇〇、幅一〇〇㎝）
揮毫者　篆額：日本講道会会長・徳川達孝
　　　　撰文：国文学者・佐佐木信綱
建立年月　昭和三年四月

前玉之《さきたまの》　小埼乃沼尓《をさきのぬまに》　鴨曾翼霧《かもそはねきる》　己尾尓《おのがをに》
零置流霜乎《ふりおけるしもを》　掃等尓有斯《はらふとにあらし》

九・一七四三

三栗乃《みつぐりの》　中尓向有《なかにむかへる》　曝井之《さらしゐの》
不絶将通《たへずかよはむ》　彼所尓妻毛我《そこにつまもが》

九・一七四五

所在地　埼玉県児玉郡美里町広木
作者　高橋虫麻呂
歌碑　自然石（高さ一一二、幅九二㎝）
揮毫者　未詳
　　　　撰文：国学者・橘守部
建立年月　弘化二年晩夏

埼玉《さきたま》の　小埼《をさき》の沼《ぬま》に　鴨《かも》ぞ翼霧《はねき》る　おのが尾に
降り置ける霜《しも》を　掃《はら》ふとにあらし

九・一七四四

三栗《みつぐり》の　那賀《なか》に向かへる　曝井《さらしゐ》の
絶えず通《かよ》はむ　そこに妻もが

九・一七四五

所在地　埼玉県児玉郡美里町広木
作者　高橋虫麻呂
歌碑　黒御影平磨石（高さ八〇、幅六〇㎝）
揮毫者　書道家・中村雲龍
建立年月　平成一二年

まくら太刀《たし》　腰にと里《り》はき　万《ま》かなしき
せろがまきこむ　月のしらなく

二〇・四四一三

所在地　埼玉県児玉郡美里町広木
作者　防人妻・真足女
歌碑　自然石（高さ一二〇、幅一六〇㎝）
揮毫者　国文学者・武田祐吉
建立年月　昭和二五年一二月

秋の野に　咲きたる花を　指折り《およ び》
かき数《かぞ》振《ふ》れば　七種《ななくさ》の花

八・一五三七

萩の花　尾花《をばな》葛花《くずはな》　なでしこが花
をみなへし　また藤袴《ふぢばかま》　朝顔《あさがほ》の花

八・一五三八

所在地　東京都国分寺市南町　殿ヶ谷戸庭園
作者　山上憶良
歌板　木版（高さ四〇、幅三〇㎝）
揮毫者　未詳
建立年月　未詳

赤駒《あかごま》を　山野《やまの》に放《はか》し　捕《と》りかにて
多摩《たま》の横山《よこやま》　かしゆかやらむ

二〇・四四一七

所在地　東京都八王子市散田　横山万葉植物園
作者　宇遅部黒女
歌碑　自然石（高さ一五三、幅一三九㎝）
揮毫者　市職員・松井翠次郎
建立年月　昭和二九年五月

妹をこそ　相見に来しか　眉引きの
横山へろの　鹿なす思へる

一四・三五一三

所在地　東京都八王子市鑓水　多摩養育園
作者　未詳
歌碑　セメント製の仔馬の台座
（高さ二四〇、幅一三二cm）に
石板（高さ四三、幅七四cm）嵌込
揮毫者　社会事業家・足利正明
建立年月　昭和三五年一一月

赤駒を　山野には可し　捕りかにて
多摩能《の》横山　か志《し》ゆか遣《や》らむ

二〇・四四一七

所在地　東京都府中市南町　郷土の森
作者　未詳
歌碑　自然石（高さ一八〇、幅二七〇cm）
揮毫者　書家・村上翠亭
建立年月　昭和六二年三月

「調布の里」碑

多麻河尓《たまかわに》さら須調布佐《すてずくりさ》ら佐《さ》ら尓登《にと》よみ給《たま》ひは八此《この》
布多《ふた》の里《さと》に楚《そ》あ李気類《りける》よりて此所尓《このところに》布多天《ふたてん》の神社《じんじゃ》
於《お》ハし満志計《ましけ》り今玉川《いまたまがわ》の保登李《ほとり》に婦《ふ》る記社乃跡有《きやしろのあとあり》
て楚《そ》の可《か》ミ布佐《ぬのさ》ら勢《せ》し里人農満津利《さとひとのまつり》（後略）

所在地　東京都調布市布ヶ丘
作者　未詳
記念碑　自然石（高さ一六七、幅一二八cm）
揮毫者　寺子屋師匠・小林信継
建立年月　弘化三年二月

相模祢乃《さがむねの》　乎美祢見可久思《おみねみかくし》　和須礼久流《わすれくる》
伊毛我名欲妣弖《いもがなよびて》　吾乎祢之奈久奈《あをねしなくな》

一四・三三六二

所在地　神奈川県厚木市七沢　玉翠桜
作者　未詳
歌碑　自然石（高さ八八、幅一八〇cm）
揮毫者　国文学者・中西進
建立年月　昭和六二年五月

家《いは》ろには　葦火焚《あしふた》けども　住みよけを
筑紫《つくし》に到りて　恋《こふ》しけもはも

二〇・四四一九
草枕　旅の丸寝《まるね》の　紐絶えば
我《あ》が手と着けろ　これの針持《はるも》し

二〇・四四二〇
所在地　神奈川県川崎市麻生区金程　金程万葉苑
作者　物部真根・椋椅部弟女
歌碑　自然石（高さ一八一、幅二八〇㎝）
揮毫者　僧・岡本冏一
建立年月　平成二年五月
多摩川《たまがは》に　曝《さら》す手作《てづく》り　さらさらに
何《なに》そこの児の　ここだ愛《かな》しき

一四・三三七三

所在地　東京都狛江市元和泉　狛江駅前
作者　未詳
少女像　台座の冒頭
揮毫者　未詳
建立年月　平成八年三月

多麻河泊爾《たまがはに》　左良須弖豆久利《さらすてづくり》　佐良佐良爾《さらさらに》
奈仁曽許能児能《なにそこのこの》　己許太可奈之伎《ここだかなしき》

一四・三三七三

所在地　東京都狛江市中和泉
作者　未詳
歌碑　菱形自然石（高さ二七三、幅一六〇㎝）
揮毫者　白河藩主・松平定信
建立年月　一代・文化二年、二代・大正一二年八月

▼おわりに

恩師・犬養孝先生は、「『万葉集』を正しく理解するためには、その歌の生まれた時代の状況の中に戻して見るとともに、その歌の生まれた「風土」に還元して見なければならない」と常々言われていた。「風土」に還元して見るとは、その生まれた土地にただ戻して見ることではない。その土地の地形、景観、風習など、その土地固有の土地柄、気候、気象などの自然条件、さらには、住民の気質や文化に影響を及ぼす環境なども含めて、その中に戻してその歌を解釈し、味わうことである。しかし、万葉の風土は、時代の変遷とともに、少しずつ形やあり様を変えながら現在に到っているので、その土地に定着している普遍的なものを感じ取って、万葉の風土を蘇らせることは難しい。

すなわち、万葉の地形や景観は、時代の変遷とともに変化し、とくに最近の住宅地の開発や道路の建設・拡幅などにより、万葉の時代の風土とは著しく異なったものになっている。さらに、万葉故地の名称についても、市町村の統合・合併により、歴史的に由緒ある地名が消えて、その土地の歴史に全く関係のないものになったりしている。このため、万葉故地めぐりで万葉の風土的・歴史的背景を蘇らせて散策し、万葉歌を鑑賞するのは、非常に難しくなっている。さらに、武蔵国は、万葉の時代には、「鄙《ひな》の国《くに》」と呼ばれていたように、都から遠く離れ、ほとんど未開拓の地であったので、歴史的史料がほとんど残されていないことも時代に還元して見ることを困難にしている。

筆者は、これまで武蔵国の万葉の風土的・歴史的背景を探るために、万葉故地の周辺の寺社、史跡、古墳などの調査を行い、武蔵国の風土を出来るだけ万葉の時代に近づけて見ることを試みたが、江戸時代まで遡るのは比較的容易ではあるが、それより以前の歴史的背景を探るには困難を極めた。しかし、万葉の風土は、表面上は変化しているものの、その底流には、時代とともに受け継がれた要素もあるので、出来る限りそれらを把握するように努めた。

そこで、寺社については、創建年代、宗派、本尊などを徹底的に調査し、その土地の風習・習俗なども併せて把握するようにした。また、史跡、古墳、貝塚などについては、その築造年代、出土品、遺構などを調査することによって、その時代の様相を掘り起こし、万葉の風土的背景や歴史的背景を遡らせるように試みた。

万葉故地は、そのほとんどが非常に交通が不便な所に位置しているのが一般的であるが、幸いにして、武蔵国の万葉故地は、現在の埼玉県、東京都、神奈川県北部に位置し、交通網が比較的発達している所に位置しているので、これらの交通機関を利用して、現地へ容易に行くことが出来る。すなわち、武蔵国の万葉故地めぐりでは、これらの交通機関を利用して気軽に出掛けることが出来る利点がある。

そこで、この書では、万葉故地を各鉄道沿線ごとに分けて、万葉故地のみならず、その周辺の名所・旧跡も併せて一日でめぐることが出来るようにコース設定をした。そして、万葉故地の風土的背景のみならず、歴史的背景も理解しながら、万葉故地の息吹を感じ取って戴くと同時に、周辺の寺社、史跡めぐりも楽しんで戴けるようにした。この書が万葉の愛好者のみならず、歴史ウォーキングの愛好者の友としても活用して戴けることを願っている。

二川　暁美

【筆者略歴】
二川 曉美（ふたかわ・あけみ）

工学博士、日本機械学会フェロー。三菱電機（株）中央研究所・長崎製作所・本社、三菱電機プラントエンジニアリング（株）本社勤務。神戸大学・大阪大学工学部非常勤講師、日本機械学会・電気学会・日本材料学会会員。米国電気学会（IEEE）最優秀論文賞、英国冷凍学会（IR）The Hall-Thermotank Gold Medal、圧縮機国際会議（ICEC）功績賞、日本冷凍空調学会学術賞、エネルギー・資源学会技術賞、日本電機工業会功績賞などを受賞。学士会・万葉学会会員。万葉通信『たまづさ』編集委員、『ウォーク万葉』に38篇、万葉通信『たまづさ』に40篇、橿原図書館『万葉』に１篇の「万葉故地めぐり」を執筆。著書『山の辺の道を歩く』(雄山閣)、『奈良市の万葉を歩く 上下』(奈良新聞社)、『明日香の万葉を歩く 上下』(奈良新聞社)、『熊野古道 紀伊路の王子と万葉を歩く』(文藝春秋社)、『一度は訪ねたい万葉のふるさと 近畿編 上下』(奈良新聞社）など。

武蔵国の万葉を歩く（上）

—万葉故地・歌碑と寺社・史跡めぐり—

2023年１月26日　初版第１刷発行

著　　者　二川 曉美

発 行 者　関根 正昌

発 行 所　株式会社 埼玉新聞社
〒331-8686 さいたま市北区吉野町2-282-3
電話 048-795-9936（出版担当）

印刷・製本　株式会社 エーヴィスシステムズ

ISBN978-4-87889-535-7 C0092
（定価はカバーに表示）